喜嫁

伍

目次

壹之章◆賦閒袖手伴嬌妻

進了林府，林夕落不顧以往的規矩，讓人卸掉林府的門檻兒，直接馬車進門。

林忠德依舊在昏迷當中，林政武與林政齊無心吵架，兩人也去尋了太醫，可至今還未到。

林政武冷哼一聲，「請哪位太醫都不在，你派出去的人都這般晦氣，這不是給老爺子添亂？如若真出了事，你便是罪魁禍首！」

「大哥，說這話你虧心不虧心？如若不是你先挑刺兒爭吵，父親怎會氣暈過去？」林政齊陰損的眼睛一瞇，「你也好意思往別人身上找毛病！父親如若醒過來，我自當還尊你一聲大哥，可父親若……我跟你斷絕兄弟情分！」

「少在這裡胡說，父親定能醒來！」林政武怒斥一句，繼續守在老爺子跟前，而林政齊雖是還了嘴，可他的心裡也在焦慮不安，派去的人雖說太醫都在忙，可他怎能不知這是太子不放人，不然怎會無論請何人都在忙著？

太子……林政齊也是手足無措，自前陣子他被私召進宮，周青揚與他說了許多意味深長的話，更是點了林芳懿如今在自己身邊服侍得他很滿意，說完這些就讓林政齊走了。

這話是什麼意思？林政齊自當明白，這是太子要他去投靠。

可皇上剛去西北，太子風頭大盛之時他不拉攏自己，如今皇上下令太子不管朝事，正是低落之時，他卻開始朝各方下手，林政齊怎能輕易答應？

林芳懿在林政齊的眼裡只是一個工具，絕不會像林政孝對待林夕落這般疼愛，因林政齊不單有林芳懿這一個女兒，還有幾個得力的兒子……

如今太子不放太醫來為林忠德看病，這無非是在發洩怒意，顯然是怪罪林政齊敷衍了事，不肯給一個准話了。為了爹去投靠太子，如若老爺子醒來自是好的，他這孝意定能感動老爺子，也會比林政武的腰板硬氣幾分，可若是老爺子沒醒過來呢？

林政齊在這裡千頭萬緒理不出個思路來，外方林夕落已經帶著喬高升到了。

「都在這兒聚著幹什麼？開窗戶通風啊，這悶聲悶氣的，想把給祖父憋死啊！」

林夕落進屋便開始張羅，丫鬟婆子們都呆傻地站著，林夕落又嚷道：「腿都折了？快去啊！」

婆子們恍然緩過神來，剛剛幾位老爺在爭吵，而這九姑奶奶進門就嚷，才一時沒反應過來。

開窗的開窗，其他閒人都被林夕落攆到院子裡去，她一進這屋子就覺得悶氣很重，還夾雜著濃烈的熏香，就算沒病都會熏得頭暈。這些人光顧著吵架，怎麼連這點兒常識都沒有？

林夕落行進內間，就見一眾伯父、叔父和父親在，這會兒她也顧不上禮數，直接朝後喊道：

「喬醫正呢？快進來！」

喬高升從後顛兒顛兒地跑進，林政武皺著眉不肯讓地兒，林政齊心裡也甚是不滿，這本是林府的事，她這丫頭跑回來作甚？而且還一下子就帶來喬醫正。

喬高升的品行不正眾人皆知，可他並非所有人都請得到也是眾人皆知，瞧他滿腦門冒汗地聽從林夕落的吩咐，林政齊心裡甚是訝異，不過他心思多，沒說話，反倒看著林政武怎麼做。

喬高升上前，林政武不讓地兒，他只得回頭看向林夕落，「魏五奶奶，這是……」

林夕落本尋思歇口氣再看，可喬高升這一喊，她只得邁步上前，看到林政武橫在老爺子床前不允任何人靠近，林便道：「大伯父，您這是幹麼呢？讓開啊！」

林政武還沒等把心裡頭的不滿發洩出來，更沒說出他是嫡長子，理應聽他的調度指揮，林夕落已經一把將他拽開，「哎喲，這歲數大了還是怎麼著？說話都聽不見呢！」

林政武驚愕之餘被拽個跟頭，喬高升立即坐了一旁行醫診脈。

林政肅瞧見林政武火冒三丈的模樣，忍不住笑，林政齊的臉上卻更冷了幾分，一改之前的焦躁，換上一副悲哀惦念的模樣。林政孝被林政武威脅地瞪上幾眼，只在一旁沉嘆幾聲，繼續等著

結果。

林政武背著手不肯離開，只等著喬高升診脈完，他要好生與林夕落這丫頭說道說道，這還有沒有規矩？有沒有禮數？他好歹是她的大伯父，就這麼被推一個踉蹌？雖說事情緊急，但也不能如此魯莽。

林夕落這時候哪有空管這些人的心思，喬高升診脈開始，她便叫秋翠在身邊候著，需要什麼當即傳人去取，她則到門口讓人去麒麟樓知喚魏青岩。

魏青岩是她的主心骨，這時候他應該來，何況老爺子被氣過去與他和林豎賢都分不開干係……

林夕落在院子裡站著等候，各房的女眷們也都齊聚於此，連帶著林政齊之子、林政肅之子也都聚了此地。

有一些人林夕落壓根兒就沒見過面兒，更多的是見過卻沒說過話，如今見面格外尷尬，各房各心，實在沒得多說。

林夕落正欲與三夫人田氏打一聲招呼，大夫人許氏卻從外緩緩進來，下了轎子的第一句便是道：「可否要將喪白先預備上？別出了事忙得腳不沾地的，出亂子……」

田氏皺眉瞪著她，而許氏待見到林夕落時卻皺眉道：「妳來幹什麼？」

林綺蘭自嫁給齊獻王之後，每逢有機會回家探親都要抱怨一通日子過得如何哀苦，故而許氏是打心眼兒裡憎恨林夕落。如若不是林夕落與魏青岩，齊獻王怎麼會硬要林綺蘭當側妃？

可她卻忘記了，若非齊獻王娶林綺蘭，她們會中了二姨太太的計，而那位大理寺卿府的嫡長孫也是個兔爺，林綺蘭的日子恐怕過得更苦。

但對於這種人來說，她就是天，誰做了不合她心意的事便是罪人，許氏一見到林夕落便皺眉斥責，也不顧這時候說的話是對是錯。

林夕落無心與她鬥嘴，更不願搭理她這像被欠了銀子的喪氣臉，轉身就回了屋，將許氏和一眾女眷們晾在原地。

許氏驚後便氣，「這丫頭，越發跋扈刁蠻了，成何體統！」

「大嫂，人家如今是魏府的人，關林家什麼事兒？再跋扈，人家也能將太醫院的醫正大人請來，三老爺沒這本事，大老爺恐怕是一個都不認識吧？」田氏本有心與林夕落說兩句，卻被許氏這一句把人給得罪走了……

不管怎樣，在她得知林芳懿消息之前，林夕落也曾安撫過幾句，總比落井下石的強。

田氏陰陽怪氣地嘀咕，許氏悶哼不語，咬著嘴唇甚是生氣，忍不住朝著屋內走去。

喬高升這時已經為老爺子診脈完畢，當即寫了藥方讓人抓藥。

林政武正要上前感謝一番，林夕落進屋來問道：「怎麼樣？」

「藥方已經開了，熬好之後服一副藥，如若未醒，就過半個時辰再服一次，再不醒就兩個時辰再服，三次都不成……就看老爺子那時的狀況了。」喬高升沒敢說得太悲觀，滿屋子不知多雙眼睛，誰知哪位是事兒多的？到時候再說他話語不吉，給扣上個喪氣的帽子便不好了。

林夕落點了頭，「藥可得盯住了，弄錯一味都容易出大事。」

「九侄女，多虧了妳啊！」林政齊上前寒暄：「這派去請太醫的人都沒來，妳這方倒是最快的一個，而且還是太醫院的醫正，醫術最高之人，老天護佑父親！」

林政齊這般誇讚，一來是將他之前去請太醫的難題給解了，二來也是為了擠兌林政武。

林夕落毫不在意，「三伯父這般說便外道了，這也是我的祖父。」

「那也不易啊！」林政齊掃了一眼林政武，「九侄女都回來了，可嫡長孫女卻沒個影子，大哥沒派人去尋綺蘭嗎？」

「綺蘭也是你能叫的？應該稱之為側王妃。」許氏進門就這一句，讓林政齊恥笑一聲，轉過頭去不說話。

「這位是喬醫正？」許氏看著喬高升，臉上掛了幾絲和藹的笑容，「不知可否借一步說話？」

喬高升本尋思著要跟林夕落說喬錦娘的事，可這不知何處蹦出來的夫人卻突然相邀，他不由看向林夕落，討問此人是誰？

林夕落怎會不知許氏這般說辭是何意？

她恐怕是想把喬高升拽至一旁問一問大少爺的病，而且與喬高升敘話言交，待老太爺真的醒來，她也算犒慰喬醫正，許能得老爺子讚兩句。

瞧著林夕落那微瞇的目光和冰冷的臉色，喬高升立即就反應過來，這位夫人恐怕與魏五奶奶關係不融洽。

雖說這位夫人能進得內間來應該也是林府說得上話的夫人，喬高升為了他的女兒自當有意攀交，可這位五奶奶是他的債主啊！而且瞧著她剛剛進屋指指點點的模樣，恐怕此地也無人惹得起她……

喬高升看向林夕落的目光甚是複雜，可在旁人眼中卻像是在向五奶奶請示一般。

林夕落掃了他一眼，隨即看向許氏道：「大伯母，您有什麼話不能當面說，還要借一步說話？就算借一步也不能是這時候，喬醫正還要親自為祖父熬藥掐時辰服下。」

喬高升眼睛瞪得碩大，可看到林夕落威脅的目光也只得點頭，「理當如此！理當如此！」

「那就請喬醫正去吧。」林夕落讓冬荷到門口請林大總管來陪著，「已經派人去請五爺過來，讓侍衛到門口迎一下。」

林大總管應下，喬高升則立即去配藥熬藥……

許氏被林夕落那一句損得面紅耳赤，那話聽起來好似說她有多不守規矩一般。她在這裡乾生氣，林夕落卻尋了離林忠德床最近的位子坐下，安撫著林政孝道：「父親累了吧？先去休歇片刻，女兒在此替您守著，稍後您再來換我就是。」

林政孝欣慰地一笑，他被揪來一頓吵，而老太爺昏厥過去這一顆心也著實揪緊，直至林夕落拽著喬高升來此，他才微微放下心來。瞧著女兒這副誰都不懼的模樣，覺得自己可以去休歇了，否則在這裡看著不管，缺了身為父親的威嚴。林政孝最懂得知人善用，但對付這些人，他比不過女兒……

「那就由妳守著了，父親有些勞累，唉，年歲大了！」林政孝感慨著，臉上透了幾分疲色，隨即邁步出了門。

林政孝一走，林政齊也覺出疲憊，可見林政武沒有要離去的心思，他也不敢讓兒子前來替換。那小子可比不得林夕落這丫頭，長輩說一句就只知點頭，即便有心應對，反應也沒那般快……

林政齊不由皺眉，這老七的兒女還不如他多，可一個女兒抵得過多少男娃子？心裡感慨萬千，當即硬瞪幾下眼睛提了精神。

而這一會兒，喬高升已經端了藥進來，許氏有心接過，孰料剛一伸手便覺得燙，將手縮回，正欲尋個棉布墊著，林夕落已邁步過來端著就去為林忠德餵藥。

許氏看著手裡空空的，臉上驚愕氣盛，欲上前爭奪卻被林政齊側身擋住，遞了一塊帕子給林夕落，和藹地道：「夕落，墊著些。」

林夕落點頭應下，接在手中繼續餵。許氏氣得咬牙切齒，當即瞪向林政武，似在埋怨他不湊上前。林政武本就心中煩，許氏在此讓他更煩，看向她那怨氣橫生的臉便道：「回去吧，這兒用不上妳。」

「我是長房夫人，自當要在這裡。」許氏冷哼地坐於一旁，看向喬高升也沒了好臉色。不過是個太醫而已，即便是醫正又如何？給他顏面要出去問一問大少爺的病症，孰料他寧可巴結林夕落那丫頭都不肯搭理她，著實讓她心裡難平。

以前許氏並沒有如此多的怨氣怨言，因她一直被二姨太太打壓著，如今二姨太太被老爺子奪了權，將林府的事交由她來管，這就像是關了多年的狗，一被放出去看何處都想咬一口，即便是對林政武她也看不順眼。

夫妻兩人感情越發平淡，許氏卻不知原因在誰的身上，只怨那些姨娘們各自用風騷手段拉攏林政武，而她更要護著自己的兒子，絕不允姨娘們為林政武誕下孩子……

這是林家大房私密之事，林夕落自當不知，她連聽都不想聽。

一勺一勺地將藥餵了林忠德的口中，她並非有多麼孝順的心，而是老爺子這時候不能出事。此事因為林豎賢彈劾魏青岩而發生，何況老爺子又是正欲斥責林政孝的時候昏厥，如若被林家這些人抓住把柄來說事，她一家子可脫不開干係，外加喬高升又是她請來的，所以這些事她都要親手去做，絕不容任何人靠近。

一碗藥餵下，林夕落將藥碗遞給冬荷，「就在此地用水沖洗乾淨，熬藥的藥渣子全都包起來，不允旁人動手。」

冬荷應下，當即就去照著做，許氏在一旁側目道：「怎麼著，還怕旁人查妳？九姑奶奶，雖說妳如今是侯府的人，可怎麼一點兒長進都沒有？侯夫人沒教一教妳什麼是規矩？瞧妳今兒進了這院子就開始張羅開了，有妳兩位伯父和妳父親在此，更有如此多的伯母嬸娘在，怎能由妳個小輩兒出頭？連妳幾位兄長都在門口等候，妳就沒看到嗎？」

許氏昂首挺胸地看著林夕落坐在那裡，心裡更是氣，「這些長輩們都在站著，妳獨自坐了那

裡，妳就一點兒愧心都沒有？」

喬高升站在一旁悶頭不語，只看著冬荷擦那藥碗，包著藥渣子，耳朵卻豎得極長，聽著這位長房夫人與林夕落對峙吵嘴，他自己頂不過五奶奶，可不見得別人也不行吧？

還想與林家攀親戚，他可別站錯了隊啊！

林夕落本不願搭理許氏，可她趾高氣揚還跟進屋來找麻煩，實在是太能添亂。

林政武也覺得許氏有些過分，終究還有外人在，他如此斥責林夕落怎合適？

「出去，別在這裡吵！」

林政武臉上沒了好顏色，許氏不肯應，就那般看著林夕落，顯然是不甘休。

今兒林夕落實在是太掃她這位大夫人的顏面了，見面扭頭就走，與她說話也針鋒相對，還從她的手中搶去藥碗，她好歹是侯府的嫡長媳婦兒，怎能被她一庶出的丫頭侮辱？

縱使她如今是侯府的人，可林綺蘭還是齊獻王側妃呢！

許氏越想越不能平和下來，而林夕落依舊不動聲色，當她是空氣般，連眼皮都不抬一下。

「妳聾了？我說話妳沒聽見嗎？」

許氏氣急敗壞，直接衝到林夕落面前正對著她。林夕落抬眼，臉上的表情很淡漠，淡漠到無喜無惱，這副模樣更讓許氏覺得自己受辱，咬唇瞪視，卻沒注意到床上的老人眼睛微動。

「祖父正在休歇當中，大伯母如若無事便回吧，這裡要清靜，別添這聒噪之音，煩！」

林夕落嘴唇微動，說完這話便又轉過身。許氏暴跳如雷，嘶嚷道：「老爺子休歇也不用妳在此盯著！這裡有太醫院的醫正，更有妳大伯父與本夫人，妳出去，現在就出去！」

許氏指著門口，林夕落看向了林政武，他也有意獨自在此地看護，待林忠德醒來第一眼看的自然是他，豈不是更好？

林政齊在一旁看了半晌，忍不住諷刺道：「大哥，你如今的脾氣真好，連女人在父親面前張揚跋扈都不吭一聲，說話被人當成放屁了？」

林政武滿臉赤紅，攆了許氏道：「妳出去，聽見沒有？」

「我不出去！」許氏執拗沒完，林夕落嘴角牽動，叫著喬高升：「喬太醫先隨我出去休歇片刻吧，過半個時辰再看祖父是否醒來。」

「是。」喬高升甚是順從，有理不在聲高，雖說這位大夫人張牙舞爪，可他卻看得出林夕落對她已鄙夷到不願開口對罵，否則她還真不見得是五奶奶的對手。

林夕落起身欲出門，許氏卻攔她的跟前，「喬太醫還是在此守護著為好……」

喬高升一怔，下意識地看向林夕落，孰料她居然沒發火，只淡然地看著他，臉上那副似笑非笑的表情明顯是在告訴喬高升，如今就看你有什麼表現了，表現得不好，那你自個兒瞧著辦吧！

「這位夫人，老夫年邁，雖仰望左都御史大人威名趕來為他診治，可守著他這事兒輪不到老夫頭上吧？若非看在五奶奶奉孝祖父的顏面上，更與魏大人關係交好，老夫應在宮中值守。如今乃是向宮中告假才得以前來，明日不得再耽擱正事，就不在此久留了，還望多多包涵。」

喬高升數銀子之時極是刻薄尖酸，可平時也能裝出神醫模樣，眉頭一皺，口中話語緩緩道來。

這巴掌徹徹底底抽到許氏臉上，讓她當即滿臉通紅，哆嗦著嘴，不知說何才好。

林政武氣得眼冒金星，林夕落則道：「勞煩喬醫正了，你今晚別離開林府就在此地歇下，稍後五爺和十三叔會到，命我定要留你在此好生犒勞一番。」

提及魏青岩與林政辛，喬高升自當知道這是林夕落不允他走，「那就遵五奶奶之命。」

「請。」林夕落側身，「秋翠，妳帶著夏蘭跟著喬醫正，一定要侍奉好。」

「奴婢省得。」秋翠笑著應下，隨著喬高升而去。林夕落向眾人行了禮也前行告退。

屋子當中，許氏仍不知所措，林政齊則抱著手臂冷嘲熱諷：「嫂子，這喬高升妳可知是何人？官位不比大哥品位低，更不是林家下屬的奴才，妳剛剛那話是攆人呢！」

「這怎能是攆人？我是為老爺子的身子著想！」許氏急忙辯駁，她不過是想跟林夕落鬥，可這人對林夕落畢恭畢敬，卻如此反駁她？

這……這丫頭有什麼能耐？

林政齊陰陽怪氣地看著林政武，雖未再開口，卻將林政武看得火冒三丈，「妳出去，滾！」

許氏有心爭吵，卻被林政武上前一把推出門外，「父親養病，豈容妳在此放肆，斥罵他人無規無矩，妳如今的做派更不得入眼，滾！」

看到林政武如此斥責，許氏瞠目結舌地呆滯原地，眼淚啪嗒啪嗒地往下掉，扭頭便往外走。

屋內床上的老人微微發出沉嘆悶聲。

以為是幻聽，林政齊怔住朝床上看去，卻正見林忠德睜著那一雙眼睛看向他兄弟二人。

「父親！」

「爹！」

兄弟倆驚喜地奔向林忠德，「父親，您醒來了？」

剛剛叫了一聲「爹」的自是林政齊，那一聲稱呼雖世俗一些，卻讓林忠德的心裡湧上幾分父子溫情，「醒了，醒過來了！」林忠德說至最後不由一嘆，目光在兩人身上打量片刻，卻讓林政武有些尷尬彷徨。

林忠德眼神好似能穿透人心，讓林政武掛在嘴邊上邀功的話語說不出來半句……

「辛苦你們兩人了。」林忠德輕咳兩聲，林政齊立即道：「七弟也一直守著您，九侄女替換了他，兒子尋太醫卻各個都忙，還是九侄女將喬醫正帶來才為父親開了藥。」

林政武一怔，面色赤紅，「是啊，都是九侄女。」

「父親，別怪兒子，兒子……兒子沒本事。」林政齊也倍受打擊，想左右逢迎當個牆頭草，孰料連個太醫都請不來，這還是打著老爺子的旗號，如若是他自己呢？

林政齊心中百分百篤定，那恐怕就只有等死的分兒了……

林忠德點了點頭，他怎能不知林夕落在？剛剛許氏與她爭吵之時，他就已經醒來了。

之所以等著許氏離去，林夕落也不在的時候才睜眼叫人，他就是想看一看自己這兩兒子會有什麼表現，是邀功？還是將事原原本本地說出。

果真是林政齊更務實一些，他能說出這話，雖不完全是為了林夕落，而是想請老爺子為他是否投奔太子拿個主意而已，但這番做法要強於林政武。

自己這個嫡長子……林忠德心中哀嘆，擔不起大事啊！

「叫夕落進來。」林忠德單點了孫女一人，林政齊立即去門口叫人去喊。

林夕落此時正在與喬高升說著喬錦娘的事。

「……這丫頭是個不錯的姑娘，我也喜歡，喬醫正能教出這樣品德賢淑的女兒，我怎麼就不敢信呢？眉清目秀的，倒是沒隨了你。」林夕落對喬錦娘肯定的同時，卻在擠兌著喬高升，讓喬高升哭笑不得。

「五奶奶，您誇人時都不忘損卑職兩句！」喬高升感慨搖頭，「我這是招誰惹誰了？」

「她與十三叔的事我自會與老爺子說，不過有一點我要提醒你。」林夕落的笑臉多了幾分認真，「林家的事，不允你插手，安安心心做你的岳丈。」

「五奶奶，您也莫把我喬高升看低，好歹我也是太醫院的醫正，為林老太爺瞧病也就罷了，旁人找我？沒門！」

喬高升梗著脖子，心裡顯然也記了許氏的幾分仇，林夕落更樂意見此，「那就好，別再對銀子那般貪婪，你也要為錦娘想一想，別丟了女兒的臉。」

「是……」喬高升本欲點頭，卻又瞪眼，「什麼叫丟女兒的臉？您又臊我！」

「提醒而已。」林夕落說完，小丫鬟跑到院子裡來，「九姑奶奶，老太爺醒了！」

「醒了？這麼快？」林夕落驚喜之餘看向喬高升，「喬醫正果真是神醫，有兩下子！」

「那是自然，老太爺醒了卑職才敢說話，如若這副藥不醒，那您也可以去備白了……」喬高升說著撇嘴縮脖。林夕落感嘆一聲，卻沒再說話，直接朝著林忠德的屋內行去。喬高升跟在她的後面，稍後也要與林忠德見一見，客套兩句。

許氏在門口來回踱步，剛剛聽到老太爺醒來，丫鬟卻只來傳林夕落相見，沒有提別人。夫人們和少爺小姐們都等候在此，看到林夕落與喬高升往那方走，不由各自私語。

許氏轉頭就看到林夕落，直接上前一步站在老太爺的門邊兒，只留了一人的縫隙，那複雜憤恨的模樣讓林夕落直接判定她已經「變態」到骨頭裡……

「大伯母，請讓開吧。」林夕落看著她，指著那扇門道：「這空隙太小了，我過不去。」雖說也能走過，可林夕落總不能貼著她？自當要繞開。

許氏梗著脖子，「我身子不舒服，麻煩九姑奶奶繞一下吧！」

林夕落冷笑，對一旁守在此地的丫鬟道：「那就去告訴老太爺，他既已經醒來，我就不去見他了，好生養著。」

丫鬟一驚，竄進屋裡去回稟，而許氏還沒等瞪眼斥責，就聽老太爺的聲音傳出來：「不來見我，老夫出來見妳！」

內間的門緩緩打開，林政齊將林忠德背在肩上正往外走。

林夕落瞧見卻是驚了，讓侍衛前去幫忙。林忠德不回內間，執意要在外間躺上片刻，小廝們只得將軟榻擺出，這一番折騰又耗時許久。

許氏甚是殷勤，吩咐著小廝們為老爺子倒水取薄被。林夕落就站在一旁不動，目光瞧著林忠德，而老爺子也在看著她。

林政齊折騰得一身汗，他本就不是林政武那魁梧健壯的身板，平時更是沒做過重活，這忽然背了老爺子，腰都快要折了……

「父親，您可醒來了！」許氏一邊說一邊抹眼淚，「兒媳這顆心都快跳了出來，擔心壞了！」

「老夫死不了，妳跟著外面的都回去吧。」林忠德面無表情，許氏卻道：「這怎能行？兒媳乃是長媳，自應照料父親的，我不累。」

「我累。」林忠德看向林政武，口氣中帶幾分不屑，「怎麼？你現在就靠著女人掙臉了？」

這不僅是說許氏，還有林綺蘭……

林政武一驚，轉瞬便滿臉鐵青，被自己父親如此諷刺，不就是一把刀戳了心裡？

「妳回去！」林政武心裡憋著憤怒，那眉眼中所露出的凶意甚濃。許氏不知道老爺子為何會忽然說出這樣的話，只得咬著嘴唇，委屈地告罪離去，臨走時與林夕落擦身而過，咬牙輕道：「有妳好受……啊！」

許氏話音未落就趴了地上。

她剛與林夕落擦身，沒注意到林夕落的披風之下伸出了一個腳尖，正戳了她的鞋上。許氏一躲不穩，直接摔趴，那副狼狽叫嚷，讓林忠德的怒意更盛，林政武更是覺得丟人。

林政齊忍不住笑地轉過身去，林夕落卻笑得很歡，「林家的大夫人，好似姑奶奶回府您是應該前去相迎，以客招待，不過我不拿自己當外人，就不求您招待了，但在我耳邊好似一句客套寒暄都

未有？您這些年是不是把規矩都忘了？可要大伯父再請人來教一教您？」

「妳……妳個跋扈刁鑽的丫頭，跟我提規矩？」許氏指著自己鼻子，滿臉怒氣。林政武不容她沒完，叫著婆子們道：「愣什麼？還不將大夫人帶回去？進了屋子不允再出來，待我回去再說！」

許氏瞪向林政武，似是沒想到他突然變成這樣。林政武壓根兒不看她一眼，只盼著她立即消失在眼前。

看著許氏被帶走，林忠德躺在軟榻上道：「是該學一學規矩了！老三，明兒你的媳婦兒出來幫著管管府裡的事，別總在一旁享清福，一群混帳！」

「是，我這就去告訴她，絕不讓她再偷懶了。」林政齊雖被罵混帳，卻依舊在笑，這是老爺子的性格，而這一句話可謂是要分大房手中的權了。

林政武不敢還嘴，林忠德擺手攆他走，「回你的院子去，將這些事都處置明白再回來見我！」

「是。」林政武雖不情願卻也得答應，與林政齊先後離開，屋中只剩下林夕落與喬高升。

喬高升可是親眼見到了林夕落的厲害，就從來沒見過在何處都如此不守規矩的女人。林家可是百年大族，幾代家主都是朝廷言官，家中女眷也是知書達禮、賢良淑德，怎麼就出了這麼一個奇葩……

這種想法喬高升也只敢放在心裡不敢言出，而這一會兒，林忠德讓身邊的下人們都退去，看向喬高升道：「喬醫正，老夫的救命恩人！」

「不敢，林大人乃是朝廷頂樑，卑職身為醫者，自當盡心盡力。」

喬高升客套話張口即來，都不用事先琢磨，林夕落在一旁道：「喬太醫的女兒錦娘我甚是喜歡，祖父，不妨就攀了親吧。十三叔今年已近十六，該訂一門親事為林府添喜了，否則您都要抱重孫子，他還沒成家呢。」

林夕落提及親事，喬高升的臉上湧了一分喜意，直直地看向林忠德。

林忠德微微點頭，「既是妳開了口，祖父怎能不答應？都交了妳來辦吧。」

「我又不是林府的掌家人，我來辦不合適，我只給封銀子，別的事可不管。」林夕落說著又提議：「您若是信得過，就讓孫女的母親來幫忙，不過醜話說前面，來幫忙可是為了十三叔，別人想插手插嘴的可不行。」

「行行，老夫怕了妳！」林忠德看向林夕落的目光中滿是慈祥，其實他用藥不久就已經醒來，而後聽著屋中吵嚷，卻是老大家的不依不饒，這只是他生病昏迷不醒，如若他真的沒了呢？

病床上的人不自覺都會萌生同樣的念頭，故而林忠德對林夕落更為看重，對大房嗤之以鼻……

林夕落自不知道林忠德早已醒來，還以為他是因喬高升能即時前來救命而樂於攀親，「喬醫正，我可是當了好人了，只是這好事還得你點頭，不知你可否樂於將錦娘嫁與我十三叔？」

「樂意，自當樂意！」喬高升笑著點頭，「成了林大人的親家，乃卑職之榮幸！」

「你自當榮幸，還高我兩輩了！」林夕落杏眼兒一瞪，喬高升連連擺手，「魏五奶奶，您可別惱，卑職說句不中聽的，連林老太爺都如此哄著您，卑職就算長您一輩兒，又哪裡敢惹您？」

林忠德接話道：「老夫讓喬醫正見笑了！」

「祖孫之情，理所應當。」

「夕落，先派人送喬醫正回去吧，他太過勞累，不能再耽誤他的正事。」林忠德有意送客，而喬高升得了結果也無心再寒暄下去，他要即刻回家告知家中人，「耽誤談不上，林大人往後有需要卑職之時，就讓人去告知一聲即可。」

「多謝！」林忠德虛弱無力，手還不能舉起，林夕落便送喬高升出門。

喜笑顏開，合不攏嘴，林夕落看著喬高升這模樣，不由輕笑，「喬醫正，這可還沒出林府。」

「那又如何？」喬高升往左右掃看兩眼，「不過還是要謝過五奶奶。」

「你甭來謝我，回頭讓錦娘去侯府找我，我還有事與她詳說。」

林夕落找喬錦娘欲做何事，喬高升自當心裡清楚，「五奶奶放心，往後錦娘在林府可還需妳照應著，唉。」看到許氏那苛刻樣，還有老爺子院子裡站的那滿滿的人腦袋，大家族有大家族的弊端，喬高升怎能不知？

自己的女兒若想在這府裡頭得以清閒，別人指望不上，還得是這位五奶奶……

「回吧。」林夕落讓林大總管送喬高升回府，她則站在院中思忖片刻，才回了林忠德的房間。

老爺子已經被下人們抬回了內間，輕咳不止，看到林夕落進門，便擺手讓下人離去。

「丫頭，你們這一家子可是要把老夫折磨死啊！」

祖孫兩人單獨相談，林忠德忍不住抱怨一句：「姑爺打算怎麼辦？豎賢告知此事乃他的計畫，不知他這是打算幹什麼啊？」

林夕落見林忠德目光中的探問也著實頭疼，她一來不清楚魏青岩詳細的籌謀，二來即便知道，也不能告知林忠德，不過這人怎麼還不來？

魏青岩此時正在宮中，彈劾他的摺子皇上已經看過，交由太子周青揚處置。

周青揚一早便將魏青岩召進宮，拿著摺子道：「這摺子你可看過？」

「微臣怎能見過？」魏青岩嘴角輕撇，「不知殿下今日召微臣前來有何吩咐？」

「林豎賢剛被調進都察院，第一個摺子就是彈劾你，斥你不尊本宮，橫行幽州，不上朝、不奉召，難道你事先不知？」周青揚根本不信，「你又何必隱瞞本宮？本宮絕不信他此舉乃真心所為，恐怕是與你商議好的吧？」

「殿下，都察院審查文武百官，微臣既然有錯被指出，自當是他明察秋毫，殿下卻說是我指

使，這罪名太大，微臣承受不起。」魏青岩慨然道：「殿下如何懲治微臣，微臣只聽責罰即可。」

「你是忠良之臣，本宮自當知道，父皇對你也恩寵有加，本宮實在不知如何處置才好。如若依著大周例律處置，這罪名可著實不輕啊！不妨就將此摺子壓下，本宮駁了他，你有什麼可對本宮說的嗎？」

周青揚目光中帶著試探，更期望魏青岩認從歸於他的麾下，他一直想探那麒麟樓的私隱……可如若他不肯投靠？如今處置的王牌可在他的手中，他就以為自己不敢駁了他的官？

周青揚對魏青岩惜才卻也恨才，他想拉攏魏青岩為己用，又恨他的張狂和不自制，與他相談從沒得過他的半點兒逢迎之意。他一定要讓他服軟，此次絕不罷手。

魏青岩看他面色複雜，臉上卻分毫懼意未有，拱手道：「殿下惜才，微臣感激不盡，若依大周律例而處，微臣自當要卸任官職，回家閉門反省，微臣認罰。」說罷，將腰間佩刀和官牌摘下，放置宦官托盤中，「微臣這就回家反省，草民告退！」

周青揚咬牙切齒，在猶豫是否要派人將魏青岩拿下的功夫，魏青岩已經離開皇宮。

門口有侍衛在等待，待上前說明五奶奶此時正在林家，林老太爺氣昏過去後，魏青岩直接上馬，奔向林家。

雖說他卸任官職，自稱草民，可宣陽侯府的盾牌還擋在身前，誰人敢上前斥他駕馬縱行？

行至林府，林夕落仍在林忠德的屋內，林政孝也已回來與老太爺說著朝堂之事，更在分析姑爺這般做法的用意。

終歸是自家人向著自家人，依照林政孝這番析解，魏青岩此舉是妙計而非魯莽糙舉，林忠德聽了半晌則道：「別說了，無論你如何說，事情也已至此，老夫又能如何？兒孫自有兒孫福，何況你家這位姑爺，連老夫都惹不起。」

林政孝聽得啞口無言，不知怎麼回答，林夕落則在一旁吐舌，魏青岩最初來此地為她及笄插簪，不就是來逼著林忠德撤回彈劾的摺子？

「回老太爺、七老爺、九姑奶奶，九姑爺到了！」

下人們回稟，林忠德點了頭，可等半晌魏青岩都沒進門，詫異之餘，林夕落出門去看，卻是林政齊將魏青岩給攔住，正在問他太子之意。

林芳懿如今在太子身旁隨侍，而這次周青揚不允太醫來探病，險些讓老爺子出了事，林政齊的心裡始終留個疙瘩。聽說魏青岩剛從宮中而來，更是辭官成庶民，林政齊這一張臉好似被捶一拳頭的豆腐，難堪得快沒了形狀。

就這樣卸任了？而且還是自己主動要求？

林政齊覺得心快跳出嗓子眼兒，這位姑爺的膽量無人能敵，更無人有他這般瘋狂。

「……此舉不覺得太過魯莽？太子殿下分明是有意拉攏，您又何必如此？」林政齊這話是在試探，他自己掂量不出太子的輕重，可魏青岩終歸是侯府之人，又在皇上身邊輔佐，知道的消息和眼界定比他們多……

「犯了錯就要認，即便太子拉攏，這過錯也在，認了便罷，否則皇上也不會將此事交由太子處置，何必讓太子殿下為難？」魏青岩的大義之態讓林政齊扯了嘴角，騙鬼呢，誰信啊！

可這般回答已經是在畫圈，顯然他在魏青岩這兒也問不出什麼來。

這一會兒林夕落從屋中行出，魏青岩朝著林政齊拱手，隨即走上前，「祖父身體怎樣？」

「拽著喬高升來給診的，他為人不怎樣，倒還真有幾分本事，一碗藥下去，祖父就醒了。」林夕落說到此，心中感嘆，喬高升還說了，如若一副藥還不醒，那就可以辦喪事了……

魏青岩點了點頭，「那就進去說吧。」

林夕落應下隨之進門，林政齊在門口猶豫是否要跟進去聽一聽，可還沒等他做出決定，林大總管和小廝丫鬟們已從屋中出來，關上了老爺子的門，明擺著是不允外人相見了。

屋中，林忠德聽到魏青岩自請卸任一事，眼白都快瞪了出來，「就一句話自己卸任了？這……這不是胡鬧嘛！」

「何為胡鬧？」魏青岩一臉輕鬆，「國事不如家事，如今我有心照料夕落，帶她四處遊玩豈不更好？爺不缺銀子。」

林忠德嘴角抽搐，「這怎是銀子的事，你到底心裡有何打算？讓林豎賢彈劾你，又主動辭官？老夫是猜不透你這心裡揣得什麼花樣了！」

「夕落，妳還在一旁笑？」

林政孝半晌沒插嘴，可見林夕落一臉滿足地笑著，不由苦澀搖頭，這丫頭的心得多大啊！

「那又怎樣？我還哭啊！」林夕落笑得沒心沒肺，魏青岩抓了她的小手，也心知要給林忠德一定心丸吃，否則這老頭子說不準氣火攻心再昏過去。

「此事說起來就好比您養了幾條狗，本有一條您養了多年，且最喜歡的、最寵愛的狗，每當有好吃好用的都先可著這一條，而另外幾條只能吃剩的。雖說這一條並非最厲害的，卻是最為享樂的，可某一日您出了遠門，這一條狗則對其他同伴呼來喝去，忽然發現當主人最好，何必只當一條最受寵的狗？」魏青岩說到此，意味深長地看著林忠德，「而您，如若被這條狗咬了一口，心裡會有什麼變化？」

「你是說他？」林忠德自當聽出魏青岩把幾位王爺都比喻成了狗，而太子就是最受寵的那一條……雖說這做法讓老爺子難以接受，可這其中所講的道理他卻心驚。

魏青岩淡淡地道：「遠離為好。」

「如若身不由己呢？」林忠德急著追問，若依照魏青岩的比喻來說，他們這些臣子便是連狗都不如了。

「何來身不由己？不過是圈外圍觀之眾，誰想進去挨咬誰就去！主人可是在等著狗咬累了，好為其拔牙呢！」魏青岩說罷不再開口，反而看向林夕落道：「想去何處遊玩？可以定下了。」

林夕落的腦子還扎在他剛剛那番比喻當中，雖說也聽懂了，但這件事畢竟還牽扯林家，她不能如魏青岩那般淡定從容。

「哪兒都不想去，累。」林夕落這話被林忠德當成孺子可教，沒有就此撒手出遊，可林夕落後一句卻讓老爺子連連咳嗽不止。

「還是開麒麟樓雕木鋪子吧？這事兒最合我心！」林夕落說完，魏青岩點頭，「行，爺陪著妳當木匠。」

魏青岩寵溺的應答，讓林政孝也嘆氣，自己這姑娘和姑爺真是絕配，可他怎麼就覺得彆扭呢？事情說得差不多了，林忠德重病剛醒，林夕落讓林大總管將喬高升所開的藥方收好，更是囑咐道：「你可要親自動手，一樣一樣地看，千萬別弄出錯，這府裡也就靠你了！」

「九姑奶奶放心，老奴知道該怎麼做。」林大總管應下，魏青岩與林夕落便隨同林政孝一起離開林府。

回了景蘇苑，林政孝約定過一日見面再敘，魏青岩也沒帶林夕落即刻就回侯府，而是去了福鼎樓吃飯。

福陵王此時也在，看著夫妻兩人點了一大桌子菜，不由心疼，「剛成了庶民就來本王之地大吃大喝，這可是多少銀子？無官職在身，見了本王還不磕頭？」

魏青岩瞪他一眼，「我磕，您敢接？」

「怎麼不敢？」福陵王說完伸出脖子湊近他，「怎麼著？你還有私密的聖旨不成？」他絕對不信魏青岩是個掉了官職的破落官，他能如此輕鬆卸任，恐怕是另有目的。

「聖旨您自當知道，麒麟樓的鋪子。」魏青岩說到此，福陵王落下心底，「這事兒也的確值得上心，可如今就要本王在那裡盯著了，以你如今的身分恐怕不妥。」他卸任官職，於情於理都不夠再阻幽州城內的官兒們上門找麻煩了。

「那就勞煩王爺了。」魏青岩說得輕鬆，「我就在匠師的鋪子裡陪同夕落雕物件賣銀子。」

「合著你把得罪人的勞心活兒都推到本王身上？你倒是輕鬆！」福陵王翻了白眼，他還以為魏青岩有什麼別的辦法來阻擋那些找麻煩的，孰料還真這般放心大膽地讓他插手。

「您是王爺，我是庶民，自當要信任您。」魏青岩說著，往嘴裡塞了一大塊叉燒肉，「香！」

「就知道你沒揣著好心！」福陵王看向林夕落，「五弟妹，妳就不覺得如今從官夫人成了庶民夫人心中失落？怎麼不勸阻一二？」

「失落什麼？有銀子走遍天下，可當官的有銀子也寸步難行，何況庶民怎麼了？我都被斥罵成匠女了，不也一樣活著？」林夕落說完抿嘴一笑，看向魏青岩道：「是吧，五爺？」

「聰明，說的對！」魏青岩難得露出笑意，看著福陵王那張神色複雜的面容，又道：「至於嗎？這不也是你想得到的？如今麒麟樓的雕木鋪子都交到王爺手中，您還惦念什麼？我可是庶民了，沒有俸祿，往後可是您管飯。」

「還是本王倒楣！」福陵王雖如此說，卻是在笑，魏青岩這句話戳中了他的心坎兒，更是與他站了同一戰線之上，這句是結盟的諷刺，而非熱絡的推辭。

魏青岩見他露笑，朝著門口道：「拿幾罈子酒來，爺卸任，要喝個痛快！」

「本王與你不醉不歸，輸給本王，往後來此就是高粱米飯；贏了本王，隨便你天天胡吃海喝，

本王頓頓奉陪！」福陵王張口叫喝，魏青岩自當應下，「贏定了！」

林夕落看著兩人叫號拚酒，不由微笑。可這兩人不僅單純拚酒，還邊喝邊下棋，或是提筆在屋中的牆上胡亂行字作畫。瘋癲了一晚，兩人也未分出勝負。

魏青岩大醉地癱在躺椅上一動也不動地呼呼大睡，而福陵王早被侍衛抬去外面休歇，臨走時口中還叫嚷著：「喝！」

這一晚，他們兩人心情暢快，而皇宮當中卻沒這般平靜……

周青揚獨自在屋中發飆，他沒有想到魏青岩會主動請辭。

想起他白日與自己對話時的淡漠，主動辭官就好似是在對他這位東宮太子的嘲諷。

魏青岩……周青揚將屋中所有物件全都砸了個稀爛，本宮早晚要讓你不得好死！

「殿下！」門外一聲輕呼，一位窈窕少女行步進來，牡丹圍胸棉裙外披著一層輕紗，白皙光潤的皮膚若隱若現，特別是那雙狐狸媚眼中所露出的挑逗，格外誘人。

周青揚目光更凶狠，因此人非是旁人，而是林芳懿。

林芳懿跟隨太子妃許久，而後被周青揚調至身邊侍奉，時至如今，她雖與太子同浴同寢，可依舊是處子之身。如若是其餘的女子或許覺得慶幸，可林芳懿卻是心中極其難平，她忍旁人所不能忍，容旁人所不能容，為的是什麼？

不就是為了某一日周青揚要了她的身子，她能得到東宮的封號？

可即便她赤身在他面前，周青揚都未動分毫，甚至曾想將她賜給其他的王爺。

她不想，她要做太子的女人！

周青揚的目光一直跟隨她至身前，林芳懿微微福身，「殿下，您該服藥了。」玉指纖纖端起藥碗至周青揚的嘴邊，周青揚的視線卻是落於她半裸的胸部。

林芳懿沒有羞赧地低頭，反倒是挺了起來……

林家人！

周青揚似是尋到了發洩的管道，林家人一直不肯投靠他，左右逢迎實在可惡，而林豎賢上了摺子之後，得皇上封賞，奔西北而去，對於他的拉攏沒有跪地叩恩，反倒平淡如常。

「妳過來。」周青揚的聲音冰冷，林芳懿朝前走上幾步，「殿下請服藥。」

「啪啦！」周青揚擺手將藥碗摔碎，一把扯下林芳懿外層的薄紗，再一把拽下她的圍胸。林芳懿驚愕之餘，臉上湧起媚喜。

周青揚捏著她的脖子，將她按在床上，洩憤般的啃咬。

林芳懿喜意沒撐多久，難忍地掙扎，可動了幾下就被周青揚牢牢按住，「再動就賜死！」

林芳懿瞬間停住，任由他如瘋子般肆虐，當那癡望已久的堅硬進入她的身體時，疼痛難忍的心陡然興奮起來，她成了太子的女人，這是她在東宮邁進的第一步，而這步是她的坎兒，邁過這道坎兒，她總有飛黃騰達的那一天。

她目光之中那面容扭曲的周青揚格外的高尚，因她將他看成了權勢的標竿，而非一個男人，她林芳懿只要權勢，不需要男人！

這一夜，東宮的寢宮內瘋狂一晚，翌日一早，林芳懿拿了落紅的單子獲得婕妤封號……

林夕落與魏青岩還沒等回到宣陽侯府，就聽說了林芳懿被太子收入東宮的消息。

說起這消息，卻是福陵王一早傳來的。

昨晚魏青岩喝得酩酊大醉，林夕落自知不能跟他回宣陽侯府，只得讓侍衛帶著他一起回麒麟樓歇息一晚，可早上醒來正吃飯的功夫，福陵王就派人前來提前告知。

林夕落一面感慨福陵王的消息靈通，另一面則感慨林芳懿這時候成了太子的人。當初她可險些被太子賞賜給福陵王，如今被封為婕妤，是她心中想要的嗎？

林豎賢第一封摺子便是彈劾魏青岩，而昨日魏青岩又辭官，今日就傳來林芳懿被冊封的消息，這些事情恐怕都有牽連，沒那般簡單。

林夕落看向魏青岩，「這可是太子在逼著林家靠攏過去？」

魏青岩點了點頭，「手段略微下作，但妳那位三伯父恐怕要多思忖一二了。」

「三伯父應該不會如同父親待我這般慈愛，只看太子能許出什麼條件了。」林夕落感慨，「林家是明擺著要四分五裂了。」

林政武跟隨齊獻王爺，林芳懿被封為婕妤，林政齊、林政肅定會被安上太子一系的標籤。魏青岩如今與福陵王站在一條線上，而林政孝定無二話，連林政辛都是這一根繩子上的人。就不知老太爺聽了這個消息後，是否會再被氣昏過去？

林夕落與魏青岩正在用飯的功夫，門口有侍衛來稟：「五爺，侯爺請您立即回府。」以往稱他為魏大人，如今魏青岩辭官則改稱五爺，林夕落餘光看著魏青岩，他卻似乎毫無感覺，只點頭道：「稍後就回。」

「是。」侍衛前去回稟，魏青岩見林夕落那般瞧他，不由捏了她的小鼻子，「看什麼呢？」

「之前人人都稱你為魏大人，如今改了稱呼，你心裡有沒有一點點的失落？」林夕落豎起小拇指盯著他，魏青岩攥其手中，「官職早晚還會回來的，有何失落之感？」

林夕落笑容更燦，「你就這般有信心？」

「我辭官的消息恐怕昨日就已經成摺遞向西北，我更想得知皇上會有什麼反應。」魏青岩話語玩味，林夕落略有不明，「你期望皇上有何反應？」

魏青岩沒回答，反問道：「妳猜？」

「我怎能知道？」林夕落用手拄著小臉，「如今要想辦法解決的是侯爺這方你如何回答吧？」

提及宣陽侯，魏青岩的喜意消失，「走吧。」

宣陽侯昨晚得知這個消息，快氣吐了血，而後得知魏青岩與福陵王拚酒喝得酩酊大醉，他這一宿都沒睡著。

雖說宣陽侯對太子威逼利誘的行為心中有數，可他就不明白魏青岩此舉到底為何？那位可是東宮太子，皇上還能另立新儲？

之前魏青岩無論有何行動都會提前與他打一聲招呼，可如今他卻是最後得知之人。

出門歸來就被朝堂的其他官員堵住探問魏青岩為何辭官，宣陽侯不信，只道是謠傳，而後還是吏部的人確定此事，宣陽侯才勃然大驚。驚後是怒，可他獨自在侯府中怒了一天，魏青岩卻壓根兒沒回來，而是去了林家。

林忠德這個老東西是言官之首，被彈劾得罷官，他居然還去探望，這小子到底在搞什麼鬼？

這一宿宣陽侯都沒能歇好，這才一早就派人前去麒麟樓讓他夫妻二人回來。

魏青岩與林夕落回到侯府已近午時，宣陽侯氣得吃不下、喝不下，得知魏青岩回府沒有立即來他這裡，而是先回了郁林閣，氣得又拍碎一個桌案，隨後嚷道：「他不來，老子去找他！」

故而，沒等魏青岩與林夕落出門，宣陽侯就找上門來。

「到底怎麼回事？這麼大的事都不先與本侯商議就擅自決定，你的眼裡還有沒有這個家？還有沒有本侯？你放肆！」宣陽侯一巴掌又拍在桌案之上，林夕落在一旁看得直心疼，連一個石桌都能被宣陽侯的巴掌拍出弧度來，他這手不疼嗎？

魏青岩好似早已料到他會這般問，臉上分毫驚訝都沒有，「怎麼？你巴不得我去賣命？」

「混帳！」宣陽侯躊躇半晌，蹦出這兩個字，「如今辭官，皇上還不知道會有什麼反應，你往後怎麼辦？」

魏青岩神色恬淡，仰頭道：「怎麼辦？陪著夕落遊玩，當木匠掙銀子，豈不瀟灑樂哉？」

「樂個屁！」宣陽侯怒道：「本侯不允！」

「官已經辭了，你不允又有何用？」魏青岩聳了聳肩，「皇寵越盛的人死得越快，那幾位都是皇室血統，皇上縱使大怒，那也是他的種。不知何時我就被當成這樣一個倒楣人被逮住，我為何不躲？何況雕木鋪子的事乃皇上密旨，不容任何人插手。」

提及雕木鋪子，宣陽侯的氣焰略減一些，「你就不怕哪日皇上翻臉？」

「怕有何用？」魏青岩冷笑，「活到這麼大，如若知道害怕二字，我能有今日成就？還不是侯府裡的奴才。」

宣陽侯語塞，冷哼一聲，「你胡扯！」

「實話。」魏青岩淡漠的表情刺痛了宣陽侯的心，

「不許你隨意亂走，待皇上旨意傳回再說，否則你成了庶民，侍衛不能跟隨出行，見官都要禮拜三分，你可小心自個兒這條命，恨你的人不在少數，別丟了命還連累本侯。」宣陽侯冷言告誡，

魏青岩嘴角微動，「我就在等他們。」

宣陽侯終究無語離去，林夕落在一旁聽這父子二人對話，心中實在不解，這是父子嗎？

魏青岩看著她那小臉苦澀的模樣，不由笑了，「想什麼呢？」

「沒什麼。」林夕落不敢將心中疑問說出口，「頭還疼嗎？昨兒與福陵王拚酒也未分勝負，咱們去了，他可是高粱米飯對待？」

「他敢那麼做，我就在他碗裡下瀉藥。」魏青岩調侃，林夕落笑語不停，「怎麼可能？那位王

爺心眼兒比誰都多。」

「不信？」魏青岩停頓片刻，「那妳可否知道，在妳身邊有人護衛？」

「我？」林夕落瞪了眼，隨即四處瞧看，「在何處？」

魏青岩拽著她往屋內走，詭異一笑，「我帶妳見一見。」

林夕落紅著臉，斥道：「討厭！」還能是誰？不就是他自己？

可進了屋，林夕落只聽魏青岩一聲哨響，屋內陡然出現一個人影，伏地拜道：「五奶奶安。」

林夕落嚇了一跳，在屋中轉了一圈都沒瞧見何處能藏人，這人是從哪兒冒出來的？

魏青岩站在一旁盯著她，看她慌忙的模樣，不由擔憂起來，不會將她嚇到吧？

黑衣人自是上一次魏青岩吩咐守護林夕落之人，他目光在也隨著這位五奶奶，心中更納罕大人怎會當著五奶奶的面讓他出現？他們這一群暗衛是見不得旁人的……

林夕落在內間之中看遍了所有的地方又跑回魏青岩面前，瞪著雙眼，蹙眉嘟嘴問道：「他藏在何處？就在這屋中……那豈不是什麼都看到了？」

魏青岩驚呆，回過神來，哈哈大笑，看著她那通紅的小臉，忍不住將她摟在懷中，這個女人，思維就是與常人不同。若是尋常女子，恐怕早已嚇住，而她卻更在意是否被看到閨房之樂……

林夕落打量著此人，而魏青岩不避諱地與此人談起話來。

「那方怎麼樣了？」

「回大人，已經部署好，開始清查。」

魏青岩點了點頭，「如今的人手增加多少？」

「已有百人。」

「還是不足。」魏青岩目光沉靜，「大周國域四面八方，區區百人不過是風中的沙粒兒，還要

增加。」

「卑職正在尋覓當中。」

「你辛苦了。」魏青岩提及一個人：「派兩個人跟著林豎賢，他欲彈劾何人，你們便徹查何人，拿出強而有力的證據交與我。即便沒有，也要想辦法有。」

「卑職遵命。」

「去吧。」魏青岩擺手，黑衣人拱手，林夕落卻是好奇，「你叫什麼？」

此人一愣，好似回想許久才開口道：「薛一。」

說罷，從耳房離開，消失在角落的黑暗之中。

林夕落好奇地瞧著，直至薛一的身影看不見。

魏青岩見她抻著脖子，不由問道：「怎麼？好奇？」

「他應該不會偷看吧？」林夕落輕吐舌頭，隨即小拳頭捶在魏青岩的胸膛，「居然還有這等人在此，你為何不早告訴我？」

「此事除妳我之外，無第三人知曉。」魏青岩說到此，感慨道：「這是我最後的王牌了……」

林夕落的拳頭停下，斟酌片刻才開口：「他們都是些什麼人？」

「死士。」魏青岩兩個字讓林夕落渾身一抖，「憑什麼認定他們是死士？不會有背叛之人？」

「那妳男人豈不是太無手段？」魏青岩撫著她的額頭，「與他們同生、同死，背叛者眾人得以誅之。不會沒有背叛之人，只得以血祭來遏制他們的野心，不過他們如今只幫我做些明面上不方便動作的事，如若真到了捨命之時，那恐怕就是妳我最危機之時了。」

魏青岩這話讓林夕落心憂，「至於嗎？」

「希望一輩子都不會出現，只為以防萬一。」魏青岩將她拉入懷中，林夕落小腦袋四處探看，

擔憂薛一還在看著他們。

魏青岩扳過她的臉，「看什麼呢？他早走了！」

「你確定？」林夕落不敢信，魏青岩咬她的小臉一口，「我確定。」

林夕落鬆口氣，「有外人時時看著自己，讓人不舒服。」

「妳我二人單獨相處之時他會走遠，我不在侯府時，他會隨身護衛妳。」

林夕落放下心來，靠在他寬闊魁梧的肩膀之上，手臂摟著他的胳膊，「讓你一說，怎麼心中不安了呢？」

「放心，一切有我。」魏青岩說完此話，思緒不知飄向何處，林夕落抬頭仰望著他臉上的複雜表情，雖不能理解，卻看得出他的痛苦，不由摟緊他的胳膊，嘀咕道：「也還有我。」

魏青岩面色輕鬆，將她緊緊地抱在懷中，兩人無言，就這般靜謐地親暱著……

齊獻王府之中，林綺蘭與秦素雲正在說著林芳懿被封為婕妤的事。

林綺蘭得知這個消息自然是秦素雲所說，咬牙切齒，心裡甚是不平，她是齊獻王側妃，而那個死丫頭居然成了婕妤？

她怎麼不死？

雖說婕妤只是個品級低等的宮人，但林綺蘭心中也不能容。

對於她來說，她恨林芳懿不下於林夕落，甚至有過之而無不及。

自幼與她一同成長，林芳懿處處都壓她一頭，臉蛋比她美一分，族學的各科課業也都比她好一分，可她是林府的嫡長孫女，而那林芳懿的爹是庶出的，她憑什麼就比自己強？

當初她嫁給齊獻王就等著看林芳懿的笑話，而後得知她進了宮當個宮女，她便視之為無物，笑

話！進了宮當宮女的，能有幾個出頭之人？那可是比登天還難……

孰料未過多久，便傳出林芳懿侍奉太子妃。

林綺蘭有心挑撥卻一直下不去手，齊獻王與太子之間的恩怨她也聽說了些，而秦素雲每次進宮都不帶著她。她將心中怨恨全都加在林夕落身上，可沒想到這個女人她還沒想出辦法來鬥倒，林芳懿卻成了東宮的婕妤。

這是在她心頭之火添了一勺油，讓她連喘氣都似火燒一般。

「林婕妤是妳的族妹，關係也親近，稍後還是準備一份禮送去祝賀，別失了禮數。」秦素雲自不理會林綺蘭的憤恨之色，只吩咐了這句便想讓她走。

秦素雲越發的不喜林綺蘭，並非因她是齊獻王側妃，而是她不喜她的心不正。

「王妃說的是，林家近親當中也就婢妾與林婕妤、林夕落姊妹三人，如今都有了著落，婢妾這顆心也能放下了，否則身為長姊卻不能在妹妹的親事上幫襯一二，倒成了婢妾的心病了。」

林綺蘭話語說得客套，秦素雲不願接，「都是妳娘家的事，自己斟酌吧。」

「婢妾想先去宣陽侯府尋夕落，林婕妤也是她的姊姊，婢妾與她兩人商議怎樣為林婕妤慶賀一番才好。」林綺蘭說出這話卻讓秦素雲又定下神來看著她，「王爺可已有過吩咐，這時候不許去尋宣陽侯府鬧事。」

「王妃這話婢妾不懂，婢妾只是想與妹妹們聚一聚，怎能是鬧事？」林綺蘭滿臉的委屈，秦素雲便道：「只是提醒罷了，怎麼做是妳的事。」

林綺蘭當即起身，「婢妾省得，絕對不會給王府添亂……何況婢妾的妹夫如今辭官不做，婢妾也想去安慰安慰妹妹，怕她心中難受，過不去這個坎兒。」

秦素雲不由冷笑，「是什麼心就不用與本妃說了，妳自個兒心裡清楚。退下吧，本妃累了。」

「婢妾告退。」林綺蘭離開往自己的院落行去，這一路上她都在想著林夕落。

魏青岩辭官不動，王爺怎麼分毫反應都沒有？他難道不想知道其中有何隱祕？林綺蘭心裡甚是焦慮，更憎恨齊獻王的薄情寡義。她只有巴結著王爺幫他做事之時才能得見一面，除此之外，他連話都不屑與她說半句。

這也並非是齊獻王單純的好男風而不近女色，他初一、十五兩日都歇在王妃的屋中，每日歸來也都與王妃見一面敘上兩句才離開，可她比王妃差在何處？

林綺蘭不免又起了心思，看來要先回林府與她母親相談，問些魏青岩辭官的細聞，然後再考量如何能在王府出頭了……

揣著這樣的心思睡去，林綺蘭卻不知道齊獻王與秦素雲也正在說著魏青岩辭官的事。

「……這小子辭官居然還作樂，與福陵王喝酒大醉，而林忠德氣昏過去之後對此一字不提，他到底揣著什麼花花腸子？」齊獻王坐在榻上，秦素雲為他洗著腳，「綺蘭今兒說要去安撫侯府的五奶奶幾句，妾身囑咐她送禮給東宮的林婕妤一表慶賀之禮。」

「妳做的對。」齊獻王肯定地點頭，「她能問出什麼來？魏崽子的嘴比誰都嚴。」

秦素雲只笑不語，與齊獻王相處多年的經驗，她話語只提七分不說十分，反倒是讓齊獻王對她格外的放心。

齊獻王的心裡一直都在揣測魏青岩與太子的動作，他不好那個萬人之上的位子，他只想要實權。手無實權，將來太子上位，他能拿什麼保命？而最實在的就是軍權，可如今軍權被幾方把持，最重的那一方則在宣陽侯手中，說白了也是在魏青岩手中。

莫看他如今瀟灑辭官，這幫兵痞子可是只認跟他們血海裡拚出來的人，這份情絕非是單純的銀子和實權能買到的。

可齊獻王想到此也心中憋屈，想握軍權他就要出兵打仗，如今四海昇平，他打什麼仗？何況出征便是九死一生，他可是極為珍惜自己的這一條命啊！

還是等……等看皇上如何評斷魏崽子辭官的事吧！

翌日，魏青岩辭官在家歇著，便與林夕落膩到日上三竿才起了身。

正用著飯，冬荷從外進來，「奶奶，一早就得了帖子。」

林夕落打開一看，卻是林綺蘭邀她在四方亭一同聽戲。

無事不登三寶殿，這女人又打了什麼主意？

林夕落將帖子放於一旁，並沒有直接給出答覆，而是跟著魏青岩去吃飯。

這一頓飯林夕落吃得心不在焉，魏青岩也沒有打擾，直至用飯過後，他才道：「如若想去，不妨見一見。」

「我才無心見她，就是怕拒了她的邀約，難保她背後又揣著什麼壞心眼兒，」林夕落說到此，不由得苦笑，「去還怕中了圈套，不去又怕她窩藏禍心，一個人活成這樣，她不覺得慚愧？」

「這不過是妳心裡想的，她為何要慚愧？」魏青岩笑著撫她頭髮，「我陪妳去。」

林夕落拿著那張帖子，帶著調侃道：「這上面可是說了，都是女眷出席……」

魏青岩忍不住拿了帖子來看，卻見其上標著各府的夫人，且顯然都是齊獻王一系的人。

「那就稍後去接妳。」魏青岩帶幾絲無奈，如若是面對男人，他自可出面撐腰，但面對一群女人，他頭大如斗。

林夕落抿嘴一笑，忽然想起暗衛，悄聲道：「薛一可否會跟著我？」

魏青岩點了點頭，「如有急事，他自會出現。」

林夕落心中一暖，吩咐冬荷去通稟外面傳信的人：「告知齊獻王側妃，我自當會到。」

冬荷出門去傳話，林夕落又重新沐浴更衣，因今兒除卻林綺蘭，還有其他府邸的夫人。魏青岩辭官在家，她自當要好生裝扮一番，免得被那群女人帶著刺兒地找麻煩。

沐浴後換上一套如意緞花吉服，外罩了一件薄羊絨披風，祥雲髻上插一紅翡滴珠鳳頭金步搖，與魏青岩各人一半的銀針木簪也沒有落下，而是別在了髮尾。

臉上略微施了淡淡的脂粉，更添幾分柔媚貴氣，特別是那一雙吊稍的杏核眼，帶著股子不屈不撓之色。

林夕落甚少大肆裝扮，如今一折騰，倒讓魏青岩移不開雙眸，「……後悔讓妳去看戲了！」

「嗯？」林夕落一時沒明白他話中含義，待緩過味兒來才輕啐一句：「早幹麼了？」

「不能再延些時辰？」魏青岩忍不住摟她，林夕落推躲不開，而一旁的冬荷早轉過身去偷笑。

林夕落硬從他懷裡掙開，「好不容易裝扮一次，不許攪亂。」

魏青岩嘆了口氣，「那就等著去接妳。」

林夕落面紅地點了頭，兩人出了郁林閣，魏青岩將她送至四方亭便先去了麒麟樓。

林夕落下了馬車，小廝遞上帖子，當即有人引請。

林綺蘭與眾位夫人正在吃茶果點心，今日秦素雲沒有在場，她成了眾夫人之首，齊獻王麾下的眾位夫人則多了巴結的機會。

說好話是不花銀錢的，無論是正妃、側妃，總之，將她哄得心裡舒坦才是最好，無巴結心思的夫人則在一旁圍觀地聽著，時而露出幾分笑容來搪塞敷衍。

林綺蘭臉上笑著，享受著被人捧高一等的榮耀，心裡則在尋思著林夕落怎麼還不來？今兒宴請聽戲，為的就是她……

「喲，這時辰也快到了，慶喜班都已經擺好了臺子，林側妃，可是這會兒就過去了？」一位夫人瞧不慣其他夫人們絮叨沒完，陡然插了一句嘴，眾人停了話題看向林綺蘭，而她則看向一旁的丫鬟，丫鬟搖了搖頭，示意門口還沒有來人通稟。

林綺蘭的神色涼了下來，林夕落既然已經答應了，就不會反悔，否則便會直接拒了……

「還是再等一等，今日除卻各位夫人之外，還邀請了本妃的妹妹，宣陽侯府的魏五奶奶。她可能遇上些事略有耽擱，大家莫急。」

林綺蘭似笑非笑地說了一句，眾位夫人沒了話，側妃的妹妹，誰敢不等？

可對林綺蘭與林夕落之間的關係略有耳聞的夫人則多了心，那魏五爺可是剛剛主動卸官，林側妃就請她的妹妹來，恐怕是另有心思吧？

這般思忖，州府推官黃夫人不免試探地開了口：「說起這位五奶奶，倒是讓人想起魏大人……不對，是魏五爺請辭一事，林側妃也是有心安撫五奶奶？有這樣的姊姊可真是令人羨慕得很，可惜五奶奶的性子，唉，雖說來幽州城時日不長，卻也有耳聞，林側妃真是良善之人，讓我等敬仰欽佩。」

踩著林夕落巴結林綺蘭，這位黃夫人看到林綺蘭臉上的輕笑，不由心中慶幸，她猜對了！

林綺蘭看向坐在後位的黃夫人，「黃夫人也是個體恤人的，不過既然身為長姊，總應該要做到長姊的本分，她如何做是她的事了。」

黃夫人這話算是拍舒坦了，其他夫人不免也開始插嘴，左一句右一句，可快把林夕落說成了四六不懂、好賴不分的刁蠻潑婦，待說得太久了，林綺蘭輕咳兩聲：「不管怎樣，她也是本妃的妹妹……」

「這自然是，林側妃寬容大度，可非常人能比。」

林綺蘭微微點頭，而此時門外響起通報聲：「宣陽侯府魏五奶奶到！」眾人皆停了話語，看向門外，剛剛有林綺蘭這一番感慨無奈，這些夫人們自當明白林側妃今日宴請眾人聽戲到底為何，說是為了安撫她的這位妹妹，那何必要眾位夫人來作陪相伴？定是想讓這位妹妹在眾人面前出醜，鬧出笑話，那她們可要想好自個兒的角色了……

林夕落進了門就瞧見林綺蘭坐在中間的正位上，兩旁的席位大約有這麼十幾位夫人。

「給林側妃請安了。」林夕落隨意地行了福禮，林綺蘭笑著道：「免禮，今兒怎麼來這麼晚？可是讓眾位夫人好等。」她瞧著林夕落周身上下的打扮，不由補話道：「從未見妳打扮得這麼鄭重，今兒怎麼忽然起了心思？」

林綺蘭這話可謂是故意的諷刺了，一旁的夫人道：「是啊，尋常見五奶奶都是素淡裝扮，今兒倒是出奇了。」

「姊姊相邀，還有這麼多位夫人，妹妹如若不用心打扮，豈不是掃了姊姊的臉面？」林夕落扶了扶頭上的髮簪，「何況五爺如今有空閒的時間帶著妹妹四處遊玩，妹妹心情愉悅，自是有心打扮了。」

聽林夕落這般說，周圍的夫人不由抿嘴不恥一笑。

魏青岩有空閒時間遊玩？卸任成個尋常百姓，自當是有時間的，可這話別人不問，她自個兒率先說出口，卻不知這是聰明還是傻了。

別人不懂林夕落話裡的意思，林綺蘭卻明白。

魏青岩與林夕落之間的婚姻不是媒妁之言，更不是父母之命，兩人之間的情意自然有，可她心儀林豎賢，卻不得不與大理寺卿府的嫡孫訂親，而後又被齊獻王娶走當成可有可無的人相待，她怎能不恨？

林芳懿可恨，林夕落也可恨！

她如今搆不著林芳懿，可林夕落卻逃不開她的手……

「何必呢？唉，姊姊今兒邀妳來，也是怕妳心裡頭想不開，妳這般做豈不是太見外？」林綺蘭當著眾人的面便開始擠兌挖苦起來：「有什麼不舒坦的，都可與姊姊說，好歹姊姊如今還是個側王妃，絕不能眼看著妹妹心裡受苦。」

林綺蘭說著，用帕子擦擦眼角，林夕落則心中冷笑，如若真是安撫，還會當著這麼多夫人的面兒說出口？她這位姊姊還真是好心……

「不是要看戲嗎？怎麼都聚了這兒了？」林夕落根本不搭理林綺蘭的話，而其餘的夫人臉上多了幾分不屑之色。之前有見過林夕落的，只暗暗嘆氣，不願當著眾人的面兒瞧她難堪，可沒見過林夕落的人，都趁機挖苦起來。

「戲臺子早已經擺好了，就等著五奶奶到，對了，五奶奶還不認得我吧？我是兵馬指揮李乾昆的夫人。」

李夫人說出了自己男人的官職，這除卻介紹以外，還有高人一等的心思。林夕落如今是庶民之妻，就算她不給自己行禮，那也是在林綺蘭的面前失了顏面。

這種事就是噁心人罷了……

林夕落聽著李夫人這般說辭，不由笑著道：「不好意思，之前從未聽說過李乾昆大人，不知他跟過五爺麾下哪位將領？」林夕落反咬，斥她不懂規矩。軍中之人向來最重尊卑，即便是曾經跟隨過的上將落馬，再相見之時，也是以下屬拜見。

而這位李夫人如此說，就是在替林綺蘭當喉舌，故意擠兌她了……

李乾昆顯然是齊獻王的下屬，何況一個兵馬指揮也搆不上主將身邊兒的心腹。

林夕落這般說辭，李夫人是個聰明的人，自當知道刺兒了一句該縮回來，連忙致歉地道：「五奶奶可莫要生氣，都是我不好，只是怕五奶奶不知道我是何人才這般介紹，妳可千萬不要多心。」說著，看向林綺蘭，「林側妃也莫要怪罪。」

林綺蘭沒說話，只是微微地點頭，可有聰明的人，自當有傻子，比如剛剛一句話拍中林綺蘭馬屁的黃夫人。

黃夫人見李夫人縮了回來，便出面道：「這事兒也怪不得李夫人，大周國最講究禮儀尊卑，說句不中聽的，魏五爺如今已經辭官了，五奶奶即便向我行禮，也是應當應分的。」

這句說出，所有夫人都驚愕不已，紛紛看向了林夕落……

「放肆！」林綺蘭沒等林夕落發火，便率先拍桌斥責黃夫人，而她這舉動卻讓其他夫人鬆了口氣，看向黃夫人的臉色也多幾分埋怨。

笑臉諷人也是因為眾人都在齊獻王一方罷了，可冷著臉刺激人，非但不是諷刺林夕落，更是掃拂了林側妃的臉面。終究是姊妹，這讓林側妃如何收場？

黃夫人驚愕之餘似也覺出有些不對，可這事兒也怪不得她。

州府推官黃大人剛調入幽州城不久，按說以他的品級是不會得齊獻王注意的，也是沾親帶故才攀上了高枝。而今日黃夫人是第一次得齊獻王側妃相邀，故而想盡辦法想博林綺蘭注意，這才接二連三地巴結，讓林綺蘭的話落不了地上，全都給捧得高高的。

而林綺蘭尋常跟隨秦素雲從來沒有單獨露面的機會，今日邀眾人聽戲也是第一次私下與各府夫人相交，剛開始還留幾分冷靜，而後被吹捧至高處便有些得意忘形。雖說知道黃夫人的話裡十句有九句是故意逢迎巴結，可她聽得舒坦。

然而，林綺蘭笑臉給得多了，黃夫人心思動的頻率加快，剛剛那一句話幾乎不過腦子隨口而

出，卻沒想到林側妃勃然大怒，甚至拍案斥罵。
黃夫人躊躇不定，臉上帶了幾分尷尬難堪，看著林綺蘭不知說何是好……
「姊姊，妳何必這麼生氣？」林夕落知道林綺蘭是有意先下手，免得她拿此事兒不依不饒，可她並沒有大怒，反倒甚是平淡，「這位夫人，不知您是何人？來到此地這麼久，姊姊也沒有與我介紹，這卻是失了禮數了。」
如若林夕落撒潑罵街，林綺蘭自是不會忌憚，可現下她笑臉迎人，看不出半點兒怒意，卻讓她心中沒了底。
這丫頭今兒抽的什麼風？不但打扮得端莊貴氣，還不似以往那般潑辣刁鑽……
林綺蘭顧不得多思，那位黃夫人滿臉乞求地看著她，林綺蘭厭惡地道：「這位是州推官黃大人的夫人。」
「哦……」林夕落特意拉長了話音，「原來是黃夫人，不過，州府推官好似只是個六品官？」
林夕落說到此，笑意更濃，「妳讓我向妳行禮，這規矩，妳懂嗎？」
黃夫人一怔，急忙看向身邊其他人，可眾夫人誰會在此時搭理她，那不是明擺著找不自在？
雖說魏青岩辭了官，可如今皇上一來沒下旨應允，魏青岩又是自動請辭而非罪臣；二來其是宣陽侯之幼子，無論從何處算起，此時都無人能將他視為尋常百姓看待。
之前李夫人的話是個陰招子，林夕落不會主動找那份髒帽子扣自個兒腦袋上，可黃夫人這般明著嘲諷挑刺，可就是犯了大忌了。
黃夫人臉色青紫難堪，「這……規矩，什麼規矩？」
這話一出，有其他夫人低頭悶笑，笑容中帶著嘲諷和不屑，林夕落笑著看她，「妳不懂？妳不懂的話就讓林側妃教一教妳，她對這等規矩是最明白的人了。」說罷，林夕落轉頭看向林綺蘭，

「是吧，姊姊？」

林綺蘭的臉色陰沉，壓根兒不去看黃夫人，只想著圓場道：「看在姊姊的面子上，饒了她這一次吧。」

「我憑什麼饒她？」林夕落話語淡然，又款款邁步，坐到林綺蘭身側的位子上，笑意盈盈地道：「林家大族百年名號，三代御史言官，至伯父與我等這兩代人卻是有了斷層，這一直是祖父心中的最大遺憾。前陣子祖父身子不爽利，這才與我說及此事，聽到他老人家的話，我心中頗有感慨。我雖是女眷，可也姓個『林』字，今兒我就來當祖父的一雙眼睛。」說到此，吩咐冬荷：「取紙筆來。」

「妳要作何？」林綺蘭也驚了，這丫頭可向來都是撒潑耍渾的，今兒怎麼還把如此大的旗號搬出來？這卻讓林綺蘭有些摸不準她要做什麼了。

「姊姊不懂？這地兒有不合規矩的事我要寫信向祖父表明，他老人家自會挑選一二，看是否上摺子彈劾。」

冬荷取來筆墨，林夕落一邊說著一邊寫。

「州府推官黃夫人不懂等級尊卑，讓本夫人向她行禮，黃大人教妻無方；兵馬指揮李夫人，您髮髻上戴的簪子好似不合規矩，六品官夫人戴了一根三翅鳳簪？妳可連誥命的品級都未有，逾越之罪！」

林夕落的手甚快，這會兒已是一頁紙寫完，林綺蘭在一旁驚得眼睛快瞪了出來。

這可是她第一次宴請就出現如此多事，這死丫頭明擺著跟她過不去！

何況這些可都是齊獻王一系的夫人，這若被齊獻王得知，還不剝了她的皮？

林綺蘭氣得快暈過去，而那些夫人們則手忙腳亂，互相看著自個兒的衣服和佩飾是否有越規的

物件，慌亂之餘，又被林夕落挑中兩人。

黃夫人和李夫人嚇得不知所措，連忙上前作揖請罪，可林夕落根本不搭理她們，她們只得去求林綺蘭，只差跪了地上磕求地道：「林側妃，魏五奶奶是您的姊妹，您幫襯著說兩句好話，求您了！」

林綺蘭這會兒心裡就像有一塊大石頭狠狠地壓在心尖子上，忍氣道：「妹妹，妳這玩笑可開得太大了，嚇壞了眾位夫人，姊姊今兒請妳來聽戲，妳可別把人都嚇走了！」

林綺蘭最後一個字拖音很重，明擺著是讓林夕落就此罷手。林夕落不吭聲，行筆寫完最後一個字才道：「姊姊放心，妹妹這就寫完了。我也是為了姊姊好，您可是林府的嫡長孫女出身，向來最講究規禮。雖說是側妃，可這些夫人在您的面前如此不合規矩，豈不是故意掃拂姊姊臉面？您脾性軟，不好意思張口斥人，妹妹便來做這個黑臉。」

林綺蘭恨不得將牙咬碎，她來做黑臉？這些人都是齊獻王的人，與魏青岩可謂是針鋒相對之敵，她想做好人怎能做成？

「眾位夫人先去看戲吧，戲臺子已經擺好了，本妃與妹妹私敘幾句便去。」

林綺蘭知道林夕落不依不饒，可又不能當著眾位夫人的面跟她辯駁此事，只得先讓眾人離去，她二人私談。

夫人們立即匆匆而去，雖有心就此離開，可林側妃的面子還是要給的，今兒這一齣戲聽得可真是心驚膽顫，哪裡是享受？這不是遭罪嘛！

唯獨黃夫人與李夫人有些邁不動步，她們倆可是被林夕落寫在彈劾信的首位，如若就此離去，這往後會不會出亂子啊？

兩人可都是為了吹捧林側妃才與魏五奶奶過不去，心裡實在是沒底啊！

林綺蘭本就在氣頭上，看她兩人一副不得準話便不肯走的模樣，更是火冒三丈。

「在這裡作甚？還不去看戲？」林綺蘭氣到了嗓子眼兒，這兩人若有誰再回一句，她就要忍不住爆發出來了。

黃夫人有心開口，李夫人心思更多，急忙拽著她到林夕落面前行禮，「今兒逾越了，還望魏五奶奶贖罪！」說罷，兩人匆匆離去，只留下林綺蘭與林夕落兩人。

「妳今兒就是來攪局的！」林綺蘭咬著牙，「我好心好意地請妳來聽戲，更想與妳商議一下芳懿被封為婕妤，妳我二人送什麼禮才好，妳卻做出這樣的事來，妳這是故意給我難堪？妳無恥！」

「這可真是烏鴉站在豬身上，看得見別人黑，瞧不見自個兒黑了！」林夕落輕鬆地坐在一旁，「今兒我好心好意地裝扮一番來見姊姊，可妳卻任由這些夫人對我冷言諷刺，難道我被斥一頓妳臉上就好過嗎？」

「妳還真要把那彈劾的信交給祖父不成？」林綺蘭看著冬荷手中捧著的紙張，其上墨字未乾，正在晾著。

林夕落點頭，「我向來說一不二，這事兒自當要上稟都察院。」

「妳……妳是想我死？」林綺蘭暴跳如雷，「今時今日之地，妳還在耀武揚威，妳就不尋思尋思將來的日子怎麼過？」

「跟妳有關嗎？」林夕落冷眼瞧著她，「還是顧著妳自己吧，瞧妳如今這模樣，顯然在齊獻王府過得也不舒坦吧？想從我這兒探消息去討好那位王爺？妳還真有心了！芳懿之處我自會送了慶賀之禮，就不與妳一起了。」

林夕落說到此便站起身來，林綺蘭看著她道：「妳去哪兒？」

「自然是看戲，總不能辜負了姊姊的一片好心。」林夕落說著，看向冬荷道：「走吧，那彈劾

的信可收好了，回頭就讓人送去給祖父。」

「是。」

林綺蘭看著林夕落揚威之色，心中除了憤恨之外，更是想到了另外一層：這死丫頭如此張揚，魏青岩辭官之事會否另有玄機呢？

貳之章◆姊妹齟齬套政敵

林夕落行至戲樓的觀台之上，戲卻還未開演。

眾位夫人也無心品茶閒談，只私下裡說著剛剛發生的事。

除卻黃夫人與李夫人外，一群人中也有高官夫人，對林夕落的脾氣甚是清楚，今兒見到林夕落笑意盈盈就知道沒什麼好事，可自家男人又依仗著齊獻王，這事兒可是兩面不討好，故而全都縮起來不吭聲。何況林綺蘭不過是個側妃，今兒前來陪她聽戲只是推脫不了，她哪裡比得秦素雲這位正妃重要？

這會兒只見林夕落來聽戲卻不見林綺蘭的身影，眾人私語之聲更大，而林夕落坐在二樓的戲臺，與她們離得甚遠，故而眾人放鬆了一些，沒了之前的束縛和拘謹。

這倒不是害怕林夕落，而是怕林綺蘭這位側妃。

她在自己妹妹的身上沒得了好，誰知她會否因為眾人與林夕落多說一句話就心生怨恨，在齊獻王的身邊吹幾句風？

林夕落也懶得與這些人寒暄，言多必失，一堆心眼兒極多的女人，誰知道會否幾句話讓她掉了坑裡？她自認不是反應快的人，故而才拿了那位黃夫人與李夫人做筏子，誰再想從她這兒套出什麼話，就得掂量她會否動筆了。

這一堵牆砌得甚是結實，如今這些夫人連瞧都不敢瞧她，只等著戲臺子上開戲。

可等候許久這齣戲都沒開演，直至林綺蘭前來此地，鑼鼓點兒才開響，可響了幾輪，那位角兒就是不露面，讓眾人有些驚異，心中腹誹今兒是什麼霉氣日子，怎麼遇上的都是百年不出一回的事呢？

林綺蘭本就在後方平息怒氣才來了戲樓，可這會兒鑼鼓點兒響了半晌卻沒人出來。

「怎麼回事？」林綺蘭的眉頭擰得極深，「名角兒架子就是大，本妃還要等他不成？」

「林側妃息怒啊！」戲樓的管事連忙上前，有心湊上前說話，卻又被林綺蘭指著跪在地上，「跪著回話就是。」

管事頓了腳步，這話怎能當著眾人的面兒說？左右一看，眾位官夫人正都瞧著他，但他若真的說出來，可還要不要腦袋了？

臉上滿是為難之色，管事支支吾吾不知如何開口。林綺蘭看出他的難處，心中更是厭惡，淡言道：「有什麼難處不妨直說，本妃也不是狹隘之人，若他真的遇上要命的大事，本妃也是通融之人。」

「林側妃，他的確有要緊之事，不知可否先來一齣小戲，稍後再請他出場？」管事忙尋個圓場的機會，這般冷著也難怪林側妃要惱，管事只心中後悔，怎麼早不來晚不來，偏偏這剛要出場的功夫出事？何況來的這人他還不能說出口！

林綺蘭的臉色沉下，「你所說之事自當可行，只是本妃早已定下了今日的戲，你卻在這時候告知本妃有事，你不說出理由，本妃如何與眾位夫人交代？」

「林側妃……」管事沉嘆一口，林夕落此時也從樓上下來，「姊姊何必咄咄逼人？就先來一齣小戲，稍後再請……何人來著？不知妳今兒點的是哪位角兒？」

「自當是碧波娘子了，他的一齣『大登殿』無人能比！」一旁的夫人下意識地溜一句，卻見林綺蘭狠瞪她一眼，隨即諷道：「連這都不知道？整日守著妳的破木頭沒完了？」

「那也比來這兒看不成戲要強。」林夕落說罷，便道：「戲也瞧不成，回了！」

林夕落要走，其餘的夫人們不由都望過來，探問林側妃可否讓眾人散了？

可這眼神卻讓林綺蘭滿臉火辣，只覺得受辱，她當下起身上前，朝著戲臺子管事的臉就是狠狠的一巴掌，「把他給我叫出來！不過是個戲子罷了，本妃來此看戲他竟敢不出來！無論是死是活，

本妃都要見著他的影兒！」

林綺蘭這一喊，眾位有意離去的夫人們只得又坐了下來，誰這時候走都是火上澆油。

林夕落也停了步子，節外生枝的小插曲也滿有趣，她樂意看林綺蘭的熱鬧。

管事挨了巴掌，只得連連磕頭。林綺蘭氣火攻心，不依不饒，每次她陪著秦素雲來到此地，那碧波娘子都熱絡前來，可她單獨來這兒卻不見人影？她林綺蘭除卻在位分上比秦素雲低一等，除此之外還差在何處？

林夕落不知道碧波娘子是何人，只瞧著林綺蘭吃癟發火心裡暢快，而這一會兒，林綺蘭派了身邊的丫鬟道：「妳去看看這碧波娘子到底因何不能見本妃，將他給本妃揪出來！」

「林側妃，您要顧忌著王府的顏面。」一旁的嬤嬤在旁提點，這位嬤嬤是秦素雲派來陪著林綺蘭出行之人。

這等嬤嬤向來是見多識廣，遇見此事也頭腦冷靜，按說一個小小的戲子是不會如此大膽，敢駁了王府側妃的顏面，可瞧著管事的腦袋都磕出了血，恐怕這事兒沒那般簡單。

何況，這位林側妃也需要個臺階了，如若事情真的鬧大，齊獻王被太子斥責，這事兒牽扯出一串人來，絕不是小事。

林綺蘭本就心中怨恨秦素雲，此時這位嬤嬤開口，她怎能心服？

「本妃做事輪不到妳來插嘴，如若覺得侍奉本妃不舒坦，自可回去尋王妃告狀！」

林綺蘭這話說出，那位嬤嬤眉頭微動，隨即福身告罪，退至一旁，而林綺蘭則等著她派去的丫鬟前來回話，她就是要看看這位碧波娘子有多厲害，居然敢辱沒她的顏面。

沒過多大會兒功夫，林綺蘭派去的丫鬟便匆匆歸來，可卻沒有碧波娘子的身影，這事兒就更為奇怪了。

「他人呢？」林綺蘭心中火苗更盛，丫鬟跪了地上，哆哆嗦嗦地道：「回稟林側妃，碧波娘子剛剛……剛剛濕了衣襟，正在換裝，馬上就出來了！」

「什麼？濕了衣襟？就這麼點兒事耽擱了小半個時辰不出來？哄騙本妃不成！」

林綺蘭火冒三丈，而她的丫鬟卻不停地朝她使著眼色，示意她就此罷了……

「姊姊，何必這般不依不饒的，先來一齣小戲不是正好？眾位夫人都等得急了，可來看妳發火的不成？」

林夕落也瞧出此事不對勁兒，這些夫人可都是各府的官夫人，官夫人又是何人？那都是一人頂十人的傳話筒、大喇叭，林綺蘭今兒這番醜態，恐怕不出一日就傳出各地。

林綺蘭終究姓「林」，林夕落也在，斥罵林綺蘭沒臉，她這位同族的妹妹也脫不了干係。好心卻被當成驢肝肺，林綺蘭有心退一步，可林夕落這麼一說她反而更倔了。

「本妃怎能是發火？來此地為的就是看碧波娘子的戲，除卻他之外，本妃何人都不聽。」林綺蘭坐了位子上，「本妃就等他出來，否則就不走了！」

這賭氣的話說得甚是沒有氣場，一旁的夫人們心中哀嘆怨恨，臉上不免也表現出來。

本尋思來此聽戲，與各府的夫人們逢迎談心是個樂事，可今兒怎麼倒楣事兒一件接著一件？而這位林側妃在尋常看來也不是這樣執拗的人，今兒是怎麼了？

眾人各有心思，林夕落也不開口，只是看著那管事的額頭出血，眼瞧著就快磕昏了過去，忍不住吩咐道：「別磕了，林側妃既然要等著聽碧波娘子的戲，你還不下去安排？」

管事聽見此話，卻不知是何人。林夕落讓秋翠上前阻攔一下，那管事才明白過來，立即起身作揖道：「小的這就去，這就去……」

林綺蘭冷瞪林夕落一眼，林夕落只當沒看到，而就在林綺蘭賭氣的功夫，黃夫人和李夫人則在

一旁懊悔不已，心裡怒罵自己是個蠢得不能再蠢之人。

縱使林側妃不喜她這位妹妹，可血緣關係仍在，她們兩人跟著摻和什麼勁兒？

姊妹相爭，她們倆成了犧牲品，而在林側妃的心中，兩個六品官的夫人恐怕不算什麼，怎麼辦？總不能真的讓這位五奶奶把彈劾的信交出去吧？

黃夫人看著李夫人，她是幽州城出生的，眼界也比她大得多，總不會沒有辦法吧？

李夫人也是絞盡了腦汁在想此事，今兒這馬屁算是拍在馬蹄子上了，儘管她不願意，可卻受了黃夫人的牽連，這個女人真是多餘，可這事兒仍得想個解決辦法……李夫人快把腦袋琢磨碎了，陡然想起一個人來：秦素雲，齊獻王正妃……

這時候，恐怕也只有這位正妃能說上兩句公道話了！

李夫人剛落定這心思，碧波娘子已從內出來，一身青衣戲服，嫋嫋婀娜，好似一靈境仙子般從台後緩步走來，曲線曼妙多姿，眉眼中透著幾許憂鬱傷感，林夕落只覺得自己都忍不住湧起憐憫之意，何況男人們了？

林夕落觀察許久，林綺蘭卻是高聲大喊：「跪下！」

林綺蘭一聲怒斥，眾位夫人不由驚愕地看向了碧波娘子。

碧波娘子面色如常，不驚不畏地行步上前。

正待他欲準備跪下行禮之時，忽見後臺方向出來一名侍衛，匆匆行至林綺蘭這裡，可其身上的衣裝卻讓林綺蘭驚了，因為侍衛衣裝乃是齊獻王府的護衛。

在林綺蘭身旁的嬤嬤立即上前，聽到侍衛的悄聲回稟則滿臉為難，被迫轉身到林綺蘭的身旁回話。林綺蘭聽到回稟，臉色難堪，青紫辣紅，甚是詭異。她推開身邊的嬤嬤緩步上前，碧波娘子屈身行禮道：「奴家給林側妃請安。」

「抬起頭來！」林綺蘭聲音冰冷，目不轉睛地看著她。碧波娘子聽命抬頭，林綺蘭捏著他的下顎狠狠地左右探看兩眼，「倒是個姿色不錯的……」

「啪」一聲，林綺蘭狠狠地抽到了碧波娘子的臉上，他的嘴角當即流下了血，臉上卻是仍是淡笑，「謝林側妃賞！」

「你——」林綺蘭有意再打，卻被她身旁的嬤嬤攔住，「林側妃，顧全顏面。」

林綺蘭拳頭攥得緊緊的，盯著碧波娘子的臉，湧出殺意，「等你死的那一天！」

林綺蘭說罷，甩身離去，而齊獻王府的下人們連忙跟上去。眾位看戲的夫人巴不得儘快離去，可行至門口時卻得到齊獻王府的嬤嬤挨個的私聊幾句，驚愕之餘，眾位夫人連連點頭，上了馬車便走。

原本熱鬧非凡的戲樓瞬間便人去樓空，林夕落站在一旁看著那碧波娘子依舊跪在原地不動，便看著冬荷與秋翠道：「馬車來了嗎？咱們也走吧。」

林夕落剛轉身，就聽見身後傳來柔聲之語：「奴家謝過魏五奶奶。」

「嗯？」林夕落轉身看著那位碧波娘子，忽然見到他的脖頸上有個喉結。

「你是……」林夕落瞪了眼睛，一副不可置信的模樣。碧波娘子淡笑，柔聲柔氣地道：「恐怕只有五奶奶是剛剛知道的。」

原來是個男人啊！

林夕落上下看了半晌，怪不得身材如此高瘦，可這皮膚柔嫩白皙、楊柳細腰的居然是男人……林夕落渾身起了一層雞皮疙瘩。

碧波娘子只是苦笑，「奴家謝魏五奶奶，您剛剛救了奴家的養父，管事就是奴家養父。」

碧波娘子從地上爬起來，林夕落只微微點頭，「你好自為之。」

「恭送魏五奶奶。」

林夕落出門上了馬車，便讓冬荷拿來一件薄毯子，因魏青岩說要來接她，故而她讓馬車行到一旁停下等待，心裡卻想不明白那碧波娘子怎會是個男人？

「他一個男人，怎麼比女人更像女人？」林夕落問向一旁的冬荷，冬荷抿笑不語。

「五奶奶，您不知道，剛剛是齊獻王到了後臺，碧波娘子才在開場沒出來。」秋翠湊上前來說上兩句，林夕落陡然一驚，隨即笑起了林綺蘭，「怪不得剛剛她氣成那副模樣也只得忍了！」齊獻王是個好男風的，碧波娘子更合適他……

「妳怎麼知道的？」冬荷在一旁問著秋翠，她與秋翠兩人可沒離開過林夕落，秋翠若是知道，她怎會忽略？

「早前兒奴婢是聽哥哥說的，只提起過有這麼一位名角得了齊獻王的追捧，誰膽敢占著戲樓與碧波娘子多說一句話，都會被齊獻王的侍衛打。這是茶餘飯後的談資，奴婢怎好意思與五奶奶說。」秋翠說到此，又道：「冬荷姊姊在幫您拿紙行字的功夫，奴婢去為您倒茶的時候，忽然看到戲樓的小廝們驚慌地去側門伺候著，只聽得是王爺來了，奴婢猜測，能讓林側妃忍氣吞聲的，只有齊獻王爺了！」

「這腦袋倒也開始動彈了。」林夕落說完，秋翠不由臉紅，「在您身邊久了，自當要多動動腦子。奴婢比不得冬荷姊姊細心，但打探個事兒還是沒問題的。」

林夕落想著林綺蘭那副模樣，不過她還給了碧波娘子一巴掌，也算是出了氣。

「可記下了今兒所有來此的夫人名單？」林夕落撂下心思，與冬荷談起正事兒來。

今兒她答應前來，一是想看看林綺蘭又在耍什麼花招，二是想知道投奔齊獻王的都是何人。當面去問這些夫人自不合適，她便吩咐丫鬟們與其他夫人帶來的下人閒聊時探問。

「奴婢記下了，秋翠與青葉說一個，奴婢就記一個，不知是否還有遺落的。」冬荷看向秋翠，秋翠接口道：「應該沒有了，奴婢和青葉只沒與李夫人與黃夫人的丫鬟說過話。」

林夕落點頭，「回頭交給五爺，看他是否能用得上。」

「奴婢省得。」冬荷打開馬車內的多寶格，忽然想起林夕落寫的那封彈劾信，「奶奶，這個怎麼辦？也交給五爺嗎？」

林夕落接了過來，思忖片刻後道：「先放上幾日，看是否有人來求這件事，如若沒有，回頭交給豎賢先生。」

冬荷應下，將物件放好。秋翠在一旁略有吃味，冬荷做的事永遠都比她更重一些，不過她也不嫉妒，誰讓自個兒是個心粗的？

未過多大一會兒，魏青岩駕馬前來，冬荷與秋翠從馬車上下來，魏青岩上了車。

「來得還挺快的，這才多大功夫。」林夕落沒想到魏青岩這麼快就到，魏青岩看她無事，也放下心來，「薛一傳信與我，說妳這裡已經事完了，怎麼這般快？」

「我那位姊姊出了醜，這裡自然散得快。」林夕落不願在此待的時間太久，「先回吧。」

魏青岩吩咐侍衛啟程，林夕落一路上都在跟他細細說著今兒的事，還把那份名單交給魏青岩，「這是今兒來陪著林綺蘭看戲的夫人，讓冬荷與秋翠私下探的。」

魏青岩頗為意外，打開紙張一看，神情甚是沉重。

與此同時，齊獻王府之中，林綺蘭正跪在齊獻王的面前嚶嚶哭泣。

「……婢妾邀約眾位夫人也是想為王爺拉攏下屬，更想藉此機會為王爺探問下宣陽侯府的近況，婢妾實在不知今日王爺也去了那裡，也都怪那位黃夫人與那死丫頭針鋒相對，否則不會出這些事。」

林綺蘭捂著自己的臉，剛回了王府就被齊獻王抽了一通嘴巴，臉上青腫疼痛，卻還要跪在地上求饒。她這是什麼命？難道連個戲子都不如了嗎？

齊獻王坐在高位冷哼一聲，「妳探問侯府近況？問出什麼了？」

「夕落那丫頭雖然不似以往那般狂妄，可分毫的沮喪之意都沒有，依舊是誰都不理，婢妾覺得魏青岩主動卸任是另有玄機，絕不是那麼簡單。」林綺蘭如同渴求救命稻草般的看向了秦素雲，「王妃，您幫婢妾說兩句吧？」

齊獻王看了一眼秦素雲，「妳怎麼不攔著她？整日惹是生非，丟人都丟了外面去！」

秦素雲臉色如常，緩緩地道：「都是妾身的錯，妾身不知王爺今兒忽然去四方亭是走側門。」

齊獻王怔住，有心還嘴卻覺得沒理，他也只在秦素雲的面前還會琢磨「道理」二字。

「哼，這事兒本王不管，李乾昆本王正要用，魏崽子家那丫頭不能將彈劾的信送上！本王又不能去求魏崽子，不管妳們怎麼辦，那封信得給本王拿回來！」齊獻王撂完話便離去，秦素雲看著跪在地上的林綺蘭淡言道：「還跪著作甚？起來吧。」

「王妃，婢妾真不是故意的……」林綺蘭不肯起，轉過身來伏在秦素雲的面前哭，她此時可沒有真心悔過，而是想讓秦素雲將此事包攬過去，她與林夕落本就不和，如若這時候再求上門，那死丫頭怎會答應？

而秦素雲出面就不一樣了，她是正妃，能擔的責任比她要重，何況如若此事不成，齊獻王再怪罪，也不會單責罵她一人了。

秦素雲的臉上沒有半分的憐憫，更沒有往常的溫柔，「妳這般做是何必呢？」

「王妃……」

「本妃不責怪妳，可妳反過來卻想將本妃拉下水來陪妳一同受責，都是宅門大院裡的女人，若

想過得舒坦，那便平心靜氣與世無爭，如若妳想找彆扭，那就繼續動這份心思，到最後也就是白綾枯井的命了。」秦素雲說完又道：「此事不用妳管，下去吧，好生休歇，本妃不想看到妳，十日之後再來請安。」

「是。」林綺蘭立即起身告退，轉身出門時，聽到秦素雲吩咐身邊的人道：「送帖子給魏五奶奶，就說本妃有意與她相見……」

魏青岩與林夕落回到侯府，他依舊看著紙張上的一個名字，口中喃喃地道：「沒想到，這個人也開始有動作了……」

林夕落沒想到她無意間讓冬荷記下前去赴宴的夫人名單，居然真的對魏青岩有所幫助。其上有一位她壓根兒不記得什麼模樣的夫人，居然是兵部郎中田松海之妻。

兵部郎中田松海，此人她不記得，但如若對林忠德提及此人，這位老爺子定當是記憶猶新。當初魏青岩追到林府逼迫林忠德撤掉彈劾的摺子就是為了此人，將林忠德氣了個倒仰，他還給林夕落插了簪子……

田松海昔日是一名軍將，出征殺敵立下許多功勞，可為人跋扈蠻橫，朝堂上下但凡是提及他的名字，無人讚得出「好」字。但當初因為魏青岩出面，林忠德才不得不考量此事該如何辦。

魏青岩能登林家門來逼迫撤掉彈劾摺子，背後恐也有皇上之意，故而林忠德沒在朝堂當面彈劾，而是私下裡遞了密奏。皇上後來將田松海調任兵部郎中，時至今日。

如今田松海的夫人居然得林綺蘭邀約一同看戲，這件事就很耐人尋味了。

魏青岩沒有多說，林夕落也不細問，想起那彈劾的信，才提及兩句：「這信應是遞不出去，林綺蘭好歹是齊獻王側妃，無論如何，這兩人都是吹捧她被我拿了把柄，這件事齊獻王定不會不管，

你想怎麼賣這份人情？」

魏青岩斟酌片刻才搖頭，「此事不必張揚，妳看著辦吧。」

林夕落應下後吩咐廚房上吃食，「去了一趟戲樓，戲沒聽成，連飯都沒得吃一口，這會兒可是餓了！」

「我陪妳。」魏青岩又叮囑廚房多做了幾個菜，可用飯之餘有些心不在焉。

林夕落知道他心中有事，用過飯後，便獨自去籌備送什麼禮給林芳懿，賀其晉升婕妤。

送的禮太重，便似巴結。她對林芳懿除卻都帶個「林」字外，沒有什麼姊妹親情可言，何況她跟隨的人是太子，這禮更要謹慎。但若送得太輕，林芳懿會挑刺兒，更會被外人詬病她這作妹妹的無情分。

送禮這事可不是她與林芳懿兩人的事，背後牽扯的太多了……

若在以前，她不會顧忌這些，但嫁給魏青岩這段時間，她接觸的人事和所見所聞，不容她再藏起來不去想，這種日子，躲是躲不掉的……

林夕落自是有收禮經驗，但這般精細地送禮，她還真有些摸不著頭腦。思前想後，索性讓人去請姜氏，姜氏經歷的事比她多，而且心更細，對這等事定當有心得。

姜氏來此就開始左挑右選，一邊選一邊問林夕落的心意，兩人商議了半個時辰才選出一套既不張揚又不寒酸的物件當作賀禮。

林夕落忙扶著姜氏坐下，親自倒茶，「可是把三嫂累壞了，在這府裡頭我也只能勞煩您了。」

「這有什麼可累的，五弟妹不來找我，我也正好要找妳。」姜氏看看周圍的丫鬟，目光示意這些人是否可信，林夕落點了點頭，姜氏才開始道：「上一次方太姨娘想讓弟妹與侯夫人談銀庫鑰匙的事兒，弟妹沒答應，她便找了齊大管事，齊大管事被迫無奈，只得與侯夫人去談，妳猜怎麼

著？」

「她？定是不給銀子的。」林夕落說完，姜氏搖頭，「她居然真的把銀庫的鑰匙交了出來，而且半句話都沒有。」

林夕落瞪眼，侯夫人那老太婆居然會這麼痛快？

「妳也不敢相信吧？」姜氏苦笑，「我聽到這消息的時候，眼睛都快瞪了出來。侯夫人把持了侯府幾十年，當初她不肯把銀庫的鑰匙交出來，誰能想到如今這般痛快呢。」

「會否是侯爺在背後曾有過吩咐？」林夕落猜測，姜氏道：「按說應該沒有，侯爺這陣子都沒回筱福居，除非是齊大管事傳話，可又覺得不像。」

「交了鑰匙也不歸咱們管，索性就看那位方太姨娘有什麼打算吧。」林夕落停頓片刻，又開了口：「三嫂別嫌我多疑，對太姨娘與四嫂，您還是多留個心眼兒。」

姜氏拍著林夕落的手，「妳三哥也曾這樣與我說，我都聽你們的。」

林夕落又倒了茶給姜氏，兩人說起侯府這兩天的雜事，直至天色漸暗，姜氏惦記著孩子們，才早早回了院子。林夕落正欲洗漱歇息，冬荷從外拿了帖子來，「奶奶，齊獻王府又送來帖子。」

齊獻王府？林夕落讓冬荷將燭火撥亮，拿過帖子一看。這次不是林綺蘭，而是秦素雲了。

魏青岩剛從淨房出來，見林夕落在看帖子，「何人來信？」

「秦素雲，明日她要到福鼎樓，而且單邀我一人，估計要談那李夫人和黃夫人吧。」林夕落推斷，魏青岩沉了片刻問道：「妳想去？」

「左右去福鼎樓都是白吃一頓，當然去，也看看她給出什麼條件來買回那封彈劾的書信。」林夕落狡黠地吐了舌頭，又拿起棉巾為魏青岩擦著濕漉漉的頭髮，「我一直都覺得這位王妃很不簡單。」

「齊獻王只敬三人，一位是皇上，他不得不敬；第二人是她的母妃，那是他背後的靠山；第三位就是齊獻王妃。」魏青岩說著，林夕落調侃道：「那你都敬誰啊，張狂的五爺？」

魏青岩側頭道：「我只敬妳。」

「敬我？」林夕落撇嘴，「沒看出來！」

「妳想體驗體驗？」魏青岩忽然轉身，林夕落即刻躲開，捂著衣襟道：「休想，今兒累！」

魏青岩哈哈大笑，「想什麼呢？不過是抱著妳睡而已，小色女！」

「討厭！」林夕落上前咬他一口，兩人纏膩半晌，魏青岩摸著她的肚子，「還沒動靜兒呢！」

林夕落自個兒摸著，心中只是嘆氣……

這一晚，林夕落做了個夢。

夢中好似有人在她身邊喊著「娘快起來」，睜眼一看，屋子裡怎麼如此多孩子？

七八個全都是兒子，而且都長成一個模樣。

這左左右右前前後後眾多小腦袋齊齊圍著她叫嚷……

林夕落猛然驚醒，卻聽到身邊有人喊她：「奶奶，起身了！」

「嚇死我了！」林夕落聽出是冬荷的動靜兒，可還是拍著胸口，想著夢中的情景，苦笑著腹誹，若真有那麼多兒子，該怎麼辦？

「什麼時辰了？五爺呢？」林夕落緩了半天才起身，冬荷打來了水，回道：「早上魏統領來找五爺，五爺出去了。方太姨娘剛剛派了人來請奶奶去領侍衛營的花銷銀子，奴婢這才叫醒您。」

「叫得對，不然這夢不知道要做到什麼時候去了。」林夕落自言自語地嘀咕，冬荷聽不懂她話中之意，只在一旁遞水，又叫了秋翠來梳頭。

林夕落收攏好便坐在前廳吃飯，本想好生琢磨一會兒與方太姨娘要銀子的事，可昨晚的夢總出

現在腦海當中。飯吃不下，林夕落拄著臉坐在前廳發愣，喃喃道：「魔障了？」

「什麼魔障了？」

外方有人說話，林夕落朝外看去，卻是李泊言從外進來。

「哥哥。」林夕落見他捧了許多盒子放在桌上，「這都是什麼？」

「盒子太重，就沒派人通稟求見。這是福陵王讓我一早來送給妳看的物件，十日後麒麟樓開張，他定了這幾樣的價錢，怕妳不同意，讓我拿來給妳看一下。另外，福陵王選了幾樣最好的想當作鎮樓之寶，卻挑花眼了還分不出好賴，便請妳來定奪。」

李泊言將重物放下，秋翠與秋紅上前幫著拆開了箱子，可每個物件都極沉，秋翠不由驚道：「奴婢拿一件都沉，李千總居然能一次搬來如此之多！」

「哥哥自當是力大之人，怎是妳們幾個小姑娘可比的？」林夕落笑著調侃，開始端看物件。

李泊言在一旁抓耳撓腮，好似有事要說，卻又不知該如何出口。

這一早上林夕落都被昨晚的夢糾纏沒完，如今看到了這些雕品物件，才將夢魔拋開，一心全放在這上面，哪裡有閒心去搭理李泊言？

林夕落看不到，可冬荷與秋翠都看在眼裡，冬荷向來不肯多事，秋翠自不相同，看著李千總這麼急迫捶手，幾次開口又都嚥回去的模樣，實在難受。

「李千總，您怎麼了？」秋翠一聲輕喚，李泊言一呆，林夕落也抬了頭，「嗯？怎麼了？」

「呃……」李泊言被眾人盯著看，不免撓頭，「其實沒什麼大事。」

「那又是何事？」林夕落擱下物件，把小丫鬟們打發下去，才又開了口：「可是有什麼事要與五爺說？」

「與大人無關。」李泊言又捶頭，「被福陵王挖了個坑，不得不邁了！」

「他坑你什麼了？我這就找他算帳去。」林夕落對福陵王的手段甚是忌憚，那人一副俊容，其實心腸最壞。

李泊言連忙攔住，結結巴巴地道：「他逼著我成親。」

李泊言對於這門親事其實也有些動心。

這事兒還得追溯到上一次他隨福陵王一同出去尋花問柳。

那日他被福陵王灌醉之後，本尋思著春宵一夜便罷，孰料被福陵王給坑了一把。

福陵王塞進他屋內三四個女人，翌日稀裡糊塗醒來卻並非是在醉鄉閣，而是在刑部侍郎的府邸。醒來之後，福陵王勸他迎娶侍郎之幼女，否則在此地過了一夜，出門被人瞧見不妥當。

李泊言啞口無言，他明明記得昨日去的是醉鄉閣，可眼前之景與昨日之情截然不同啊！

心裡還沒緩過勁兒來，刑部侍郎之幼女也著面紗露了一面，李泊言昨夜剛剛體驗風情，今日再見如此妙齡溫婉少女不免心動，可心動歸心動，他總不能老老實實地被福陵王給拿捏住，當機立斷地拒絕了。

福陵王只笑不語，可自那日之後，刑部侍郎對外開始宣稱李泊言就是他未來的女婿，李泊言忙碌得腳不沾地自不知道，也是這兩日在幽州城內訪友喝酒，但凡是個人見他就是「恭喜恭喜」，他納罕不明，而後才問出此事，當下氣惱不已直接去尋刑部侍郎，孰料當時魏青岩也在。

李泊言那時才得知原來在魏青岩與林夕落成親當日，刑部侍郎的夫人帶著這位小姐也去恭賀，當時聽聞李泊言認了林政孝與胡氏為義父義母，而後背林夕落上轎一事感動得淚流滿面，央著爹娘要嫁李泊言。

但那時魏青岩不能提，畢竟林夕落早先與李泊言曾有婚約，他提及此事好似心胸狹隘，故而便將此事給推了，也是前些時日福陵王與刑部侍郎閒聊說此事，福陵王拍胸脯保這個媒，才軟硬兼施

地逼迫李泊言就範。

李泊言說完此事，臉上有些尷尬，林夕落則在一旁調侃地道：「哥哥文武全才，這丫頭還真是有點兒眼力。」

「咳咳，這事兒五爺也與我說了，只等我點頭，可……可福陵王此法太過拙劣，我若答應還不被他嘲笑一輩子？而且刑部侍郎家的小姐也清譽受損，如此不妥！」李泊言心中有結，不能釋懷。

林夕落瞪他一眼，「那如若福陵王原原本本告知你此事，你可會答應？」

「不會。」李泊言斬釘截鐵，「聽起來實在荒唐。」

「那不就是了，不拿這等手段對付你，你怎會動心？」林夕落手扶著臉，「看來還要準備大禮了，不過那位小嫂子多大年歲？嫁於哥哥會不會太小了？你老牛吃嫩草，占了好大的便宜。」

「她年僅十四……」李泊言瞬間回答，說至一半才覺出林夕落的話語不對味兒，可他又不知如何還嘴，只得別過身不吭聲。

林夕落忍不住笑，隨即道：「行啦，這事兒我出面就是。你既然認了爹娘做義父義母，回頭你拒了福陵王，我再讓爹與刑部侍郎來一個父母之命媒妁之言，完全不提此事，這總行了吧？」

李泊言點了頭，又怕林夕落心裡頭不舒服，可轉眼就見她召喚了冬荷道：「先派人回景蘇苑跟父親和母親說下晌我要過去一趟，另外再拿了庫單子來，可要商議一下給哥哥的大禮了。」

「還早呢。」李泊言尷尬出言，林夕落燦笑，「先看著，如若我不合心再派人出去採買，不過師兄還需一個宅院，定在何處呢？」

林夕落心裡想著，忙去翻箱子裡的帳冊地冊，李泊言看她如此熱心，心中是說不出的複雜。

說高興？他還有一絲酸，雖說林夕落如今是她的義妹，可當初他與她也是青梅竹馬，她的目光中除卻喜氣之外，沒有其他念頭。

可說不高興？李泊言承認，他一見侍郎之女就覺得是一良配……

思前想後，李泊言不由抽了自己一嘴巴，感情果真是個複雜的事，想這麼多作甚？

林夕落折騰半晌，這才想起福陵王送來的物件她還沒選出好賴，吐了舌頭，連忙回來辦正事，待物件選好標註之後，李泊言便將東西送回。

秋翠看著又被折騰出來的冊子嘆氣，「五奶奶對李千總真是好，連這最好的物件都要送。」

「刑部侍郎與他攀親，除了他女兒看中哥哥之外，也有投靠五爺之意。」

林夕落選著冊子上的物件讓冬荷記錄下來，嘴上與她二人說著私心話：「刑部侍郎之女嫁給他，也算抬舉了哥哥，如若他不是五爺麾下，不是父親的義子，刑部侍郎恐也會考量一二，不會如此上趕著做戲的。」

「又是一位被當成了交易的小姐。」秋翠感嘆，冬荷卻搖頭，「這有什麼？那位小姐鍾情李千總，李千總也屬意她，兩情相悅，何必計較是否交易？」

「事兒是這麼個事兒，就是仔細想想覺得心裡不舒坦。」秋翠絞著帕子，林夕落則合上冊子笑道：「人生之事都不能細琢磨，否則不都是利益之求？過得好、過得舒坦就足矣。」

「奶奶所言極是，都是奴婢鑽了牛角尖兒了。」秋翠嘴上應承，可心中並沒想通，林夕落也不再多說，讓冬荷將記錄下來的物件去大庫提出，而她則收攏好衣襟，去找方太姨娘要銀子。

侯府的侍衛營府邸歸她管，就不知這位方太姨娘會否在這上頭做手腳了。

因李泊言到來耽擱了半晌，林夕落到了侯府前堂的時候，方太姨娘已經不在了，留在此處管事的是四奶奶齊氏，她看到林夕落獨自前來，起身相迎。

「五弟妹這時才來，太姨娘還以為妳今兒沒空閒的時間便回了，我這就派人去請她老人家。」

「不必了，不過是來取個銀子罷了，何必折騰太姨娘？」

林夕落臉色淡然，沒有親近也沒有疏離，卻是讓齊氏自覺尷尬，「還是等一等太姨娘吧，銀庫的鑰匙也只在她的手中，何況侍衛營府邸的銀錢也不少，單是前堂這裡的散碎銀子是不夠的。」

林夕落點了頭，齊氏派了人去回稟方太姨娘。林夕落坐在一旁悶聲不語，絲毫不懼是否冷場。

齊氏有心與林夕落多說幾句，可林夕落只看著手中的帳冊，侍衛營府邸的花銷帳目還是前一陣子算的，如今要拿銀子她自當要再核對一遍。

「五弟妹，聽說妳與五爺的麒麟樓要開張了？」齊氏邊說邊笑：「這還是昨兒聽四爺說的。」

「十日之後，自當會請四爺前去觀禮。」林夕落甚是平淡，齊氏笑道：「也是不能出了這府，否則嫂子也想去湊一湊熱鬧。」

「四嫂自是走不開，家中雜事甚多，何況還有孩子們要您管著。」林夕落說到此，想起魏仲恆，打算晚間去看一看他。

說及孩子，齊氏說起了魏仲良：「大少爺要訂親了。」

「是哪家的小姐？」林夕落對此話題有興趣，齊氏連忙上前道：「是戶部侍郎的孫女。」說著臉上也帶了笑，「那位小姐如今才十二歲，暫且訂下了親，待大少爺三年丁憂期過，那位小姐也正好及笄之年，是成親的好年歲。」

「是母親選的？」林夕落沒想到侯夫人會換了人選，而且還是戶部之人。

齊氏點頭，「是母親選的，吩咐了大嫂出面，不過聽說二爺與二嫂快到了禁足之期了。」

「哪裡來的禁足一事？不過是母親與父親那時候在氣頭上罷了。」

林夕落嘴上敷衍，心中卻未如此想，想必這是侯夫人動的手腳，看不慣侯府被一位太姨娘和庶子之妻把持，心裡頭又起了火吧？

齊氏沒想到林夕落對此話題沒興趣，只得點頭道：「五弟妹說的是，是嫂子話語不妥了。」

林夕落沒再回話，對齊氏這種軟包子，她始終不知該如何對待，一拳頭捶下都彈不出來，索性能躲多遠就躲多遠。

齊氏也沒有再多說，未過多久，方太姨娘乘轎到此，看到林夕落時，臉上全是笑，「還以為妳今兒沒了空閒，要明日才到呢。」

「中途遇上點兒事便來遲了。」林夕落遞上了帳冊，「這是侍衛營的花銷，太姨娘看過便把銀子撥下來吧，我已經派人去叫魏管事帶著侍衛前來，天氣已寒，也快換裝了。」

方太姨娘接過帳冊，翻看幾眼，苦著臉道：「的確是該換裝了，可是這銀子暫時還真無法全都能給出……」

林夕落眼睛微瞇，在她與齊氏兩人之間來回徘徊，「這事兒不應該吧？太姨娘不是已經得了母親的銀庫鑰匙，怎麼還拿不出銀子來？」

方太姨娘陪著笑道：「五奶奶別急，妳聽我細細地說。前陣子侯爺需要一筆軍用的銀子，告知銀庫要存十萬兩銀子不可動，而這一季的莊銀和各項收成還沒有派人去取，故而銀錢都耽擱了，我這一個老太婆也不敢出頭露面，這件事正想與五奶奶商議。」

林夕落沒回答，只淡漠地看著方太姨娘與齊氏，想拿她當槍使？這兩人還真是沒完沒了啊！

方太姨娘那一日從齊大管事手中得到銀庫的鑰匙時，激動得興奮之情溢於言表。

她沒想到侯夫人會如此痛快地答應，這一把銀庫的鑰匙就像權勢的牌位，她握在手中，主人之位就在那裡，可卻沒料到齊呈還有後話：「侯夫人說，侯爺曾有命，銀庫中預留十萬兩銀子不允動。」

方太姨娘聽此也不過是微微一怔，可打開銀庫去數銀子的時候卻徹底傻眼。

除卻那十萬兩銀子之外就是帳單，單純的零散銀子也就足夠發侯府的月例銀子，吃喝用度、人

員開銷全都沒有。而仔細看過那些帳單之後，她慌亂起來。侯爺名下的莊子、鋪子裡的大管事都是侯夫人多年的心腹，這些人方太姨娘都認識，可認識二字不足以讓眾人買她的帳，翺翔高空陡然墜落谷底，她這才不得不想到了林夕落。

看林夕落在一旁不吭聲，方太姨娘滿臉堆笑道：「五奶奶，我也不與妳說虛假的話，這件事是我無力辦成，不然也不會來求妳了，如若妳不肯答應，我……我恐怕是真的拿不出半分銀兩了。」

「您都沒辦法，我能有什麼辦法？」林夕落只看著剛剛拿出的帳冊，「這物件也都白拿出來了，我再拿回去吧。」

眼見林夕落要走，方太姨娘一怔，齊氏忙起身攔她，「五弟妹，這事兒妳也是有責任的，侍衛營那邊……」

「侍衛營沒飯吃就沒人護衛侯爺，這話我早說過了，別指望我管府裡的事，我只管要銀子，至於太姨娘去何處想轍，這是您的事，如若您沒本事，侯爺定不會把掌管侯府的大權交了您的手上。」

林夕落說完便走，齊氏只得轉頭看向太姨娘，方太姨娘當即道：「妳真不肯管？」

「不管。」

「妳想要什麼條件？」方太姨娘忽然一句，林夕落停下了腳步，凝眉道：「條件？」

方太姨娘點了頭，換上一副精明之色，笑道：「長房與二房之爭，三房到五房都得了漁翁之利，我之前被禁錮得緊了，如今為了兒孫不得不出來撐場面，可惜如今侯夫人卡住了我，我處事不順，可如若我真的被侯爺駁了管事之權，又交給侯夫人……五奶奶不還是要被侯夫人處處拿捏？妳不如也來幫忙，齊心協力把侯府這個坎兒過了，豈不都好？」

方太姨娘頓了頓，「我無心把持侯府，但輩分還是在的，如若不是四爺的生母，也輪不上我有

今日說話的分兒，將來大少爺娶了親，有了大少奶奶，這些恐怕大房都要奪回去，我不求那時還能管事，但好歹讓兒孫能有口踏實飯吃就心滿意足了。」

林夕落看著方太姨娘半晌都沒吭聲，齊氏的目光在兩人之間來回不定，可時間越久越心慌。

「方太姨娘的心思夠沉的。」林夕落輕笑，「大少爺娶親還有三年的功夫呢，您如今就惦記著，還真是細心得很。」

方太姨娘苦口婆心：「人無遠慮必有近憂，我也是為了你們好。」

「您說的事兒也對。」林夕落淡然道：「但我不怕侯夫人，她雖巴不得我死了才好，可我敬她一分，她好歹還顧著臉面留一分底限，而您呢？」說著冷笑一聲，轉身就走。

齊氏臉色難堪，方太姨娘怔在原地，整個人呆滯好半晌，才翕了嘴道：「這丫頭的野心極大，求她出手已是不可能了，她只要不插手就好。」

「那將來呢？」齊氏忍不住問。

「將來？」方太姨娘神色凌厲，「將來這個籠子誰樂意待誰待……」

林夕落本想離開此地去福鼎樓與秦素雲相見，可方太姨娘今兒的表現讓她略有不放心。回了郁林閣，她特意把紅杏叫了過來：「少爺那裡這幾日的飯菜可都還好？」

「都是奶奶院子裡小廚房做的，自當沒事兒。」

紅杏說完，林夕落又道：「妳們的飯菜用度縮減了？」

「比尋常少了個菜而已，也談不上縮減，只是天氣寒了，冬季的衣裳還沒換裝，用的都是往年的。」紅杏如實回答，林夕落叫來了秋翠道：「妳的兄長在侍衛營，回頭拿我的條子讓他去糧庫取糧撥過去，告知是五爺的賞，與侯府無關，侯府的那一份也不能少跟他們要了。另外，我會再去錢莊取銀子，郁林閣的下人們先換一身棉衣裝，別的院子誰也不給。」

秋翠聽她這般吩咐，不由驚愕，「奶奶，如若這般做，方太姨娘豈不是更不給您銀子了？」

「她敢少給一個銅子兒，我就去拿侯爺扣下的十萬兩銀子，兩個老太婆鬥氣卻想算計我，想得美！」林夕落想起方太姨娘那副德性就心中生氣，小人得志的嘴臉……

秋翠立即去侍衛營通稟此事，林夕落則又問了魏仲恆近期所需的物件，讓冬荷都找出來拿過去給他。

時間不早，她既與秦素雲約好便不得失約，吩咐了郁林閣獨自起火加菜，便帶著冬荷與秋紅出門，秋翠被留在院子裡掌事。

秦素雲此時已經到了福鼎樓，福陵王得知她今日前來，特意在此迎候，而後得知是與林夕落相約，多了幾分興致。

「皇嫂倒是特別，居然有心與魏五奶奶約見。」

福陵王想著林夕落，這個女人可是他初次見到的奇葩，不漂亮、不溫柔，可骨子裡那傲氣和倔強卻甚是吸引人。但秦素雲是鮮少出府的王妃，也是皇上眾位兒媳當中最賢良淑德的女人，她與林夕落怎可能有話題？

「也是有事求她。」秦素雲沒有隱瞞，「正巧借了王爺這寶地請她，就算不給本妃顏面，也要給您顏面來與本妃一見。」

福陵王仰頭「呵」了三聲，「皇嫂此言差矣，您是不知道，本王在這位魏五奶奶的眼裡還不如福鼎樓的包子入眼，除了擠兌還是擠兌，從沒有和顏悅色之時……除了本王與她一同挑選雕藝小件。」

「哦？還有這事？」秦素雲倒是驚訝，福陵王她接觸不多，卻也耳聞不少，他可是皇上最為寵

愛的多才多藝的王爺，會被林夕落給擠兌得說不上話？

福陵王絲毫不覺得坦白此事臉上無顏，反而點頭應和，「本王絕不矇騙皇嫂。」

「本妃也是初次與她私下相見，這卻是要好好地聊一聊了。」秦素雲心情愉悅卻也只是嘴角微笑，這一會兒，門外之人回稟：「魏五奶奶到。」

「快請。」

秦素雲立即吩咐，林夕落從外進門，卻讓福陵王瞠目結舌地呆滯原地。

林夕落沒想到福陵王也在此，先是與秦素雲見了禮，才見福陵王的目光盯著自己的臉，不由微微皺眉，「王爺，我臉上沒貼銀子吧？」

秦素雲「噗哧」一笑，福陵王當即道：「本王是初次見五弟妹打扮得如此尊貴端莊，今兒太陽從西邊出來了？」

林夕落翻了白眼，她的確是為了見秦素雲而特意裝扮，可福陵王的話怎麼就如此彆扭呢？

「來見齊獻王妃自當要衣裝鄭重，佩飾得體，有什麼不對嗎？」林夕落沒了好臉色，福陵王扇捶手心，「本王可是親王，五弟妹尋常見本王時，怎沒有如此鄭重得體？」

「我初次見王爺好似是在賭場……如若這般裝扮前去，豈不是道破您高貴的身分？那才是拆您的台。」林夕落說完，福陵王苦笑連連，指著林夕落與秦素雲道：「皇嫂，您瞧見了吧？這位五奶奶對皇弟向來如此，惹不起啊！」

「您自當惹得起，您都能給我義兄挖個坑逼婚了，這件事回頭再與王爺好生說道。」林夕落瞪他一眼沒有多說，福陵王也沒有接話，哀嘆地嘀咕著：「本王不叨擾皇嫂與五弟妹了，這就尋魏五爺去喝花酒。」

秦素雲見他說笑著拱手離去，也起身還禮，林夕落跟著送至門口才轉身回來。

「初次與王妃私下相見，榮幸之至，不知王妃相召有何事吩咐？」林夕落的態度很疏離，秦素雲柔聲道：「何必說得這麼客套？妳知道本妃今兒來所為何事，只是本妃本也想藉此機會離開王府透一透氣。」

林夕落看著她，秦素雲身旁的嬤嬤前來給兩人倒茶，隨即到門口侍候。

「王妃是為了那彈劾信吧？」林夕落提及正事：「不知您想讓彈劾信裡少了哪一位的名字？」

秦素雲一怔，沒想到她的問題如此火辣，哪一位？如若真說出來，不就告訴了她齊獻王更重視誰了？

兩人對視片刻，秦素雲笑了，「妳這話讓本妃如何回答？」

林夕落但笑不語，秦素雲又直言道：「李乾昆，王爺近期正要用他。」

林夕落略有驚訝，秦素雲竟真直接道出此人之名以及齊獻王的目的，這個女人下的刀子還真不好接啊……

林夕落並不懷疑秦素雲的話中有假，因她目光清明，從其中看不出分毫歹意和矇誘。

林夕落沉了半晌，雖說她對秦素雲頗有好感，但做事要有做事的樣子，總不能因她人品不錯就貿然答應，那可要吃太多的虧了。

「也不是不可以，不過這對我有何好處？」林夕落微笑，「話說回來，這事兒說大不大，說小不小，我那位姊姊不管再怎麼心思惡毒，可她還是林家嫡孫女，鬧出事來，林家也是沒臉面的，可這事兒就此不了了之，我心裡頭也不舒坦，既然王妃出面，不知您有何法子能把此事解決？」

「這事兒本妃自當不會讓五奶奶受委屈，可本妃向來大門不出，卻不知五奶奶有何所求了。」秦素雲為難，「並非是本妃故意推脫，而是真的不知道。」

「那我說，就看王妃可否答應了。」林夕落並不客氣，「王妃回答我三個問題即可，如若您的

回答我都滿意，那封信我當著您的面兒燒了。」

秦素雲沉默一下，「妳先說。」

「第一個問題，齊獻王為何要殺我？」

林夕落仍然對她與魏青岩成婚時出現的刺客心存芥蒂，雖說已經過去許久，但這件事不能就此揭過。人做任何事都有目的，知道這目的所在，她往後才有防備的方向。

秦素雲沒有驚訝也沒有否認，沉默半晌後才開口道：「因王爺懷疑妳手中有隱祕之事，當時宣陽侯府支持太子殿下，不過妳也要注意，想要妳命的人，不止王爺一人。」

林夕落點頭，對秦素雲如此直白的回答甚是滿意，思忖片刻，又問出第二個問題：「雖說宣陽侯爺是第一位用軍功搏得侯爵之人，卻非公爵，為何朝野中人都對宣陽侯府如此敵視？而五爺雖被外傳文武雙絕，卻是刑剋大忌之人，又是庶子，為何諸位王爺都對他如此上心？」

林夕落說到此，輕嘆一聲，「我甚是好奇這原因，就算他軍功卓越、膽識過人，可也不至於幾位王爺都如此拉攏、打壓，齊獻王也好，福陵王也罷，難道單憑『皇寵』二字嗎？」

「有些話本妃不能隨意出口，但『皇寵』二字的確是答案，至於為何而寵……妳早晚都會知道。」秦素雲覺得這般解答略有敷衍，便又補言道：「莫說是妳在尋求答案，朝野眾人也都在求，不過本妃可以告訴妳，宣陽侯能坐穩這個爵位，所依仗的便是魏青岩。」

林夕落倒吸一口冷氣，可看著秦素雲臉上波瀾不驚，又驚詫她的定力強大，索性問道：「第三個問題，齊獻王是故意做出好男風的模樣嗎？」這問題極是尖銳，可謂直指秦素雲的心窩子。

秦素雲心中微微泛苦，「妳這問題讓本妃如何回答呢？」

林夕落只直直地盯著她，她以前並沒有這想法，而是昨日齊獻王得知林綺蘭眾人去了四方亭聽戲卻依舊去側門找了那位碧波娘子，她才覺得他可能是故意的。為何故意這般做？自是在宣揚他的

癖好。

雖說幽州城內有此癖好的公子哥不在少數，可多數都會刻意遮掩，有誰像這位王爺一樣大肆宣揚，生怕別人不知道似的？

故意，便是有目的，她想知道目的何在。

秦素雲嘆道：「本妃不知他是否會有變化，王爺的日子向來過得隨心所欲，恕本妃不能給妳個完滿的答案了。」

林夕落淡笑，並不失望，秦素雲的答案雖不明確，但已讓她心中有數，不過她雖這般想，卻不能這般答應，「王妃既是最後一問沒能給出確切的答案，那李乾昆的事兒我可應下，但那位黃大人您還是不要保了。」

秦素雲淡淡一笑，無奈地點了頭。

事情說完，林夕落吩咐夥計上菜，兩人拋開了正事，開始私談起喜好雜事來。

林夕落說起麒麟樓的開張，秦素雲主動要求去捧場，林夕落更答應了為她親手刻一佛珠，秦素雲十分歡喜。

時間很快便過，兩人卻未盡興，還是齊獻王府的人前來催促，秦素雲才不得不離去。

林夕落送她至門口上了馬車，秦素雲低聲道：「今日之事，本妃不會對第三個人提起。」

「自當如此，王妃慢走。」林夕落福身恭送，秦素雲才笑著放下了馬車的簾子。

送走了秦素雲，林夕落也沒有再回福鼎樓用茶，而是上了馬車直奔景蘇苑而去，李泊言的婚事得提早與父母說一聲，好歹是她的義兄，這件事要鄭重地辦。

坐在馬車上，林夕落回想著秦素雲的話。

莫看三個問題她都回答得簡短，可對於林夕落來說，這無疑是為她打開一扇窗。

起碼她知道了想要自己命的人並非齊獻王一人，還有，魏青岩與宣陽侯之間關係的複雜來自於「皇寵」二字，最後則是她覺得極其重要的，便是秦素雲沒有否認齊獻王不會爭皇位，這卻是與魏青岩最初的推斷大相徑庭。

想了一路，林夕落沒能再得出其他結論，這些答案恐怕還需要時間才可鑒定真偽。

林夕落早已經派人通知今日要回來，故而林政孝也早早歸家，胡氏帶著林天詡在門口巴望著等，林夕落隔著很遠就見到了那一大一小兩個身影，心中暖意極濃。林天詡看到馬車的影子，直接跑來，一邊跑一邊喊：「大姊……」

「停車。」

「不用！」林天詡喊著，從地上一躍便蹦上馬車，左看右看，確認魏青岩不在，立即撲到林夕落懷裡，「大姊，我想死妳了！」

林夕落摸著小傢伙兒的腦袋也是笑，「最近玩得怎麼樣？」

「玩得可好了！」林天詡咧嘴嘻嘻地笑，「魏統領教我騎馬，還開始教我射箭了！」

「學習也不能耽擱，否則豎賢先生回來打你手板。」林夕落提及林豎賢，林天詡笑著道：「不怕，先生打不過我！」

「先生打你，你還敢還手怎麼著？」林夕落瞪眼，林天詡立即縮了脖子，「不敢，背書也不敢耽擱。」

「回頭讓你姊夫考問你。」林夕落提及魏青岩，林天詡便巴結地笑，幾句話之間已經到了府門口，林夕落下了馬車就撲到胡氏懷裡，「娘！」

「乖閨女。」胡氏挽著她的小手上下打量，看了半天又看向林夕落的肚子，「還沒動靜兒？」

林夕落翻了白眼，「再問這事兒我可走了。」

「還敢威脅娘，打妳。」胡氏悄悄地拍了她的臉，林夕落討好地一笑，「不疼。」

胡氏忍不住大笑，母女幾人往院子內行去，林政孝在正堂門口看著幾人走來，臉上也掛著會心的笑意。

「父親。」林夕落上前行了禮，「您近來可好？」

林政孝苦笑，「還好還好，今兒何事如此焦急？還特意派人來告知，嚇得妳母親讓人去太僕寺尋我回來，可看到妳笑臉盈盈，才算放下心了。」

胡氏見林政孝略有埋怨，不由道：「我這不也是擔心姑娘嗎？」

「娘疼我。」林夕落連忙安撫，「還是進去說吧。」

一家人進了門，丫鬟上了茶，林夕落說起所為何來，待聽說李泊言要成親，而且所娶之人是刑部侍郎的幼女，胡氏甚是驚訝，「這孩子……這孩子可是想通了！」

林夕落埋怨地看了胡氏一眼，「不過他不願被福陵王拿住，我便與他商議此事讓父親出面，他既然認您與母親作義父義母，父親也能為他作得這份主。」

林政孝沉默片刻，「他為何不自己來說？」

「不好意思？」林夕落也說不清他這般做是為何。

胡氏在一旁道：「想那麼多作甚？他既然願意成親，這是個好事。」

「好事，的確是好事。」林政孝嘴上如此應承，卻又問起魏青岩的想法：「姑爺怎麼說？」

「還不知道，但好似與義兄說過此事。」林夕落也覺得自己略有魯莽，「不過父親若不放心，等他回來商議一下此事也好。」

林政孝點了頭，「不是不放心泊言，而是怕刑部侍郎不知有什麼條件，這位大人之前可是跟隨太子的人，我這才不太放心。」

「原來如此。」

林夕落也覺得此事並不簡單，但這其中細節不是她能析解得清，就看魏青岩是何態度了。

而此時，魏青岩剛看完林豎賢從西北傳來的信件，吩咐道：「前去告知林豎賢，讓他暫且留住此人摺子不發。」

林豎賢這些時日都在納罕一件事，自他從翰林院調至都察院之後，頭一個摺子是彈劾魏青岩，接連之後，但凡是他有意彈劾之人，魏青岩總能交給他此人的罪證。無論是貪贓受賄，或有違禮制、家門不潔等罪都能證據俱全。

林豎賢為人清正，這些人的罪證在眼前，他自當寫摺子上奏，無論何人來說情都不肯甘休。

不過即便來說情也是無用，林豎賢在朝堂彈劾之人，從沒有一個能翻過身來打擊報復他，因為罪證確鑿，人證物證言證俱在，不是下獄就是殺頭，罷官流放之人甚少，誰還有心為一罪臣求情？其他朝臣更怕這口一開會被林豎賢逮住把柄挖出他們的錯兒，故而全都悶聲不語，躲得極遠。

林豎賢成為大周國朝堂上的第一個不倒言官，但凡是被他盯上的人，無一有好下場，而朝野上下私下裡也多了幾句評價，林家人的嘴都惹不得啊！

不過如此一來也有弊端，林豎賢於西北除卻在朝堂說話，平時周圍沒有相交好友，為人甚是孤僻，但這對林豎賢來說卻是好事，他本就不善交際，更是樂得少了寒暄逢迎，除卻上摺子查證據，就是看書行字，極是樂呵。

可他始終有個疑問無法解答，那便是他無論盯住哪一位官員，魏青岩都能把罪證呈上，他這都是從哪兒得來的呢？

林豎賢不是沒問過魏青岩，可魏青岩與他談的唯一條件便是不允其對外露出證據是從他這裡得來的。林豎賢雖然沒得到確切的答案，可也應了魏青岩的要求，而後他也想明白了，都察院之職責

便是糾文武百官之錯、辨明冤枉之事、為天子耳目風紀之司，他只需盡職盡責就是了，何必要把這些事刨根問底？即便知道了又能如何？

想通之後，林豎賢甚是輕鬆，而前陣子去信這兩日也該收到了，正在想的功夫，門外有人來送信件，林豎賢打開一看，果真是魏青岩的回信，而此次他欲彈劾之人正是刑部侍郎，本以為打開信能得到關乎此人的罪證，孰料紙張只有魏青岩的一句話：「泊言岳丈，賀禮，暫不彈劾。」

這是讓他按下彈劾的摺子不發了？

林豎賢略微皺眉，思忖片刻才將信件放入油燈之上，火苗竄起，烈焰將紙張燃燒殆盡，林豎賢看著那已經寫了一半的摺子自問：「這算送他的親事賀禮嗎？魏大人，野心太大了啊……」

魏青岩晚間趕到了景蘇苑，與林政孝一同商議了李泊言的婚事。

兩人達成共識，婚事雖好，但也要確定刑部侍郎唐永烈不會左右搖擺當那個牆頭草。

魏青岩聽林政孝如此說，則是道：「岳父大人放心，唐永烈敢與福陵王旁敲側擊地求好，想必心中考量過牆頭草當不成，而且……若他敢輕舉妄動，我就罷了他的官，讓他指望著泊言吃飯。」

林政孝嚇了一跳，罷官？他哪來如此大的權勢？

魏青岩從一旁拿出了袋子，裡面全都是唐永烈的私密之事……

林政孝翻開來看，目瞪口呆之餘，感慨連連，「貪贓、人命……單是其中一樣，他恐怕都保不住腦袋啊！」

「岳父大人與他相談泊言婚事之時，不妨提及一二，看他如何反應了。」魏青岩這般說，林夕落卻道：「哥哥可是知道了？」

魏青岩點了點頭，「略微知曉，不過娶妻事大，他心中已有斟酌。」

林夕落放下心，「他心中有數即可。」

林政孝也贊同，「泊言本就敏感，不過婚事若談成便要大辦了！」

「一切有勞岳父大人了。」魏青岩也面現喜色，似對李泊言能成家鬆了口氣。

林夕落與魏青岩留在此地用了晚飯，魏青岩又揪著林天詡看他行字背書、拳腳騎射。許是認識久了，林天詡對魏青岩也沒有以往那般害怕，反倒更樂意聽他這姊夫講兵法故事。

天色已晚，魏青岩與林夕落離開景蘇苑。回程的路上，魏青岩陪著她坐了馬車，林夕落說了今日與秦素雲相談之事，更說了秦素雲對齊獻王的評價。

「……她不否認齊獻王有意爭位，但也沒有肯定答應，齊獻王妃是個極其聰明之人，她不行陰謀詭計，而是光明正大，這個女人不簡單。」

「還說什麼了？」魏青岩見她欲言又止，「三個問題，這才一個。」

「還問了當初你我成親時，要殺我的人是不是齊獻王，她也立即承認了。」林夕落皺眉道：「所以我對這位王妃的行事方式甚是驚訝。」

魏青岩多了幾分冷漠，「齊獻王雖然張揚，可為人精明，他當初懷疑我娶妳另有目的。」

「你有嗎？」林夕落反問。

魏青岩點了點頭道：「有。」

「是何目的？」

「喜歡看妳撒潑罵人打渾子。」魏青岩說完，林夕落氣鼓鼓地噘嘴捶了他一拳頭，「討厭，又調侃我！」

魏青岩輕啄她小嘴一口，「是真喜歡。」

林夕落答應了秦素雲放過李乾昆，但那位黃大人卻沒逃過這個裁。魏青岩去信提及這位州府推官，林豎賢立即開始查他的劣跡，沒過兩日的功夫，彈劾摺子一上，皇上當即批覆罷官抄家。

聖旨從西北傳回，幽州城內一陣雞飛狗跳，黃夫人跪在齊獻王府的大門前哭了一宿都沒得見秦素雲一面，齊獻王更是多日都沒回府，顯然是在躲這件事。

事兒已經出了，林夕落聽了李泊言說起，只是微笑不語，轉而便開始讓李泊言刻更細的字。

「字雖然已經很小，可與妹妹相比還是不夠細微，這果真不是個好練的活兒啊！」

林夕落摸著他剛刻完的木片，其上仍能摸得出明顯痕跡。

「再細微的字便不是術，而是道了。用心而非用手，我這話不知哥哥是否能懂。」林夕落也苦笑，「如今只能靠你自己體悟，我無能為力。」

李泊言的眉頭微皺，「看來無論何事都離不開『術道』二字，這是兩個境界，無妨，我自己體悟便罷。」

「婚事可是定了？」林夕落問著此事，李泊言也沒有搪塞，「義父已經與刑部侍郎約定麒麟樓開張之日談此事。」

「也好，回頭發帖子時再定一份約刑部侍郎夫人與唐小姐，我也提前見一見這位小嫂子。」林夕落說完，李泊言怔了片刻，「我已經與義父說好，成親就在景蘇苑，不再額外立宅院，大人也答應了。」

「啊？」林夕落驚訝地張了嘴，「你這是作何？」

李泊言擺手，「妳不必多想，即便成親，我也會跟隨大人奔波各地，何況這手藝暫時只有我一人會，如若出征自少不得我。若單立宅院的話，府中只有她年幼一人，我不放心，更不放心唐永

烈，索性與義父義母同住，既能照看二老，二老也可幫我看顧妻兒，說起來卻是我自私了。」

「少說這等話，只要爹娘答應就好，而且是義親，就怕那位唐小姐不願。」林夕落雖不顧忌規矩，可旁人卻是顧忌的，並非親生父母，按說是不能同居一個宅院，李泊言有此心，唐家怎能答應？

李泊言當即道：「不答應我就不娶，愛嫁誰嫁誰！」

「臭脾氣！」林夕落忍不住擠兌一句，李泊言怔了一下，又道：「已經商議好了，在後方另起一個小院兒……」

「原來是在這兒硬裝漢子！」林夕落繼續嘲諷，李泊言無奈搖頭，待再刻一條微字，已累得額頭是汗，心中更加篤定此術是用心了。

魏青岩與福陵王歸來，眾人又商議了麒麟樓開張之事，還有七日便是開張之時，福陵王摩拳擦掌等待許久，而魏青岩事先聲明，此事他只站幕後，不會拋頭露面。

「此事你不露面，那你想幹麼？」福陵王沒想到魏青岩會有如此打算，納罕之餘，更是猜度他用意何在。

魏青岩面色認真，「還能騙你不成？自當是真的。王爺在外收禮錢，我就在後方數銀子，豈不樂哉？」

「那點兒禮銀有何可數？你不露面也行，但五弟妹要出面應承女眷和行家，若真出現個懂行的人，本王可就露怯了！」福陵王滿臉不信，執意要拽著林夕落。魏青岩對此倒不介意，但對數銀子的事卻冷笑，「不當官為的就是收銀子，等著看我的本事了！」

未出幾日，幽州城內所有官員府邸便收到了麒麟樓開張的帖子；與此同時，上朝之日，皇上的

貼身太監陸公公宣讀聖旨，賞麒麟樓御筆親提之金匾，眾官代朕恭賀福陵王……

眾官一聽當即傻眼，皇上都賞了金匾，他們這些官還敢吝嗇嗎？

雖說麒麟樓開張之事早就知道，而且已經備好禮，但如今來看確實不妥，不但人要到，而且禮更要厚上幾倍啊！

眾官散朝之際，都咬著後槽牙到福陵王面前齊聲恭賀，而福陵王從朝堂出來第一件事就直接奔向宣陽侯府，吵嚷著道：「魏青岩，你打著本王的旗號向眾官勒索銀子，你夠狠！」

林夕落與魏青岩被福陵王堵在侯府正堂嘮叨了半片，林夕落只覺得耳邊嗡嗡作響，至於他嘮叨的是什麼，左耳入右耳出，什麼都沒記住。

魏青岩比林夕落多一些耐心，雖然面無表情，卻還是聽著福陵王不停地抱怨。

「您想怎麼樣？」魏青岩終於在臨近子時末刻問出這一句。

「早說這話，本王何必熬這麼晚？本王要分禮錢！」

福陵王斬釘截鐵說出目的，林夕落翻白眼，「早說不就得了，您二位談分帳，我先去歇了。」

「不行。」福陵王立即攔住，「本王餓了，五弟妹得吩咐人加一頓飯。」

林夕落到門口吩咐陳嬤嬤親手做點兒小菜，魏青岩說起了這筆錢的用途。

「皇上之所以會下這份旨意也是有用意，這份禮錢收了，可不是單純揣了我的兜裡，其中一大部分要用於西北行宮的修建。」

「真要修行宮？」福陵王驚呆，「還讓官員們出銀子？父皇這一手玩得大啊！」

「這不過是表面一層，還有另外一層，」魏青岩說及此事倒是笑了，「皇上說這筆禮金收完，第一場拍賣物件相邀之人必須是這幽州城內貪銀子最多的人，而這件事要由王爺您負責了。」

「貪銀子最多的……」福陵王並沒有如以往那般聽銀子眼睛冒光，而是沉思起來。

魏青岩也不打斷，由著他逕自思量。

林夕落站在一旁有些邁不動步，實在不知她此時是該回去睡，還是回屋陪這兩人？

兩人商談的事，讓她有些顧忌……

魏青岩看到她在門口腳步躊躇，便朝著這方擺手道：「來吧，幫著想一想主意。」

「此事我能有何主意，還不都要聽王爺的吩咐。」林夕落笑著坐在魏青岩身邊，福陵王蹙緊的眉始終不能舒展，「這件事還真得容本王好生想一想。」

「我勸王爺還是多想一想如何壓榨貪銀子最多的人，別想得太長遠。」

魏青岩這話讓福陵王一怔，隨即點頭笑道：「你連本王在想什麼都能猜到。」

「不過是提醒。」魏青岩面色雖冷卻認真，「您只要想一想皇上為何通過我這張嘴來告知王爺要這樣做，就明白他的用意了。」

福陵王略有不明，林夕落更是聽得糊裡糊塗，魏青岩卻不肯再說。

這一會兒，陳嬤嬤送來了餐食，福陵王吃過之後也不顧天色已晚，匆匆離開宣陽侯府。

魏青岩沒有挽留，約定明日詳談，林夕落看著福陵王急迫的模樣，不由道：「至於這麼急？」

魏青岩握著她的小手，「壓抑久了，一旦有機會，自當要把握住，可若行事過分，恐怕一敗塗地，再無翻身的機會了。」

林夕落不明白他話中的含義，「我不懂。」

「妳想聽？」魏青岩問，林夕落見他真心要說，點頭道：「只要與你有關的事，我都想聽。」

魏青岩一笑，拽著她的小手道：「我們回吧。」

林夕落這一晚都在想著臨睡之前魏青岩說的那些話。

麒麟樓的背後便是皇上，可算是盯著幽州都城的一雙眼睛，而魏青岩與太子相悖一事，乃是皇

上之命，他無可奈何。

林夕落是越聽越糊塗，待魏青岩說出皇上已年邁多疑，她才略微清楚，身為萬人之上的天子，最怕的不是死，而是怎麼個死法。

林夕落意識到皇上如今最怕見到的，就是兒子們自相殘殺，或是逼迫他讓出皇位。

如今太子周青揚已經有不少動作，上一次肅文帝遇刺也受了刺激，便在西北修建行宮，更駁了太子監國的權力。

只盼有吃有喝，過閒散日子的人太少，有了吃便想著住，有了住便想有馬，有了馬便想著有馬車有下人，有綾羅綢緞金釵玉器，有呼喝萬人的權勢。

人心無所求的時候，便是大徹大悟之時，可生下就是錦衣玉食的人怎可能大徹大悟？只有歷經過萬難坎坷之人，或許才有如此蕭瑟之心。

林夕落看向魏青岩，如此心態他就沒有，或許即便有，他也已經身不由己了。

窗外圓月螢光照進屋內，灑落在青石磚地上，林夕落望著朦朧的月色，聽著窗外鳥鳴蟲啼，心中想著如此繁瑣之事，不知何時睡去。醒來之時，已是翌日午時。

起身洗漱穿戴好，依舊有些疲累，冬荷端上來吃用的湯粥，她卻沒有胃口。

林夕落正琢磨著稍後去麒麟樓探看，明日就是開業之時了，秋翠從外進了門道：「奶奶，喬錦娘來求見，您是否要相見？」

喬錦娘……林夕落想起這個人又坐下了身，「讓她進來吧，稍後再去麒麟樓也不遲。」

秋翠去外傳信兒，冬荷為林夕落重新梳理了頭髮，「前些天奶奶讓喬太醫告知她來見您，卻是今兒才來，不知是否又遇上了什麼事？」

「老太爺的身子也不知養得怎麼樣了，十三叔的婚事也要早早訂下了。」林夕落想著喬高升，

他這些日子也沒了消息。

「近日來可都是喜事，李千總有喜事，林家也有喜事。」冬荷笑著道：「而且還都是您定的，老天爺定會保佑奶奶。」

「都有喜事，我這喜事不知何時能出現呢？」

林夕落面色泛苦，又覺得高挺的髮髻累得頭沉，便讓冬荷隨意地束起，便出門去見喬錦娘。

喬錦娘這幾日也是滿心哀苦，小臉兒都瘦了一圈，林夕落從內間出來，她連忙上前行禮，「給五奶奶請安了，之前得五奶奶傳見，卻因家……家中出了點兒事，實在推脫不開，望五奶奶莫怪。」

「家裡出事？怎麼了？」林夕落看她笑臉蠟黃的苦色，心中納罕，「別怕，有什麼不好辦的事，有我在。」

喬錦娘心中感激，卻不知該如何開口，她那位爹的丟人事，讓她一個大姑娘家怎麼開口？

林夕落見她支支吾吾，面紅耳赤，就知道這事兒恐怕不是那麼簡單，便將周圍的丫鬟們屏退，只留了冬荷與秋翠，「說吧，有什麼不好說的？都快成親戚了。」

喬錦娘聽了此話，眼睛裡湧了淚花兒，「都是民女的爹，前陣子出去……出去那什麼，被民女的娘給追上好一通打，如今人家找上門來，爹的官職和俸祿被停了，民女實在覺得無顏配得上林家名門大族，想要五奶奶來做主，莫讓民女汙了林家的名聲。」

林夕落聽得目瞪口呆，出去那什麼？那是什麼？喬高升這又做了什麼不著調的事啊？竟讓喬錦娘都無顏嫁人了！

「秋翠，讓人去找喬高升來好生地問問，他到底想怎麼著！」

林夕落這般說，喬錦娘當即阻攔，「爹被人打得在床上起不來了，五奶奶只要答應民女退婚就

成了，如若林家覺得此事不妥，那便當休了民女也可。」

「這是怎麼說的，林家大族名號也不是靠委屈妳個女子而得來的。」林夕落略有心急，秋翠也不再容喬錦娘多說，當即跑出了門，吩咐侍衛朝著喬高升的家中而去。

喬錦娘悶聲地掉眼淚兒，讓林夕落看著都有些心疼了。

冬荷知曉林夕落最怕軟的，便在喬錦娘的身邊遞著帕子勸道：「喬小姐別哭了，有奶奶在，什麼事都能為您做主的。」

「民女謝過五奶奶，只是……」喬錦娘哭得更凶，「只是沒這好命，五奶奶即使是打罵，民女都無怨。」

「哎喲，妳可別哭了，這哭得我都想跟著哭了。」林夕落忍不住勸道。

這一會兒，魏青岩從外歸來，讓侍衛來通稟她稍後便去麒麟樓。

事趕事，全都擠了一起，林夕落有些難辦，明兒麒麟樓開張大吉，今兒是必須要過去看一眼的，可喬錦娘的事涉及到林政辛，說遠一點兒也涉及到林家的名譽，喬錦娘還口口聲聲道是寧可被休了，顯然喬高升闖的禍不是什麼小事。

「走，妳跟我一同去麒麟樓。告訴秋翠，打探到喬高升那邊的消息後，到麒麟樓去找我。」

林夕落這般說，喬錦娘目瞪口呆，「五奶奶，民……民女還未出閣，隨您一同見外人，豈不是不合規禮？」

「都惦記著讓人休了妳了，還顧忌什麼規禮了！」林夕落揉額，只慶幸她自己醒時還有成年記憶，否則活成這等小模樣還不得委屈死？

喬錦娘見林夕落有些急，雖覺如此不妥，卻也只得跟著去，好在出了門便上了馬車，並沒有在外露面。林夕落與魏青岩剛到麒麟樓時，林政辛匆匆跑來，叫嚷道：「夕落，喬家又出事了，妳得

幫個忙了！」

林政辛嚷嚷著進門，並沒想到喬錦娘也在此地。

大嗓門子一喊，林夕落下意識地看向喬錦娘，只見她紅潤的小臉瞬間變得刷白無色，嘴唇哆嗦著，眼睛裡含了淚，「五奶奶，民女先回了。」

喬錦娘要走，林夕落怎能讓她走？她雖不知林政辛對喬家是何意，但事兒總要問個明白。

「秋翠，先帶喬小姐去歇息片刻，我稍後就來。」林夕落下了令，秋翠便拽著喬錦娘往後方去，嘴裡還在嘀咕著：「十三爺真是好人，喬小姐莫將他想錯了，您這輩子能嫁十三爺是福氣……」

秋翠喋喋不休，林夕落也顧不得她，林政辛邁進門內就見秋翠扶著人離去，因事情著急也沒注意到那位女眷是誰，坐在椅子上就開始嚷嚷：「我剛剛跑到侯府才知道妳來了此地，喬高升出事了！」

「十三叔，你慢慢說。」林夕落心口不一，嘴上說慢，其實很想知道林政辛的心思。

他想必是已經知道喬高升的事，可他能追到這裡來，不應該是真有心退婚吧？

她雖這樣想，卻不敢這樣篤定，這時代的男人都講究男尊女卑，別看林政辛沒娶妻訂親，但他骨子裡「男人為尊」的念頭一直都在……

「這話說起來真是抽人的臉，侄女婿呢？」林政辛嘆口氣，問起魏青岩。

林夕落瞪他，「剛進門就去與福陵王相見，我本也要去，這不是聽見你來了！」

「呃……那我長話短說。」林政辛想起明兒此地要開張，有些慚愧，「喬高升前陣子認識一位女眷，這貪財的人沒了可貪的銀子便開始好色了，一來二去，便與此女勾搭上，可惜他也是性急攻心，有心養個二房，可事兒還沒等做呢，就被他夫人發現了。」

林政辛苦笑著道：「結果被捉姦當場，此事鬧開了花，喬高升還沒等表態，這位女眷卻稱肚子裡有了個種，可喬高升算算這事兒，時間不對啊，他便不肯承認，可他不承認，這女人便鬧到了衙門去，結果喬高升被罷官，俸祿也被扣光，回家的路上還被人一頓痛打，如今傷臥在床，那個女人卻沒了蹤影。此事恐怕是另有陰謀，我聽說之後，這才來找妳了。」

「聽著怎麼像有人故意坑他呢？」林夕落臉色難堪，怪不得喬錦娘說不出口，瞧瞧喬高升做的這點子事……

林政辛自不知林夕落心中所想，聽她有所懷疑，立即點頭道：「我也是這般思忖，我還等著成親娶媳婦兒呢。老太爺聽了此事，氣得鬍子亂翹，我說了此事定當查得清清楚楚，這才來找妳了。」

「也幸虧十三叔來找我了，否則你這婚事恐怕就歇菜了。」林夕落的話，林政辛自然聽不懂，「什麼？什麼歇菜？」

「沒什麼。」林夕落說著，朝後方喊道：「妳可都聽見了？」

秋翠帶著喬錦娘也沒躲太遠，就在邊上聽二人談話，喬錦娘羞得臉色極紅，秋翠輕碰她兩下，「喬小姐，奶奶與您說話呢。」

喬錦娘輕吟地應了一聲，隨即道：「民女謝五奶奶體恤，謝過十三爺關心。」

「啊？」林政辛一聽這說話的動靜兒，一下子就從椅子上蹦了起來，「誰？是誰在後面？」說罷，就要往前走。喬錦娘嚇得有些傻，連連往秋翠的背後躲。林夕落知道喬錦娘是個極其重禮之人，林政辛這會兒見她，喬錦娘恐會認為受辱，連忙叫道：「十三叔，別過去，男女授受不親，這可還不是你媳婦兒呢！」

「怕什麼，妳跟侄女婿結婚之前不也天天相見？」林政辛急迫之下，噎了林夕落一句，林夕落

瞪了眼，這真是好色忘親，連她都開始擠兌上了？

「站住！」林夕落阻攔，「她是她，我是我，她跟我怎能一樣？你若不聽，我可不管了！」

「夕落！」林政辛急迫地跳腳，喬錦娘拍著胸口，紅著臉道：「十三爺之意，民女心中懂得，您莫要五奶奶為難，也莫要民女為難……」

「哦，那……那行。」林政辛聽了那銀鈴般的柔聲，渾身酥麻，連話都不太會說了。

林夕落瞪她一眼，吩咐秋翠道：「先將喬小姐送回喬府，妳親自跟著，另外問一問喬高升那女人是何人，林府已準備與喬府訂親了，還敢有人在他頭上敲槓子。這事兒定要查個清楚，讓他細細地說，不許有半點兒遺漏。」

「奶奶，奴婢……奴婢怎能問這種事呢。」秋翠的臉也紅了，她好歹也是個姑娘家，怎能開口問喬太醫偷女人的事？

林夕落望天，「這傻丫頭，妳不會讓跟隨的侍衛問。」

「哦。」秋翠應下，隨即又轉了身，「可這事兒奴婢怎麼跟侍衛開口呢？」

「算了，我跟著去。」林政辛總算緩了過來，「我不見喬姑娘，只問喬太醫事情便走，我……我這就去。」林政辛說著便闊步離開，好似繃緊了弦。林夕落看著喬錦娘羞紅的面容，嘆氣道：「行了，把心擱了肚子裡，回吧。」

「謝過五奶奶，民女、民女……」喬錦娘羞得說不出話，林夕落有些不耐，連忙哄了幾句，讓秋翠送她走。

看著她們出門，林夕落對秋翠剛剛的犯傻感到無奈。

冬荷在一旁道：「奶奶別怨秋翠，她心儀十三爺。」

林夕落沒有驚訝，這種事她怎能看不出來？

秋翠尋常都好，可一沾了林政辛就手足無措，腦袋都慢上半拍，「讓她當個陪嫁丫鬟，委屈了她，也委屈了喬錦娘，這事兒我還是當不知道吧。」

冬荷笑著點頭，「奶奶體恤她，她會懂的。」

「能懂就好，就怕鬼迷心竅……」

林夕落不再多說，而是朝著後方而去。

魏青岩與福陵王正在對如何壓榨貪官的銀子動著腦。

「父皇也真是別出心裁，想要貪官的銀子，直接抄家下獄不就好了，卻要想這樣的餿主意……」福陵王在一旁絞盡腦汁，看著他灰白的臉，想必是昨晚沒有睡好。

魏青岩冷漠言道：「此事是皇上英明。王爺不妨想一想，抄家之後，此官位派何人？能拿得出大筆銀子的官定是高官，而且是肥缺上的官兒。這等人貪了一輩子，皇上壓榨完了銀子，還能讓此人繼續賣命幹活兒。如若抄家換了其他人，太子與諸位王爺又是一番爭搶，耽誤時間耽誤事，還容易牽動出許多麻煩來。依照如此辦，省心省力，而且風平浪靜。」

「的確風平浪靜，就是本王背了個貪銀子的罵名。」福陵王接了後半句，林夕落笑著道：「王爺既已有此惡名，就不怕惡事做得再多一點兒了。」

魏青岩看向正走來的林夕落，問道：「事情辦妥了？」

林夕落微微點頭，「有人故意擠掉了喬高升的官，已經派人去查問，看看是否有人跟林家過不去，故意挖坑。」

「讓人好好地查一查，這時候別出岔子。」魏青岩這般說，福陵王接口道：「有人在此時給五弟妹找麻煩？本王抄了他銀子！」陰險嘴臉露出，隨即苦嘆：「這銀子怎麼要呢？」

「皇上指定了由王爺拿主意，我只等著數銀子了。」魏青岩一派輕鬆，伸伸胳膊蹬蹬腿兒，「這好似也是個體力活兒。」

「廢話，本王倒寧可做這樣的體力活兒累死。」福陵王咬牙切齒，可林夕落卻品得出他並非如此好銀子，而是心中有了其他的想法。

魏青岩不再與福陵王敘談此事，陪著林夕落去將明兒要擺出的物件再仔細看一遍。

福陵王沒跟著，轉而去看派發的請帖是否有遺漏。

見福陵王離去，林夕落與魏青岩低聲道：「他今兒瞧著不太一樣了。」

「妳看出什麼了？」魏青岩並沒有意外，好似理所應當。

林夕落琢磨了半晌，「以往提銀子他有股子興奮，可如今再提銀子卻是憤恨，他可否不滿皇上如此安排？」

「他怎能滿意？這是個得罪人的活兒。」魏青岩如此說，林夕落恍然，壓榨的都是高官肥缺，那自當是正位大臣，皇上擺明了讓福陵王出面得罪人啊！

「可他不是向來都無爭權之意？」林夕落有些懵懂，魏青岩道：「不見得做一輩子老實人就永遠不被懷疑，有人認為他是真老實，也有人認為他演技太深是裝老實。」

「何必呢？」林夕落心中泛苦，被自己的父親懷疑，這種滋味兒恐怕也很難受吧？

林夕落顧不得同情福陵王，這會兒門外有人來回報：「回五爺，刑部侍郎唐大人今日被都察院御史彈劾他為官不正，皇上批覆留官查看。」

唐大人？李泊言不正在與此人的女兒談親事？

林夕落看向魏青岩，魏青岩的眉頭緊蹙，陰狠地道：「這雙手越伸越長了……」

參之章◆奉旨斂財窺隱密

林夕落與魏青岩將麒麟樓的事辦完之後便回了侯府。

雖說唐永烈被彈劾留職，但明日開張是大事，一切先以明日為主，待此事過後再細查詳究。

魏青岩特意讓李泊言去唐家說明此事，林夕落手拄著小臉道：「會不會是有人故意要在這時給你添堵？」

「明擺著的事。」魏青岩沒有否認，更說起了福陵王：「這事兒他也覺得丟人，唐永烈是他初次刻意親近的朝官，這才多久的功夫就被彈劾。」

「會是太子殿下？」林夕落懷疑是周青揚，畢竟唐永烈之前是他的人。

魏青岩攤手，「天知道！」

兩人沒再說太多，明日要早起，洗漱過後便早早地歇息睡下。

翌日清早，天色剛剛濛亮，林夕落已經醒來，下意識地轉頭，魏青岩居然還在身邊。

他閉著眼睛，狹長的眼痕，鼻峰稜角銳利，那一張薄唇緊緊地抿著，粗硬的頭髮在耳旁垂下，這股子搭配倒讓她覺得甚是有趣。也只有他睡著的時候才能被人仔細端詳，平時看著他眼眸裡散發的殺意，誰不低頭？

「看夠了？」

正被盯著的薄唇微微一動，林夕落嚇了一跳。

「醒了還不睜眼，討厭！」林夕落小拳頭輕捶他胸膛幾下，魏青岩手臂落了她的腰肢上，「還早，再歇一會兒。」

「天都亮了。」林夕落覺得腰間沉，扭動著想要推開，魏青岩又伸出大腿橫在她的腿上，「別亂動。」

「沉死了……」

林夕落有些透不過氣，魏青岩輕笑，才將手腿撤下，林夕落忙起了身，「今兒要應酬許多女眷，得好生打扮打扮。我先去沐浴，你不許跟來。」

魏青岩微微點頭，林夕落起身下了床，剛鬆了口氣，身上陡然一涼，圍在身上的絨被單子被扯掉了。白溜溜的身子晾在當場，鑽進窗稜子的微風嗖嗖地吹到她身上，雞皮疙瘩乍起，林夕落「啊」的一聲就往淨房跑，身後傳來魏青岩爽朗的暢笑聲。

這個人實在是壞透了……

林夕落進了浴桶後仍嘟著嘴冷哼，可即便如此，臉上卻紅潤得很。

冬荷在一旁笑盈盈地侍奉著，林夕落挑了水珠灑她身上，「連妳也笑話我！」

「奴婢可什麼都沒瞧見，早就在淨房此地放好水等著奶奶了。」冬荷這話還不如不說，林夕落的臉反而更紅了。

剛才赤條條地從內間跑了來，這丫頭怎麼可能沒看見？說謊都不圓！

將臉沉了浴桶之中潤著水，林夕落半天才緩過神來，靜心地沐浴更衣，換上了昨兒特意選的一套正服。秋翠更是把所有貴重的髮簪頭釵都拿了出來，一件接一件地幫林夕落配對。

兩個丫鬟幫著忙了許久，林夕落才定下配飾。裡襯石青色墨藤紋雲錦大繡衣，外披薄狐披風，牡丹髻上插碧玉雙合長簪，林夕落在鏡中左右探看片刻，又拿起那根普通的銀針木條簪別在髮尾之處。

秋翠笑道：「這根簪子奶奶是捨不得丟了。」

林夕落淡笑，這是魏青岩與她最好的記憶，怎能遺落？

她在臉上輕撲了點點脂粉，魏青岩此時也淨身出來，一身墨色錦衣，髮髻沒有梳攏，依舊是布條隨意束髮。自從他將髮簪給了林夕落之後，他便一直如此隨意。林夕落拽他坐下，將他的長髮挽

起，又用另外一半銀針簪插上……

魏青岩回吻其面頰，夫妻兩人恩愛對望，讓一旁的秋翠感慨連連，嘆自己命苦，不知何時能得心上人。

冬荷在一旁輕戳了她一下，秋翠才發現五爺與五奶奶已經出門，連忙跟了上去……

上了馬車行至麒麟樓，昨兒已經吩咐了今早在此地備下早飯，隨同福陵王一起吃用過後，陸續有人登門。福陵王接待來此的朝官，陪同而來的夫人小姐便交給林夕落。

今兒的場面熱鬧非凡，有了皇上「御賜金匾和代朕恭賀」的聖旨下來，連在此迎候幫忙的侍衛都跑斷了腿。皇上下旨，誰敢不來？今日的慶典比往常上朝來的官員都全。

五品以上的官銜才允上朝，如今來賀麒麟樓的卻是一至九品無一例外。

其實也並非是眾人都逢迎聖旨才不得不來，麒麟樓是什麼地方？這是皇上當初賜給魏青岩的，而此地向來被幽州城中人諷為刑剋的陰地，今日初次開了大門，好奇之人都想伸頭看個明白。

流水席面接二連三地開，林夕落迎候得嗓子都快說啞了。

眾女眷都聽聞過這位五奶奶的名號，如若尋常，只敢客套兩句便遠遠離去。

林夕落今兒裝扮得典雅貴氣，又是此地的女主人，有皇上欽賜金匾，誰還敢心中存鄙？各個都笑臉迎上，巴結寒暄，可話裡話外之意卻都繞著此地到底是福陵王的？還是魏青岩的？

雖說魏青岩已經辭官，可還有後續打算。如今福陵王在外管事，背後是否有魏青岩接手？

如今沒見魏青岩露面，只看到了魏五奶奶，眾人不由聯想起這位五奶奶愛好雕藝……

之前支持太子之人，如今與福陵王聯手，那宣陽侯府是否也有變動？

朝官之家出身的人對此事格外敏感，林夕落今兒也特意收斂，話說七分卻不說滿，提及此處的

雕品，便話匣子打開，款款道來。

「五奶奶乃多才多藝之人，外界傳言都是虛話，今兒初次與您相見才知謠言害人，如此高貴典雅，怎可能如傳言那般潑辣無禮？」一位官夫人如此寒暄，林夕落則笑道：「但凡是再有禮之人，遇上無禮之事也很難耐得住性子。旁人說的也不是謠言，我的確曾做過許多女眷們不做之事，好比這雕藝，好比被稱為『匠女』，尋常家的小姐哪裡受得？」

林夕落輕笑自嘲，又道：「今兒感謝諸位夫人小姐登門，有什麼喜好的物件，盡可以看看。」

林夕落如此直白，倒讓這位夫人笑裡有些尷尬，拍馬屁拍了馬蹄子上，難不成如今誇讚人規禮有度都是錯了？

有人這樣想，自也有人想的不同。

林夕落之前露面不過是侯府大爺過世之時替侯府招待外客，收禮答謝便罷，尋常見到她的人不多，多數人都是初次相見。雖然眾人都聽過傳言，可也有人覺得這位魏五奶奶行事大氣，敢做敢當，果真是武將之妻，頗有幾分風骨，但這般想的人多為武將出身之家。

林夕落也只有幾位曾有過面緣的夫人能記得住，多半都是過了臉就忘了。

這一場麒麟樓之宴成了幽州城內第一次最大規模的官夫人集會，沒過多久便分成一二三堆兒的小聚，更有小官的夫人們四處亂鑽，使了這麼多銀子，好歹藉這個機會與其他官夫人結交談個暗營的來錢路子。

林夕落好不容易才尋了個機會去一旁歇息，喝兩口潤喉的茶。

冬荷特意沖了澎大海，林夕落咕嘟咕嘟下肚，終於覺得嗓子清涼了些，「累死了！」

「這些夫人們怎麼如此能說？」秋翠眼睛有些發直，「奴婢只覺得耳邊全都是嗡嗡聲。」

「合著五爺做的事最輕巧了，只記銀子就成了。」林夕落想到魏青岩，偷偷腹誹。

冬荷在一邊也忍不住灌了口水，這會兒秋紅從外匆匆趕來，「奶奶，福陵王派人來尋您呢！」

「找我做什麼？」林夕落額頭滲汗，「我對應酬之事最不拿手了。」

「奴婢也不知，只有侍衛來尋您。」秋紅說完，林夕落嘆了口氣又出了門，可出門還沒等去問福陵王有何事吩咐，一旁的人立即上前行禮道：「魏五奶奶吉祥，我是前刑部侍郎唐永烈的夫人，這位是我的女兒，鳳蘭。」

唐鳳蘭？這便是李泊言的未婚妻？

林夕落停住腳步，仔仔細細地看著那位曼妙的人兒，白嫩的小臉，圓眼、圓鼻子，外加一個小圓嘴兒，倒真是生得可愛。

被林夕落這般盯著，唐鳳蘭羞赧地低著頭，「給魏五奶奶請安了。」

「不必多禮。」林夕落話語甚輕，昨兒唐永烈剛被彈劾留職，今兒這一家便來，是逼著魏青岩給說情吧？

似是看出林夕落略有不悅，唐夫人連忙道：「今兒只觀禮，不為旁的事，也有心見一見未來的姑爺……」

林夕落點了點頭，還沒等安撫兩句，侍衛前來回稟：「五奶奶，齊獻王妃與側妃到！」

事情全都趕到了一起，林夕落顧不得福陵王找她，只得先去門口迎秦素雲與林綺蘭。

林綺蘭今兒能出府也是秦素雲親自去向齊獻王說合的，否則依著齊獻王之意，林綺蘭要被拘在王府中不允出來……

齊獻王今日也沒如以往那般拆臺，只在前堂與福陵王兄弟兩人言笑相談。

笑話，林夕落的確是答應了不上彈劾李乾昆的摺子，但這權力可還捏在她的手裡，萬一把這小娘們兒惹急了，她還顧這三七二十一？

雖說即便上摺子，李乾昆也不會有什麼事，可盯著的眼睛多了，做起事來就束手束腳了。齊獻王外表粗狂，心思卻細，臨來之前特意叮囑了林綺蘭，讓她今兒必須閉嘴。

林綺蘭挨了那一通打，也心中忌憚，即便看到林夕落，有心出言諷刺，卻也吞進了肚子裡，老老實實地站在秦素雲身後。

林夕落率眾夫人前來相迎，秦素雲從馬車上下來便笑著道：「本想早一點兒，孰料行至後一條街車馬就被堵住了，許久才通行過來。」

「給齊獻王妃請安了，」林夕落行了禮，隨即轉向林綺蘭，「姊姊安……」

林綺蘭沒想到林夕落會稱「姊姊」二字，只得福身道：「恭賀妹妹了，今兒這條街可謂十幾年來最熱鬧的時候了。」

林綺蘭沒忍住多加一句話，秦素雲側頭埋怨地看她一眼，主動上前挽著林夕落的手，「妳可應承了本妃的禮，惦記了許久，今兒可得給本妃，否則就賴在此地不走了。」

「自當有，不但王妃有，前來恭賀的夫人們我都預備了回禮。」林夕落被秦素雲這麼挽著，也知道她是刻意親近。無法推搡開，只得側身引她進樓閣，可這般如螃蟹一樣橫著走，讓她實在彆扭極了。

其他夫人接連跟隨在後，唏嘘之間都在談論齊獻王率正、側二妃前來有什麼目的，而且齊獻王妃與這位五奶奶瞧著甚是親近，不似眾人謠傳那般對立，就算是客套逢迎，也不會做得這麼親密吧？

眾人思緒飛散，林夕落則忙著陪秦素雲，樓閣內堂進來的都是皇親一系女眷及高官夫人，三品、五品的官夫人則在樓閣的二進之處，其餘小官的夫人更在外圍，也有結伴於院子裡遊玩看雕藝品，抑或與雕匠師傅們相談之人。

秦素雲是位分最高的，齊獻王是親王，其母妃是貴妃，秦素雲也是今日來此的唯一一位王妃，眾人見她都低眉順眼。

秦素雲說林夕落好，那這位五奶奶就是大大的好人。林夕落藉機讓人把備下的回禮拿出，眾位夫人本尋思回禮不過是個小物件，卻沒想到是雕刻精緻的首飾，髮釵、鐲子、佛珠、耳墜，各式各樣，一一擺在眾人面前。

「不知各位夫人的喜好，這物件卻不少，可著各位夫人的心意自個兒選吧。」

林夕落這話一出，讓眾人忍不住動了心，玉、翠、翡、木等等各種材質，每一件都精雕細琢，材質極佳，關鍵是樣式新穎，從未見過。可儘管心裡癢，眾夫人還是沒有動作。

她們怎能主動上前去拿？這豈不是丟了身分？

林夕落也不說話，今兒前來送賀禮的賓客最少出銀也有百兩，她回贈小禮比不得賀禮的價錢，但拿出物件讓眾人選可就是她的惡趣味了。她就是要看看這些女人是否給面子，如若顧忌臉面不肯拿，那她就省下一筆了。

莫看一個小小的髮釵，這物材和手工也值個幾十兩銀子的，顧忌臉面不肯伸手，那就打掉牙往肚子裡嚥，不算是她林夕落小氣。

秦素雲看著那物件略有心動，左看右看，周圍的夫人們都不動手，便笑著道：「都不選？那本妃先來了？」

「王妃且慢，您的那一份禮可是額外預備的。眾位夫人也莫怪罪我偏袒，這是與王妃早就約定好的。各位夫人的喜好我是真不知道，不敢胡亂猜度，免得觸犯了忌諱。」林夕落說著，便讓冬荷拿出一個精緻的禮盒。

「王妃請看一看吧？」

秦素雲接過，揭開之後便挪不開眼，眾位夫人的目光也都朝此投來……

一串雕刻得栩栩如生的小葉檀彌勒佛相，間墜乃是老蜜蠟刻《般若波羅蜜多心經》，物色晶潤光澤，讓人心中湧起了平靜之感。

秦素雲笑著掛在手腕上，笑著展示，口中讚道：「本妃是初次見到雕工如此精湛之物，五奶奶這一雙手真可謂是大周國第一巧手了！」

「王妃喜歡就好。」林夕落說完，也送了林綺蘭一根紅寶簪，貴重光華，在眾人眼中看來也是欣喜，可林綺蘭心中卻更恨林夕落，送給秦素雲之物那般精緻，而她呢？一根紅寶簪，俗氣！

林夕落看她眼中劃過的那一絲怨懟目光，心中暗笑，她承認是在諷刺林綺蘭，看到林綺蘭不舒坦，她就高興。

林綺蘭看過後只隨意道了兩句謝便讓侍女收了起來，而秦素雲仍在歡喜她的佛珠，嘴上道：「今兒本妃可是要貪物了，雖得了五奶奶親自送的，但這些小物件也想要，五奶奶，不會怪本妃吧？」

林夕落沒想到秦素雲會這般做，難不成已經看出她有意挑弄這些夫人了？

目光探去，秦素雲卻認認真真地看著自己，林夕落被她這模樣逗笑，「王妃這卻是在給我出難題，妳提了這要求，讓眾位夫人還怎麼選？」

林夕落不管她是否有意，依舊回絕，秦素雲看著眾夫人道：「怎麼都不選？難道都不喜歡？」

秦素雲這話說出，誰還顧忌臉面？王妃今兒都吹捧了林夕落，她們還顧忌什麼？

夫人們挨個的上前挑選，物件不大卻精緻，這會兒一個個攀比起來……

林夕落藉機到二門處答謝正在等候的夫人們，終歸是來祝賀的，不能因官位高低就冷落人家，如若按品級算，魏青岩如今還是閒人呢。

同樣贈了眾位夫人小禮，樣式與回贈剛剛那些高官夫人的物件沒有區別，連帶著外院的夫人小姐們也都有。眾人沒想到有回禮可拿，看到這些物件，自愛不釋手。

更多的夫人小姐是真動了心，有意在此地購置些擺件和掛件，林夕落叫來了最好的雕匠師傅，她則尋了機會出門去找福陵王，卻不知他剛剛尋自己有何急事？

福陵王此時正陪同齊獻王在麒麟樓中四處走，齊獻王比福陵王年長，看著他一身白衣，手持摺扇的雲淡風輕模樣，忍不住挖苦道：「你整日裡吃好的、玩好的，常日尋不著你的影兒，孰料今兒居然跟魏青岩這崽子混到了一起，就不怕父皇斥你個無所事事？」

「這又怎麼了？皇兄也可無所事事啊，可您不是放不開手中的軍權嗎？」福陵王笑呵呵地擠兌著，齊獻王冷哼背手，「那兩個蝦兵蟹將夠幹個屁？那也叫軍權？」

「那您還想怎樣？您可別忘了，您住的是皇宮之外。」福陵王這話刺了齊獻王一下，齊獻王神色冷峻，問道：「魏崽子呢？」

福陵王沒好氣地道：「數銀子呢！」

「什麼？」齊獻王瞪了眼，臉上的肥肉都跟著顫抖，福陵王嚷著道：「你以為呢？父皇下令說讓眾官來給皇弟送禮，可數銀子的是魏青岩，弟弟就是個陪襯，得罪人的！」

「他……他膽子也太大了吧？」齊獻王這話問得極有深意，福陵王笑道：「他？他現在就是父皇的一雙眼睛，背後盯著您的脊樑骨。皇兄，您還是關門生個皇侄子為好，小倌們下不出崽子給您，存不住銀子！」

「少在這兒挖苦本王，你也沒好到哪兒去！」齊獻王冷哼，「你跟魏崽子站了一條線上，小心人家瞧不順眼！」

「瞧不順眼又怎樣？有本事跟父皇對著幹！」福陵王這話說出，齊獻王的神色更重，探究追問

道：「你的意思是……」

「沒意思。」福陵王四處亂瞧，最終往天上看看，「這天怎麼還不黑呢？」

齊獻王嘴角抽搐，此時侍衛前來回稟：「回王爺，五奶奶求見。」

「來得正好，帶五奶奶去前堂，工部的陳大人看上了她親手雕的那尊觀音佛像，有意請清音寺的主持來作法，讓五奶奶前去相談。」福陵王話正說著，腳也跟著往前堂走。

齊獻王朝著湖心島的方向看去，目光深邃，若有所思……

林夕落聽得侍衛的傳話，正往側閣間與陳大人議事的功夫，有皇衛帶著一位公公趕來，福陵王迎上，卻聽著那尖銳刺耳的嗓音道：「咱家來通傳一聲，太子殿下與林婕妤還有半刻的時間便到，請王爺及眾官迎候。」

眾人譁然，這麒麟樓的面子實在太大了……

林夕落聽了這位公公的通傳，心裡頭一驚。

太子與林婕妤？那林婕妤不就是林芳懿嗎？

這才剛被提為婕妤就被太子帶出來，而且是來麒麟樓，這有什麼目的？

福陵王讓人招待著此位公公去一旁飲茶，林夕落趕緊湊上前問道：「這事兒怎麼辦？可要去告訴五爺一聲？」魏青岩不在，她只得來問福陵王之意。

福陵王眉頭蹙緊，「必須告訴他，但是否要出來迎此二人，就看他自己的了。」

林夕落應下後即刻吩咐身邊的侍衛，侍衛趕去湖心島，林夕落也匆匆趕回後方的庭院，邀眾位夫人出來迎太子與林婕妤。

秦素雲聽說太子也來了，臉上更多幾分驚喜，「沒想到麒麟樓今兒大喜的日子，居然連太子殿下都來添彩，這可是福陵王和五奶奶的福氣。那位林婕妤說起來與側妃和五奶奶是姊妹，宮門似

海，這一次能見也是機遇難得，妳們姊妹可要好生地聚一聚。」

林綺蘭臉上的表情變幻莫測，她萬萬沒想到林芳懿今兒也會來，稍後相見會是什麼場面？姊妹三人？林綺蘭心中冷哼，她們姊妹三人可是仇人，哪來的半點兒情分？

其他人已陸續往正門行去，林夕落道：「王妃是否也要去前方迎一迎？」

秦素雲點了頭，「這自是應當的。」看林綺蘭正呆愣著，又道：「林側妃隨同本妃去吧。」

林綺蘭福身，「此事太過突然，沒想到在這種場合能與七妹妹相見，走了神，王妃莫怪。」

「本妃怎會怪罪？」秦素雲說完，看向林夕落，「五奶奶，咱們這就去吧。」

林夕落引著眾人往前方走，而此時來到麒麟樓的眾官早已依著官品排位，聚集在正門之前迎候周青揚。

過了半晌的功夫，外方傳來了儀仗樂聲，林夕落與眾公侯家眷在一起，沒有往最前方湊。她透過人群看向林綺蘭的背影，明顯覺得她渾身僵硬，極不自然。

前去向魏青岩通稟此事的侍衛已歸來，「五奶奶，五爺稱他不出來相見，全由福陵王作主。五爺也派了人向林家與侯府通傳，請家眷們暫且莫到此地，您不必心中掛憂。」

林夕落鬆了一口氣，還是魏青岩心思縝密，派人去攔林家與侯府，此時這兩家人若出現，太子無論拿誰當靶子找麻煩，都等同於抽打福陵王與魏青岩的臉了。

又過了約一刻鐘的時間，周青揚的太子輦駕直接駛入了麒麟樓。

眾官齊齊跪拜，周青揚率先上前扶起齊獻王與福陵王，又看向福陵王道：「皇弟，本宮許久都沒有見到你了，如若今兒不來，不知你會何時進宮探望本宮？」

福陵王燦笑，「皇兄這是挑理了，今日自是要敬皇兄幾杯，好生給皇兄賠罪。」

「哪裡哪裡，何必如此說？好似本宮心胸狹隘……」周青揚口中說著，目光朝向跪拜眾人探

去，卻未看到魏青岩的身影，神色不由冷峻一分，「魏青岩今日不在？」

「那個臭小子，自從辭官之後，本王就沒見著他的面兒，今兒翻遍了這樓裡，就沒瞧見他的影兒！」齊獻王破天荒地替魏青岩遮掩，周青揚笑容帶有一絲玩味，問向福陵王道：「他還在生本宮的氣……」

「皇兄，往裡走吧，今兒大吉之日，您是否要為此地提筆留墨，別白來一趟啊，弟弟為您研墨。」福陵王說著，便欲引周青揚往裡走，周青揚卻紋絲不動，在眾官的臉上一一看去，似是自言自語：「居然都到了，一個不缺……」

周青揚說著，換了臉色，笑道：「都起身吧，今兒莫顧忌本宮在此，好吃、好喝、好玩，可莫給福陵王省銀子。」

眾官齊笑，正欲往前走，後方一位清麗佳人忽然出聲：「殿下，不知臣妾可否見一見妹妹？她今兒在嗎？」

福陵王往出聲之人的方向看去，那人緩緩走來，卻是一妖魅的女子，身著宮服，瞧其髮髻和衣著品級，應是林婕妤了。

周青揚微笑道：「魏五奶奶可在？她人呢？對了，還有皇弟的側妃，也是本宮這位新晉婕妤的姊妹，今兒好生熱鬧熱鬧。」

太子發話，眾人即刻讓路。林夕落與林綺蘭一同被點了名字，林夕落沒有意外，先行而去，林綺蘭卻腳步遲緩，顯得格外沉重。

「給殿下請安了。」林夕落上前行禮，周青揚的目光停留在她的身上，「魏青岩不在，其夫人卻在……」

「今日不知殿下駕到，否則五爺定當前來迎見，如今時間倉促，卻不知他去了何處，還望殿下

莫要掛心，民婦代五爺向您賠罪了！」

林夕落行了禮，林綺蘭才上前拜見，可她一直不敢抬頭，她害怕，害怕一抬頭就看到林芳懿的那張臉。

「姊姊！妹妹！」越不想見的人越會主動蹦出來，林芳懿似是很高興見到親人，主動上前與林綺蘭行了禮，「妳們……妳們還記得我嗎？」

那楚楚可憐的模樣讓人心疼，林夕落心裡生疑，她這做派是真的，還是假的？

林綺蘭嘴角僵笑，目光往齊獻王那方探去，齊獻王對這親人相見的場面極為不喜，那一張肥臉上的肉都在抖著，嚇得林綺蘭連忙轉過頭來，「妹妹……林婕妤可還好？」

「妹妹好，多虧太子殿下與太子妃的照料，一切都好。」林芳懿握著她二人的手，隨即轉身到周青揚的跟前，「殿下，臣妾可否與姊妹相敘？」

周青揚點頭，「去吧，如若不放行，好似本宮刁難霸道。」

「謝殿下。」林芳懿跪地行禮，起身看向林夕落，「九妹妹比之從前，更為清雅了。」

「姊姊隨我到後方的樓閣中敘舊吧，莫在此地讓殿下和王爺們笑話了。」林夕落不想演這喜淚相見的親情大戲，只想立即離去……

林芳懿點頭道：「有勞妹妹了。」

三人再次行禮退下，林芳懿牽著她二人的手歡喜得不得了，如若不知道她之前的脾氣，還真以為這是個天真良善的女人……

似是也覺出林芳懿此時的模樣不對，林綺蘭看向了林夕落，兩人對視之間都看出對方眼中的疑惑，更篤定了這種想法沒有錯。

林夕落與秦素雲介紹了林芳懿，因林芳懿不過是婕妤之位，自得先向秦素雲行禮。秦素雲沒有

過多寒暄，只讓林綺蘭姊妹好生敘舊，便讓林夕落引她離去。

往樓閣行去的一路上，林芳懿拽著林夕落為她介紹眾人，好似哪一位夫人都不願錯過，而眾人得知這是太子殿下帶來的林婕妤，也都樂意攀上宮中高枝，這一通寒暄逢迎耽擱了許久，過了半個時辰，離樓閣還有許遠的路。

林綺蘭的臉色落下，看到林夕落投來的目光，初次配合道：「本妃累了，先進去歇一歇，妹妹如若還要在此敘話，那便稍後再見了。」

聽到林綺蘭話語帶了不滿，林芳懿才收了心，她今兒是第一次跟隨周青揚出宮，不能有一點兒意外發生……

「妹妹耽擱姊姊休息了，姊姊可千萬不要怪罪，實在是許久沒出宮……有些想了。」林芳懿說著，眼睛裡多了幾分苦色，林夕落藉機道：「進去歇一歇，如若太子殿下不急歸去，稍後再引眾夫人與林婕妤結識，不急這一時半刻。」

林夕落話語加重了「結識」二字，林芳懿的笑容收斂了些，「妹妹說的對，那咱們這就陪著姊姊進去吧……」

林綺蘭逕自走在首位，林芳懿跟隨其後，林夕落心中粗喘幾下，林芳懿如今變得與從前判若兩人，就像是一根難纏的草，實在不好應對了。

她不過是婕妤，就能被周青揚帶出宮來。周青揚的心思自有福陵王與魏青岩去思忖，可林芳懿如今恐怕是另有目的。

進了樓閣的雅間，丫鬟們送來了淨面、淨手的水和帕子，隨即奉上茶水點心，三人身後都有下人陪候，林綺蘭坐著沒有開口，林夕落則擺明了是要等看林芳懿在人後有什麼表現……

林芳懿在兩人之間來回地打量，隨即輕輕一笑，「姊姊和妹妹這般臉色是作甚？沒想到妹妹也

有出頭之日？如今林家這一輩就咱們姊妹三人，也就只有我過得是最難的了……」
林夕落聽林芳懿這般說，看向林綺蘭，她臉上的怨毒之色極重，不過只微翕了嘴沒有說話。
「三伯母還一直惦念著姊姊，如若知道姊姊今兒來，便提前告訴三伯母了，讓妳們母女也能藉機見上一面。」
林夕落將話題轉走，林芳懿微微淡笑，「見什麼？有今日成就憑藉的都是我一人，今兒也是太子殿下有意帶我出門，等何時我能再晉升品級，得家人進宮探望的賞賜，再見她也不遲。」
林夕落一怔，看著林芳懿臉上的不屑與不滿，只得轉而提及了二姨太太：「她如今身體年邁，姊姊可有派人探望？」
「不缺吃喝，一兩句探望有什麼用？」
林芳懿似不願提及家人，看向林綺蘭，「姊姊怎麼不說話？可是覺得妹妹礙了妳的眼？」
「許久不見，還是莫吵了。我累了，先去歇息，妳們慢聊。」林綺蘭說話間就要走，林芳懿卻道：「何必這般著急？姊妹情深，不多待一會兒就走？」
林芳懿目光中透出的渴求，讓林夕落覺得她實在太入戲了……
林綺蘭沒再吭聲，「我沒妳那麼好的心情，妳們說吧。」說罷，率先離開房間，只留下林芳懿與林夕落。林芳懿看著林夕落半晌，忽然道：「我真的不記恨妳，即便妳曾抽過我的嘴巴。」
「說這些作甚？妳有何念頭，不妨直說出來，繞這彎子不累嗎？」林夕落露了本性，眼睛緊緊盯著林芳懿，讓她顫了一下，「還這麼凶？我能有何求？只求家人能給予助力了。」
「那妳應該去尋祖父。」林夕落提及林忠德，林芳懿搖頭，「不過一個婕妤罷了，還輪不上老爺子關注，即便跟的是太子……」
林夕落看了看她身後的宮女，她敢如此大膽地說話，想必這些人是她的心腹了。

林芳懿看出林夕落的不滿，「算了，與妳抱怨這般多作甚？當初知道妹夫與太子之間的關係緊密，我還挺高興的，可如今這種場景，我都不敢與妳說話太久，免得讓人多心了。」

「五爺與太子殿下之間有何事，我怎不知道？」林夕落反駁，林芳懿輕笑，「何必瞞著我？」

「我的確不知，是否姊姊心思太重了？」林夕落神色更冷，林芳懿才笑著道：「算了算了，都當我說錯就是了。」

林芳懿起了身，「這屋子也待不了太久，我們還是出去吧。」

林夕落也無心與她周旋，隨著一同離開雅間。林芳懿走到門口，正了正神色，臉上又帶著端莊的笑意，才出去與公侯家眷、高官夫人們相談，更是坐在秦素雲下位，將她吹捧得高高在上。

「……時常聽太子妃提起王妃，稱您是眾位王妃中性情最和善之人，她對您也很是想念，如今得見王妃真容，甚是榮幸，往後還需王妃多多提點。」

林芳懿這話說得林夕落直起雞皮疙瘩，可林芳懿卻一本正經，不覺得這話膩人。

秦素雲似也時常應對這樣的人，只淡笑道：「太子妃如今的身子可還好？」

「身子還好，謝過王妃掛念。」林芳懿起身行了福禮，正欲坐下時，看到了秦素雲手上的佛珠，正是林夕落送給她的那一串。

「王妃這串佛珠真是精緻，連小小的蜜蠟上都刻上心經，想必王妃也是禮佛之人，卻不知出自哪位大師之手？」林芳懿說及佛珠，秦素雲臉上的笑真誠了幾分，「這是魏五奶奶所贈，本妃也甚是喜歡。」

林芳懿驚愕地看她，「這是出自妹妹之手？」

林夕落只得點了點頭，周圍夫人都瞧著，她不能大庭廣眾之下噎林芳懿，她今兒可是跟隨太子而來，再被有心人汙成對太子來賀不敬，那就又是麻煩了。

「之前與王妃有過約定，今日正巧圓當初對王妃的承諾。」林夕落說得含糊，林芳懿撒嬌地笑斥道：「妹妹偏心，都不送姊姊一份禮……」

「喜歡何物？妳挑一樣吧。」林夕落很想當眾翻白眼，看林芳懿這副模樣，不知為何腦中蹦出了林府的二姨太太。二姨太太能得今日之位，是否也是這般手腕？

林芳懿沒有要求，「妹妹隨意，妹妹送何物，姊姊都喜歡。」

林夕落叫過秋翠，讓她取來一個錦盒遞給了林芳懿，「就把此物送給姊姊吧。」

林芳懿笑著讓宮女收起來，「姊姊不看，免得讓別人吃醋。」說著看向一旁的林綺蘭，林綺蘭故作不知，壓根兒不看她一眼……

林芳懿絲毫沒有尷尬的感覺，而是跟著其餘的夫人們左右逢迎地寒暄起來。

官場中混久了的夫人們，聚在一起就是攀交，而太子一黨的人對林芳懿更多了吹捧。

林夕落欲藉此機會派人去問一問福陵王那邊的情況，林綺蘭見林夕落欲出門，也跟上兩步，林夕落見她在身後，便拐向了淨房，林綺蘭快走幾步跟上，低聲道：「妳別覺得她是什麼好心，只會巴結逢迎，與二姨太太那個賤女人毫無分別。」

「怎麼妳來提點我此事，我覺得心更慌了呢？」林夕落話語諷刺意味極濃，林綺蘭咬牙道：「妳別不識好人心！」

「妳是怕了她吧？」林夕落看出林綺蘭臉上的不自然，「她不過是個婕妤，妳如今都是親王側妃了，何必呢？」

「她如若爬上高位，第一個要對付的人就是妳。妳可別忘了，妳當初曾抽過她的臉。」林綺蘭有些急切，林夕落道：「我好似也對妳動過手……」

林綺蘭一怔，覺出她無意間露了怯，當下轉身道：「隨便妳吧，懶得管妳！」

林夕落看著林綺蘭隱忍惱怒的模樣，只覺得實在荒唐，她就這麼見不得別人過得好嗎？只因為她是林家的嫡長孫女而已？

林夕落派了人去福陵王那方探問，而福陵王此時正被周青揚拽著一起遊覽麒麟樓。

齊獻王不得不跟在一旁，他剛剛有心先走，卻被周青揚按住，笑問道：「怎麼，瞧見本宮就想離開？可是對本宮有什麼意見？」

齊獻王只得說是肚子疼，不是想走才搪塞過去。福陵王與齊獻王兩人的眼睛都快瞪瞎了，這天卻還是早得很。

「皇兄，您的身子重要，可是要歇一歇？別累壞了。」福陵王噓寒問暖地關心，周青揚擺手，「無妨，本宮難得離開皇宮，今日有此機會與兩位皇弟相聚，也是千載難逢之機，本宮不累，絲毫不累。」

齊獻王動了動嘴，口型在說「你不累，老子累」，可在周青揚背後沒出聲音，這模樣也只有福陵王看在眼中。

「皇兄不累就好，否則出了差池，弟弟可就犯了大錯了。」福陵王如此說，周青揚側目道：「那豈不正好？恐怕會有很多人高興。本宮的身子雖弱不禁風，卻還能維持幾載，不知往後會是什麼模樣了……」

周青揚雖是自嘲，可這話誰敢接過去，那不是自找苦吃？

「魏青岩這崽子的地界有什麼好溜達的？不如找個地方喝點兒酒，天晚了也風大，這兔崽子也不在，著實無趣。」齊獻王撒野般的要攪局，周青揚卻道：「怎麼如此形容？如若宣陽侯在，還不揭了你的臉皮。」

「他不是不在嗎？」齊獻王拍拍自己的肚子，周青揚緩步繼續向前走，福陵王心中略有焦慮，怎麼周青揚行去的方向是湖心島？那裡可是有人正在給魏青岩用湖船送賀禮和銀子呢……

福陵王放緩腳步，落後於周青揚與齊獻王。

齊獻王走了兩步，回過頭來，似是要看福陵王要幹什麼。

「皇兄，天涼了，還是去樓閣的茶亭歇一歇吧？」福陵王指向側方的一個涼亭，周青揚朝那個方向看了一眼，隨即搖頭，「本宮只想走一走。」

「還是歇……」福陵王話語剛說一半，周青揚當即撂下臉色，冷漠地道：「怎麼？本宮如今去何地都要你來把持？」

「皇兄這是何意？」福陵王即刻笑著討饒，齊獻王闊步朝前走，「走得這麼慢，本王累死了，到前面去等你們！」說罷，超前而去。福陵王真想把他揪回來給一通巴掌，他去的方向不正是湖心島？

就在此時，林夕落派來的侍衛前來稟事：「啟稟王爺，魏五奶奶說齊獻王側妃身子疲累，不知是否先派人送王妃與側妃歸府？」

福陵王聽了大喜，正要朝齊獻王大喊，這時，一個送箱禮的小船在湖中劃出一條淡淡的水痕，周青揚指著那裡道：「中間那個島是何地？」

福陵王心驚：他是不是早知有此地？

福陵王雖然心中震驚，臉上卻如尋常般淡然笑道：「這小島說起來卻是有意思了，如今本王都不知此地有什麼玄機，因此島不允外人靠近，是魏青岩與她女人的私地，瞧見沒？那小船送了箱籠過去也只放在岸邊罷了。」

「哦？」周青揚凝神探去，遲遲不肯走，福陵王雖有心離去，可這時若執意要走，恐怕更引周

青揚的懷疑。

齊獻王吩咐侍衛先送秦素雲與林綺蘭回王府，見周青揚執意不走，便道：「皇兄如若還要在此玩樂，弟弟可先回了！」

「回吧，本宮在此等著魏青岩，他若不出來，本宮就上這小島上去尋。」周青揚側目餘光看著福陵王，福陵王眼梢微動，吩咐侍衛道：「去找了魏五爺沒有？」

「還沒找到魏五爺。」

福陵王的神色擰緊，此時恰有另外一小船朝著湖心島而去，其上一曼妙佳人，不正是林夕落？侍衛剛向林夕落回稟王爺之令，她細問起王爺與太子在何處，待得知幾人往湖心島方向前行時，嚇得心臟快跳出了嗓子眼兒。

湖心島，魏青岩正在裡面數錢呢，福陵王怎麼引著太子往那裡去了？

她思量著周青揚若問起此地，福陵王會如何回答？然而思緒實在太亂，無法推斷出準確的答案，可卻知道一件事，那便是她是女眷。只要她在，而且當著眾人的面兒去湖心島，太子顧忌禮制顏面，就不能貿然前去，而福陵王也能咬牙硬挺著說魏青岩不在，周青揚再不信也沒轍。

故而林夕落尋個藉口去湖心島，冬荷與秋翠幾個丫鬟在湖邊等候，侍衛搖小船送她前去，而後又划船歸來……

福陵王甚是機靈，看到林夕落這番作態，還能不明白她是何意？

「還真是說到誰，誰就來，皇兄可看到魏五奶奶了？」生怕周青揚看不到，福陵王嗓門兒極大，手恨不得伸到湖裡去……

周青揚的目光陰冷，盯著林夕落上了岸，看到那個微小的身影走進島內的竹林之中，才攥緊拳道：「本宮回宮！」

「恭送皇兄。」福陵王當即拱手，周青揚盯他半晌才冷哼離去，待太子一走，眾位官員們也接連攜家眷告辭。林芳懿見太子面色不喜，只得匆匆跟著離去，歸去途中四處搜林夕落的身影卻沒能找到。

福陵王在門口恭送眾人，只有少數官員武將們留此飲酒。

湖心島中，林夕落正看著遠處的魏青岩目瞪口呆。

放眼望去，四處堆著的都是禮箱與金子，她的腳要往哪兒放啊？

福陵王送走所有的賓客，其餘事宜交由魏海與李泊言打理，便忙朝向湖心島趕來。

本是窩了一肚子的氣，待見到滿處的金銀賀禮，怨氣瞬間煙消雲散，笑得合不攏嘴。

「銀子消災也能消氣，果真如此啊！」

福陵王看魏青岩與林夕落在一旁吃著點心喝著茶，忍不住抱怨道：「今兒本王可是得罪人得罪大了，你是沒瞧見，那位走的時候，腦袋上都快冒青煙了！」

「那也是您故意的，如若您不想激怒他，怎會縱著他往湖心島這方走來？」魏青岩一邊幫林夕落盤養木料，一邊淡然說著。

林夕落看著他，她當初聽這消息就覺得事情不對，福陵王可不是個善碴子，怎會任太子肆意而為？縱使不強硬地拒絕，也會想出辦法阻攔……

福陵王沒有否認，「本王不過好奇他對此地的熟悉程度而已，若不這樣，怎能惹惱他，與之劃清界限呢？父皇讓本王出面，就是讓本王當惡人，本王要把惡人做到底做出彩，讓他提起來就恨得牙根兒癢癢為止，故而只有得罪了最重要的人，父皇才能放心，本王才能安穩。」說到此，又苦笑一嘆，「世事難料無情多，一夢千載人奈何……談分銀子的事吧！」

福陵王感慨一句便轉到正事上，他遞給了魏青岩一份名單，「這是今兒遇見的人中擬定的第一

批邀來買雕品的官員，你看完之後仔細斟酌。」

魏青岩接過，細看了一遍道：「就依照你擬定的這些人發帖子便好。」

「不過，今兒太子還帶了林婕妤出行，這事兒不知祖父會如何想了。」林夕落想著林芳懿，她的變化是在太大了。

之前驕傲自滿，事事好強；如今撒嬌逢迎，吹捧巴結。不到一年的時間，她就脫胎換骨了？

林夕落知道，她並非如自己所想換了一個人，因為她目光中那貪癡的模樣仍在……

太子當初要將她嫁與福陵王，如今自收為婕妤，不知他是否要對林家下手了？

「雕蟲小技，這種脅迫絲毫無用。」魏青岩不屑評價，倒是調侃地看向福陵王，「此女曾要許與您，您有何所想？」

福陵王冷笑，「妖豔之女不合本王心意，還不如溫柔鄉之魁……」

林夕落瞪了眼，她好歹也是林家人，他這般評價，她也不舒服呢！

福陵王看出她臉色不悅，即刻道：「本王不過隨意一句，五弟妹何必瞪本王？倒是太子殿下已經盯上了這裡，你有何打算？」後一句自是問魏青岩的。

「您有意當惡人，我還能如何？忍著吧，他盯此地盯得越緊，便會紕漏越來越大，」魏青岩指一指西北方向，「紕漏大，就要看那一位如何想了！」

「咱們總不能數一輩子銀子吧？」福陵王雖是感嘆，可也在探魏青岩的心思。

魏青岩沒有正面回答，「走一步看一步吧。」

林夕落不願再與他們敘談，而是去一旁清點送來的禮單，她雖然好做數銀子的活兒，可這次太過勞累，數錢數到手抽筋也不是那麼暢快的事啊！

福陵王待到很晚才離去，雖與魏青岩飲了幾杯酒，可這酒未醉人，反倒讓他更加清醒。

有些事他一直壓制心底，這兩日幾乎未能入眠，每當閉上眼睛，幼時的回憶便浮出腦海，好似瀕臨爆發的火山，若非他勉強壓抑，這股憤怒恐會爆發出來。

魏青岩的提醒讓他更為清醒，如今他要做的就是如何一步一步地當最聽話的皇子，無爭無貪慾，他要忍，定要忍！

小船劃過水面，夜晚的涼風吹拂在他的臉上，福陵王嘴角輕笑，仰頭四顧，他要這片天地，自此開始……

魏青岩讓侍衛去侯府通稟今日不回府，兩人就在湖心島居留一晚。

沐浴過後，魏青岩仍心不在焉地思量今日之事，林夕落又提及侯府：「今兒侍衛前去通知三爺和四爺太子到，讓他們稍後再來，可卻沒了動靜兒，可是侯爺給攔回去了？」

魏青岩點了頭，「大哥已去，二哥又不允出府，三哥與四哥來此地祝賀，那老頭子本就不願意，這回自可以藉機攔回去了。」

「何必呢！」林夕落想著如今的侯府就像風吹殘破的紙，外人隨便捅一指頭，就有倒的可能。

「怎麼辦就看他們的了，如今最重要的事便是如何將皇上吩咐之事辦好。」魏青岩摟她入懷，閉上眼睛，嘀咕道：「也要想一想咱們的後路了……」

林夕落聽到此話，心中一顫，可他已閉嘴不言，她便也沒有再問，管他呢，這種事她是沒腦子想的，睡吧！

皇宮之中，林芳懿跟隨太子回宮之後就被扔斥到遠處的小院，沒有召她寵幸。

林芳懿沒有半點兒怨恨，只吩咐身邊的宮女道：「今兒見過的夫人們可都記住了？」

「回林婕妤，奴婢都已記下了。」宮女青兒遞上小冊子，林芳懿輕笑，「好，妳做得很好！」

「今兒林婕妤可謂是奪目出彩，有許多夫人都誇讚著您，想必再過兩日就會有人送來拜帖，來探望您了。」

林芳懿淡笑，「那可不是探望我，是求權罷了。」

「總之都有林婕妤的好處。」青兒曲意逢迎，林芳懿看向一旁的箱盒，指著道：「林夕落送的那個錦盒拿來。」

青兒當即尋出遞上，林芳懿打開一看，卻是一件福祿壽的佛像，色澤光潤，栩栩如生，也是一貴重之品。如若是禮佛之人，定當恭敬叩拜，可她不是，尖銳的指甲撫摸著這個物件，細細的、緩緩的，臉上的神情變幻莫測……

「嘩啦！」一陣極大的聲響，林芳懿將這佛像狠狠地摔在地上，摔得粉碎。

宮女們驚叫，林芳懿大笑，青兒道：「婕妤，這可是佛像，而且是魏五奶奶送您的……」

「送我的？這物件只有碎了才能是我的，如若完好無缺地擺在那裡……」林芳懿感嘆，「那就指不定是誰的了！」

這一日的清晨格外晴朗，萬里無雲，天空好似一面藍色的鏡子般閃亮。

林夕落醒來時覺出身邊的人已經不在，聽著外面略有響動的聲音，應該是魏青岩在……

下意識地叫了一聲「冬荷」，才想起冬荷昨兒在湖邊候著沒有跟到島上來，只得自己起身，披上一件紫色的長袍，走出寢間，看到魏青岩在那裡揮毫行字……

林夕落倚在門上看著，長髮垂至腰間，臉上帶了幾分慵懶。

魏青岩最後一抹飛白行出後擱筆，隨即看向了她，「來，來這裡。」

「才不去。」林夕落呢喃，身子卻已朝他那裡走去，看著外面的箱籠，「這些物件不知要核算到什麼時候才能全部核清，昨兒一天手都酸了。」

「這些銀兩必須要妳、我與福陵王三人經手，除此之外，不得有第四人知曉具體數額。福陵王在外忙碌，總不能此事也拽著他，妳要辛勞了。」魏青岩說完，握住她的小手仔細揉著，「陪著我就行，手疼了我給妳揉。」

林夕落看著他目光中的寵溺，嘟嘴道：「就知道我喜好數銀子，這一次讓我累個夠，往後戒了這愛好嗎？」

「妳累，我陪妳一起累。」

一句寵溺，林夕落順勢坐到他的腿上，當初兩人還未成婚的時候，他最喜歡拽著自己坐在腿上，如今她已經成了習慣……

過了半晌，冬荷乘坐侍衛划的小船前來送早飯，魏青岩與林夕落用過後便扎在箱禮堆中開始核算銀兩，臨近午時，福陵王到來後，才開始商議起這些物件的處置辦法。

銀子自當可以直接計數，但也有些人所贈之禮是物禮，什麼金銀銅器、青花窯瓷、珠寶翡翠，還有許許多多直接送料石的，這些怎麼辦？

皇上可是要拿錢去修建西北行宮，卻不能拿這些物件當擺設吧？

魏青岩昨兒已與福陵王提過此事，說是兩人各自想一想辦法，今兒再商議細節，故而福陵王一進門就笑著道：「昨兒實在是太累了，腦子都僵了，今兒一早上醒來再想昨日的問題，才覺得咱倆豈不是傻子？你們家錢莊、賭場、鹽行、糧倉都有了，再開一個當鋪不就得了？東西按照價格拿去你的當鋪換了銀子，咱們賺一筆，父皇那裡也得了現銀，這些銀錢裡面咱們分毫不得，只做這份當鋪的買賣當酬勞豈不更好？」

福陵王說著，湊近魏青岩與林夕落這裡小聲道：「這樣算來，咱們能拿的銀子可是不小的一筆，怎麼樣？這個想法不錯吧？」

魏青岩絲毫意外都沒有，林夕落則朝天翻了白眼，「合著這等邪買賣都要五爺出頭？王爺怎麼不做呢？」

林夕落嘴上抱怨，心裡卻在思忖福陵王這般用意何在？

她才不信這只是他突發奇想，定有更深的目的……

「您是不想接皇上的賞賜，想造出一份貪財的假象？」魏青岩此話一出，林夕落驚訝地看向福陵王，他的笑容消殆了些許，一副掃興的模樣道：「無趣，你真是無趣！」

「何必否認？」

「哪有否認？是一下子就被你猜中了實在無趣。」福陵王翹著二郎腿坐在一旁，「你覺得這般做如何？」

「尚可，與我昨晚想的一樣，只是經營此當鋪的人不一樣而已。」魏青岩說完，福陵王則道：「你要用何人？」

「您把官員送的禮拿去當鋪換銀子，這物件賣給誰？拿回麒麟樓拍賣？都在幽州城內，這豈不是當著人家的面兒抽打百官的臉。」魏青岩看他一眼，繼續道：「不妨放至西北。」

「誰去？」福陵王當即問出，魏青岩道：「自然不是我，此事您來想。」

「又把這件事推給本王？」福陵王雖在抱怨，但沒有推辭之意，「索性再想一想，待銀兩具體的數字核算出來，本王腦子一受刺激，定能想出答案！」

林夕落在一旁忍不住笑，福陵王也不拘謹，與這夫妻兩人實在太熟了，他懶得裝模作樣。

三人用過午飯，有侍衛前來回稟有官員來拜賀，福陵王出去應酬，林夕落也跟隨他同駕一船離

去，因為也有女眷到此。

林夕落第一個接待的便是羅夫人與羅涵雨。

昨兒羅大人一家沒有前來湊熱鬧，而是改在今日來見。

林夕落親自在門口迎著，攙著羅夫人的胳膊一同走進屋內，苦笑著道：「幸好昨兒您與涵雨沒來，昨兒這屋裡頭放眼望去全是人腦袋，我眼睛都看花了，今日人少，才能坐下好生聊一聊。」

羅夫人笑著道：「就知道妳忙，這才改在今日前來，也是與妳父親、母親約好的，除了來這裡見妳送份賀禮之外，也與他們小聚一次。」

「這自當好，在福鼎樓開席面，稍後我與五爺也去。」林夕落說著話，秋翠帶人上了茶。

羅涵雨在一旁低眉順眼地坐著，可眼睛卻朝向四處不停地打量，對黃花梨架上擺著的物件甚是好奇，可又怕被斥……

林夕落道：「隨意地看吧，如今此地沒有外人，還顧什麼規矩，規矩都是裝給外人看的，沒有外人就不用守著。」

羅涵雨看向羅夫人，見母親沒有阻攔，笑著點頭道謝，便由秋翠等丫鬟陪同四處觀覽。

「妳若不說這話，她定要坐在那裡不動。」羅夫人提及羅涵雨的性子就無奈，林夕落道：「如此也好，我母親可總斥責我是個不守規禮不懂事的。」

「各有各的喜好，我是只盼著涵雨不挨欺負了。」羅夫人談及她，不由又道：「已是開始選親了，妳也幫著看一看。」

「是哪一家人？」

「幽州城府之子，另外一個是荊山伯的兒子，雖說城府的品階不如那位二等伯爺，可我總怕涵雨去了豪門大宅受欺辱。」羅夫人連嘆兩聲，顯然她也不知這件事該如何選了。

「幽州城府雖只是四品官位，可卻是個肥缺，那位荊山伯乃一文官，這等家中恐怕亂事更多，就不知他的那位兒子怎樣？您見過嗎？」

林夕落回想著昨日前來恭賀之人，似乎也有那位幽州城府夫人與荊山伯夫人，可人多事雜，她實在記不住這兩位夫人。

「暫時還沒有見過，本有意約定昨日相見，但我家大人說了，那時全都見面更不好，好似是羅家挑人一般，容易被荊山伯記恨上。」羅夫人攤手無奈，「我是沒轍了。」

「回頭我問一問五爺，看他能否從側面探探兩人的脾性，您先不要著急。」林夕落如此答應，也是因羅夫人主動提起，這也是想讓林夕落給拿主意，否則也不會這般鄭重其事地說了。

羅夫人臉上露喜，當即道：「全都託付給妳了，可不許嫌累嫌麻煩。」

「累我也樂意。」林夕落說著，羅夫人只是笑。

羅涵雨看了一圈便走回來，林夕落送了母女兩人各自一套頭飾，尋常來往緊密，羅夫人也沒那麼多寒暄客氣。

未過許久，林政孝與胡氏也帶著林天詡前來，眾人相見，自是又喜談一通。

林天詡在外面繞著圈子跑，對這等小物件著實沒興趣，只拎著刀槍棍棒來回地比劃。

胡氏又是盯著林夕落的肚子念叨了一頓，看她的小臉灰暗，忍不住嘮叨道：「這是怎麼了？怎麼臉色這般難看？尋了大夫前來探脈了嗎？那位喬醫正身子還沒恢復，能不能來幫妳瞧一瞧？除他之外，還有哪一位太醫醫術好的？讓妳父親去請來。」

胡氏上嘴皮子碰下嘴皮子說個不停，林夕落只是笑，「行了，娘，不過昨日太過忙碌，睡得又晚，今日早點兒歇下就好了，您快把女兒說成病秧子了。」

「這可不能忽視。」胡氏不肯甘休，羅夫人在一旁勸道：「夕落都已經是侯府的五奶奶了，不

是妳身邊的小丫頭了，還這麼惦記著？」

「怎能不惦記？兒的肉，娘的心，她年紀再大也是我的閨女。」胡氏瞪著眼睛，這一會兒林天詡拎著棒子衝進屋中，又被胡氏揪過去一陣嘮叨。

林天詡左耳聽右耳冒，胡氏剛把最後一句話說完，他便跑到林夕落跟前，嚷道：「大姊，仲恆怎麼沒來？我好久沒見到他了！」

林夕落一怔，林天詡不提，她已是快把魏仲恆給忘了。

如今為了核算帳目要在麒麟樓待一陣子，難道要派人回去接他？可侯爺能同意嗎？

林夕落這方惦記侯府，而此時，方太姨娘正在吩咐僕婦：「五爺與五奶奶近期不能歸府，可不許忘了仲恆少爺，吃的、用的，就都從咱們這裡送去吧……」

林夕落與羅夫人一家，以及父親、母親和林天詡一同去福鼎樓用飯，她便讓侍衛先駕馬車回了侯府一趟，她想藉這個機會瞧一瞧能否把魏仲恆給接出來。

這一路上，她都在想如何與侯爺說此事，魏仲恆已近十歲，可終究是未及弱冠之齡的孩子，這麼帶出侯府，只怕宣陽侯不肯答應。

回到侯府，下了馬車換上小轎，有意先去找宣陽侯，可又惦記著郁林閣不知這兩天會否出什麼事，秋翠和冬荷全被她帶了出來，院子裡只靠陳嬤嬤一人撐著……

想到此，便吩咐侍衛先回郁林閣，可剛進了自個兒的院子，就聽到喧嚷爭吵的聲音。

林夕落心中一沉，吩咐侍衛立即落轎，她緊了緊身上的披風，朝著吵架的地方緩緩走去。

「我們不過是來給仲恆少爺送吃用的物件，妳憑什麼不讓進？不過是個下人婆子而已，還管得了仲恆少爺的事？這可是方太姨娘吩咐的，妳別不識好歹！」

「妳出了大門瞧瞧這院子題的什麼字？郁林閣！這是五奶奶的院子，連侯夫人掌家的時候都是五奶奶自己經管，如今五奶奶不在，妳們就跑來想插手？做什麼美夢呢！有我老婆子在的一天，妳們就休想！」

「喲……好大的口氣，妳也不怕閃了舌頭！話可告訴妳，今兒這物件必須要給仲恆少爺送！」

「那我也告訴妳，這物件我就是不接，就是方太姨娘親自來，我……我也照樣不收！」

「妳敢！」

「五奶奶臨走時早已吩咐過，遵五奶奶之意，我有什麼不敢的？」

「抽妳……」

「住手！」

兩幫婆子們正要動手，就聽身後一聲清脆的聲音，投目一看，正是林夕落站在那裡……

「五奶奶！」

眾人連忙行禮，而陳嬤嬤眼淚兒都快出來了，這可真是天燒的高香啊，早間還被告知五爺與五奶奶暫時不回侯府，這晚上就看到了五奶奶的影子，如若今兒阻攔不住這婆子，往後她就撐不住這院子了，待過些時日五奶奶回來，還不出了大事。

林夕落看著陳嬤嬤，親自上前將她扶了起來，「起來吧，陳嬤嬤辛苦了。」

「奶奶，您回來得正好啊，您若不回來，老奴攔不住她們，就只能撞死了再去找她們算帳了！」陳嬤嬤顫抖地掉淚抱怨，把那幾個婆子給嚇了好大一跳。

都是侯府裡當差的，誰能不知道五奶奶的脾氣？

「五……五奶奶，我們也是聽方太姨娘的吩咐才這般行事的……方太姨娘也是好心好意，怕五奶奶與五爺不在，仲恆少爺在這裡有了短缺。」婆子們戰戰兢兢地回話。

林夕落冷笑，「我不在，就能懷疑仲恆少爺有短缺？怎麼著？我這裡的丫鬟婆子都是閻王殿裡的小鬼兒，眼睛瞧不見就都坑矇拐騙禍害主子？這話是妳嘴裡說的，還是方太姨娘嘴裡說的，嗯？」

林夕落尾音拖得極長，話音極冷，那婆子嚇得跪了地上，支支吾吾，不知該如何回答……

「老、老奴都是信口胡說，不是方太姨娘的話。」

「不是姨娘的話，妳就敢信口胡謅，膽子實在太大了！來人，把她綁了送太姨娘那裡去，我也要去問一問，侯夫人掌家之時都不惦念我委屈了仲恆少爺，怎麼換了太姨娘反倒要把這事兒都給揭了出來？有這份閒心，不去四處把府中用度算計好了，操心都操到我身上了，我用不著！」

林夕落是初次與方太姨娘撕破了臉。

之前她顧忌著四爺的面子，故而只平淡應對，不想鬧出事讓魏青山難堪，可如今她心中難平，如若今兒不是忽然想起魏仲恆回來接他，這裡會出多大的亂子？

不過才離開侯府一天而已……

方太姨娘派來的這幾個婆子各個縮了脖子，渾身哆嗦，林夕落朝著侍衛擺手，「先都帶去找方太姨娘，我稍後就到。」

侍衛應下立即動手，林夕落看著陳嬤嬤，「讓妳費心累神了，早知道把秋翠留下幫妳了。」

「院子裡的丫鬟婆子都能擺弄明白，就只有少爺這裡老奴說不上話，終歸是下人，但凡來一位主子，老奴也就無能為力了。」陳嬤嬤絲毫不遮掩，繼續道：「奶奶還是尋個主意，您與五爺如若不在，老奴怎麼抵住太姨娘？何況不單單是太姨娘，無論哪一位夫人來，老奴單憑一張嘴都頂不住啊！」

林夕落點頭，「妳去告訴仲恆，讓紅杏和小黑子幫他收攏書箱和衣物，稍後我就帶他走。」

「啊？」陳嬤嬤驚了，「您要把少爺帶走？」
「今兒回來就是想接他的，遇上這樣子的事，這人我是定要接走了！」
林夕落如今也不用再想如何與侯爺說此事了，單純這院子裡發生的事還不夠嗎？
陳嬤嬤帶了人就去傳話，林夕落沒有去尋方太姨娘，而是直接去找宣陽侯。
宣陽侯剛得侍衛回稟五奶奶回來了，還沒等將此事細想，便又有侍衛來稟：「五奶奶求見。」
「叫進來吧。」宣陽侯神色平靜，對她主動前來倒有欣慰……
林夕落進了門，行禮問安：「給父親請安了。」
宣陽侯繃著臉，只輕聲地應了一下，「回來幹什麼？那裡的事都已經辦好了？」
「回父親的話，還需要忙碌一陣子，沒想到麒麟樓開張，朝堂大大小小官員全到了，還有各地的豪門大族也都送了禮，讓五爺與我脫不開身。」林夕落頓了一下，又道：「兒媳歸來一是為了探望下父親，與您說一說昨日之事，二來則想接仲恆過去住一段日子。」
林夕落說話也開始講究起來，她總不能一來就說要接走魏仲恆，那這老頭兒還不翻了臉？
即便如此，宣陽侯也擰了眉，「接他幹什麼？」
「剛剛回院子裡正遇上點兒事，方太姨娘怕兒媳不在，委屈了仲恆少爺，要去送吃食用度。兒媳今兒回來了，索性就將他帶在身邊，免得太姨娘操心勞神，這不是給她減輕點兒負擔嗎？」
林夕落話語中多了幾分陰陽怪氣，宣陽侯怎能聽不出來？
「胡鬧！」
「這怎是胡鬧？兒媳做的難道不對？」林夕落故作聽不懂宣陽侯的話，宣陽侯瞪她好幾眼，
「人不能帶走！」
「我就要帶走。」林夕落也沉下臉來，不依不饒的模樣讓宣陽侯眉頭皺得更深，「這府裡豈是

妳想怎樣就怎樣？妳眼中還有沒有本侯？」

「您就不能為孩子著想一二？」

林夕落這會兒也沒之前告誡自己的安穩心神，劈里啪啦就往外倒：「仲恆一直都跟隨著我，也在學雕藝，他已經被您不允科考、不允出仕了，您還容不容他有一條活路了？仲良的世子位皇上不肯給，您不但賴了五爺的身上，還要往這孩子的身上怪罪不成？就不尋思下仲良自個兒不成器的原因？」

「文不成、武不就，整日裡除卻知道是您的嫡孫之外還知道什麼？如今恐怕連背書都比不得仲恆，他可已是十四歲的男子，已經訂了親的，您就不能將心放了如何培養他成才之上，偏偏放在防著二房、三房、四房和我們這些人的身上，您不嫌累嗎？」

林夕落喋喋不休，宣陽侯的鬍子都快氣炸了毛，「閉嘴，給本侯閉嘴！」

「您不讓我帶走仲恆，我就不閉嘴！」

林夕落早已不怕宣陽侯的硬氣殺意，她又不是第一次應對，早已有了「狼來了」的覺悟。

宣陽侯氣得渾身顫抖，可見她梗著脖子不服氣的模樣，忽然鬆懈下來，癱坐在椅子上，「本侯……還真拿妳這滾刀肉沒轍！」

「我說的都是實在話，父親，您尋思吧。」林夕落尋了個地兒往那一坐，宣陽侯沉了許久，一句話都不說，兩人就這麼僵持著……

天色漸漸暗淡下來，屋內灰暗一片，這兩人在此對峙，誰敢進來點燃螢燭？

終究是宣陽侯先開了口：「這屋裡快成了鬼宅了，將螢燭點亮。」

林夕落挨個的將螢燭點上，宣陽侯的目光一直跟著她，雖說這是他的兒媳婦兒，可也不過是個不足二十歲的女人，哪兒來的硬脾氣和這麼大的膽子呢？

林夕落點完了螢燭，又要坐在原位上跟宣陽侯僵著，宣陽侯終究擺手道：「走吧走吧，脾氣死倔得也不知像了誰？仲恆就交給妳了，瞧見妳本侯就生氣，趕緊走！」

林夕落對他如此評價絲毫沒有不滿，起身行了福禮道：「兒媳告退。」

看著林夕落離去的身影，宣陽侯的嘴動了幾下卻說不出話來……

在正堂內等林夕落的方太姨娘此時也心中疲累，等了許久，她去見侯爺怎麼還沒有信兒？

正在猶豫是否要派人再去看看，一個婆子匆匆跑來嚷道：「太姨娘，五奶奶走了，帶著仲恆少爺一起走的！」

方太姨娘猛然從椅子上站起身，牙齒咬得格格作響，就這樣走了？與她一個招呼都不打，連一句傳話都沒有就走了？

林夕落，這一巴掌妳抽得夠狠！

魏仲恆被帶著前往福鼎樓一同用飯，林夕落與他說了，往後他就住在麒麟樓。那裡也有雕匠的師傅，讓他平時多多關注。

離開侯府，魏仲恆鬆了一口氣，情不自禁地想笑，可又覺得離家便笑實在是不孝，被別人瞧見，豈不是要斥罵他不懂事？故而想笑又要忍著，忍著又忍不住，這抽搐的表情既難看又難受。

林夕落在一旁看著便笑，卻沒有戳破。魏仲恆忍著這股子難受，直到看見林天詡才哈哈大笑，倒是把林天詡給笑得有些炸毛，悄悄問著林夕落道：「大姊，他不是受啥刺激了吧？」

林夕落拍了他腦袋一把，「去，你可不能欺負他。」

「弟弟跟他好著呢。」林天詡撂下一句話當即就跑，林夕落無奈看著他，這淘小子……

這一頓飯所談論之事乃是唐永烈與喬高升。

兩人都是剛投奔魏青岩之人，可沒幾日的功夫就被亂事纏身，唐永烈這位舉足輕重的刑部侍郎也被留職查看，這說起來都不是小事。

羅大人似早已知曉此事，嘆了口氣道：「這件事其實也明朗，魏大人如今是閒職，而您的辭呈傳至西北卻一點兒音訊都沒有，皇上沒有表示，宮中那一位的膽子也略微大一些，麒麟樓一直是個痛點，如今又這般引人注目，怎能不被介懷？動不了林家，駁不了宣陽侯的侯位，還不能動一動您身邊的人？」

羅大人苦笑自嘲，「說不準唐永烈與喬高升之後，就會輪到老夫了！」

「不會不會。」林政孝當即擺手，「也不過是動一動新歸從之人，何況這兩人暫時談不上歸從，都是身邊之人結的親家，而羅大人您與姑爺之間的關係，莫說皇上與太子、王爺們知道，就是朝堂眾官也都清楚，若動了您，這手可就伸得夠長夠遠，如今這個時機還顧不得冒這麼大的危險。」

「說得也是，是我心中焦迫，多慮了，實在是多慮了。」羅大人這般自諷後看向魏青岩，「您打算往後怎麼辦？總要給出個章程來，這件事查還是不查？」

「不查。」魏青岩斬釘截鐵，「這件事沒有查的必要，先將麒麟樓的事辦得妥妥當當，那自什麼事都好辦，否則一切都是無稽之談，屆時莫說喬高升與唐永烈，恐怕會涉及到更多的人。」

羅夫人插了嘴，「讓你們這一說，好似此事甚是緊急似的，怪懾人的……」

「他們說他們的，我只擔憂林芳懿，她如今升為婕妤，性格又變化太大，會否讓林家也出現變化？父親，這件事您可要與祖父談一談了。」林夕落只覺得如今的林芳懿甚是棘手。

林政孝苦嘆一聲，「妳實在是高看父親了。」他自幼就被林忠德管得只許服從不許反駁，哪裡有談的資格？

「都是隔輩兒親，夕落，還得妳去。」胡氏給林政孝架了個臺階，林夕落答應道：「過些時日我自會去探祖父。」

林政孝點了點頭，更為擔憂地看著魏青岩，之前這一位姑爺他看不懂，而如今更是看不明，他的背後好似有很深的隱祕之事沒有暴露出來，可即便知道了又能如何？

他如今的能力只有老老實實在一旁做事，盡可能地不顯鋒芒、不露頭角，別給家中招災惹禍，這就是他的任務了。

有的人想要一舉成名，想要一飛沖天，可林政孝早已沒有這股子強烈的衝動，他只求平平淡淡，做到不招人注意就滿足了。

魏仲恆自到了福鼎樓就沒忍住笑，直到跟著林夕落上了馬車，依舊在笑。

林夕落有些擔憂，「這孩子不會笑出毛病吧？」

魏仲恆連忙閉嘴，不好意思地撓頭道：「嬸娘莫笑話侄兒，侄兒實在是高興。」

「還輪不上你高興，從明兒開始，你就老老實實地悶頭學藝，書本習字之事也不能忘，若有半點兒耽擱，立即將你送回侯府。」

魏仲恆渾身一哆嗦，「侄兒絕對認真學藝，不敢有半點兒懈怠！」

林夕落笑著安撫地給了個果子，魏仲恆堵上笑不停的嘴，林夕落心中卻在沉嘆，在外人眼中無比榮耀的侯府，卻成了孩子不想沾的牢籠，宣陽侯就不覺得心愧嗎？

行到麒麟樓，林夕落與魏青岩依舊去了湖心島，魏仲恆被魏海安排在樓閣中的一間屋內，往後由李泊言專程陪護，而小黑子與紅杏也被安排在這裡，不過只允在最外層活動，不允進二門之內。

不過能離開侯府，小黑子快把所有的牙都咧出來了，這裡有好吃好喝好玩的，誰不樂意？

福陵王這一天也忙得筋疲力盡，見到林夕落與魏青岩歸來直接去了湖心島，他也不顧什麼忌諱

和規矩，追了島上去。

「本王累得筋疲力盡，你們夫妻兩人卻出去玩樂，太不把本王當回事了！」福陵王抱怨完，又道：「今日見了哪些人？談了唐永烈的事？」

魏青岩淡漠地看著他，「談了，只與羅大人相見。」

「那方可有其他動作？」福陵王坐在此地不走，擺明了不得點兒訊息不肯走。

「我辭官的摺子西北已經收到，但皇上沒提半句，與岳父大人和羅大人商議，也覺得那一位不會在朝堂上有大的動作，但邊角羽翼或許有損，王爺還想知道什麼？」

魏青岩冷著臉，嘴角抽搐著，拳頭更是攥白。

他剛要與林夕落洗鴛鴦浴，溫存一番，連髮髻都已解開，福陵王居然衝了島上來。

如若不是福陵王，不是在麒麟樓的合作夥伴，魏青岩真想一腳把他踹到湖中。

林夕落此時正在浴桶中舒緩著疲勞，本是洗得舒坦，誰知聽到了福陵王吵嚷的大嗓門兒。

這王爺也實在是……實在是太不要臉了！

雖說長得俊朗，但行事無狀，魏青岩禁止外人登上湖心島，他卻臉皮厚得來去自如。

好在她是在淨房，這若是……若是他們兩人正在親暱著，豈不是丟死了人？

可惡！實在可惡！

林夕落心中狠狠地詛咒福陵王，而福陵王一邊聽著魏青岩說事，一邊不停地打著噴嚏，「阿嚏！那父皇可是在等你遞上銀子？阿嚏！如若此事做得不滿意，你可就慘了，阿嚏！這島上的風怎麼這般大？」

福陵王自不知道他正被人斥罵，魏青岩收了心，將心思轉回此事上，「儘快地核算銀子，當鋪之事也要動手了。」

「這事兒本王可就不管了，本王只在此地應酬朝官，不過，等你四處的當鋪都開起來，本王隨時探尋探尋倒是無妨。」

福陵王給自己留著活路，笑話，他如若說就在此地守著，魏青岩還不得把他當成個擺設立在麒麟樓的大門口？他再想出去巡遊玩樂，豈不成了做夢？

魏青岩嘆了口氣，「您的話都說完了？」

「容本王再想一想還有何事……」福陵王故意不走，魏青岩的拳頭攥得極緊，看著他自己端茶倒水，咬牙的聲音越來越響亮。

福陵王轉而又說到正事上：「今日邀約的第一批帖子已經讓侍衛送出，其中三位已經答應前來，還有一位沒有回信兒，至於大理寺卿鍾大人拒了，這事兒你怎麼看？」

福陵王笑容玩味極濃，「你可別忘記，那鍾大人的孫子可讓你打得牙都沒了！」

大理寺卿……提及這個人，魏青岩的神色更冷，如若林夕落在此地，早就翻了臉。當初林府的二姨太太就想讓林綺蘭嫁給那個兔爺，讓林夕落陪嫁當妾，那個人化成灰她都會記得。

魏青岩攥緊的手陡然一鬆，「他以什麼藉口推辭？」

「說是身疾勞病，公務繁忙。」福陵王笑容更燦，「怎麼樣？本王給你尋了一個好機會，先拿他開刀如何？」

「還用您說。」魏青岩的手指輪敲在椅凳之上，大理寺卿的罪證他早就收集到，只等著有機會便送上去，如今時機恰好，鍾家滿門全死，他都不會心軟。

福陵王逗弄完魏青岩，又說完最重要的事，正起身準備離去，誰知才行步出門，就聽到「噗通」的一聲水響。

回頭看去，魏青岩一陣風般的衝向了淨房之內，一道黑影在眼前劃過，如若沒見到魏青岩剛剛

的座位空蕩無人，他真不敢相信那道影子是他，他的功夫果真厲害！

福陵王心中震驚之時，魏青岩看著沉入浴桶中的林夕落，不由得大驚失色，忙將她抱出來圍上浴巾道：「夕落，夕落……」

林夕落有喜了！

摸著自己的腹部，林夕落躺在床上，臉上露出暖暖的笑意，她期盼的孩子終於來了。

昨兒福陵王在湖心島賴著不走，林夕落在浴桶中泡得舒服，卻因太過疲倦，竟在浴桶中睡了過去。身子一放鬆，整個人稀里嘩啦就沉了浴桶底，險些淹死。魏青岩疾步過去將她從水裡撈出來時，她都沒有醒過來。

魏青岩嚇傻了。

萬幸他歷事多，頭腦冷靜，立即用被子將林夕落裹起來，抱著便離開湖心島。

蜻蜓點水般從湖上飛過，落腳之地只有湖中的船隻與微小的岩石，就這樣瘋狂地抱著林夕落衝到喬高升家中，揪起已經熟睡且一身病的喬高升診脈。

喬高升迷迷糊糊地起身，一見到魏青岩臉上的殺意，不敢有絲毫懈怠，甚至連問話都不敢，即刻上手先探，隨即鬆了口氣，五奶奶有喜了！

魏青岩一愣，眉頭卻蹙緊，「有喜不提，她怎樣能醒？」

喬高升一怔，「五奶奶不過是睡著了而已……」

魏青岩不肯信，就在喬高升這裡抱著林夕落一直待著，親自為她擦了手臉，直到聽到淡淡的鼾聲，才徹底放了心。

福陵王也追到此地，看到魏青岩傻了一樣地坐在地上，還以為林夕落出了什麼大事，可他又不

敢去問魏青岩，只得看著喬高升，待得知林夕落是有孕了，才嘆口氣，指著魏青岩罵道：「明明是件喜事，你這好似要殺人似的模樣作甚？嚇死本王了！」

魏青岩初次露出茫然之色，「太突然了，我不會笑了……」

福陵王無奈搖頭，也知道原是急事，結果卻診出喜脈來，這一驚一乍的狀態的確需要時間來恢復。這一宿他也甭睡了，派人叫來了馬車，在其上鋪了柔軟的羊毛絨被，便讓魏青岩帶著林夕落回麒麟樓。

魏青岩臨走時告知喬高升明日一早開始到麒麟樓隨時聽命，他醫正的官職暫時就不要惦記著了。喬高升心裡苦澀，本想抱怨一句，可看到魏青岩那模樣，實在不敢開口，只得在魏青岩帶著林夕落離去之時，獨自仰天感慨：「官職沒了不說，還成了婦科大夫了，這什麼命啊！」

林夕落迷迷糊糊醒來已經是第二天中午，睜眼就看到冬荷與秋翠在一旁張羅著，更聽到了熟悉的聲音，怎麼是母親？

見她醒來，胡氏忙湊了過來，告訴她有喜了的消息，林夕落驚喜之餘，目光朝遠處探去……

魏青岩不在？

林夕落略有失望，胡氏輕輕拍了她一下，告訴他魏青岩熬了一宿，剛被她催去睡了。

林夕落吐了舌頭，想要起身下地，可胡氏壓著她再多睡一會兒，她無可奈何，只得躺在床上想著有喜的事。

自己都能感覺到臉上紅潤的熱度，這種懷孕的感覺是她從未體驗過的，雖說不過一月有餘，可她摸著腹部好似能感覺到那個小生命……

看著窗外凋落的枯黃樹葉隨風而盪，她腦中已經開始掐算著日子，口中喃喃念叨著：「九月、

十月、十一月……明年春季就能看到孩子的模樣了，不知是男孩兒還是女孩兒？」

林夕落希望生個男孩兒，起碼讓魏青岩安心，可她心中又喜歡女孩兒，更加貼心，思緒紛亂，而胡氏卻在外面與冬荷和秋翠說著通房丫鬟的事。

按說林夕落嫁人，身邊自當會有陪嫁的丫鬟當通房，可魏青岩既沒有收冬荷，對秋翠、秋紅也無意。可如今卻不一樣了，林夕落有孕，胡氏喜慶過後的第一時間便掛念起此事。

自己的女兒自己最了解，胡氏早已想明白，這兩個丫鬟無論是誰都不能當通房，只得另選一個人才行。

「妳們五奶奶如今有了身孕，這自當是好事，按說妳們兩人早在陪嫁之時也應當了通房丫鬟，可姑爺疼惜你們五奶奶，這才一直到今日身邊都沒有女眷，不過妳們也知道她的脾氣，如若通房成了妳們倆，她定會傷心。她是我的女兒，這個惡人自當由我來做，妳們兩人都不許跟隨五爺。」

冬荷與秋翠被說得滿臉通紅，秋翠心中掛念著林政辛，對五爺絲毫無意，冬荷也主動開了口：「奴婢只在奶奶身邊伺候著，雖說不是僕婦沒有經驗，也能跟著太醫學一學，自當不會做這等事的！」

「奴婢也不會！」秋翠聲音清脆：「誰樂意做誰做，奴婢是不幹的！」心中更在想：如若是林政辛，她恐怕也不會樂意吧？

胡氏對兩人的回答甚是滿意，「如此就好，不過換誰呢？這事兒侯府早晚要安排，不如我先給安排算了！」

「您還是莫動這個念頭。」冬荷也大了膽子，「當初那位配給五爺的丫鬟，五爺可險些連侯府的房子都給燒著了。而且奶奶心中不容此事，外人也就罷了，您給安排的，她心傷卻又推辭不得，這不是讓她更堵心。」冬荷只在林夕落的身邊伺候，她最懂林夕落的脾氣……

胡氏嘆了口氣，「這也是個麻煩事啊，我可怕她氣性大，再鬧壞了身子！」

「此事您還是莫操心了，都看五爺的吧。」秋翠嘀咕了一句，腦中則想著林政辛，胡氏看她眼神飄忽不定的模樣，心存懷疑。冬荷在一旁嘆了口氣，又怕胡氏擔心過度，只得用手在她面前劃了個「十三」的圖形。

胡氏看到後，半晌才反應過來，隨即目瞪口呆，再看向秋翠的目光極為複雜，心中則在尋思林政辛這十幾歲的小子倒挺招人的……

肆之章 ◆ 孕事生波招憐惜

林夕落懷孕的消息傳了開來，不僅是林家與侯府得知，連其他官員家眷也都陸續知曉，前兩日才在麒麟樓開張大吉之日見過這位五奶奶，如今就傳來她有了身孕的消息，老天爺還真眷顧她。

消息傳入齊獻王府，林綺蘭恨得眼睛泛青，牙都快咬碎了。

她們姊妹三人，她是林府的嫡長孫女，可自始至終都沒能與齊獻王同房過一日，從未有過一日。即便是大婚當晚，她也不過是被那種東西落了紅……而如今林夕落先傳來有喜的消息，這怎能讓她心中平衡？

如若不是因為林夕落，她怎會嫁給齊獻王？

林綺蘭眼淚忍不住落下，她哭著狂笑著，笑得癲狂，她咒這個女人生不出男嬰，咒她一輩子只能生女兒，無論懷多少胎，無論生多少孩子，都是女兒……

林綺蘭在這方癲狂，秦素雲卻喜上眉梢，她對林夕落的印象極好，如今得齊獻王傳來的這個消息，自是笑不攏嘴，「前日五奶奶剛送了本妃一串極為貴重的佛珠，如今妾身終於有機會還她這份人情，可是該送些什麼好呢？送吃的不合適，送點兒用的？要不王爺曾送給妾身那一箱火狐的皮毛，妾身送給五奶奶一件，王爺可能允？」

秦素雲一邊想一邊說，齊獻王的神色極為複雜，「妳對那小娘們兒還挺好的！」

「她與妾身投緣。」秦素雲話語溫柔，齊獻王摸著下巴道：「魏青岩這小子如若真生個兒子出來，豈不是會氣死本王？」

秦素雲驚愕之餘連忙勸道：「您可不要再招惹魏五爺了……王爺要考慮清楚，如今誰對魏青岩動手腳都會被記恨上，即便他不追一條命回來，恐怕也有別人盯著您。」

「本王知道！」齊獻王略有煩躁，「要不本王也生一個？」

秦素雲沒有意外，只笑道：「您院中的妃、妾都盼著您有這份心思呢。」

「別人生也是生，本王……本王也要！」齊獻王揉著臉，瞄向了秦素雲的胸和屁股，秦素雲臉色通紅，悶了半天道：「如若王爺有心，不妨去尋林側妃……」

齊獻王想著那個女人，頓時再無半分興趣，「容本王再考慮考慮。」

秦素雲沒有吭聲，可嘴角苦澀很重，誰讓她自己生不了呢？

無論用了多少太醫開的藥都不成，她天生就有頑疾，可如若齊獻王真有了孩子，她應該會如待親生子一般的對待吧……

而此時的皇宮之中，周青揚聽了太監的稟告，眉頭皺得更緊。

「他倒是有本事，父皇已經知道了？」

「呈上西北的摺子中應已提及……」

周青揚點了點頭，沉了半晌，淡言道：「隨意傳個消息出去，就說魏青岩與其夫人在寺廟求子，更有意奪宣陽侯之世子之位。他如今過得太清閒了，本宮要看一看，他這一胎能生出個什麼來……」

林夕落覺得自己從懷孕之後就成了廢人。

經過強烈的抗議之後，胡氏終於同意她起身走一走，可要有冬荷與秋翠在兩方攙扶，更要有一堆丫鬟在後面護著，連隨行的侍衛都派了十名走在她的前後左右，讓她哭笑不得。

至於嗎？不過就是懷孕而已……

林夕落與魏青岩抱怨了一句，孰料魏青岩卻覺得十名侍衛少，又加了十名編列其中。

一步一人，林夕落無論怎麼翻白眼都無用，她如今說什麼都被駁回，連林天詡都能靠近她。

林夕落很受傷，誰都不搭理，林政孝覺得有些過分，旁敲側擊地提醒道：「她如今怕的是不開

心，要哄著來。」

魏青岩點頭，進屋看著坐在床上的林夕落，想著如何哄她，可站了半天，卻不知道該如何開口。從他初次見到這個女人，駕馬將她嚇昏，到後來的屢次相見，看她撒潑斥人，聽了她「匠女」的名號和砸人院子的傳聞，以及他兩次因為李泊言而出手相救，其實他不是為李泊言，而是對這個女人有興趣。

她的不屈、不忿甚是吸引他，屢次的接觸、相交，以及她對別人心懷好感時的不喜，讓他心中確定，他要娶這個女人。如今她懷孕，他的心中更是湧起一股莫名的憐愛。

看著噘嘴的她，他卻真不知該說些什麼才能讓她不生氣。

之前看到她沉在浴桶裡時，只覺得一顆心都快蹦了出去，無法冷靜，待得知她因懷孕險些淹死時，他甚至有些厭惡這個孩子。他要的是她，不單純是這個孩子……

林夕落瞧他站著不動，心裡更是不滿，「站在那裡作甚？就一句話都不說？」

「我陪妳睡。」魏青岩陡然吐出這一句，讓林夕落眼睛瞪得碩大，「你……你說什麼？」

他腦子不是有病吧？她懷孕呢，怎麼忽然來這麼一句？

魏青岩斬釘截鐵，「我每晚都哄妳睡。」

林夕落轉過身去不理他，魏青岩兩步便走到她的身邊，握著她的小手道：「我說的是心裡話，夕落，我只求妳平安。」

「肉麻！」林夕落嘴上說著，心裡卻甜，她也知道父母與魏青岩都是在保護她，可她不想當廢人。她有能力保護自己的肚子，否則怎有作娘的資格？

魏青岩見她忍著笑，心中溫暖，不由將她輕輕抬起坐在自己的腿上，「我喜歡抱著妳，往後每天我都抱著妳。」

「瞎說，你還不管麒麟樓的事了？」林夕落想起自己在這個時候有了身孕會耽誤許多事，但什麼事能比孩子更重要呢？

魏青岩搖了搖頭，「妳最重要，待妳安安穩穩地生完孩子，其餘的事我再插手。從今日開始，這裡的事便交由福陵王與李泊言，我什麼事情都不會管，只在妳的身邊。」

林夕落有些羞赧，拽著他的大手放在自己的腹部上，「我安安穩穩地養胎就是了，你有什麼事情便去忙你的，耗費如此大的心血，別浪費了。」

魏青岩搖頭，「說不去就不去，聖旨來了都不去。」

「嘴硬！」林夕落看他一本正經的模樣，笑了出來。

夫妻兩人親暱甜膩，魏青岩並沒有說假話哄逗林夕落，他真的守著林夕落不離開半步。

宣陽侯得到這個消息時，臉色極為複雜，待聽得魏青岩與林夕落要在麒麟樓養胎時，卻是怒氣橫生，「這個兔崽……這個小子太過分了，讓他回來，必須要回來，否則我跟他沒完！」

齊呈在一旁道：「侯爺，這事兒您還是不要急，五奶奶前陣子發現有喜的時候，險些出了事兒，如今亂動，怕動了胎氣。」

「少在這兒胡扯，什麼動了胎氣，那丫頭就那麼嬌氣？從麒麟樓回一趟侯府就出事？」宣陽侯說至最後也有些心虛，魏青岩第一任夫人生產時過世，而真實的情況他不是不知道，可侯夫人已經被他拘禁在院中不允出來，府中還能出事嗎？

宣陽侯不敢篤定，沉默半晌才嘆口氣道：「還是要讓她回來養胎，孩子必須要在侯府生……」

另一邊，林忠德得知消息可是喜上眉梢，他三名出嫁的孫女，林夕落是第一個有喜的，而這個孫女也是他如今最看重之人……至於林綺蘭，他不抱任何期望，齊獻王的癖好眾人皆知，怎能指望？

至於林芳懿，僅是婕妤，太子的後宮除卻太子妃以外，還沒有人能夠誕下子嗣，何況婕妤的名分太低，能否懷上孩子要看林芳懿自己的造化，而林夕落卻不同。

前兩天麒麟樓開張時的場面，他雖沒有親眼見到卻也有耳聞，更有不少朝堂官員前來林府遞帖子交好。他知道他們都是衝著林夕落來的，連皇上都御賜了金匾，誰還敢斥她是「匠女」？那是老壽星上吊活膩歪了！

林夕落……林忠德心中思忖著，他盼望林夕落這一胎是個男丁，如若能誕下男丁，魏青岩在宣陽侯府的地位可就更穩了，那世子位是否可以爭上一爭？

之前林忠德有意替魏青岩上表搶世子位，可魏青岩不同意，木秀於林風必摧之，魏青岩那時勢單力薄的確不合時機，但如若生有一子那便不同了。

林忠德越想越美，老懷欣慰地暢笑過後便吩咐林大總管道：「去尋個人告訴老七，老夫要尋個時機探望孫女和孫女婿……」

「老太爺，您如今去不合適吧？」林大總管壯著膽子提醒，老太爺有三位孫女，而這三位所嫁之人分成三派，老爺子這時候去探望誰，豈不是擺明了跟誰站在同一立場？何況如今可不單單是齊獻王，還有太子殿下……

林忠德悶沉幾聲，才開口道：「這倒是要仔細思忖一二了。」

林大總管不再多嘴，林忠德沉默了許久，嘆口氣，「老夫是真想去看一看夕落這丫頭，而非是利益所趨，看來這人算計了一輩子，即便有一分真誠之意都要被人看成別有目的，這真是老夫的悲哀啊！」

林大總管不敢說什麼，只倒了茶給林忠德，林忠德抿了一口，獨自坐在椅子上深思著……

魏青岩陪著林夕落整整一天，喬高升必須時時刻刻在一旁盯著，每隔兩個時辰診一次脈。

喬高升的左胳膊還捆著木板，只能單手行動，而林夕落所吃用的食物都由喬高升親自看過、驗過才能食用，在吃之前更要先親口品嘗驗過無事之後林夕落才入口。

喬高升臉色甚苦，林夕落是孕婦，她吃用的食物都是滋補女人的物件，可他是中年男人啊，這整日裡跟著補，豈不是要補出毛病來？

喬高升心中不停地琢磨，卻不敢直說，而胡氏看著這人也甚是彆扭，雖說他是名醫，可終歸是個男人吧？而且曾經的所作所為實在不堪入耳……

胡氏極為猶豫，可這是最有名的大夫，他只需每日診脈即可，何必在門口守著？

「姑爺。」胡氏進門看著魏青岩，他正在陪林夕落吃粥，見胡氏尋他，便起身道：「岳母大人何事？」

「那喬太醫不是兩個時辰診一次脈？那就不必讓他在門口守著了，瞧著怪彆扭的。」胡氏說此事也有點兒尷尬，「不如換個懂點兒事的婆子來？」

「只怕出去另尋人容易出差錯。」魏青岩道出疑難，胡氏則道：「這喬醫正不是有夫人嗎？這輩子都跟著他了，想必對此事也精通吧？不如讓他夫妻二人都來此地，姑爺看可好？」

「岳母大人的主意甚好，都是我一時焦慮反倒想得狹隘了。」魏青岩的誇讚讓胡氏甚是高興，「那就這樣了，還是姑爺與這位醫正說一下，我開口的話就不妥了。」

魏青岩點頭應下，出門去尋喬高升。林夕落正在喝著粥的功夫，卻聽到秋翠與冬荷在角落裡爭執著，她見身邊無人盯著，便朝兩丫頭那方行步過去。

原來冬荷與秋翠正在說著通房丫鬟的事，而斥罵之人乃是福陵王。

「這事兒要與奶奶說嗎？還是先去問一問五爺，萬一五爺不肯要王爺送來的女人呢？這王爺也

真是的，五爺自己又沒有那心思，他可真是閒吃蘿蔔淡操心！」

秋翠在一旁嘀咕著，冬荷則在嘆氣，「咱們奶奶正高興著呢，這事兒說了豈不是讓她心煩？」

「那直接去問五爺？要麼……咱倆直接把那女的攆走？」秋翠說著又搖頭，「可是王爺送的女人，咱們兩丫鬟又能如何？」

林夕落聽了此事，心中道：一年的時間，他忍得住嗎？

林夕落覺得懷孕的這兩日，周圍徹底亂了套了。

她獨自在屋中休養，不用對外界的事費心。每日一早胡氏就來，晚間再走，一整天嘴皮子不閒著地叮囑，林夕落知道她是擔憂自己的身子，畢竟魏青岩的前任夫人就是因難產而喪命。

林夕落定時診脈、散步，休息、吃吃喝喝倒都可著她的心意。

即便胡氏不明說，但林夕落也發現了她的飯桌上總有一盤辣子菜，胡氏緊緊盯著她，就看她是否動上兩口，見到林夕落幾乎不喜歡辣菜時，便笑得合不攏嘴，可又怕露出端倪，只得忍著。

酸兒辣女，這是老輩兒人看懷胎的方式，林夕落心中明白卻故作不知，只可著心思想吃什麼就吃什麼，偶爾多喝兩口醋逗胡氏一樂。

魏青岩今日是初次離開林夕落半晌，臨離開時讓侍衛嚴密把守，除卻冬荷與秋翠兩人之外，只有胡氏與喬高升可以接近，他未歸來之際，不容任何人靠近半步。

此時他在前堂略有不耐煩，只因這一早宣陽侯便找上了門，所談之事自是讓林夕落回侯府。

宣陽侯話語強硬，冷哼著道：「侯府的孩子怎能在外生？本侯不管你有什麼心思，但她必須要回侯府，你如若不肯，本侯就搶人，是回還是不回，你瞧著辦！」

宣陽侯說完，看向身邊的魏青羽，示意他上前說合。

魏青羽苦笑，這種場合為何要他來做中間人？不過若非是魏青岩，他也不會出面……

「五弟，父親所說也有道理，何況此地人來人往的也不方便，總不能因為五弟妹有了身子，你就將麒麟樓關了吧？而且如若眾人得知五弟妹在此養身子，接二連三求見，她見的話是勞累，不見的話，外人心中不舒坦，你也跟著累。」

魏青羽說到此，見魏青岩沒有反駁，又道：「回到府中，有丫鬟婆子替你守著，還有你三嫂也能照料……三哥知道你在擔憂何事，人與人不同，五弟妹吉象，身子又康健得很，前兒還因為仲恆與父親吵嘴都不帶累著的，五弟還有何擔憂？如若你實在放心不下，三哥讓你三嫂天天守在你的院子裡可行？」

魏青羽所說自能戳中魏青岩的心，他的前任夫人就在侯府中過世，他怎能對此不忌諱？

宣陽侯聽了魏青羽的話，心中有怨，這種事此時提起不更是麻煩？倒不如不提，就硬逼著他回去便罷。

魏青岩不做聲，可魏青羽看得出他心中已有鬆動，也不再開口，只等魏青岩自己想明白。

說起讓林夕落回侯府的事，魏青岩的確已經這樣想，但並非是被宣陽侯追上門來逼迫。

一來他是怕林夕落在此地更累，魏青羽所說是事實，她在麒麟樓得應承許多事，即便不用她管，但每日都聽得到，她又是個閒不住的性子，定然會操心插手。

二來是他自己的暗衛，薛一進不來麒麟樓，因此地有福陵王在，雖說如今與他站在同一條線上，可他不想讓暗衛暴露出來。他雖已決定要陪林夕落到誕下孩子之後再接手各項事，但暗衛的動作他不會放棄。

雖然如此決定，但他卻很猶豫，不知林夕落是否會忌諱，畢竟……他上一任夫人曾經在侯府過世，即使不是如今的郁林閣，他仍是擔心。

「此事容我再考慮些時日。」魏青岩剛開口，宣陽侯暴怒，「就今天，必須給本侯回去！」

魏青岩眉頭皺緊，反感極盛，魏青羽只覺得頭大，連忙先穩住魏青岩，「五弟別急，五弟妹如今怎樣？你三嫂還惦記著她，想要來看一看，可又怕五弟這裡不方便，這才沒跟來。」

「三嫂來沒什麼不方便的，換其他人就不方便了。」

魏青岩開口，魏青羽大喜，立即吩咐人去侯府知喚三夫人立即就來，而魏青岩也明白魏青羽之意，這位三哥最了解他，這是怕魏青岩不好開口，先讓三嫂與林夕落說兩句探探口風。

兄弟二人自不需要把話說明，魏青羽又挑著話題開始說事，讓宣陽侯也平復下心情，本來這是一件喜事，非要劍拔弩張如同打仗……自己這位父親的脾氣也變化太大了。

姜氏聽了魏青羽派人前來傳的話，立即動身往麒麟樓而去，方太姨娘得知後追到了門口，硬是將姜氏給攔了下來，「這一次去還不知道何時能夠再見到五奶奶，能否稍等片刻，幫我帶些物件給五奶奶？」

方太姨娘開了口，姜氏心中猶豫。

林夕落回來跟侯爺爭吵又帶走了魏仲恆，這件事姜氏不用想也知道背後恐有方太姨娘的手段，而如今她要送禮給林夕落，可是怕林夕落誕下子嗣之後，再來尋她的麻煩？

姜氏不敢說對林夕落有多麼了解，可她卻知道林夕落骨子裡有股傲氣，她恐怕忘了方太姨娘這事兒，滿心都放在肚子上了。

「太姨娘還是先別送物件了，麒麟樓什麼都不缺，前陣子也聽說了，連五弟妹吃用的東西都是太僕寺卿夫人，也就是五弟妹的母親親自動手，五弟更不允旁人靠近，今兒找我去也是五弟點了頭的，沒看我都是兩手空空的？」

姜氏也的確沒說假，她就是什麼東西都沒拿……

方太姨娘對姜氏的婉拒感到不悅，「三奶奶說的是，我這份心思恐怕五奶奶也不會過多惦記

著，反倒是添了麻煩。」

「您能想明白這個道理就是了，太姨娘先忙著，我這就先走了。」姜氏初次沒有給她留顏面，如若尋常倒好說，可這是關係到林夕落的肚子，她怎能知道這位太姨娘是否在物件上動了手腳？即便不是吃食也不行。

姜氏行了福禮，便上了馬車吩咐啟程。

方太姨娘的臉色陰沉無比，氣得渾身顫抖不停，而這時，魏青山也正要出去，方太姨娘立即上前幾步，面露關懷之色道：「四爺這是要去何地？」

「太姨娘怎麼在這兒？我要去麒麟樓，父親與三哥、五弟都在那裡。」魏青山說著就要走，方太姨娘一驚，迅速堆了笑道：「可是要去看五奶奶？太姨娘這裡正巧有些物件要送她……」

「送什麼呀，再說我一個大男人拿一些女人用的東西？這……這不行，您還是回去歇著，何時五弟妹回來再說，我先走了。」魏青山嘀咕著，腿已敲馬肚前行。

太姨娘看著魏青山匆匆離去的背影，只覺得眼前發黑，好似一陣黑霧縈繞眼前。

身邊的婆子立即上前扶著，她坐在一旁歇了好半晌眼前才恢復了明亮，嘴中卻在嘀咕著：「我就如此不招人待見嗎？姨娘就只能有姨娘的命嗎？」

姜氏到了麒麟樓，被直接帶進湖心島去見林夕落。

這是姜氏第一次來麒麟樓，之前也是聽說過此地，卻從來都沒得以進來。

先向侯爺請了安，便坐上侍衛划的小船朝湖心島而去。

姜氏臉上掛了笑意，魏青岩對林夕落能有這份心思，這位五弟妹還真是有福氣。

上了小島，見到侍衛層層把守，林夕落則坐在屋中等，正與秋翠和冬荷說話。

林夕落在看書，冬荷怕她看久了傷眼睛，林夕落便不依不饒，「都說這有了身子的人金貴著，

可如今我怎麼這樣慘？誰都能斥我兩句，連書都不允看了！」

林夕落嘟嘴，冬荷哄道：「五爺的吩咐奴婢不敢不遵，否則把奴婢攆走不允伺候您了，奴婢豈不是見不到您了？您閉上半會兒眼睛，然後再看書本，或奴婢念給您聽，這還不行嗎？」

冬荷性子柔，林夕落也生不起氣來，這會兒門口有了聲音，她朝著門口望去，見到是姜氏來了，甚是高興，「三嫂，您可來了！終於有個能陪我說說話的了，不然我要悶死了！」

「呸！」姜氏朝一旁啐了一口，「不許胡說！」

林夕落吐舌頭一笑，臉上也有幾分羞意，姜氏也是在笑，「這消息太突然了，我與妳三哥聽了都一宿不敢信！喜事，真是大喜事！」

林夕落笑後則道：「聽說侯爺來了？」

姜氏點了點頭，還未等開口，林夕落便道：「可是逼著五爺讓他帶我回侯府？」

「嗯？妳猜到了？」

姜氏頗為驚訝，湖心島離麒麟樓正堂甚遠，她都能猜出來？這小腦袋也太靈了！

林夕落笑著搖頭，「我這是矇的！」

侯爺先來此，沒多久三奶奶也到了，這事兒還用猜嗎？

林夕落既然將此事說開，姜氏也就順著話題往下說。

「按說這事兒也怪不得侯爺親自前來，妳終歸是女眷，麒麟樓如今也不是五爺的私人之地，成了個雕木鋪子，人來人往不說，如若有要見弟妹的，妳說是見還是不見？五弟雖然已經辭官，但以往的名氣還在，何況又不是真當了清閒之人。」

姜氏看著沉思中的林夕落，只得拍拍她的小手，「女人這輩子活什麼？不就是活個男人、活個孩子？五弟對妳無微不至，弟妹不妨也為他想一想，別讓五弟為難。」

林夕落嘆了口氣，笑著摸摸自己的肚子，淡笑著道：「事兒都由五爺定，他說回侯府我就跟著回，他不讓我操心，我還跟著想什麼？」

「妳是這般想，但五弟總不會尋妳直說，他怕妳心裡忌諱，其實他心中何嘗沒有？但過去的事終歸是過去了，五弟妹還是別往心裡想，給他尋個臺階下，他總會對妳感激不盡的！」

姜氏拿起一旁的果子剝了皮，遞到她嘴邊道：「如若妳真回了侯府，嫂子天天去護著妳！」

「嫂子最好！」林夕落笑看姜氏，「可不讓直說，還要給五爺臺階下，這事兒真是難為人。」

「嫂子笨，不然就幫妳想轍了，弟妹是個聰明的，我可不跟著添亂了。」姜氏自嘲，林夕落何嘗不知道她是怕自己多心？不過這還真是個事，該怎麼辦呢？

魏青岩的心裡會怎麼想？單純是被侯爺逼得不得不回嗎？

他可不是個服軟的人，但既然能同意姜氏來與她說合，定是動了心的，林夕落一邊與姜氏說著閒話，心緒卻飄至很遠……

此時，宣陽侯待得不耐煩，可姜氏又沒有傳回什麼信兒來，只看魏青羽與魏青岩在一旁下棋，不知冷哼多少聲，連手中的書看翻了頁都不知道，「一盤破棋下了這麼久，兩個臭棋簍子豈不是越下越臭？」

「棋平人心，不慌不躁的人才懂棋。」魏青岩手持黑子，落於棋盤，隨後道：「觀棋不語。」

宣陽侯冷哼，「休想把本侯氣走，今兒你不走，本侯就不回！」

魏青羽苦著臉搖頭，雖是下棋，可他更是心不在焉，這五弟的心思也真穩，明明自己輸了，他卻能接連讓步，還不把他逼至死路，一盤棋折騰了半個時辰了，居然還沒下完。

未過多久，門外有侍衛匆匆前來，魏青羽率先停了手，魏青岩讓侍衛進來，侍衛當即回稟：

「侯爺、三爺、五爺，出事了。」

「怎麼了？」魏青岩陡然起身，侍衛即刻道：「五奶奶知道福陵王送了個女人來，正在大吵大鬧，連三奶奶都阻攔不住了！」

魏青岩皺眉，匆匆離去，魏青羽手裡還握著棋子發傻，女人？

宣陽侯更是斥罵：「女人？什麼女人？送個女人有什麼不正常的？鬧什麼鬧？豈有此理！」

魏青羽苦笑，卻不知該如何說才好，五弟與五弟妹之間的情分，侯爺怎可能懂？何況他們庶出之子誰的心裡不知道庶子日子過得多苦，怎還會再有其他女人？難道要如同現在的宣陽侯府一樣鬧得不可開交？

魏青岩趕到湖心島，也用不上侍衛划小船送他，逕自上了船撐起竿很快便到了島上。

還未等進屋，就已經聽到林夕落在哭，魏青岩衝進門見了她，林夕落撲上來就道：「即便你有心收人，身邊哪個不成？冬荷、秋翠、秋紅、青葉，還有那個夏蘭，不都是眉清目秀的好姑娘？找來那麼個煙花之色的女人，還放了我身邊，福陵王這是安的什麼心？別看他是一位王爺，還是親王，我跟他沒完，我不要在這裡待著了！」

林夕落吵嚷，姜氏在一旁翻了白眼，不知說何是好。

她剛跟林夕落還笑著敘話，林夕落就提及了通房之事，而後忽然說起福陵王送了女人來，就開始鬧，直到把魏青岩鬧了這兒來才開口說要走。

姜氏略有懵懂，她不會是想藉著這個機會跟魏青岩回侯府吧？

如若真是如此，那這丫頭的心思也跳得太快了，一下子就變臉，讓人根本就反應不過來。

魏青岩只看林夕落扎在他的懷裡不停地哭，心中也在盤算著到底怎麼回事？看向姜氏，她一臉的茫然無措，而身邊的丫鬟早被林夕落那句話給臊得跑了，一個都沒在身邊……

「夕落，福陵王送的人早被我攆走了。」魏青岩扶著她的小臉要抬起來，林夕落卻不肯動，就這樣連哭帶鬧嚷道：「人雖然不在這裡了，但也是送來過吧？我好歹是你的正室，都不領來讓我瞧一瞧就塞了屋中去，這是落了我的面子，我不依，我要走！」

姜氏不知該不該插話，最終怕她鬧出了事，只得道：「五弟妹，妳小心著身子！」

「都這樣對待我了，還什麼身子不身子的，那樣的女人怎能在我身邊？我不依！」

魏青岩見姜氏的臉色不定，又看林夕落這一通哭鬧，有些奇怪，摸了摸她的小臉，乾的？陡然反應了過來，即刻道：「行，我這就去備車。」

林夕落點了頭，拿過一旁濕潤的棉巾擦了臉，更是用力地蹭了蹭眼睛，直到蹭紅了為止……

魏青岩又安撫了兩句便出了門，姜氏見他走遠才瞪眼道：「妳這丫頭，嚇死嫂子了！」

林夕落的脖子跟魏青岩的身影抻出了老遠，才吐了舌頭，「三嫂，這不是您說的要給五爺一個臺階下嗎？何況把責任賴到福陵王身上也沒什麼不好，本來這事兒他做得就不乾淨，侯爺知曉我為此事大鬧，回了侯府那兩個老女人也少往這上動心思。」

姜氏看她半晌，終究苦笑道：「妳這心眼兒真夠多的，但也提前跟嫂子說一聲啊，嚇得我信以為真了。可妳哭嚎了半天，一個眼淚兒不掉，妳當五弟能不知道妳是裝的？」

「這兒又沒有別的東西能刺激出眼淚兒來，只能乾嚎了！」

林夕落也覺得自己有點兒荒唐，害羞得忍不住笑。

冬荷與秋翠兩人從外面進來，也好一通說絕不當通房丫鬟……

福陵王聽魏青岩說林夕落因為他送了個女人到此地，氣得不行，堅持要回侯府，更是揚言記他的仇了。

福陵王覺得倒楣透頂，他當初與魏青岩說起這個女人，魏青岩就給攆走了，她這又鬧個什麼勁

兒？何況一個煙花女子，不過是用來解決臨時需要的，見她這位正室也不夠格啊？他不就是怕送個良家女子再讓魏青岩收了房才這麼幹的，這豈不是裡外不是人了？

福陵王摸著下巴，苦著臉道：「那你說吧，怎麼辦？真回侯府？」

魏青岩點頭，「正巧老頭子來催，先回去算了，然後再找個由頭回她的娘家。」

「你心裡過得去？」福陵王這話明顯是問他前任夫人過世之事……

魏青岩沉嘆一聲，「終歸是個坎兒，上次犯的錯兒這次還犯的話，我也無顏再活世上了！」

「你想怎麼著？她要出了事，你還要自盡不成？」福陵王歪嘴，目光卻一直盯著魏青岩。

魏青岩掃他一眼，「自當不會，死之前也要把所有看不順眼的全殺了，到時候死不死再說！不過少不了你，這事兒你記著吧，早晚找你算帳！」

福陵王抽搐嘴角，「真是好心沒好報！」

魏青岩不再搭理，而是吩咐人備馬車，他則回去與宣陽侯談了條件。

首先的第一條便是要換個院子住，「我要西北角花園的側院，那裡空氣好。」

宣陽侯點頭，「隨你。」

「第二條，侍衛的調度由我自己分派，不允許別人插手。」

「你太過分了！」

魏青岩直接問道：「答應還是不答應？」

「隨你！」宣陽侯口氣生硬。

魏青岩又要開口，宣陽侯便道：「沒完了？讓你回侯府，還成了本侯求你不成？」

「難道不是？」魏青岩反問，宣陽侯冷哼地別過頭，魏青羽立即道：「五弟，這些都不是重要的事，關鍵是五弟妹能平平安安的。」

「這自當是，最後一條便是不許有人來招惹夕落，否則別怪我手下無情。」魏青岩說到此，宣陽侯氣得站起身，「怎麼？連本侯你都要持刀相向不成？你個白眼狼！」

「我不分是誰！」魏青岩與其對峙，「如若她能平平安安誕下子嗣，過往的帳我一筆勾銷！如若出了半點兒差錯，這筆舊帳，我要所有人的命來還！」

魏青岩話罷，轉回湖心島去接林夕落。

宣陽侯呆滯半晌，不自覺地自言自語著：「一步錯，步步錯，這個侯位，就不該得啊……」

魏青岩備好了馬車，直接帶林夕落回了宣陽侯府。

在這之前，宣陽侯已經派魏青羽與姜氏先回去吩咐清掃花園的後側院。魏青羽行至半路遇上了魏青山，待說了侯爺的吩咐，魏青山當即快馬返回侯府，率先派人收整。宣陽侯亦跟著返回侯府。

方太姨娘早上剛被氣得眼前昏黑，如今聽說侯爺與魏青岩、林夕落一同回了侯府，驚愕半晌都沒反應過來。

這就回來了？

宣陽侯這一早帶著魏青羽出門就是為了接林夕落這丫頭回來，如今肚子裡懷上一個就成了如此大的氣候，這往後她還有好日子過嗎？

方太姨娘緩不過來神，魏青山則與齊氏急了，「瞪眼看什麼呢？還不快帶著人去啊！這馬上就回來了，郁林閣那破院子不能住人了！」

齊氏被魏青山這一吼，嚇了一跳，也由不得再等方太姨娘吩咐，即刻召來管事婆子僕婦丫鬟去收拾花園後側院，更是去郁林閣請陳嬤嬤陪同。必須要有個五奶奶的人在場，否則出了錯，她擔不

起這個責任。

方太姨娘看著魏青山急迫的模樣則道：「怎麼要住後側院？那裡太偏僻了。」

「五弟親自選的地界。」魏青山說罷要走，方太姨娘將其攔住，「侯爺可還有什麼吩咐？」

「我還沒見到父親，行至半路先遇上三哥和三嫂，我嫌馬車慢，就先駕馬回來了。」魏青山看著方太姨娘心緒繁雜的模樣，又道：「您好生養一養身子吧，侯府裡的事能少管就少管，我走了。」

方太姨娘抬頭，又得了魏青山的背影，心裡被他這句話戳得堵心，她少管？她如若少管的話，四房還能有出頭之時嗎？

短短的半個時辰，侯府中幾乎所有的下人全都聚集後側院將此地打掃乾淨。

陳嬤嬤親自動手將早已備好的軟皮褥毯鋪上，丫鬟們將林夕落常用的物件齊齊搬至此地。

魏青山也沒閒著，又出侯府跑了一趟，將喬高升給直接帶回侯府，在花園中將無益林夕落懷孕的花草全都給拔了。

齊氏在一旁看得直咧嘴，這裡可都是極為名貴的花草，就這麼拔了……

「我有孕之時也沒見四爺這麼上心，您對這位五弟妹還真好！」

「放屁！我是為了我弟弟，妳懂什麼？」魏青山瞪了眼，齊氏當即縮了脖子，「四爺急什麼？我也不過是說一說而已，還能懷了歹心不成？」

魏青山見她這模樣，便極其認真地道：「這絕對不是小事，娘們兒的嫉妒心思都給我收起來，五弟這次可絕不會像上次那般忍氣吞聲，我寧可不在幽州城待了，也絕不破了我與他之前的兄弟情分！」

「瞧四爺說的，我還能去害五弟妹不成，我就那麼歹毒嗎？」齊氏嘴上嘀咕著，心中則腹誹著她即便有心也沒那機會，瞧著如今的布置，只怕一進了花園子便要被不知多少雙眼睛盯著。

魏青山淡道：「只是對妳的提醒罷了，別心太高，在侯府主事可不是什麼好事。」

齊氏略有不滿，「太姨娘和我不也是為了孩子們能有個好前程，誰還能有更高的奢望了？四爺幼時的日子怎麼過來的，您還沒有體驗夠嗎？」

「說這作甚？我小時候過得比三哥和五弟強多了！行了，少說兩句，快去幹活兒，一會兒五弟和五弟妹要回來了！」魏青山說完就走，齊氏在其後背恨鐵不成鋼，怎麼就沒更高的追求？沒這份心思還爭什麼了！

魏青岩摟著林夕落在他的腿上，不允她單獨靠在馬車上，怕被碰撞了。林夕落也不拒絕，就這樣窩在他的懷中，靜靜地躺著。

「今兒哭鬧是妳故意的？」魏青岩摸著她的小臉，雖沒有看到她吐舌頭的表情，卻已經摸出這句話後她臉蛋燙紅的溫度。

「也不是故意的，心裡本就不舒服，自當要發洩出來，就是記了福陵王的仇了，居然送那樣一個女人！」林夕落嘟著嘴，隨即又問道：「五爺相中我身邊的誰了？跟了你，總得要給個妾的名分。」

「胡說！」魏青岩用手狠攥了她的小手一把，「一個都不要！」

「你忍得住？」林夕落轉過頭看著他，魏青岩咬她一口，「不許挑釁！」

林夕落忍不住哈哈大笑，魏青岩沒轍，這丫頭是他這輩子遇上的第一個令其束手無策的女人。

兩人就這樣笑著回了侯府，魏青岩帶著她直接回了花園的後側院，這是當初林夕落陪著他養傷

的地方，看著曾經的這座小院子，林夕落臉上露出歡喜的笑容，「我要在這裡，我喜歡這裡！」

魏青岩聽她如此說便放下了心，林夕落腳步加快地走向那片小竹園子，如若不是魏青岩拽著，她還想小跑過去。

一切還是當初的那個模樣，她覺得最為恬淡的日子，也是她與他之間漸生情愫的日子，如今她成為他的妻，更要在此養胎生子，這安排極合她的心意，她綻放的笑容沒有絲毫虛假，情真意切，她感謝他……

冬荷與秋翠已經先進寢房整理床榻和日用之物，可看到對面還擺了一張床，略有詫異。

兩人對視一眼，秋翠出門去問陳嬤嬤。

陳嬤嬤攤了手，看著遠處的魏青岩與林夕落，小聲道：「這是五爺特意要求的。」

「啊？」秋翠張大了嘴，「那……那我跟冬荷兩個人睡哪兒啊？」當初已經說好，在屋內也要設個守夜的人，以免林夕落晚間起身外面聽不到。

陳嬤嬤拍她後背一巴掌，「妳傻呀！五爺要求設的床，自當是他要睡在屋中，奶奶若有事吩咐，五爺自當第一個知道的，妳這個丫頭怎麼腦袋不轉彎了！」

「五爺不是不能跟奶奶睡一個屋嗎？」秋翠說完又挨了一巴掌，陳嬤嬤瞪她一眼，「咱們的五爺和五奶奶何時顧忌過規矩？少在這裡胡說，只聽主子吩咐就是了！」

秋翠緩過神來，也覺得自己犯傻，匆匆進去與冬荷說了此事，冬荷只點了點頭便要出門，秋翠連忙攔她：「妳這是哪兒去？」

「回郁林閣取床褥，給五爺也鋪上一套暖的。」冬荷說著便出了門，秋翠則站在那裡敲腦袋，「合著就我是最笨的？」

魏青岩陪著林夕落在小園子裡玩了半晌也不敢讓她累著，上次浸水還沒緩利索，加上她的妊娠

反應逐漸明顯，不敢讓她放縱太久，便哄著林夕落進了屋。

林夕落看到冬荷在鋪褥子，愣了一下，隨即恍然，看向魏青岩，「你真要在這裡睡？」

「難道還騙妳不成？」魏青岩擺手讓冬荷下去，他親自動手鋪起褥子，這副模樣讓林夕落覺得甚是滑稽。這麼一個冷面閻王親自動手做這等事，怎麼看怎麼不和諧。

魏青岩看到林夕落糾結著的小臉，淡道：「覺得不習慣？」

林夕落點頭，「總覺得你就是個拎刀的……」

「還沒學會跑的時候就已經學會了拽被蓋，這等事……倒是沒對別人做過，也許久未做過了！」魏青岩沒有轉頭，可林夕落心裡的弦似被撥動了一下，她故作不悅地道：「合著我肚子裡懷不上孩子，你還不肯動一次手了。」

「妳若覺得這樣好，那往後我就為妳鋪。」魏青岩口中說著，林夕落忍不住掉下淚，他幼年的苦讓她想起前一世自己的苦，如今有一個對她呵護備至的男人，她知足了，很知足了！

魏青岩半晌聽不見她喋喋不休的聲音，轉頭卻見她滿臉都是淚，無奈地搖頭，「哭什麼？」

林夕落在他的衣服上擦著眼淚，「就哭！」

「好，都隨妳。」魏青岩看她這模樣，嘴角釀著笑意。

林夕落經過這番折騰，已有些疲累，擦了一把臉便先睡下。

魏青岩讓冬荷守在林夕落身邊，他則到側院門口吩咐守護的侍衛，隨後便去看喬高升。

喬高升此時正焦頭爛額，他被魏青山拽至此地拔草糟蹋花，之後又被宣陽侯揪住不放，欲問出林夕落腹中胎兒是男是女。這才一個多月的時間，他怎能知道是男嬰還是女嬰？雖說他是太醫院的醫正，可他不是神醫，這事兒不能矇啊，否則他的腦袋就甭要了。

「侯爺，您是侯爺，卑職說話可不敢誆您，如今時間太短，實在不能斷定啊！」喬高升已經喊

得嗓子快啞了，可這位侯爺不依不饒，偏要他說出個眉目來。

「少在這裡矇本侯，之前你不是也為孝義公府的公爺夫人診過脈？好似第一次你就說出是男嬰，結果那老東西真生了個兒子，你那時能說準，難道現在醫術越來越矇事了？」

宣陽侯目光如刀，嚇得喬高升一哆嗦。

「侯爺，我不敢矇騙您，孝義公您還不知道？此人最喜好話語上博個彩頭，他夫人有孕這事兒卑職自當要說是男嬰啊！孝義公夫人生了男嬰，那是卑職醫術高明，如若是生了個女嬰，那公爺早就悶氣喝酒去了，哪裡還有心思來找卑職的麻煩？」

喬高升把心裡的小九九說出口，卻遭宣陽侯冷眼，「說不出個一二三來，本侯就剁了你！」

「您去太常寺尋一位懂卦象的給五奶奶算一卦都比卑職準啊！」喬高升被逼得無奈，而宣陽侯則瞪起了眼，這一會兒，魏青岩從外進來，「您是怕我生了兒子搶世子位？」

宣陽侯沒想到魏青岩會在此時出現，他這句話也讓喬高升耳朵發燙，恨不得讓他把耳朵揪掉了才好。這是侯府的隱祕之事，宣陽侯與魏青岩這兩位他可誰都惹不起啊！

宣陽侯聽到魏青岩的話，猛然站起身，「狹隘！」

「這是您的自評？」魏青岩頂了一句，看向喬高升，「你跟我出來一下。」

喬高升屁股上似安了彈簧，從椅子上蹦了起來，「五爺有何事吩咐？我現在就去辦！」

宣陽侯冷哼，「用不著你走，本侯走！再給你一個月的時間，給不出答案，本侯切了你！」

喬高升哆嗦一下，隨即捂住褲襠，眼睛盯著宣陽侯的刀，直到他離開此地才嚎道：「五爺，這事兒可怎麼辦？您得給個主意！」

「主意？」魏青岩冷笑，「幸好你的嘴很嚴實，沒有說出半個字，否則我便白跑一趟了！」

「您不是也要問此事吧？」喬高升瞪大眼睛，這可別是走個鬼再來個閻王，他這條命還能不能

留住了……

魏青岩雙眸微眯，「主意就是打死你也不許說！即便五奶奶自己問，你也不許說半個字！」

喬高升鬆了口氣，「卑職不說絕對沒有問題，可若是別的太醫前來……」

「絕無可能。」魏青岩篤定，「只把你的嘴閉嚴實便罷，尋出時間也為你的女兒籌備婚事。夕落平安誕子，也是林家人娶你女兒之日，我也可保你官復原職，這一段日子就委屈你了！」

喬高升聽了此話當即拱手道謝，心中自知他若想過得舒坦，就得照料好那位五奶奶了。

林夕落回到侯府，沒有女眷們再來來往往的探望，連方太姨娘都沒來。

齊氏跟隨魏青山來此慶賀地吃了一頓飯便走了，姜氏倒是整日來陪著林夕落說話。

魏青羽閒著無事，也來與魏青岩下棋談書，林夕落偶爾也教教三房的幾個孩子，倒是熱鬧。

胡氏與林政孝隔三差五到此探望，魏青岩讓侍衛開了後園子的側門，兩人也不必次次都與宣陽侯寒暄過後再過來。

林天詡被告誡不許再撲到他大姊懷裡之後也明白了是怎麼回事，整日裡喜笑顏開，直嚷著要個小侄子，不要小侄女。

林夕落日日暈頭轉向，經常說著話就睡了過去，醒了之後見眾人都在那便繼續說……

日復一日，過了快一個月，天氣涼寒，下了今冬的第一場雪。

冬荷在一旁的暖爐上又添了銀炭，讓屋中更暖和些，魏青岩架著腿在看書，林夕落坐在床上看他就笑，魏青岩側頭道：「怎麼？笑什麼呢？」

「想起以前了，你也是這麼架著傷腿坐著看書，一副大爺的模樣，整日裡么三喝四的，招人討厭。」林夕落說完笑得更歡，魏青岩自嘲：「一報還一報，當初妳照料我，如今我照料妳，而且時

間更長。」

「在看什麼？」林夕落輕問，魏青岩走過來將書遞給她，卻是一本地理誌。

「怎麼在看這類書？」林夕落略有驚詫，如今不再打仗了，他還對此不忘？

魏青岩只隨意道：「閒暇之餘當個消遣，誰知將來會不會用上。」

林夕落點頭，「那倒是，如能有機會四處遊走也是一件極好的事。」

「妳喜歡四處巡遊？」魏青岩甚是認真。

「當然喜歡。」林夕落手拄著臉，她上一輩子也最希望能雲遊四海，可惜現實卻不能……

夫妻二人未等多說，一陣急躁的鳥鳴之音響起，魏青岩眉頭皺緊，行步到門口指哨回應。

薛一從角落中出現，他的模樣有些急切。

「什麼事？」魏青岩心中略驚，他也是第一次見到薛一如此。

「皇上回幽州城了。」薛一說完此話，即刻又道：「而且只帶了兩名皇衛隨身，路途換馬歇，如今已快至城外。」

不停不歇？魏青岩冷笑，「無妨，只當不知道就好。」

「太子殿下已經得到消息，正往幽州城門趕去。」薛一補了一句，魏青岩仍舊搖頭，「那也只能當不知道了。」

薛一退下，魏青岩回到內間，林夕落見他皺眉，便問道：「出了什麼事？」

「皇上回宮。」

「西北行宮不建了？怎麼這時候回來了？」林夕落也驚訝，魏青岩言道：「估計是傷癒了，且這次身邊只帶了兩名護衛，恐怕是有意引蛇出洞，就想看一看上次行刺他的人會否出現。」

林夕落沉默片刻，「對了，前兩天母親來探我，說起父親這幾日甚是忙碌，好似是有人上奏，

太子身體不佳，請皇上直立皇孫。」

魏青岩點了點頭，「的確有此事，或許這件事就是太子故意做出的。」

「但這事兒與咱們無關吧？」林夕落摸著腹部，「現在就盼著他出來了……嘔……」

林夕落說著又噁心欲吐，魏青岩立即扶她，為她擦著嘴。

這一折騰算是將話題揭過，可這事兒卻沒能讓宣陽侯府閒著，宣陽侯正在門口聽宮中來人傳話：「侯爺，皇上回幽州城，傳了信讓您前去城門處相迎。」

「皇上回城？」宣陽侯震驚，「怎麼之前沒有絲毫音訊，如此突然？」

「哎喲，侯爺，咱家說句不好聽的，皇上做事還需要向您回稟嗎？」太監滿臉的笑，「您還是準備準備，去城門處迎皇上吧，可別耽擱了時辰，讓皇上治您的罪。」

宣陽侯對此人的嘲諷無奈，只得再問：「何時到？可還召了他人？」他腦子裡只蹦出了魏青岩，心中極是難受，難道其他幾個兒子就這麼不成器？

「只讓咱家來傳您，沒提第二個人，咱家還要去別府傳話，不留了……」

太監一擺拂塵，邊上的齊呈立即遞上個小金元寶，太監順勢塞入了袖子裡，轉身離去。

「侯爺，這是演哪一齣？」齊呈也覺得奇怪，「而且此次沒傳五爺？這倒是更奇怪了。」

宣陽侯也在想此事，可齊呈說出好似被戳了心窩子，當即臉色一冷，「傳他？傳個屁！他現在就守著那個女人的肚子不肯離開一步，有什麼大出息！囊包一個，去了也是丟人！」

「那您就隻身前去？」齊呈畢竟是跟了侯爺多年的老部下，對侯爺的諷刺也不當回事。

宣陽侯嘆了口氣，「叫上老三吧！」

齊呈點頭便派人傳話，可他心中卻在想著，侯爺如今已經覺得仲良少爺與二爺都難登大雅之堂，五爺若誕下一子，這世子位唾手可得了。

魏青岩得知宣陽侯與魏青羽前去城門迎皇上回城，臉上倒是多了一分笑。

林夕落見他笑得狡黠，好奇道：「侯爺沒叫你跟著去，你笑什麼？」

「怎能不笑？堂堂的侯府沒人跟著他出門，反倒是最溫文爾雅的三哥跟隨，在之前的幾年，他是最厭惡三哥的脾性，如今呢？」魏青岩的笑容中多幾分嘲諷，「除卻三哥之外，他選不出第二個能掌控之人了，他心裡窩火，我自當要笑。」

「青岩，你恨侯爺嗎？」林夕落忽然這般相問，魏青岩嘆了口氣，「有些事，不是單純一個『恨』字能解釋得清……」

幽州城門處，眾位公侯官員正在此迎候皇上，太子周青揚與齊獻王、福陵王也都在此。

看到宣陽侯帶著魏青羽來，福陵王上前寒暄兩句。

齊獻王目光投來，沒看到魏青岩，甚是驚訝，「魏崽……魏五呢？」

「五弟還在府中。」魏青羽見宣陽侯不知該說何才好，只得上前幫著圓話。

「媳婦兒肚子裡有了，也難怪他這般上心。」齊獻王隨口念叨，將話題又轉回了皇上回宮之上，看向周青揚問道：「這告訴眾人要以朝堂之姿相待，更是讓皇兄準備了那麼多犒賞之禮的摺子，還不許標記人名，這是要幹麼啊？」

周青揚此時臉都快僵了，「父皇歸來不就知道了？」

齊獻王覺得沒勁，宣陽侯聽到此番話語卻暗自思量，待遠處響起一陣急促的馬蹄聲，塵土飛揚，周青揚立即提起精神，抬頭看向遠處，直到見到那位萬人之上的九五之尊，才率領眾官齊齊跪拜，「皇上萬歲萬歲萬萬歲……」

「宣旨！」

「魏青岩……」

侯夫人聽說宣陽侯親自去接魏青岩與林夕落回府，氣得額頭生疼。

花嬤嬤遞上了一杯甜茶，侯夫人擺手，「什麼滋味兒入口都是苦的了……」

「夫人，您這是何必呢。」花嬤嬤將甜茶放置一旁，勸慰道：「事已至此，您就算再與侯爺這樣冰冷對峙也無濟於事了。」

自從侯爺下令將侯府的事交由方太姨娘管，侯夫人就再也沒見宣陽侯一面。

這倒不是宣陽侯不來此地，而是侯爺來過一次，侯夫人不肯見。

自那時到現在已經許久，侯爺再沒踏入筱福居一步。

侯夫人如今日漸垂暮，才短短兩個多月的功夫，好似老了十多歲一般，鬢角的髮絲蒙了層霜，額頭的皺紋又深了不止一層。花嬤嬤日夜陪著她都能看出這般大的變化，何況是許久不見的外人？這模樣若讓侯爺看到，如何是好？

如若之前，侯夫人恐會厲聲駁斥，可如今她也覺出沒有駁斥的根基，難道是她錯了嗎？

兩人正在敘話之時，門外有了聲音，花嬤嬤出門，很快又匆匆跑了進來，一臉喜色地道：「侯夫人，侯爺派人來傳了話，皇上有賞，傳旨官稍後就到了，請您快收整出門領賞謝恩。」

「啊？」侯夫人震驚呆滯，隨即下了床，「快，快為我梳妝更衣，快！」

花嬤嬤取了侯夫人尋常最喜愛的衣裝和頭飾，侯夫人忙碌一陣兒坐在了妝鏡臺前，看到鏡中的自己，忍不住地掉了眼淚，這……這鏡中之人還是她嗎？

白髮、皺紋，好似七老八十的婦人……侯夫人仰頭閉目長嘆，顫抖著手，梳攏髮鬢，插上髮簪，才抬手道：「扶我出去吧。」

花嬤嬤應下，扶著侯夫人出門上轎，行至門口時，便聽到熙熙攘攘的熱鬧之聲，侯夫人甚是不習慣。

似是見到侯夫人的轎子前來，眾人的言談之聲都停了下來。

林夕落與魏青岩也在此，侯夫人下了轎第一眼就見到了他們倆。

花嬤嬤率先上前，福身道：「恭喜五爺、五奶奶，五奶奶得小心著身子。」

林夕落回禮，又走到侯夫人面前，「給母親請安了。」

魏青岩拱手算作行禮，侯夫人本是繃著臉，可見到如此場面，也只得點了點頭，「怎麼妳也出來了？」

「父親吩咐的。」

林夕落這般說，侯夫人也沒有意外，皇上向來對魏青岩極為賞識。魏青羽與魏青山也接連上前行禮，侯夫人的神色越發冷漠，轉頭看向四周，冷笑道：「方太姨娘怎麼不在？」

這話說出，讓魏青山的臉色瞬間僵住。

太姨娘的身分自當不夠在這時出現，侯夫人向來是最懂尊卑之分，這明擺著是打人臉了。

花嬤嬤在一旁也嘆氣，在屋中苦熬了許久，兩鬢花白的日子過不夠？怎麼一出了那院子，還是這副模樣？

侯夫人不肯甘休，追問道：「怎麼？沒人回答我？」

「侯爺沒有叫太姨娘也在此領旨謝賞，所以……所以她沒有來。」齊氏支支吾吾上前，當了這個回話的。侯夫人上下打量她片刻，冷笑著，話語極為犀利刺人：「侯爺沒叫她，是她的身分不夠！」

「少說兩句，都給我閉嘴！」宣陽侯從後面走來就聽見侯夫人這話，當即打斷。

侯夫人深吸一口氣，轉身恭恭敬敬地與宣陽侯行夫妻之禮，隨後抬頭看他，好似想看到宣陽侯見到她這副尊容時的驚愕和慚愧，可惜她又失望了，宣陽侯只看她一眼便去吩咐下人準備香案等接旨的什物，沒有絲毫反應。

到城門處相迎，孰料沒見到皇上的面兒，只被告知回府等候接賞，更是點了府內接賞的人名，宣陽侯正在納罕思忖，哪裡有空搭理她的臉上是否多了幾道褶子？

侯夫人略有呆滯，花嬤嬤即刻上前攙扶道：「侯夫人，咱們前行吧。」幾乎是用拖拽的，侯夫人才跟著她走。

林夕落將一切看在眼中，朝魏青岩吐了吐舌頭，兩人慢慢地走在眾人之後，林夕落忍不住道：「怎麼好像變了個人似的，如若不是那份看誰都欠銀子的臉和花嬤嬤在一旁陪著，我還以為認錯人了……」

魏青岩臉色淡然，「的確很老，像祖母。」

林夕落忍不住「噗哧」一笑，這人實在嘴太毒了，如若被侯夫人聽見，豈不是要氣死？

眾人行至門前，沒過多久，傳旨官也到了。

宣陽侯見到此人甚是驚詫，上前拱手道：「陸公公，怎麼是您親自來了？」

這位可是皇上身邊的親信太監……

陸公公笑著回禮，「皇上的吩咐，咱家怎敢耽擱？咱家也給侯爺請安了，卻不知魏青岩魏大人在何處？」

魏大人？陸公公這話說出，讓宣陽侯一驚，魏青岩辭官的摺子已經傳至西北，可皇上沒有絲毫反應。陸公公是皇上的身邊人，他對魏青岩叫出「魏大人」三個字可不是隨意出口的。

魏青山與魏青羽聽此也有驚詫，齊齊看向魏青岩，魏青岩邁步上前，「陸公公，勞煩您了。」

「勞煩談不上，咱家也有意親自前來恭喜魏大人，您夫人有喜這是大事，您不知道皇上得知魏五奶奶有喜的消息，著實笑了許久，更是說可算有一件開心事能讓他暢懷地笑上一笑，還吩咐了所有宮妃要對五奶奶犒賞！」

林夕落在後面聽得很清楚，臉上喜意甚濃。

侯夫人聽到這話，看向林夕落，神色中雖有不滿，但也知曉在外人面前不能露出半點端倪。

魏青岩聽及此話當即道謝，宣陽侯卻是有些拿捏不準，「陸公公，皇上這次忽然歸來，可是有何要事？」

「咱家也不知道。」陸公公苦笑，可又覺得對宣陽侯隻字不提過意不去，便又道：「咱家前一個月就在跟隨皇衛回宮傳旨的路上，可今兒咱家到了幽州城，皇上居然也到了，咱家還沒等給皇上問安，就被派出來向宣陽侯與魏大人傳旨送賞了！」

「辛苦您了，還是先進去喝杯茶。」宣陽侯側身引請，陸公公連忙擺手，「不了不了，臨來之前，皇上可吩咐了，這事兒要快，他等著咱家回信兒，侯爺，咱家這就宣旨吧。」

陸公公端了聖旨，宣陽侯與魏青岩立即回位，擺上香案，磕頭領旨。

陸公公展開聖旨，當即宣道：「奉天承運，皇帝詔曰：朕此次半月趕路不停歇，疲累不已，憶起宣陽侯與其子魏青岩助大周國踏平邊境的勞苦，朕心深慰，得知魏青岩妻林氏有孕在身，特許魏青岩陪伴一載再來做朕之護衛，辭官摺子燒了，朕不准！」又道：「魏林氏聽賞！」

林夕落上前，跪在蒲團之上。陸公公宣賞的速度加快，綾羅綢緞、珠寶玉器、銀兩數萬，羨煞旁人，而除去皇上的賞賜，皇后、貴妃以及其他四妃也都有所表示，林夕落之盛寵可謂大周國的第一位了。

侯夫人跪在地上聽著這些封賞，心中極是氣惱，不過是一個匠女而已，居然如此受寵？這天下

還有沒有道理了？她是侯府的正室夫人，即便是輪番犒賞，也輪不著林夕落在先。

魏青岩不過是庶子，他有什麼能耐得皇上如此盛寵？豈有此理……

侯夫人心中氣惱，姜氏卻為林夕落高興，齊氏則是嚇得嘴巴都合不上，餘光偷偷看向魏青山，怪不得他提醒不能對魏青岩與林夕落動心思，這……這還容得別人有私心嗎？

各人有不同的心思，陸公公宣旨完親自將聖旨交到林夕落手上，又扶著她起身，「魏五奶奶快起身吧，這些物件咱家不得不念完，累壞您了！」

林夕落笑著道：「謝過陸公公了。」說罷，取了一個錦盒遞上，「望陸公公不要嫌棄。」

陸公公接過，打開來看，卻是一玉雕的把件，從色澤和雕工來看，絕非尋常之物。

「這太貴重了，可是五奶奶之作？」

「陸公公好眼力，居然能猜出是她親手所雕之物。」魏青岩將話接了過去，陸公公笑道：「咱家不敢自誇，可跟在皇上身邊，把玩之物也見過不少，這等雕工可非尋常匠師能夠做出，何況咱家沒親見也有耳聞，如今五奶奶親手做的物件在麒麟樓可是無價之寶了！」

「您喜歡就好。」林夕落寒暄兩句，陸公公便道：「咱家這兒還有一道旨意是給侯夫人的，是皇后娘娘的懿旨。」

宣陽侯應早已知曉，立即再次讓眾人跪地聽宣，而這道旨意宣讀出，卻讓宣陽侯的眉頭皺緊。

「……功勞卓越，子嗣榮耀，命婦之德，特賞妝花緞五匹、雲錦五匹……」

後續的賞賜侯夫人已經聽不清楚，她如今心中激情澎湃，這份榮耀就是她最好的鎮定劑，填補了她這些時日以來心中的迷茫不定，再者，這道懿旨不也是給了宣陽侯狠狠的一巴掌？

他將自己禁足於院子裡，讓一個登不了大雅之堂的姨娘管著侯府，這份旨意頒下，所有的主事權她定要重新握於手中，誰都奪不去，何人都奪不去！

陸公公宣旨完畢，侯夫人還跪在地上不動，若非是花嬤嬤將她扶起，她恐怕還要沉至許久。

宣陽侯心沉如石，也無心與陸公公寒暄。魏青岩親自將陸公公送到門外，陸公公留下皇衛抬著犒賞的箱禮往侯府中搬運，他則先回宮向皇上覆命。

林夕落留下秋翠與陳嬤嬤在此盯著，便與魏青岩回了後側院，臨走時象徵性地與侯夫人行了禮，魏青羽與姜氏則跟隨他二人而去。魏青山覺得侯夫人在此，自己甚是尷尬，索性出了府。

侯夫人沒走，就站在原地待著，宣陽侯站在距她不遠處看著她。

許久不見，居然在這種場合見面，侯夫人嘴角嘲諷，看著他道：「怎麼？侯爺可是失望了？」

侯夫人這話說出口，卻換來了宣陽侯的冷笑，「尋思什麼呢？妳當這賞賜是榮耀？這是對妳的警告！」

侯夫人呆滯，仔細一想，皇后的懿旨賞賜的都是布料緞子，除此之外，別無他物。

這是在告誡她……如若出了事，就以此物懸樑自盡嗎？

侯夫人瞬間反應過來，「我……我什麼都沒做！」

宣陽侯的心很沉，「人在做，天在看，過去做過的事就真的隨著時間淡化了嗎？該有的報應早晚都會找上來，何必呢？」這話好似在斥責侯夫人，又好似在自嘲。

侯夫人有些局促不安，「那死丫頭自己能不能生還是回事，難不成要我這條老命陪著？」

宣陽侯有意再斥，卻又將話嚥回，只是失望地搖了搖頭，朝向花嬤嬤擺手，「帶她回去，別在這兒發瘋了。」

「我沒瘋……」侯夫人不肯離去，「我才是侯府的女主人！」

「帶她走！」

宣陽侯極為煩躁，花嬤嬤立即拽著侯夫人上轎，吩咐婆子們抬轎回筱福居，她心中清楚，侯夫

人恐怕不再有出頭之日了……

而此時，林夕落與姜氏在園中看著侍衛將禮箱搬進來，秋翠和陳嬤嬤也開始清點入庫。

姜氏甚是開心，小聲道：「今兒有皇上和宮內眾位娘娘對五弟妹的賞賜，一般人不敢再對妳動手腳了，這份恩寵無人能及，瞧瞧今兒四弟妹的神色，看起來快嚇傻了。不是嫂子多嘴，之前妳不提她與方太姨娘，我還真以為她是個精明人，如今看來，這手握重權，人心也跟著變了。」

「手裡握了銀子，怎能不想著金子？」林夕落嘆口氣，「不過侯夫人今兒當眾嘲諷方太姨娘，也是在自嘲，在門口等候傳旨的人，大房和二房一個人都沒出來，這不也是打了她的臉嗎？如若不是見到她那副蒼老的面容，我都快忘了大房和二房還有人了！」

「前兒妳三哥還在說魏青煥與宋氏，前一陣子侯爺好似去看了他二人，也與他們說了，何時皇上對承繼世子位之人定下，何時容他二人出院子，還有，二嫂小產了。」姜氏說到此，也心中嘆氣，「侯爺也是沒轍了，人越多，爭世子之位的人就越多。不過就是個名頭罷了，至於嗎？」

「三嫂這般想，其他人卻不這麼想。」林夕落說起齊氏與方太姨娘：「您瞧著如今方太姨娘的做派，說是為了孩子們，可請了最好的先生，也都給了好吃好穿好銀子，侯夫人說了，侯爺要在錢庫中留十萬兩銀子，她都不敢去問一聲侯爺，這是怕什麼？」

「就是怕侯爺嫌她處事不力再換個人，不但不去問侯爺，還有意讓別人去錢莊等地收銀子。她只等著花，這種髒事落到別人頭上，好事她揣了自己兜裡，當誰都是傻子不成？如今我不管事，三嫂也不幫忙，倒是苦了四爺，裡外不是人。」

「青山為人著實不錯。」姜氏說完，又將話題轉到魏青羽身上，「妳三哥如今整日被侯爺拽著做事，我這顆心反倒開始不安穩了。」

「三哥是個聰明人，做事最有分寸，三嫂還是關心關心孩子們和您自個兒吧！」林夕落笑著安

撫，姜氏也鬆了口氣，她擔心的不是魏青羽做事做不好，而是擔憂宣陽侯這般做，會否影響了魏青羽與魏青岩之間的兄弟情分。

這兄弟五人之中，就魏青羽與魏青岩之間的關係最親了……

兩人談了半晌，魏青羽與魏青岩對今日之事商議過後，便與姜氏先回了。

魏青岩進了屋中，見林夕落還坐在書桌前行字，「折騰這許久還不累？」

「不累，心情好，也不睏了。」林夕落放下筆，看著寫出的簪花小楷極不順眼，「怎麼瞧著都扭曲似的？」

「字隨人心，妳心靜不下來，字自不平穩。」魏青岩這話讓林夕落嘟嘴，「怎麼說得跟豎賢先生一樣，當初他不肯教我就說我心不正，字也不正。」

魏青岩哈哈大笑，「他說的沒錯！」

「討厭！」

「妳快能見到他了，他在後方也跟隨皇上回宮了。」魏青岩說起林豎賢，笑容更燦，「如今他成了言官之首，只要他上了彈劾摺子，此人必倒！」

「瞧你笑得那麼壞，又是你在他背後幫忙出的壞主意吧？」林夕落歪頭看著魏青岩，魏青岩沒有否認，「還是妳最懂我！」

林夕落輕笑，「當一個言官的確適合他，否則那張氣死人的嘴可白長了！貪官怕，正官喜，總得有這樣一個人，不過……」說著頓了下，「今兒皇上的犒賞所為何意？還有皇后給侯夫人的那封懿旨，怎麼聽著不順耳呢？」

「皇上突然回來恐怕是要銀子的，而給侯夫人的懿旨，就要看侯爺怎麼想了，我也不知道。」魏青岩說及銀子，林夕落則皺眉，「至於嗎？那可是皇上，就缺這點兒銀子了？」

「銀子事小，目的是看看這方式是否可行，也看一看朝堂之中對此事的反應罷了。」魏青岩說到此，又低頭思忖，林夕落也不再與他多說，由著他自己想個明白。

林夕落坐在一旁陪著他，可不知何時又睡了過去，醒來之時已經躺在床上。

魏青岩不在，身邊是一張蒙面的臉。

「嚇死我了！」林夕落反應半晌才想起來這是薛一，「你怎麼在這裡？五爺呢？」

「五爺趁夜獨自出去了，不想讓別人發現，卻又擔心五奶奶，便讓卑職在此地護衛五奶奶。」薛一說完退後一步，林夕落看向窗外已經星夜暗空，原來她睡了這麼久。

林夕落起身去倒水，薛一也沒有伸手幫她，更沒有再多說一句的打算。

「薛一，你坐在那裡吧。」

林夕落見他一直跟在身後三步的距離，著實不舒服，如若是冬荷這類丫鬟還好，這一個暗衛殺手跟著，她總覺得後脖頸發涼。

薛一道：「離您三步是最大的距離，無論從哪個方向有人行刺，卑職都能第一時間將他一刀斃命。」說著往後又退一步，「四步是極限，卑職恐有意外，只能離您四步之遙，望五奶奶莫怪。」

林夕落嘆了氣，他還真明白自己的心思。

坐在床上喝著熱水，薛一在一旁站著，紋絲不動，若非知道這裡有個人，林夕落會覺得那裡是擺了一個燈架……

「薛一，這裡是侯府，外面又有侍衛把守，如若出了問題應該會有聲響。我不是嫌你跟隨不適，而是覺得你站在這裡不累嗎？」林夕落說完，薛一沒有回答，依舊紋絲不動。

林夕落翻了白眼不說話，索性又躺在床上繼續瞇著等魏青岩回來。

身邊的人連喘氣的聲音都聽不見，也難怪他尋常在此地護衛，她卻一點兒都發現不了。

「薛一，你跟隨五爺多久了？」林夕落尋著話題相談，半晌，薛一才回答：「七年。」

「除了你，還有其他人嗎？」

「有。」

「他們都在做什麼？」

「我不知道。」

林夕落略有無奈，這個人的話還真少……

兩人就這樣靜靜地待著，林夕落心裡惡意地想她自己最好不要這時候去淨房，可越怕什麼越來什麼，只覺得腹部有一些難受，便用手捂著，只想等魏青岩快些回來。

窗外一聲接著一聲蟋蟀的鳴啼，林夕落心裡越盼越急，薛一仍如木樁一樣的站在一旁，也無心問這位女主人在床上來回翻滾是為何。

「薛一……」

「在。」

「我要去淨房，你不許跟來。」林夕落說完，下了床就小跑。薛一撓頭，自言自語地嘀咕：「淨房而已，至於嗎？」

魏青岩歸來時已是深夜，林夕落已熟睡。

聽見遠處有微微的聲響，薛一迎上，見是魏青岩歸來，便收起腰間佩刀。

「大人。」

「她無事？」魏青岩雖疲累，目光卻是投向內間床上的身影。

「無事。」

「很好。」

魏青岩進了屋，薛一便離去，從屋角處閃身不見。

林夕落似也聽到了聲音，迷迷糊糊之間睜開了眼，「爺？薛一？」

「我回來了。」魏青岩暖了暖身子，才將她抱在懷裡。

林夕落醒來，正了正身子，「你去哪兒了？薛一走了？」

魏青岩對她屢次提起薛一覺得奇怪，「去了宮裡，與皇上回稟近期事宜。」

「哦。」林夕落應和一聲，又在他懷裡睡了過去。

魏青岩攤手，只得抱著她睡去……

而這一晚，侯府中獨獨少了一個人，便是魏仲良。

魏仲良在金軒街的一個酒樓內獨自喝酒，他恨，他氣，他不平，從皇上頒布旨意犒賞林夕落之後，他就悄悄離開侯府，在這裡喝悶酒，直至深夜都沒有人發現他失蹤。

魏仲良望著酒杯冷笑，自嘲地醉道：「魏仲良？屁！世子？狗屁！連你離開侯府都無人過問，還什麼世子？死了都不過是路邊一具橫屍，誰稀罕管你？」

又是一罈子酒灌入腹中，魏仲良醉得吐泡，眼睛已經看不清周圍的人、物，連手都開始顫抖。

這是他第一次私自離府，也是他第一次一個人痛痛快快地喝酒，可他為何覺得如此孤單？

不，這不是孤單，而是一股發自內心的失望。

他自生下來能聽懂的第一句話便是他是未來的世子，他是宣陽侯的嫡長孫，有此頭銜扣在頭上，他衣食住行都是最好的。跟隨父親出征幾次，打仗有什麼？不就是揮毫令下與敵拚殺？他是世子，只要下令就好了，怎能如其他人那般率軍出戰？

他的命是最值錢的！這句話是他最可敬的祖母說的，他從懂事起就這樣告誡自己，他是最值錢

的，可如今呢？

父親死了，母親被勒令寡居侯府角落的宅院之中，連祖母都被祖父囚禁在院中不允管事，而以前被祖母痛斥的那些叔父們卻成了侯府的頂樑柱。

他才是嫡長孫，才是侯府的主人，可現實與他所想差距越來越大，那位五嬸娘不過是有孕在身，皇上就親自頒賞，而祖母今日出來接旨，卻沒想起來看他這孫子一眼。

他成了什麼？成了無人關注、無人搭理的廢物！

魏仲良趴在桌上，心中對這些念頭翻來覆去地想，可想有用嗎？他為何過得這麼苦？連那個庶出的弟弟都比他過得好，憑什麼？

「小二，上酒！」

「這位少爺，您已經喝醉了……」

「少放屁，爺是宣陽侯的嫡長孫，我有錢……有錢……」

「嫡長孫？」遠處有一人聽到如此說辭，向那方探去，待見到是魏仲良，便朝此走來。

「你是魏仲良？」

魏仲良一怔，歪著頭倒在桌上，「你是誰？」

「我是你父親的故友啊，我叫錢十道。」

錢十道將身邊的人打發走，坐下來看著魏仲良，又吩咐小二上了酒。

「我怎麼沒聽說過你？」魏仲良揉著額頭，自言自語道：「也無妨，巴結我父親的人太多，我怎都記得住……」

錢十道一怔，隨即露出不屑之色，「怎麼著？在此喝悶酒？你可還戴著孝，這樣沾酒可是違了禮了！」

「什麼戴不戴孝的，誰還記得我父親？誰還記得我？戴孝？扯淡……」魏仲良見小二拿了酒來，當即接過往嘴裡倒。錢十道的那雙賊眼一轉，拐著彎道：「何必呢？可是在府中受了欺負？誰欺負你？我既是你父親的故交，定會為你出氣。」

「你出氣？你當你是誰？連皇上都親自賞了的人，你敢得罪嗎？連我祖父都不敢得罪！」魏仲良舉起筷子想要去夾肉片，可醉酒太狠，手不停顫抖，那筷子無論怎樣都碰不到肉的邊兒。

魏仲良氣惱之餘，將筷子「啪啦」摔了，狠罵道：「他媽的，這等畜生都欺負小爺，老天爺瞎了眼！」

錢十道的心裡開始盤算起來，今日皇上回宮他也知道，說是讓眾人回府等候宣旨，難不成這旨意有什麼古怪？

「賞了侯爺的，不也是賞了你的？早晚你都要承繼侯爺的爵位，至於如此嗎？」

錢十道試探地說著，而魏仲良果真著了他的道，憤恨大吼：「狗屁！賞了狗屁的爺，都是賞了那個臭女人，不就是肚子裡有了個崽子，就能得那麼多賞賜，都是狗屁！」

錢十道恍然，原來是林夕落……

這個女人……錢十道想起她來就恨得牙根兒癢，他錢十道淪落到今天的地步，不就是她禍害的？誰遇上她都得不了好果子吃！

錢十道心裡頭計量一二，拍著魏仲良的肩膀道：「你這孩子怎麼如此傻？賞的哪裡是那個女人？賞的是她肚子裡的孩子！莫說她生不生得出男嬰來，就算真生出來了，還能跟你比？你是侯爺的嫡長孫，就算他要搶你的世子位，你是吃乾飯的啊，不會動動手腳？」

錢十道的眼睛瞇得看起來甚是陰險，魏仲良對他這番話卻真往心裡去了。

呆滯半晌，魏仲良問道：「生出來了，誰還能讓我搶？」

錢十道即刻回道：「那你不會讓她生不出來？」

「生不出來？」魏仲良沉默半晌，陡然看向錢十道，「你這出的是什麼餿主意？我如若將她的孩子弄死，還有我的活路嗎？你到底是不是我父親的朋友？你滾，給我滾！」

錢十道被他一推，摔了個趔趄，站穩身子才指著他罵道：「你他媽個小兔崽子，不識好人心，你以為不弄死她你就有活路了？看看你現在的狗德性，如果不是認識你父親，誰稀罕搭理你，我滾，我等著瞧你從侯府裡滾出來！」

錢十道罵了一通也覺得沒趣，拂了拂身上的塵土轉身離去。

魏仲良聽了他的話，氣得將杯碗全都砸碎，扔下一塊銀子拎著酒罈子就往外走，「我滾？呵呵，我就滾給你們看！」

伍之章◆壽宴挑事解心氣

翌日一早，林夕落醒來時，魏青岩就讓她洗漱後換上新裝，要帶她出府。

「出府？」林夕落眼睛一亮，「終於捨不得將我關著啦？」

魏青岩笑道：「今日羅大人母親過壽，請了許多人，連有意訂親的兩家人也都請了，羅夫人有意讓妳幫涵雨參詳，特意找來跟我說的，怕我不讓妳出門，我推脫不開，只得答應下來。」

林夕落撇嘴，「就知道你沒這好心，還是羅夫人心疼我。」

冬荷端來了水，林夕落淨面洗漱，便坐在妝鏡前梳髮。因怕牽得她的頭髮太疼，冬荷只挽了一個最鬆的髮髻，用小銀梳別在頭髮上。

經過這些時日的進補，林夕落發現自己略胖了些，但面色紅潤，還算沒胖到不得入目。換上了寬鬆的衣裳，魏青岩取來一件狐皮披風為她繫上，便牽著她的小手出門。

這次出行比尋常時人都多，冬荷和秋翠自不用說，侍衛加倍，連喬高升都被帶來。喬高升平時就住在侍衛營，在此悶久了，這次能跟隨出行喝酒，高興得不得了。

林夕落上了馬車，上下左右都是厚厚的絨毛褥墊，極為柔軟。魏青岩也陪她共乘馬車，一行人朝著羅府而去。

羅府是以羅大人之母羅老夫人的壽日當藉口宴請眾人。來的賓客不少，但都是太僕寺的官員及羅大人的至交好友，沒有廣發帖子，故而林夕落與魏青岩前來時，這些人都上前熱切探問，少有巴結的。

羅夫人怕累壞了林夕落，早早就為她備了最好的軟椅，小聲道：「特意跟五爺說的，怕妳來不成呢！」

林夕落笑著坐下，見周圍沒人，才開了口：「可是涵雨的婚事遇上了什麼難題？」

「妳猜到了？」羅夫人驚訝，林夕落點頭，「如若順當的話，一不是訂親，二不是成親，哪裡

還需要五爺與我特意來幫妳參詳？」

羅夫人將身邊的人遣走，才詳說此事。

「本是想拒了荊山伯的那門親，怕涵雨受氣。我瞧著那位小伯爺也不覺得他是涵雨的良配，孰料太子妃插了手，卻是讓我與夫君束手無策了！」

太子妃插手？林夕落皺眉，想要敲去魏青岩的羽翼，又將手伸至羅大人這方，這位太子還真不消停啊……

說是太子妃插手，但這背後定還是太子指使，可就這麼明目張膽？

皇上可是已經回來了……

「太子妃跟荊山伯沾了什麼親？她鮮少拋頭露面，怎麼會忽然插手？」林夕落問完，羅夫人則道：「讓妳說中了，就是沾了親。荊山伯的夫人與太子妃算得上是表親姊妹，荊山伯的公子便算得上太子妃的表侄子，雖說關係遠一點兒，可到底是能攀得上親，誰能不給這個面子？」

「這事兒可真是說笑話了，幽州城就這麼大，左右算算都能扯得上親。」林夕落這般嘀咕，卻也知道這事兒有點兒棘手，人家攀了親，縱使拉攏人脈強攬和，有這層親戚關係擺在此，戳人家脊樑骨也著實戳不動，何況太子妃這人向來都不在外多言多語，這是初次露面……

「我跟五爺說說，看他能想出什麼辦法，這事兒還真有點兒麻煩。」林夕落說完，羅夫人攤手苦哀，「誰說不是呢，我聽了之後可上了火了！」

「別急，麻煩事也有解決的辦法。」林夕落安撫兩句，羅夫人又被丫鬟叫走去迎其他夫人。

林夕落坐在原位上等著魏青岩，魏青岩也擔憂林夕落，在眾位官員面前寒暄幾句就先行告退，也不顧什麼規矩不規矩的，直接進了女眷這方的院子，直奔林夕落而去。

眾位夫人瞧見也議論不停，但都已知道昨兒皇上親自賞了這位五奶奶，誰還敢諷刺嘲笑？只都

嘴上豔羨地說著……

林夕落見魏青岩過來，便與他說起了羅夫人提及的事。

「……太子要在這裡插手，咱們是管還是不管？」

「管。」魏青岩態度明確，「羅大人雖未明說，但剛剛荊山伯之子與城府之子我都見過了，這兩人一進一退，一躁一靜，兩個極端，且那荊山伯之子也只是一般貨色。」

「那你想怎麼管？」林夕落問著魏青岩，魏青岩一本正經，「我正在想，不過稍後喝酒先灌醉一個再說。」

林夕落忍不住笑，這人的鬼主意太多。魏青岩陪著她敘談片刻，又被羅大人拽走去應酬。

羅夫人讓羅涵雨與她身邊的嬤嬤陪在林夕落身邊照料著，她也被眾夫人拽著，實在忙得顧不過來林夕落。

「涵雨，那兩個人妳見過嗎？」林夕落問完，羅涵雨的臉一下子紅了，連忙低頭帶搖頭地道：「沒有。」

林夕落追問：「不想瞧一瞧哪個更合妳的心意？」

「怎能見呢？那豈不是不合規矩了？」羅涵雨雖也有心，可又顧忌著規禮，小手揪著帕子來回地攪，都快扯碎了。

「讓妳見他們倆，又沒說讓他們倆見妳，這事兒有什麼不合規矩的？他們想見妳，我還不給這機會呢！」林夕落拍拍羅涵雨的手，「等著，稍後我想個轍，讓妳見見他二人。」

羅涵雨臉色更紅，卻微微地點了點頭，可又怕被人笑話，將頭垂得更低。

林夕落讓冬荷與秋翠陪著上了席，而這一席上有荊山伯夫人，幽州城府夫人則在另外一席，瞧著兩人的模樣，就明擺著城府夫人被壓了一頭。

林夕落看著城府夫人，點頭笑了笑，算作是再見之禮，城府夫人也沒過來巴結，只相笑而坐。

羅府的老太太年歲已高，羅大人與羅夫人等子子孫孫上前拜壽行禮，這一通禮節下來，老太太已有些撐不住身子，便先行離席。

眾人開始用餐，荊山伯夫人率先開了口：「魏五奶奶如今可吃用得慣這些飯菜？還以為妳不能與我同席，要去吃小席面，卻沒想到妳還真沒這麼多的講究。」

話說得有些難聽，可林夕落早知道這位夫人就這脾氣，好話從她嘴裡說出來也是刺耳，只得笑道：「終歸是來做客的，給羅府的老太太過壽，我來這地兒講什麼規矩？」

「這倒也是。」荊山伯夫人笑著道：「以前就聽人說魏五奶奶最不喜歡規矩，如今看來這也是好事，免得在外人府邸還要窮講究，豈不是招人厭了？」

林夕落看她一眼，「荊山伯之子如今在禮部任職吧？那可是最講究規禮之地，我卻是沒有見過，不知荊山伯夫人可否請來讓我一見？」

「這……」荊山伯夫人有些遲疑，她本尋思痛快兩句嘴罷了，沒尋思會被揪住話題，但只是要見一見她的兒子，這倒也無妨……

「這場合合適嗎？」荊山伯夫人笑看羅夫人，目光則指向了城府夫人，羅夫人就當沒看到，「您想讓人叫公子來？便派人去請吧！」

荊山伯夫人一怔，只好跟身後的丫鬟說了一聲，丫鬟匆匆跑去，她則看了羅夫人一眼，隨後臉上堆笑地等待。

若非魏青岩說要灌酒，林夕落也不會藉機讓荊山伯夫人在此叫她的兒子過來。

畢竟是禮部出身，這等人家裝臉面也是有幾分演技的，不容易出錯，但前提是別喝醉。

林夕落正想著，遠處有一青年慢慢走來，看著那腳步踉蹌晃悠，荊山伯夫人有些驚慌，林夕落

則忍不住心裡暗笑，果然，魏青岩灌醉的就是他，動作真快……

眾位夫人朝這方看來，誰不知道今兒荊山伯的公子與城府府尹的公子是主角？目光齊齊盯著，倒是把這男子給看愣了，只覺頭暈，腳下不穩，一掌拍在了丫鬟的肩膀，由丫鬟攙扶著往這方前來。

羅夫人的臉色沉了下來，這是要來求親的？瞧他跟丫鬟如此熟悉的動作就知道，這人在府中也不是個老實的……

荊山伯夫人瞧見羅夫人臉色微沉，立即起了身，「這是怎麼了？這就醉酒了？」

青年拱手致歉：「給各位夫人請安，酒量淺薄，兩杯便醉，讓諸位見笑，給羅伯母賠罪了。」

這話讓人挑不出錯兒來，說酒量淺薄，是表明尋常不出去耍酒，又親自給羅夫人賠罪，顯現誠意。羅夫人微微點頭，看向林夕落，擺明在告訴她，束手無策的原因瞧見了吧？人家裝圓了，不出錯怎麼挑理？

林夕落看在眼中也覺得有點兒難辦，往羅涵雨的方向看去，這丫頭已經不知道哪兒去了，估計是躲起來偷瞄，不肯露面。

荊山伯夫人引著其子挨個夫人行禮，待到林夕落面前，便特意道：「這位是宣陽侯府的魏五奶奶，魏大人之妻。」

「給魏五奶奶請安了。」

「不知如何稱呼？」林夕落問完，他便應道：「姓夏，名子雄，字君方，字乃是小侄的姨母給取的。」

「姨母？倒是初次聽說有請女眷取字的。」林夕落笑言，荊山伯夫人立即道：「他的姨母也是我的表姊，乃是當今的太子妃。」

「哦……原來如此。」林夕落前一字話音拉得極長，「不過這倒是讓我有疑問了，君方在禮部任職，不妨為我解講一番可好？」

「魏五奶奶請問。」夏子雄有些頭暈，他剛剛哪裡是喝了兩小杯，而是一大罈子，幸好被丫鬟叫來，說荊山伯夫人找，否則他恐怕要鑽入桌底，丟人現眼了。

剛剛是羅大人灌酒，他不能丟臉，如今魏五奶奶要考問，他頭大如斗，只盼著這位五奶奶別問出什麼奇怪的問題讓他回答不上來。

「取字請何人為佳？」林夕落說完，夏子雄想一想便道：「一請祖輩，二請師長，三請學問淵博之人。」

「那你這位姨母算其中那一類呢？」林夕落問完，也不用他回答，又道：「你年齡幾何？」

「十八。」夏子雄有些慌，可他答完，林夕落又是道：「女子及笄取字，男子弱冠取字，你還未至弱冠之年，怎麼先把字給取了？若非是尋常人家，我倒不奇怪，荊山伯與子雄賢侄可都是禮部任職之人，怎麼也犯了這樣的忌諱？」

夏子雄啞口無言，腦袋有些渾濁不知該回答什麼，荊山伯夫人見林夕落挑事兒，上前道：「不過是表姊先給取好罷了，還未在弱冠之禮上明賜。」

「沒有明賜，怎麼在人問名姓之時就順口說了？」林夕落笑問，荊山伯夫人的臉色更沉，「孩童心性，隨口一說。」

「孩童心性怎能去禮部任職？」林夕落句句進逼，分明是讓人下不了台。

眾位夫人誰都不敢插話，只用眼睛看，誰不知道這位五奶奶不好招惹？

荊山伯夫人剛剛上來便開始挑刺兒，話語說得極是難聽，雖說她是臭嘴慣了，可初次見面就這樣，誰受得了？如今惹上了魏五奶奶，荊山伯夫人可要倒楣了！

林夕落不挑夏子雄的對錯，只針對荊山伯夫人。

夏子雄再有錯，都能由家人出面致歉。羅夫人冷下臉來，太子妃如若親自跟羅夫人賠罪，羅大人夫妻說不出個「不」字來，但如若是荊山伯夫人翻了臉，那這事兒就沒了迴旋的餘地。

故而林夕落似是在挑剔夏子雄，可卻是盼著荊山伯夫人沉不住氣插嘴。林夕落沒有失望，荊山伯夫人還真就上了套了。

其他人都沒插嘴，只看著荊山伯夫人尷尬得不知道該怎麼回林夕落的話。

荊山伯夫人急了，也沒了裝大度的耐心，便沉了臉色道：「五奶奶，您可是向來不遵這些規矩的，今兒怎麼挑剔沒完了呢？還不講道理了！」

「我不講道理嗎？」林夕落吃驚地看著她，隨後又看向其他人，「我剛剛有不講道理嗎？」

「五奶奶怎能是不講道理，雖說性子烈點兒，但只要不被欺辱到頭上，便不對外人蠻橫，而且出手大方，不斤斤計較，甚是直爽。」

有人應承，便有人跟著附和。

「那是，我見過五奶奶幾次，五奶奶都溫和言談，做事爽快得很。」

「荊山伯夫人，您還是歇會兒吧，五奶奶問得也沒錯，伯爺跟你家公子好歹都是禮部出身，這等事禮部的人都弄不明白，您還跟著起什麼鬨啊！」

「就是……」

眾夫人都是羅夫人請來的，自是與羅家關係非比尋常，今兒荊山伯夫人來了就提太子妃，誰不知道她打的什麼主意？也並非眾人在落井下石，而是她們也不得不如此。

羅涵雨如若嫁給荊山伯之子，羅大人縱使不願，也會被劃歸到太子一方，那他們怎麼辦？

這裡面可不單純是誰投靠誰、誰依仗誰，千絲萬縷的關係根本無法理清，而且眾人更為厭煩荊

山伯夫人這副做派，落井下石，更待何時？

荊山伯夫人被諷刺多了，夏子雄才反應過來這其中的不對，立即拽著荊山伯夫人，忙道：「母親，都是兒子有錯，魏五奶奶指正的對，兒子自當改進，您莫動氣。」

「錯什麼錯，哪裡有錯，我護著我兒子還成了錯？妳們都沒錯，就我一個人有錯！」荊山伯夫人發了威，林夕落臉色一沉，與羅夫人道：「我今兒累了，就先走了，涵雨跟我回侯府玩幾天，待她想妳了，我再將她送回來。」

「她不許走！」荊山伯夫人氣急敗壞，絲毫不顧臉面，指著林夕落便道：「妳就是不想讓我兒子訂親是不是？妳揣著這歹心到底有何心思？我兒子人品出眾，哪裡比不得別人？妳在這裡挑三揀四的，別以為妳是宣陽侯府的人我就不敢把妳怎樣！」

「哎喲，我招您惹您了？您兒子訂親關我何事？我敬您還敬錯了？」林夕落反駁，「帶不帶涵雨走是羅家的事，您連羅家的主都要做？」

荊山伯夫人冷笑，「我做不做得了羅家的主用不著妳操心，但妳沒這本事！」

「我的確沒這本事。」林夕落笑著道：「我向來敬人護人，溫和待人，與涵雨姊妹至交，她斥我兩句我都樂意聽，這可不是誰做主的事了。」

荊山伯夫人一怔，看著一旁氣極了的羅夫人，才知道剛剛的話說錯了。

「妳是故意拆我的台，我跟妳沒完！」

荊山伯夫人大嚷，林夕落渾身一抖，立即捂著額頭道：「哎喲，嚇死我了，這女人怎是如此不講理的潑婦！這是禮部人家的夫人？今兒算是長見識了！我頭好暈，冬荷，我不行了，快去叫五爺來，請喬太醫來！」

冬荷聽了，立即往外院跑，秋翠則當即護著林夕落，一臉怨恨地看向荊山伯夫人，雖不出言斥

責，可那狠厲的眼神把荊山伯夫人嚇了一跳，「我……我也沒說什麼，怎麼就這樣了呢？妳不是裝的吧？」

「夫人，今兒得您前來為老太太賀壽實是萬分榮幸，您瞧著這時間也有些晚了，不如您先回了？」羅夫人面色陰沉，擺明了攆人。

荊山伯夫人這會兒也害怕了，連忙點頭，拽著夏子雄就走。

而這一會兒，魏青岩從外匆匆趕來，目光中看誰都充滿了殺意。喬高升也在後跑來，他晚來的原因是得了冬荷的話，這會兒立即上前探脈，蹦高叫嚷：「這又是誰氣著五奶奶了，五奶奶上一次出事至今一直身子薄弱，本來就說今兒不該來，可五奶奶又惦著羅老太太的壽日才來，快抬進屋中歇一歇！」

喬高升演技卓絕，更是當即扯來一張紙就寫藥方子：「藥、藥……」

「快點兒！」

魏青岩親自將林夕落抱進屋裡，林夕落扎在他的懷裡悶頭笑。魏青岩將她放下，屋中已有人看護，他便出門看著荊山伯罵他的夫人和兒子。

這會兒夏子雄的酒勁兒也消了，立即攔住荊山伯，小聲道：「父親，親事！」

荊山伯反應過來，轉而與羅大人道歉，羅大人卻連連嘆氣，只站在魏青岩身邊不語。魏青岩那眼神如殺人的刀，不用開口便把荊山伯嚇得額頭冒汗。

羅夫人從屋中出來，也明白林夕落是裝的了，便走到荊山伯面前行禮道：「伯爺，我說一句不中聽的，這親事我看算了，我女兒性子柔弱，我們夫婦向來不敢大聲斥責，令夫人這脾氣我實在不敢恭維。今兒的事，魏大人也不要記恨伯爺，五奶奶就在我這養身子，本夫人親自伺候，何時康癒了何時算！」

「一碼歸一碼，我這筆帳，不急。」魏青岩背手輕言，把荊山伯氣得腦仁子生疼，指著荊山伯夫人就想揮拳頭。

夏子雄向魏青岩道歉：「魏大人息怒，都是我今日犯錯，實在不該，望羅伯父、羅伯母給侄兒一個機會，侄兒對令嬡一見傾心，定會以禮相待，還望成全！」

「你見過羅府千金？」魏青岩這一句讓夏子雄呆滯，「剛剛……剛剛見到的。」

魏青岩再道：「你在何處見到？」

「五奶奶身子不適……有一位姑娘跑出來在旁陪護著，我覺得那人便是……」夏子雄有些圓不上謊，他哪裡見過羅涵雨？羅涵雨可是大門不出二門不邁，連小姐們的聚會都不參加……

魏青岩上下打量他半晌，「如若你看到的不是她，而是個伺候的丫鬟，你娶嗎？」

「我……」夏子雄被問得怔住，魏青岩的聲音更沉：「我問你娶還是不娶！」

「娶，不娶，不是，在下都依父母之命。」夏子雄嘴唇發顫，不知道該說何是好，而一旁的荊山伯則是惱怒至極，明明是被魏青岩給耍了，這傻小子還在這裝個屁啊！

「走！」荊山伯撂下這一句，夏子雄有些遲疑，荊山伯夫人更不敢多嘴，只得拽著夏子雄，示意他還是先走為好。

夏子雄有些不甘心，荊山伯朝著魏青岩拱了拱手，隨即灰溜溜地往外走去。

他咬牙切齒，只等著回府之後尋太子直接賜婚，何必要給羅家人這麼厚的顏面？

敬酒不吃吃罰酒，還給臉不要臉了！

荊山伯正琢磨著，魏青岩在其背後的話卻將他嚇出了冷汗。

「禮部官員不懂禮、不懂規矩，一幅題字都能要千兩銀子的價兒，荊山伯，你這個官當得太舒坦了！」

荊山伯腳下一絆，險些摔倒，夏子雄連忙扶住他，剛剛的心思瞬間全都打消，官當得舒坦？這不是被人揪住了把柄？還是保命重要，提什麼婚事啊！

一家子灰頭土臉離去，其他的官員並不知道這檔子事，女眷這一方自當也沒有走。

羅大人與魏青岩繼續應酬賓客，羅夫人則轉回身去看林夕落。

林夕落正在端著喬高升開的藥皺眉，「這什麼藥啊？苦得什麼似的，還要喝？」

喬高升道：「補藥，對胎兒絕對有益無害，五奶奶，您這戲總得做足了啊！」

林夕落白他一眼，見羅夫人進門，便道：「怎麼樣？」

「走了！」羅夫人有些埋怨她，「剛剛妳那模樣可把我嚇壞了，也不事先說一聲。」

「我也是一時興起。」林夕落吐了舌頭，羅夫人道：「無事就好，也多虧了妳了。」

「涵雨在此陪著我就行了，妳先去忙。」林夕落知道此時不能走，羅夫人也沒客氣，留下幾個嬤嬤在此照看，匆匆離去……

林夕落琢磨著荊山伯與他的夫人，打蛇不死必被反噬，林豎賢剛好回來，有事兒做了……

林夕落在屋中想著荊山伯這一家的事該如何處理，待緩過神來，發現羅涵雨就不聲不響地坐在她的身邊。看著那張通紅的小臉，她有些擔心剛發生的事會不會讓她心裡有什麼陰影？

她也知道，這都是來向她提親的人……

如若換作別人家的閨女，林夕落倒不擔心，只是羅涵雨這性子她有些拿捏不準。

林夕落看著羅涵雨，問道：「這來提親的人只讓妳見著一個，不過這個婚事是不成了。」

羅涵雨聽後果真是咬了嘴唇，一臉怒氣道：「他的母親欺辱夕落姊姊，我才不要嫁。」

「傻丫頭，可還想見見另外一個？」林夕落說完，羅涵雨沉默片刻，搖頭，「我不見。」

林夕落追問道：「為什麼不見？那一個是伯府之子，生來定是驕縱慣了的！而城府大人的夫人

我有見過，瞧去還不錯，想必其子也應是溫文有禮，妳不打算見一見？」
「萬一再欺負夕落姊姊呢？」羅涵雨說完，攪著帕子道：「其實，其實我害怕。」
「怕再讓妳失望？」林夕落說完，羅涵雨點頭。
「失望就不嫁，姊為妳再選。」林夕落說著，與秋翠道：「妳去找城府大人之子前來幫喬太醫個忙，看他肯不肯幫。」
「我有何需要幫忙的？」喬高升在外瞪了眼，林夕落也覺得應該想個主意出來，總不能隨便就把人帶來，細細打量了喬高升半晌，便吩咐道：「就說喬太醫今兒勞累過度，眼睛花了，看不清這藥品的成色。」
喬高升倒吸口涼氣，悶頭不敢吭聲，秋翠當即就去。
未過多久，門外有個年約十六七的男子隨秋翠前來，「這是女眷宅院，我……我來合適嗎？」
林夕落離許遠就聽見這番說辭，不由拍著額頭道：「這個跟妳倒是相配，兩個遵規守禮的人，恐怕吵架都吵不起來……」
林夕落這般想著，就見羅涵雨已經悄悄地躲到窗旁去側面看他，那紅彤彤的臉蛋透著喜意，估計是成了。
魏青岩未過多久就從外回來，進門的第一句話便是：「借雞生蛋，明兒一早林豎賢會將彈劾荊山伯的摺子送上。」
「這麼快？」林夕落眼睛瞪得碩大，她不過是想了一下，魏青岩已經敲定明日彈劾的具體事宜，這速度也太快了。
魏青岩點頭，「荊山伯回去定會進宮尋太子，而今日皇上召眾位親王入宮一同用膳，恐怕是沒有機會與太子詳談，如若動手晚了，容易生變。」

林夕落點頭，「福陵王知道了嗎？」

「已派人去通知他，讓他拖些時辰。」魏青岩說完，仔細思忖未有遺漏，便搓熱了手，放在她的腹部上，「兒子今兒聽不聽話？」

「還不知道是男孩兒女孩兒就喊兒子？」林夕落輕打他的手，魏青岩只笑不語，待羅大人與羅夫人回來之後，魏青岩將這事與兩人簡略說過，羅大人也覺得此舉甚佳，「我剛剛也與城府大人提了親事，待過了這陣子風頭再議。」

魏青岩點了頭，「如此甚好。」

林夕落則被羅夫人揪著問了半晌身子確認無事，才允魏青岩帶她回去……

今兒這番折騰，林夕落也覺得累了。

女人有了身孕等同於換了個人一般，今兒不過是動了動嘴，也覺得渾身疲憊、頭腦發脹，在路上就睡著，行至侯府後側院，魏青岩將她抱進了屋中放置床上，她都沒有醒來。

魏青岩略有擔憂，又把喬高升叫進來診脈，確認無事後才放下了心。

喬高升忍不住道：「雖說無事，但大人還是要叮囑五奶奶別動氣，卑職說一句不中聽的，尋常看五奶奶性子爽烈，其實她的身子並不健康。」

魏青岩甚是認真，「喬太醫能說出這話已不容易，往後還要依仗你多多照應。」

「卑職也就只敢對您說，不敢對五奶奶說這等話。」喬高升苦笑，魏青岩認同，「由著她高興就行。」

喬高升欲言又止，魏青岩直言道：「有何事不妨直說。」

「那個……卑職如今這顆心都在幫著大人照料五奶奶了，可……可家中的妻女……」

「你女兒的婚事已經在籌辦中，林家是大族，林政辛又是林老太爺最寵的幼子，自當大肆操

辦，你不必著急。」魏青岩說到此，喬高升連連擺手，「這事兒大人與五奶奶已經答應過的，卑職怎還惦記？只是……只是我久居侯府，也惦記著家中的夫人，您看這個？」

喬高升說到此，露出一副「你是男人你懂得」的模樣。

魏青岩表情有些奇怪地打量他半晌，喬高升則直起腰板，作出一副「老當益壯」的姿態。

「回頭讓魏海另選一小院，喬夫人可定期來此地與您相聚，不過，若是亂七八糟的女人……」

「不會不會，卑職怎能連這等事都不懂？大人您忙，您忙……」喬高升得了滿意的答覆，立即離去。

魏青岩手指屈起鳴哨，薛一出現，他立即吩咐暗衛行動，如今林夕落有孕，他要做另外一步打算了。

翌日，朝堂之上，林豎賢上摺彈劾荊山伯禮部官員不懂禮，一幅墨字賣千金的罪名，批駁的言辭甚是逗人，可無人敢樂，反倒是皇上開懷大笑，嚇得荊山伯跪在地上大喊饒命。

林豎賢這陣子可謂是春風得意，只要他在朝堂上點到哪一位官員的名字，此人也只有跪地認罪的名，連辯駁的機會都沒有。

許多人對林豎賢恨之入骨，太子周青揚現在就有這等心思，恨不得將林豎賢拽過來掐死。

昨日荊山伯來尋他，可惜皇上與諸王同聚，福陵王的一雙眼睛如同釘子般，只要他藉故離席，福陵王就像跟屁蟲一樣不肯離開半步。

周青揚到底沒能見到荊山伯，只從太子妃那裡聽到昨日在太僕寺卿羅府裡發生的事。

又是魏青岩！

周青揚恨得牙根兒直癢，更是斥罵了太子妃一頓，既然是她出面做媒，就不該有這等子亂事發

生，直接向皇后請旨便罷，怎麼會出這般多的瑣事？

本尋思今日早朝過後再細問荊山伯，孰料等不到早朝後了，林豎賢摺子一上，這人的爵位恐怕是保不住了。

林豎賢毫不避諱，將昨日在羅府上的事細細講起，待說到「禮部官員不懂禮」時，便看向荊山伯，「伯爺，不知道您是否懂？為何您懂您家公子卻不懂？父子同為朝官，歷朝皆有，可子承父業不是子繼父官，皇上只允您這位小世子繼承爵位，可不是承繼官位，不知您有何話可說？」

「皇上饒命！」荊山伯的哪還能回答其他的話……

「林豎賢，你這些話不知是從何處聽來的？」周青揚忽然開了口，林豎賢便道：「從魏青岩魏大人口中得知。」

「魏青岩之妻乃是林家人，而你也姓林，可有包庇之心？」周青揚揪著此事不放，荊山伯對他來說可有大用，他不能就此放棄荊山伯。

「無論包庇與否，荊山伯都是犯了種種重罪，這是不可推卸的。」林豎賢說完，補言道：「太子殿下說微臣包庇魏五奶奶，魏五奶奶沒有過錯，怎能用『包庇』二字？若說是出氣倒是貼切，林老太爺資助微臣念書科考，得今日能上朝為皇上效忠，這都是林老太爺的賞賜，我不為林家人出氣，為何人出氣？」

林豎賢絲毫不避嫌，仰著脖子擺明了就是出氣，怎麼樣？

周青揚被氣得說不出話來，福陵王卻在一旁笑得前仰後合，「書呆子果真有書呆子的骨氣，真性情也！」

「說得沒錯，一家人挨欺負了，不出氣的豈不是孬種？」齊獻王也插了嘴，看著周青揚滿臉不忿，「皇兄，荊山伯的罪狀都擺著呢，您忽然插話，可是要包庇他？」

周青揚險些氣昏，而肅文帝沉默許久才開口：「朕累了，要歇了，福陵王留下陪朕下棋，荊山伯的事，齊獻王看著辦吧，依著朕意，爵位奪了，關起來讓他抄一萬遍《周禮》就算了，其餘人退朝！」

「皇上萬歲……」

眾人陸續離去，齊獻王與福陵王對視之後，派人揪著荊山伯離開。周青揚氣得站在原地半晌不動，只看著福陵王陪著皇上離去，牙齒咬得格格作響，「我何處不如這兩個畜生？何處？」

而這一會兒，魏青岩正陪著林夕落用飯，魏海從外匆匆趕來，湊其耳邊回稟今日之事。

魏青岩皺眉道：「荊山伯死了？」

「自盡而死。」

「恐怕不是自盡……」魏青岩說到此頓了下，「是某些人等不及了！」

荊山伯的死在幽州城內好像隨風飄逝的雪花，落地後便無影無蹤，連喪事都辦得低調。沒有人對此提及一句，可在某些人的心中，這件事卻無法忘懷，這個人便是太子周青揚。

荊山伯自盡的當日，他便被皇上召到跟前，讓他仔細回稟此事。說是回稟，不如說是質問，這種感覺讓周青揚發自內心的厭惡。

他承認，他有些亟不可待了！

荊山伯的死與他毫無關聯，可如今這盆汙水無人來認，豈不是就讓他來背這個黑鍋？背黑鍋的感覺很噁心，不僅疼，還疼得撕心裂肺，好像有一道難以癒合也不流血的傷口，讓他狂躁得無法鎮定下來。

為什麼會有這種感覺？

他隱忍多年，即便是皇上獨寵齊獻王，他也沒有如今這般煩躁；即便是被其他皇弟當面指責，

他也都能淡笑應對，可如今呢？

周青揚胡亂猜測，忽然想出根源所在，那便是他曾經握住過權，而如今，權去手空了……

皇上離開幽州城由他監國的這段時間，他過得如神仙般自在，即便有一些事沒有如他所想那樣發生、進行，可在心裡上也暢懷自若，如今皇上歸來，他手中的一切蕩然無存，好似是讓一隻飢餓的猛獸舔了一口血腥的肉，卻又讓他繼續忍耐飢腸轆轆的日子。野獸會猛撲，可人無法忍耐。

周青揚回到自己的宮殿，將所有人都攆了出去，獨自在屋中摔東西發洩，過了許久，才暗暗思忖，到底是誰對荊山伯動手還賴在了他的身上？他一定要找出這個人來！

周青揚下令徹查，而魏青岩得知這個消息卻漠然以對。

人雖不是他下令處死的，可這個人的死對周青揚來說，有著不小的打擊。

無論是勢力，還是勢頭……

林夕落聽著這個消息，有些驚訝，但這事不是她一個女眷能夠操心的……

福陵王匆匆趕至侯府尋魏青岩商議，林夕落在屋中與姜氏說著閒話。

姜氏自也知道荊山伯自盡一事，如今魏青羽整日跟隨宣陽侯，想不知道都不太可能。

「荊山伯之子被貶離幽州城，落了個九品的芝麻官兒，帶著荊山伯夫人一同離開了。」姜氏頓了下，又道：「這事兒也挺慘的，聽說荊山伯過世，連個上好的棺材都沒能用上。如若不是還跟太子妃掛著親戚，恐怕連這樣一個芝麻官兒都得不著了。」

「這種人就是被拿來當靶子用的。」林夕落沒有絲毫同情，「之前還有風言風語傳來，說是如今我有孕在身，惹了我的都沒有好下場，刑剋的爺們兒生刑剋的兒子，我肚子裡的孩子生出來也是個剋人的，要躲遠著點兒。」

姜氏瞪眼，「妳怎麼聽說的？」她可早就聽說了，也怕林夕落知道再發了火，這才接連兩天都

守在這兒，怕別人傳進謠言來。

林夕落笑道：「我有什麼不能知道的？我知道的多著呢！這消息就是荊山伯夫人臨走時候說的，她心裡頭還記恨著我，卻不想一想自個兒的錯。」

「都是滿嘴胡說，存心報復！」姜氏冷哼後嘆口氣，「合著我在妳院子裡挨個的叮囑是白說了，妳都知道了，我還藏什麼？」

「這有什麼好藏的？五爺就差被人說成鬼投胎了，不也活得好好的？」林夕落擠兌兩句，又是開懷，姜氏無奈地拍她，「對孩子可不能這麼說，五弟過得很苦。」

「我知道，如若孩子生下來誰敢這般說，我就撕了他的嘴！」林夕落雖是隨口說，姜氏卻知道她真做得出來，這懷著孕呢，手裡頭還把玩著雕刀，誰惹得起？

兩人笑著說了半晌，這一會兒秋紅從外進來，「奶奶，方太姨娘到了門口，說是要來探望您，問您可否方便。」

方太姨娘？她來幹什麼？

林夕落與姜氏的臉色都沉了下來，姜氏先開了口：「她如今春風得意得很，上次侯夫人出去接旨把她嚇壞了，如今見侯爺沒有動作，她氣焰更盛了。」

「不見，讓她走，就說我正睡著。」林夕落一口回絕，「誰知道她又打了什麼歪主意。」

姜氏也點頭，「妳如今懷著身子，即便拒絕，她也說不出什麼來。」

林夕落吩咐秋紅去傳話，秋紅應下離去，過了一會兒又跑進來，「奶奶，這方太姨娘槓上了，奴婢說您睡著，她偏要奴婢將她給您準備的物件拿進來，奴婢推脫幾句，被她數落了，她更是在院門口一件一件地擺出來，這可怎麼辦？」

「那就由著她擺好了，然後查看清楚了，再讓陳嬤嬤去將物件收攏齊了，直接送回郁林閣的大

庫中，別往這個園子裡抬，想跟我鬥這機靈？」林夕落是真生氣了，方太姨娘又耍什麼花樣？

秋紅正要出門去找陳嬤嬤，陳嬤嬤卻從門外跑進來，「奶奶，四爺來了！」

魏青山？

林夕落更是氣了，這方太姨娘想進這院子，連魏青山都給找了來，這安的什麼心啊？

姜氏見此事有些不好辦，主動出頭道：「妳先歇著，我出去看一看。」

「我隨三嫂一同去。」林夕落召來冬荷：「給我準備衣裳，要厚厚的棉靴。」

「這外面可冷著呢，下了雪，妳還是不要出去。」姜氏勸阻，林夕落搖頭，「今兒不知道她有什麼打算，往後再接二連三地來，豈不是推擋不開，何況還有四爺在？」

姜氏也是皺了眉，「這人還真不懂規矩了，女眷的事，把大男人尋來作甚？」

林夕落道：「懂得羞恥之人，也不會爬上今日之位了。」

收攏好衣裝，冬荷扶著林夕落往門口行去。雖說離門口不遠，但初冬的第一場雪極大，即便清掃乾淨，地上也冒著寒氣。林夕落走出門，就見魏青山沉著臉在罵齊氏：「好好的不陪著太姨娘忙事，跑到這兒來做什麼？侯爺之命妳當耳旁風不成？五弟這裡何物都不缺，妳們帶頭跑來送東西，還斥罵人家丫鬟，妳們是吃飽了撐的？還容不容我在侯府有一分兄弟之情，有一份臉面了？」

「我們也是好心好意來給五弟妹送冬裝，前兒個旁人送了太姨娘一條火狐的皮領，太姨娘說此物甚好，不捨得用，才送來給五弟妹，孰料……孰料她的丫鬟連院子都不讓進，這是誰的錯兒？」齊氏一邊哭一邊訴委屈：「送禮送上門還有了不是，四爺，您要兄弟之情，我來為您圓兄弟之情，難道有不對嗎？」

魏青山冷哼地道：「一條破狐狸領子留著自己用就是了，齊獻王妃送了一箱子，妳瞧見五弟妹用了嗎？」

齊氏怔住，想反駁那不是一家人，自己是家人，可這樣的話她實在說不出口。

方太姨娘在一旁站了許久，苦笑道：「無妨，四爺也是惦念兄弟，兄弟比任何人都重要……」

「太姨娘，您這是何必呢？」魏青山苦嘆，抓頭無轍，他終究是姨娘所生，縱使她再有不對，可也是自己的生母啊！

這一會兒，院子裡有人影緩緩出現，魏青山見是林夕落與姜氏，當下收了心中焦躁煩氣。他剛訓了自己的生母和妻子，對這位弟妹也得說兩句，總不能讓自己這一行人心生隔閡吧？

林夕落扶著腰與眾人行了禮，隨即道：「四爺今兒怎麼也來了？五爺與福陵王正在郁林閣喝茶，您怎麼沒過去？」

開口第一句就要把人攆走，魏青山準備了半晌的話噎在喉嚨裡說不出來。

說什麼？剛還想說怕有隔閡，可人家第一句就讓自己去見魏青岩與福陵王，這可不是一般兄弟關係能做到的。

「呃……對，福陵王來了，我還以為在此地，我、我這就去。」魏青山說著，又寒暄兩句便匆匆離去。齊氏看著他的背影咬牙切齒，自己怎麼就跟了這樣一個沒有擔當的男人？

福陵王離去，林夕落看向方太姨娘，「太姨娘送物件來何必還親自跑一趟，讓下人們動腳就行了，這天寒地凍的，您也要多注意著身子。您雖好心好意，可連四爺都掛念著，還親自來陪送您，您可真有福氣。」

這話就是擠兌……

方太姨娘笑道：「心裡頭掛念著五奶奶，也的確是老了，老得連下人們都不認得我了。」

「您長年在筱福居的小院中不露面，認得您的人自是少。」林夕落才不顧忌她話語中的不滿，隨意說了一句，也不讓進院子坐一坐，「太姨娘今兒來不知有何貴幹？」

方太姨娘笑道：「冬日了，侯府的管事前陣子去糧倉取糧，可糧倉的管事說不付銀子不讓取，即便是侯府的人也不行，我就要來問一問五奶奶了，這事兒可是妳下的令？」

林夕落看向姜氏，目光中好似在說：無事不登三寶殿，沒說錯吧？

糧倉的管事如今是方一柱，但林夕落聽了方太姨娘的話，心中另有一番計較。

會說出此話的，恐怕不是方一柱，而是嚴老頭。

嚴老頭……林夕落想起他就想笑。這個瘸老頭脾氣厲害得很，當初若不是她腦袋削尖兒地跟他硬磕起來，說不準真被這老頭拿捏住了。

之前侯府所用的糧連侯夫人都定期結銀子，不招惹這些跟隨侯爺與魏青岩多年的傷兵殘將，也是顧忌她侯夫人的身分，方太姨娘恐是把心落在這件事上，卻被釘子扎了。

「糧倉的事我許久都不插手了，但不管是不是我下的令，太姨娘都應該給人家結清銀子，不給銀子不送糧，您也怪不得糧倉的人。」林夕落笑著把話說了，方太姨娘沉了臉色，「可妳也知道侯府如今的銀兩吃緊……」

「銀兩吃緊與我有何關係？我又不是管銀子的。」林夕落撫著小腹，姜氏便道：「天寒地凍的，別在這兒站著了。」

林夕落點了頭，「太姨娘還是給他們結清銀子，雖說糧倉歸我管，可我如今這模樣您也瞧見了，說不上話。那些都是跟隨侯爺與五爺征戰沙場之人，您苦了誰也不能苦了這幫人。哎喲，這天涼了，我得回去歇著。」

林夕落說著就要往裡走，方太姨娘卻不肯走，「這道理我卻是初次聽說，要聽五奶奶給講解一番了。」說罷，也要跟著往裡走。

姜氏餘光瞥見，就看到林夕落的眉頭皺了下，口中未出聲音地動著：「賴皮纏！」

進了屋，林夕落讓人將銀炭多加了一盆，又讓丫鬟們倒上了熱茶。齊氏甚是殷勤，對林夕落噓寒問暖，還親自拿了毯子為她蓋在腿上，「有孕在身就怕寒了腿，特別是冬季裡容易落毛病。」

林夕落笑著謝過，而方太姨娘又說起剛剛的話題來。

「這事兒是真不太懂的，之前也從未在侯夫人那裡聽過，但五奶奶，妳也是這府裡的人，這事兒妳得幫一幫，即便不能少結銀子，哪怕是緩和些時日也行。」

緩日子？林夕落看向方太姨娘，她這是有什麼鬼主意，還是銀子捨不開？侯府連結點兒糧食的銀子都沒了？

「糧倉的銀子緩了，鹽行的銀子是不是也要緩？隨後再在錢莊借點兒高利銀子？好在四爺不好賭……」林夕落臉色平淡，可誰都聽得出來這話中諷刺之意極重。

方太姨娘好似早有預料，「只是糧銀，其餘之事不用五奶奶操心。」

「我也不想操心，可這事兒我說不上話。」林夕落笑著回絕，「太姨娘如若真的無能為力，不妨去找侯爺，請侯爺出面。」

「這事哪能麻煩侯爺？」方太姨娘面色略有驚慌，「糧倉如今是五奶奶管轄，您說一句話不就成了？」

「那怎能是我的？是五爺的。」林夕落心中有個算盤，沒有立即回絕此事，「要不然等五爺有時間了，您再問一問他？」

方太姨娘沉下心來細想，齊氏這時轉了話題，與姜氏說起冬季過年的衣裳……

幾人言談半晌，方太姨娘帶著齊氏先回了，見姜氏還不走，齊氏則道：「三嫂，我那裡有一塊新的錦料子也用不了，不如妳幫我參詳下，看看能再做個什麼樣子的襖可好？」

姜氏看一眼林夕落，「明兒吧，今天五弟還沒回來，我再陪五弟妹半晌。」

齊氏沒能把姜氏帶走，只得悶笑著離去，林夕落讓秋翠直接將兩人送至院外再回，看著她們出了門，林夕落便道：「這是怕三嫂與我商議起她們在合謀什麼事？」

「這事兒可奇怪了，我前陣子問了三爺，他可沒聽說過侯爺留十萬兩銀子不允動的事。」

「我倒是沒問過五爺，不過這等事應該不會假，關鍵是侯府縱使再窮，怎會連付糧的銀錢都沒了？這事兒可有些稀奇了。」林夕落說著，姜氏也點頭，「的確很奇怪，五弟妹也沒問一問糧行的管事？」

「不想插手，只定期數銀子，這等事管得太寬泛了也不合適。」林夕落說完又道：「不過嚴老頭既發了話，這事兒恐怕不管不行了……」

魏青岩晚間歸來，姜氏才離開後側院回去。

聽了魏青山提及方太姨娘今日來探望，魏青岩主動問起：「她來這裡幹什麼？」

「四爺在時，她只說來送一條狐領子，四爺一走，她便和四嫂說起要給糧倉的銀錢往後緩些時日再結，前陣子派人去取糧，糧倉的人不給。」

魏青岩皺了眉，「四哥不知道？」

林夕落攤手，「我也不知道他到底知道不知道。」

「明日叫方一柱來問問吧。」魏青岩停頓下，便朝外吩咐：「去通知方一柱明日到麒麟樓見五奶奶。」

「嚴師傅也要請。」林夕落連忙補話：「明日去麒麟樓幹什麼？」

「第一場私下交易明天要開始了。」魏青岩道：「今兒福陵王特意前來賠罪，說明兒讓妳看一場好戲。」

「一場好戲就賠罪了？想得美！」林夕落想起福陵王給魏青岩送女人就覺得牙癢，她嘴上雖說

不介意，可心裡頭介意得很……

魏青岩笑道：「那妳想怎麼辦？」

林夕落思忖片刻，「容我想一想再說。」

「只要妳高興，怎麼收拾他我都幫妳。」魏青岩一本正經的犯壞，逗得林夕落咯咯直笑。兩人摟抱膩了片刻，魏青岩哄她睡去，便在對面的床上歇息……

林夕落卻睜開眼，指著自己空的床位，「怎麼不睡這裡來？」

「怕壓到妳。」魏青岩說完，林夕落不依了，「不行，要你睡過來。」

魏青岩沒轍，只得起身過去，又怕身體涼，便先搓熱了才進她的被窩，可剛躺下便苦笑，「這不是折磨人嗎？」

「怎麼折磨人？」林夕落撇嘴，「嫌人家懷孕就不睡一床了？」

「不是。」魏青岩摸摸她柔細的腰，「跟妳一床，我實在是睡不著。」

林夕落道：「怎麼睡不著？」

「妳說呢？」魏青岩見她臉上憋著笑，便狠抓她胸前一把，「妳故意的！」

林夕落笑個不停，越笑越往他懷裡鑽，一股熱火嗖嗖地往上冒，魏青岩被她這折磨得無奈，只得逃離這個床，回到對面去，「小妖精！」

林夕落抿嘴笑，直至笑累了才睡去，睡著時嘴角還上揚，魏青岩卻是睜了一宿的眼……

窗外響起輕輕的腳步聲，魏青岩立即坐起，待聽出是薛一，便出了屋。

「何事？」

「荊山伯之死非太子所為。」薛一回稟：「但真兇查不到是何人。」

「齊獻王？」魏青岩問。

薛一搖頭，「也不是。」

魏青岩沉默了，心中懷疑福陵王，可他會做這種事嗎？魏青岩予以否定，可如若這些人都不是，那會是誰呢？會否與將唐永烈和喬高升的官職都做手腳的人有關？

魏青岩遇上難題，連暗衛都查不出的人他是第一次遇到。

這個人隱藏得極深……

「大人，可否要繼續查？」薛一追問，這件事他自覺丟人，也是暗衛成立以來第一次沒有完成任務。

魏青岩搖頭，「轉至擴大暗衛隊伍，對於這些事暫且不要插手，不是我們的最終目的。」

薛一應下後便消失，魏青岩望向天空，心中道：到底是誰呢？

翌日清晨，林夕落起身後便梳妝打扮一番，跟隨魏青岩出了門。

這一日不但要看麒麟樓的第一次暗箱操作，還要見方一柱與嚴老頭，後一件事才是她更為看重之事。

對麒麟樓的事她只懂雕品夠不夠精、匠師們是否用心，更深一層的意義魏青岩比她更懂，故而也用不上她操心，但對於侯府之內，她對方太姨娘的動作始終有所懷疑。這等軟刀子如若被扎一下，恐怕更疼。

兩人出了門，宣陽侯與魏青羽也在門口要離去，看到魏青岩乘馬車，便知其上定有林夕落。

宣陽侯擺手示意林夕落不必下來行禮，口中卻斥道：「既然有身孕就好生在侯府裡養著，整天帶著她各處跑做什麼？」

「今日有事。」魏青岩只說四字，宣陽侯有心追問，可見他那冰冷的臉便將話語噍了回去，

「可是去麒麟樓？帶著仲良跟去長一長見識，別讓他整天窩在家中醉生夢死。」
「不行。」魏青岩當即拒絕，「此事保密。」
宣陽侯氣惱，腿夾馬肚便走，魏青羽在其後無奈嘆氣，也上了馬跟隨而去。
魏青岩又重新上了馬車吩咐啟程，眾人離去之時，侯府內閃出一個人影，正是魏仲良……
魏仲良的拳頭攥了不知多久，臉上分毫血色都沒有，心中怨恨腹誹：魏青岩，我要讓你後悔！

林夕落到了麒麟樓沒有再去湖心島，如今天氣寒涼，湖面已微有冰霜。雖未完全結凍，但上面落雪後的薄冰在陽光的映照下閃爍著耀眼的光芒，好似水晶般絢麗奪目。
魏青岩陪著她遠望片刻竹林，福陵王匆匆趕來，「這都什麼時辰了，你們倆還在這兒卿卿我我！今兒可是暗箱操作的第一場，本王都急上了房，你們還在你儂我儂的，急死誰啊！」
「王爺一人即可，還需我等幫襯？何況當初您與五爺協定的便是您出面，如今哪裡有我夫妻二人之事？」林夕落笑呵呵地拒絕，小手更是拽著魏青岩不允他走，福陵王怔愣半晌，訥訥地道：「還在記仇？」
「自當記仇！」林夕落毫不隱瞞，「還沒消氣。」
「本王今兒可是特意為妳安排了一場好戲，果真不看？」福陵王燦笑引誘，林夕落依舊搖頭，「即便我不來，今兒的事您也要博出彩，王爺乃當今聖上最寵之親王，何必拿這等話來矇我？真是小氣！」
福陵王無奈地道：「得了，本王是領教五弟妹的本事了！父皇承諾今兒的事如若圓滿完成，遠郊有一處莊子賞給本王，本王送給五弟妹賠罪如何？」
「皇上的賞賜我怎敢奪？我只要一塊年頭足久的陰沉木，王爺定有辦法。」林夕落說出這話，

福陵王的嘴角抽搐，「這可比莊子還貴！」

「這不能拿銀子來比，何物比得過皇上對王爺的寵愛？您這般說辭可不對。」林夕落說完，福陵王心肝生疼，「年頭要多久？」

「您瞧著辦，少於千年的金絲楠，您也不好意思賞了我，對吧？」

林夕落獅子大開口，福陵王咬著牙根兒道：「本王答應了，走吧！」

「我可不去。」林夕落鬆開魏青岩的手，「這事聽著太累，我還是去辦點兒自個兒的事，如若王爺有何事需要我幫忙，再派人來傳一聲就是了。」

「也好，我先送妳過去。」魏青岩帶著林夕落便走，福陵王站在原地呆滯半晌，這才反應過來讓林夕落敲竹槓了，牙齒咬得格格作響，心裡頭狠狠地告誡自己，這兩口子靠不住，根本靠不住！

魏青岩送林夕落到了外堂角落的房間中，便去與福陵王張羅著暗拍之事，喬高升則在一旁的茶案上就坐，隨時等候差遣。

陸陸續續有馬車停在麒麟樓的側門，幾位林夕落面熟的官員帶著貼身的隨從進來，由侍衛引領前去見福陵王……

喬高升無事可做，便在門口的角落隱著身子念叨著官員的名字和官職及尋常的癖好。

「……這是個怕媳婦兒的，媳婦兒是前任戶部郎中的胞妹，他也是攀上這門親才一步步地爬了今兒的位子，瞧著在外耀武揚威，回到家便縮了尾巴做人，曾經在外養過二房，卻被他媳婦兒打得臉上都開了花，如今老實了……」

「這位大人可是個大財主，工部郎中貌似四處奔波的苦差事，其實肥著呢，而且除卻幽州城的府邸之外，在外城還有兩三個外宅，而城裡的夫人卻絲毫不知。」

林夕落看著喬高升幸災樂禍的模樣，忍不住笑，「你倒是知道得清楚。」

「他曾經來尋問過生子祕方，妻妾成群，可後一輩全都是女兒，無一子，否則他怎麼會著急置辦外宅？」喬高升說完，又看著後一位官員進門，便絮叨個沒完。

林夕落忽然覺得這喬高升就是幽州城內的八卦大百科，好似沒有他不知道的。

不過再一想也不稀奇，他是太醫院的醫正，官員缺得了什麼都缺不了尋醫問藥，幾句探問之下，豈不何事都知道了？且喬高升之前還是一位認錢不認人的主，銀子能填滿的嘴，自當是身有隱疾的官員最喜歡的。

林夕落盯著喬高升，聽他口中念叨和眼中泛出的精光，心中道：這傢伙之前黑了多少銀子？

沒過多大一會兒，今日相邀前來的官員都已經到場，麒麟樓封門，外人一概不許進入。

方一柱與嚴老頭來時走後方小門，見到林夕落，方一柱如往常般行禮，嚴老頭則初次綻放出笑容，「五奶奶有喜，好事，大好事！」

「快坐！」林夕落讓冬荷上茶，嚴老頭擺手，「喝什麼茶都一個苦味道，來點兒爽口的！」

方一柱勸道：「嚴師傅，酒醉熏人，五奶奶如今不同往日。」

「怕什麼？懷的定是個小子，熏不醉！」嚴老頭沙啞大嗓門兒一嚷，方一柱攤手苦笑。

林夕落道：「給嚴師傅上酒，旁的事不成，酒這東西我卻是不怕的。」

嚴老頭笑容更燦，又問起宣陽侯：「侯爺身體可還好？」

林夕落點了點頭，嚴老頭欣慰之餘道：「我過得也好！」

「五奶奶，今兒召我二人前來，不知是否為了侯府送糧的事？」方一柱著急，開口便問。林夕落見轉入正題，則問道：「正是為了此事，具體怎麼回事，還望方管事和嚴師傅細說一二，對侯府供糧的事我雖知道，但細節卻分毫不知。」

林夕落也的確是真不知道，當初對糧倉一事她也只敲山震虎，將嚴老頭這方處置完畢後便不

再插手，故而這其中與侯府之間的瓜葛她沒有問過。只知道侯府所用都是糧倉所供，定期結銀子而已。

嚴老頭自當知道其中的來龍去脈，方一柱雖為大管事，但有嚴老頭在，他沒有發言權，「還是請嚴師傅給五奶奶詳說此事，我之前是在糧倉，對其中細節也不甚清楚。」

嚴老頭也不客氣，直接道：「事兒也簡單，這個糧行是五爺的，而且之前也吩咐過，只供兄弟們吃飽喝足即可，但兄弟們知道這碗飯是侯爺與五爺給的，自是有了收成就送去侯府，供應一年四季的糧食，但總是白送，侯爺覺得不合適，便吩咐定期給結銀子，這件事便如此延續下來，迄今為止已有多年了。」

嚴老頭感嘆幾聲，又道：「但這件事一直都是侯夫人親自負責，每年結一次銀子，給多少兄弟們就拿多少，但侯夫人都依照市價給，不多給一個銅子兒也不少給一個銅子兒，可前陣子到了結銀子的日子，侯府中又換了把持的人了，本來也沒尋思催要銀子，但侯府管事來拿糧，卻告知去年的銀子要拖帳不說，今年的糧要加倍。」

「方胖子見來說事的人面生，便讓我這老頭子出面了。我跟隨侯爺多年，侯府大大小小的管事都熟悉得很，連侍衛營掃地的老頭子我都喝過酒，可這個人卻沒見過，心裡便犯了嘀咕，索性一句話給擋了回去，本尋思後續可否還有事情找來，五爺就讓我們今兒來見妳了。」

嚴老頭說完，林夕落心中懷疑更甚。

去年的糧食銀子不給結，今年糧食卻要加倍……這方太姨娘想幹什麼？

可當著外人，林夕落不好揭侯府的短兒，但她這副深思的模樣讓方一柱看在眼裡有些疑惑，便主動問道：「五奶奶，可是我們這邊多疑了？」

「沒有，如今侯夫人身體虛弱，讓她身邊的太姨娘幫忙掌事，可這位太姨娘做事有點兒奇怪，

我不得不多尋思。」林夕落話語婉轉，可嚴老頭和方一柱還能聽不出？

嚴老頭可是跟隨侯爺多年的人，這等事不用細琢磨便知又是宅門大院裡的腌臢事，臉上現出不屑之色，不過是弄點兒糧食罷了，一個姨娘也就這點兒本事了！

嚴老頭心中氣不過，當即怒斥：「老娘們兒整日撐著淨鬧事，還鬧到外面來，丟侯爺的臉！」

方一柱自不會像嚴老頭這麼肆無忌憚，只問道：「五奶奶，這糧我們到底給不給？」

「不給。」林夕落篤定，「而且要告知他們把去年的糧食銀子給結了，拖一日要記一日的利，少一個銅子兒，一粒糧食都沒有！」

「妳不怕人家罵妳裡外不分？」嚴老頭提出疑問，住了侯府的宅子跟侯府要糧食銀子？這事兒一般人做不出來。

「怕什麼？」林夕落一本正經言道：「我不跟侯府要銀子，嚴師傅手下這一幫跟隨侯爺與五爺出征過的老少爺們兒吃什麼？喝什麼？想拿我不分裡外這事兒跟我談條件，沒門！我為的是侯府的名聲，名聲重要還是銀子重要，讓他們自個兒想去。何況侯府如今一沒添丁，二沒進口，憑什麼供糧要加倍？這些都是事。」

嚴老頭抽搐著嘴，他是領教過這丫頭的猛勁兒，還沒跟五爺成親時，跟他都能梗著脖子對著幹，對付個姨娘還能不輕鬆？

方一柱對此也深有同感，「那下一次再來人問，就這樣傳話？」

「就這樣傳，也可以直接說是我下的令，如若敢有半點兒廢話，我就當面找侯爺要銀子去。」

林夕落說完，心中更是懷疑，這方太姨娘的動作太大了，她這是要幹什麼？

加倍要糧，還在銀子上算計別人，這等手段瞧著就不是什麼安穩的心思，難道魏青山也開始蠢蠢欲動了？

林夕落在沉思，嚴老頭與方一柱則敘起麒麟樓的由來和瑣事。

與此同時，魏青岩與福陵王正盯著一眾貪官數銀子，福陵王的手搓得極熱，看著晃眼的金子和銀票，湊了魏青岩耳邊道：「這銀子怎麼分？」

福陵王與魏青岩做的事林夕落沒有參與，但對麒麟樓訂購的物件她要全心監管。

物件新穎、石料精緻，雕工無人能及，又有皇上題字，故而麒麟樓的生意極好，但經過麒麟樓開張的那次場面，林夕落對於銀子的數額已經麻木了，如今看著福陵王拿來的千、萬單位數額的銀票，已經不再嘴角抽搐，而是淡然面對。

不過淡定的原因並非是她對銀子沒有渴望，而是他們都是過路財神，這筆錢是要給皇上修建西北行宮用的，能留下的也不過是一小部分，絲毫激不起半點兒衝動了。

核對好帳目，再與雕匠師傅們對訂購的物件圖樣做了商議，福陵王在一旁豎著耳朵聽，心中只納悶這女人怎麼對此事如此懂行，難不成真是天賦？不然一個宅門裡長大的女人怎對雕藝如此精通？

福陵王也不問，這種事問了林夕落也不會告訴他，如今他已習慣了這個女人對他的無視，雖說小心肝很受傷，但這樣的女人他還是離遠點兒好，惹不起啊！

天色已晚，魏青岩帶著林夕落回侯府，夜深人靜之時，魏青岩又單獨從側院離去，留下薛一在這裡照看著林夕落。

林夕落沒有睡意，與薛一大眼瞪小眼地坐著，心裡想著今日嚴老頭與方一柱的話，更在納罕方太姨娘有何打算，可如今她能跟誰商議？

跟魏青岩？魏青岩即便是知道了，侯府還有侯爺在，也輪不上他插手，但糧倉之事與魏青岩和她都有關，這事兒無論怎麼掰手指頭算都脫不開干係。

「薛一，侯府的事你知道多少？」林夕落隨口一問，薛一道：「何事？」
林夕落嘀咕著：「太姨娘不給銀子，要那麼多糧做什麼呢？」
「拖銀子置辦私產。」薛一這話讓林夕落登時愣了，「私產？」
「她在城外購買了兩處田莊，城內的金軒街買了四家店鋪，後街有一處宅子，昨日剛簽了契。」薛一說完，林夕落眼珠子快瞪了出來，「這麼多？你怎麼知道的？」
薛一淡然道：「大人在時不允我靠近這間屋子，我無處可去便四處走，這些都是聽來的。」
「你跑到四房去聽閒話？」林夕落驚訝得下巴快掉下來，這根木頭還真有閒心啊……
「總好過在這裡……」薛一的話讓林夕落面紅耳赤，「那你還知道什麼？你怎麼不早說？」
「五奶奶沒問。」
「她為何不把銀子付了？讓我知道此事，就不怕我鬧起來讓侯爺知道？」林夕落不解，方太姨娘不會不了解她的脾氣，她是否另有打算？
「不怕，有四爺在，即便被攆出去，銀子沒了，家產卻置辦下了，那份家產坐在家裡混吃等死，都夠富足一輩子了，何況四爺之前還有田畝莊地。」
薛一的回答令林夕落啞口無言，半晌才問：「五爺知道此事？」
「知道。」薛一回答完，林夕落的臉上多了幾分落寞，他早就知道，可為何不告訴自己？還要她費力去猜？
薛一見此，多了一句嘴：「五爺也是剛知道不久……」
「他是顧忌兄弟情分吧？」林夕落想起魏青山，與方太姨娘和齊氏之間的恩怨隔閡實在不比他人，魏青山夾在當中也是左右為難。
「四爺不知道此事。」薛一回答完又道：「五爺今日剛吩咐這件事要讓四爺知道。」

林夕落心中淡定下來，看來她猜的沒錯，魏青岩不管也是為了魏青山，可他不能容忍此事魏青山一無所知……

林夕落忽然想起姜氏的話，女人活著就是為男人，就是為孩子，方太姨娘與齊氏的手段她不覺得有什麼奇怪，可魏青山居然不知道……這兩個女人想把日子活哪兒去？

「薛一，侯府裡的事你都清楚？」林夕落甚是好奇，薛一沉默片刻，答道：「清楚。」

「可你怎麼絲毫反應都沒有？」林夕落對他話語中不帶半分感情色彩極是驚詫，無論是喜怒哀樂或不屑、不恥，總該有點兒表情吧？可他臉上分毫表情都沒有。

「大人未吩咐我殺這幾個人，為何要有反應？」薛一的回答讓林夕落敗退，怪不得魏青岩如此放心，這樣一根木頭還真是難尋……

魏青岩歸來，薛一自動消失，見林夕落還沒睡，便道：「怎麼了？」

「受了點兒小打擊，睡不著，事情可順利？」林夕落知道他夜行出去定是又進宮了。

「順利。」魏青岩說到此，有些糾結，「此事會繼續做下去，惡人我要繼續當。」

「何時才是個頭啊……」林夕落想著魏青岩如今的處境也實在艱難，周青揚忌恨他，他還被皇上攥在手裡不肯鬆開，可人逃不過一死，縱使九五之尊也有閉眼鑽棺材的時候，到那時魏青岩怎麼辦？她怎麼辦？

想起福陵王見著銀子就心花怒放，林夕落不由腹誹：這人看到銀子就這般開心，不會是想捲了銀子跑吧？

夜晚二人同床入睡，林夕落堅持要他在身旁相陪，魏青岩推不掉，只得忍著煎熬，讓她的心裡舒坦……

雖然天氣寒涼，可翌日清晨天空的湛藍讓林夕落又蠢蠢欲動地想出去散步，冬荷堅決不肯陪護，勸慰道：「奶奶今天不能出去，別看天氣好，但冷得很，院子都結了冰，今日早上小丫鬟們在院子裡鬧玩，一不小心踩上去摔了一跤，躺了床上都起不來身子了。」

「喲，可尋大夫給看了？」林夕落吐舌頭，冬荷向來是最溫和的，她都說不成，看來今兒是甭想出去了。

冬荷點頭，「請了大夫看了，起碼要休養一個月才能起身，所以奶奶不能出去。」

「知道啦！」林夕落笑著答應，冬荷才放了心。與林夕落相處許久，也算摸透她的脾氣，對關係親近的人，奶奶向來良善，也不講主子奴婢之分，故而冬荷也敢在此時開口駁兩句，但對關係不親的人，那一張冷臉能凍死個人……

林夕落不能出去，便坐在窗邊往外看，魏青岩一早便被侯爺叫走還沒歸來，是又有什麼事了？

宣陽侯在書房中與魏青岩對坐，臉色陰沉如墨，「你為何不答應？」

「我為何要答應？皇上派人去修西北行宮，我就要主動邀差事去幹這份苦累活嗎？」魏青岩劍眉倒挑，「何況皇上已經下旨，允我清閒一年，我何必多事？」

「允你清閒你就真清閒了嗎？麒麟樓的事你還不就此放手？」宣陽侯道：「禍事纏身，你還當這是兒戲不成？」

「那又如何？」魏青岩不肯妥協，「西北修行宮之事我不插手，侯府也不許插手！」

「憑什麼？」宣陽侯被他揭了心中所想，有些著惱，「你不做正事，還不允旁人插手？你當你是老子了？」

「那才是最大的禍事……」魏青岩起身，「信不信由您。」

宣陽侯看他，「說清楚。」

「有何可說？二哥廢物，三哥脾氣不夠剛烈，四哥剛烈做事魯莽，您讓這幾個人去？」魏青岩的嘲諷之意甚濃，宣陽侯被噎得啞口無言，還未等反駁就聽魏青岩繼續道：「您就不想一想西北修行宮是作何？皇上根本無心移都城……」

魏青岩說完便離開，宣陽侯坐了半晌，想起魏青岩對魏青煥、魏青羽與魏青山的評價，微微嘆氣，「有心無力了……」

魏青岩回到側院，林夕落正在看著冬荷做小衣裳小襖，那一針一線甚是細緻，選的也是最上等的衣料。

「還早著呢，就開始動手了，到真生出來那一天，這屋子裡都快堆不下了！」

「用不上的再留著給下一位小主子穿用。」冬荷一本正經，似真做了這樣的打算，林夕落吐舌頭，「這個還沒生出來呢，就想下一個……妳這心思可夠深的！」

「都提前準備著。」冬荷拿起手裡的衣物比量著看，林夕落在一旁笑。

冬荷是個細心敏感的人，雖說是做小孩子的衣裳，巴掌大的一塊布也能做個小物件，可冬荷堅決不肯用屋中女眷的衣料，而是特意取魏青岩做衣裳的剩餘料子來做。這並不是捨不得用新料子，而是說什麼用五爺剩下的衣裳料子能沾了五爺的男子氣概。

林夕落本以為是冬荷妄想出來的，孰料陳嬤嬤也如此說，而且說得更多，她從來都沒聽過。

魏青岩在窗戶旁聽著主僕兩人說笑，臉上也露出笑意……

他正準備進屋陪林夕落，魏海匆匆忙忙趕來，見魏青岩正在門口站著，立即上前道：「大人，出事了。」

「何事？」魏青岩凝眉。

魏海喘了一口氣，連忙回道：「林豎賢遇刺了！」

林豎賢遇刺了！

魏海話語說完，屋中的笑聲瞬間止住。

屋內跑出個人影，看著魏海道：「你說誰？林豎賢遇刺了？」

林夕落緊緊盯著魏海，把魏海嚇了一跳，魏青岩連忙扶著她，「別急，進屋再說。」

魏海不敢再說其他的事，隨即將此事速速說來。

林豎賢遇刺是從景蘇苑回家的路上發生的。

說遇刺倒有點兒勉強，因為傷他的人只是幾個地痞流氓，並非是刺客。

林豎賢回家沒有乘轎，而是緩步行走，邊走邊看路邊的熱鬧，還在書店中買了一套新的狼毫筆和一塊墨硯，興致勃勃地捧著回家，可出門迎頭就撞上幾個流氓，爭吵兩句，這幾人便動了手，將林豎賢打傷。

傷及一條肋骨，額頭也流了血……

「不是吩咐侍衛隨護他？怎會被幾個地痞打傷？」林夕落張口便問，之前魏青岩可是派了人護衛他的……

魏海苦著臉道：「五奶奶，您知道這位先生的脾性，他不允侍衛跟隨，說像個犯人不自由，故而侍衛們只能在遠處跟著，發現出事上前時，他已經受傷了。」

軟胳膊軟腿兒的，一拳頭就折了肋骨，文人不中用啊！

魏海心中這般想，嘴上卻不敢說出來。

林夕落皺了眉，「如若真的遇刺，已經丟了命了！」

「那幾個地痞抓到了嗎？」魏青岩更為慎重，這件事並不簡單，打著無賴流氓的旗號讓林豎賢先歇一歇，否則這朝堂上的人快被他彈劾遍了，一人不剩。

魏海點頭，「之所以覺得是遇刺，便是這幾個流氓全死了。」

「死了？」林夕落也覺出不對，「怎麼死的？這事兒太詭異了！」

「被侍衛帶回去之後便死了，大人，您瞧這事兒該怎麼辦？」魏海有些棘手，如若事情單純，他也不必匆匆來找魏青岩了……

魏青岩沉思片刻，「先去看看林豎賢的傷吧。」

「我也去。」林夕落有此意，魏青岩也沒攔著，林夕落將冬裝裹好，便跟著魏青岩出了門。

林豎賢遇刺……林夕落只覺得剛聽這個消息時腦袋「嗡」的一下，並非是男女之情，而是聞聽親人遇害般的震驚。

魏青岩心不在焉，似是在思量此事，也或者是見到她如此急迫而有所不悅。

林夕落不想解釋，何必解釋？她的確是擔心林豎賢，但沒有曖昧，何必解釋？越解釋越混亂。她心中坦蕩，他應該也無此狹隘之心。

坐於車中，林夕落只聽著車軸轉動聲，路上冰雪未化，車輪偶爾滑上一下。

林夕落扶著車板，馬車搖晃得太狠，她有些頭暈，魏青岩見此，當即朝外大喊：「慢行！」

魏海收了馬鞭，不敢再趕馬。

林夕落心生暖意，帶著討好地將小手落在他的大手之上，目光緊緊地盯著他。

魏青岩終究嘆了一聲，將她摟入懷中。

林豎賢躺在床上，額頭上纏繞著紗布，身上也捆得像個粽子……

見林夕落與魏青岩同來，他驚愕後連忙低頭輕咳，「五奶奶還是回吧，如此不合適……」

「不合適什麼？都這副模樣了！」林夕落回駁讓林豎賢不知說何才好，只好看著魏青岩，「我

沒死，我無事。」
魏青岩沒有答話，目光在林豎賢的身上掃來掃去，走至林夕落的身邊道：「妳先轉過去。」
林夕落怔了一下，轉過身，魏青岩刷的撩開林豎賢的被。
林豎賢渾身好似下了熱鍋的蝦，臉瞬間漲紅，連忙扯過被來急道：「你這是作何？」
魏青岩對他酸腐的急惱毫不在意，「我都不介意夕落在，你怕什麼？渾身上下除卻傷處，連紋絲青紫都沒有，你當真是地痞流氓嗎？一拳而已，你的肋骨便折了，怎麼就如此巧合？這不過是怕你暴斃引起大騷動，不然拳捶胸口，只需一下，你的命就沒了！」
林豎賢聽得面紅耳赤，可心中也有驚愕，「的確，的確只是一拳，依你所言，難不成是有人故意的？」
「傷你之人已經斃命，而非處死，乃是自盡，你覺得呢？」魏青岩說完，林夕落才轉過身，仔細看著林豎賢的傷口，也覺得魏青岩所說甚是有理。
如若尋常流氓打架，磕碰推搡之間總有細微傷痕，可林豎賢的臉上除卻腦袋上纏了一圈紗布，沒有一點兒痕跡。
林豎賢也沉默了，「依照大人所言，看來是我得罪人了。不過待我傷好，這彈劾之事還要繼續做下去，直到他們忍無可忍，要了我的命。」
「迂腐！」林夕落撇嘴，林豎賢不知該怎麼回話，許久沒見到她，她卻胖了一圈，可性格還是如此犀利，這得生出個什麼樣的孩子來？
魏青岩讓人搬了椅子來，扶著林夕落過去坐，他則聽林豎賢又將此事從頭至尾細說了一遍，更是把彈劾荊山伯之後的一舉一動，包括所見到的人，哪怕是路上偶遇寒暄兩句的鄰居都一個不落地說清楚。

林豎賢雖頭腦眩暈，可魏青岩今日的話刺激了他的神經，腦中回想片刻，便一五一十都說了。

林夕落坐在一旁聽得累，如今不似以前那般有耐性，不知不覺間總是走神，或許是腹中的孩子聽煩了之乎者也，對林豎賢張口閉口的大義道德產生了反感？

腦中糊裡糊塗地想著，魏海已帶了軍中仵作來見魏青岩。

「回稟大人，這三個傷者卑職已經屍檢完畢，從自盡的方式來看，乃是舌根藏了毒，服毒而死，再從三人的根骨和手、臂、腿的形狀來看，三人都是習武之人，而其中一人應擅長拳腳功夫，手背骨節比常人寬粗結實，還有一人應慣於用刀，這是從其手掌的繭子看出。卑職僅是粗略判斷，如有偏差，還望大人莫怪。」

魏青岩聽後沒有意外的反應，林夕落見林豎賢臉上泛青，顯然本對魏青岩所言半信半疑，如今仵作的檢驗卻是讓他百分百確信了。

「辛苦了。」魏青岩擺手讓魏海帶仵作離去，而魏海送人出去後又回來，「大人，這幾個屍首如何處置？」

「如何處置？現在扔出去已晚了。」魏青岩神色更加淡定，「如今就看誰拿此事來做文章了。」

「做文章？難道還有人想落井下石不成？」林夕落急道：「這手段也太齷齪了！」

「手段不齷齪怎稱得上是惡人？等吧，看他們能鬧得多凶，妳這位先生也不能白白挨打……」魏青岩撫著林夕落的髮絲，「縱使他樂意白挨一頓打，我也不能容！」

林豎賢嘴角抽搐，他樂意白挨打？他又不是有病！

看著兩人親暱的模樣，林豎賢只覺得難以入目。來他一傷病光棍兒這裡親暱甜蜜，這比敲他一根肋骨更讓他難受，這是嚴重的內傷啊！

魏青岩與林夕落沒有待太久，林豎賢畢竟是重病傷者，需要休息。

林夕落留下了夏蘭和青葉在此侍奉，林豎賢不願，他一個男人留兩個丫鬟在身邊作甚？這……這成何體統？傳出去豈不是汙了他的名聲？

「不過是照料你而已，你想什麼呢？這是我的人，可不留你這裡一輩子。想找媳婦兒等傷好了自己找去，我才不管。」林夕落說完，林豎賢道：「身邊有吉祥即可。」

「你想累死他不成？也不瞧瞧吉祥的眼睛都黑成什麼模樣了！」林夕落埋怨兩句，林豎賢不敢還嘴。

當初林豎賢把吉祥從林天詡身邊帶走後便一直重用，如今吉祥在他的府中當大管事，可任何事都要他來管，他已經忙得腳不沾地了。

眼見林豎賢沒了說辭，林夕落當即作主，派人去將青葉和夏蘭叫來，事情就這麼定下。

魏青岩與林夕落離開林豎賢家，上了馬車，他便道：「妳派兩丫鬟給他，心裡舒坦嗎？」

「有什麼不舒坦的？」林夕落知道他話中何意，「他又不是我男人，你如若想要丫鬟是甭想了，我不同意。」

魏青岩輕揚嘴角，對她這刁蠻的說辭反倒感覺舒坦。

林夕落心裡嘆了氣，暗自腹誹：合著無論什麼男人都得哄著來……

馬車行至侯府門口，魏青岩陪著林夕落下車，此時有一快馬行來，卻是一個小皇衛。

「怎麼回事？」魏青岩見他焦急的模樣，心也懸了起來。

皇衛似與魏青岩熟稔，下馬便道：「陸公公讓我來告訴大人，有人在皇上面前說大人為林豎賢復仇，將幾個傷了他的無辜百姓給殺了，大人要小心了！」

為林豎賢復仇而殺害無辜百姓，一句話就將魏青岩的罪名定下。

霸道、跋扈，冷血，這種負面的訊息傳出去，魏青岩的刑剋名聲就更惡了。

如今麒麟樓開張，雖說是福陵王在外面逢迎應酬，可城內之人都知道此地是魏青岩的。

這消息傳出，對魏青岩本人也好，對麒麟樓也罷，都有一定的影響和打擊，這個黑手算計得實在狠辣……

魏青岩送走前來傳信的皇衛，林夕落則揪著一顆心。

「無事，我們先回。」魏青岩摟著她，林夕落不動，「別安慰我，不如告訴我你想怎麼辦？」

魏青岩搖了搖頭，「我還未想好，如若想好一定告訴妳，如今此事不是我能左右得了，要看高座上那一位如何想了。」

「無論那一位如何想，這消息傳出對你的影響已經產生。」林夕落將事情戳破，魏青岩倒是笑了，「瞞不了妳，懷著兒子還動如此多心思，不怕累？」

「不怕。」林夕落說完便牽著他的大手，「陪我回去吧。」

魏青岩點了頭，將林夕落送回，才出府與福陵王商議此事……

宮中，周青揚在議此事。

「魏青岩此舉，兒臣聽說後倒不覺得稀奇，他本就是嫉惡如仇之人，林豎賢是他夫人的娘家人，又是朝堂第一言官，他這麼做也無錯，只是行為過激，終歸是人命啊！」周青揚看著肅文帝，恭敬言道：「父皇，如今已是眾人皆知，如若對此事不聞不問，會否被眾官抱怨？還是要小懲為好。」

「人命？傷了朕的言官，死不足惜。」肅文帝之言讓周青揚一怔，隨即道：「父皇，魏青岩此舉雖沒有錯，可未向父皇請旨就擅自殺人，這……這將來豈不是更為霸道？麒麟樓一個小物件便值

百兩金、千兩銀，百姓已經怨聲載道，稱之搶錢一般了！何況他賭場、錢莊還在大肆經營，沒有收斂，林忠德又是他夫人的祖父，朝官之中無人敢上奏，可這等怨氣積攢過久，實在不妥！」

肅文帝看著他，「誰有怨氣？」

周青揚噎住，「朝官都有……」

「名字呈上，朕挨個問一問。」肅文帝這話說出，周青揚心中「咯噔」一下，不等他接話，肅文帝又道：「麒麟樓是朕允福陵王與他經手的，也是給你弟弟尋個營生，老百姓尋常恐怕連那條街都不走，能抱怨什麼？賭場與錢莊也是朕賞的，賭場不賭，錢莊不放印子錢，那還叫賭場、錢莊嗎？換作大周朝堂，難不成讓文官去沙場指揮兵馬，讓武將行文弄墨？言官不上奏為朕審查百官，那還要都察院做什麼？朕賜百官一至九品，為的就是讓他們幫朕辦事，可各個藏了怨氣不肯說出來，要他們作何？」

肅文帝說到此，有幾分氣盛，「官階品級與官職就是他們的責任和朕對他們的期望，做不成便來與朕抱怨，還不敢直接開口？青揚，你這耳根子太軟了！」

周青揚立即低頭，「兒臣……兒臣只是覺得魏青岩此舉有些過分罷了，而如今朝官對此事爭議頗大，父皇，西北行宮正在修繕，不如讓魏青岩去督管此事？離開此地一陣子，待此事爭議之風消下去再回來，不是正好？」

肅文帝沒有回答，而是道：「你親自去看一看那幾個人是怎麼死的，然後來給朕回話。」

周青揚沒得到確定的答案，卻也知道不能再說，只得應下告退。

肅文帝看著周青揚離去，與陸公公道：「派人告訴他了？」

「是。」陸公公回答：「大人去找福陵王商議去了。」

肅文帝應了一聲，便繼續埋頭看奏摺，不再對此提一個字……

魏青岩晚間歸來，林夕落已經用過晚飯準備睡下，見到他站在門口，便道：「還以為你不回來了，怎麼不進來？」

「涼氣太重，緩一緩。」魏青岩褪去外披風，搓著手。

林夕落微笑，面冷的人，居然還知道疼人……

魏青岩又道：「皇上指派了太子來查這幾人的死因，這些天估計要忙此事了。」

「太子？」林夕落聽到周青揚便撇嘴，「那還不是他想說什麼就是什麼了？」

「他想將我攆去西北，今天已經尋父親談過，父親說作不了我的主，估計他明日會尋我談此事。」魏青岩說到此，不由冷嘲：「這是嫌我礙事了。」

「他是怕福陵王上位吧？可福陵王連王妃都沒有，他怕什麼？」林夕落有些遲疑，「他是太子，也有子嗣，皇后也在，至於有這等擔憂？」

「空位子有何用？他既要那個位子，也要手握重權。」魏青岩待身上涼氣消去後才走進屋中，坐於她的身旁。林夕落感覺到他心中壓抑著的憤怒，雖然不知這憤怒是為何，可他眼中的銳意和殺意甚是濃重。

「青岩，你還有我……還有我們的孩子。」林夕落忽然說了句，連她自己都不知道怎麼會蹦出這樣的話。

魏青岩將她緊摟在懷，「放心，我可以將此事安排好。」

林夕落抓著他的大手放於自己的腹部，頭枕在他胸口，聽著那強而有力的心跳，覺得再說什麼都是多餘。

兩人相依偎片刻，魏青岩陪著她睡去。

待林夕落熟睡後，魏青岩又起了身，行到屋外，薛一已經在等他。

「查到了嗎？」魏青岩問道，薛一立即回答：「大理寺卿派人動的手，三人都是他手底下人找尋的，與他掛不上干係。」

「大理寺卿……」魏青岩咬牙，上次他就想整治此人，卻因為林夕落有喜暈倒而往後推遲，孰料此人非但不知好歹，還反咬一口？

「他以什麼方式說服三人賣命？」魏青岩沉吸口氣，又問道。

薛一答：「兒子、老娘的命。」

「家眷還在？」

「已經被拖了亂葬崗了。」薛一的答案讓魏青岩皺眉，人已死，這條線又斷了！

「我知道了，這些時日先不要動作，等候我的吩咐。」魏青岩說完，薛一再次消失。

陸之章◆朝堂檢屍現端倪

翌日清晨，魏青岩隻身前去麒麟樓，讓福陵王在下一次要請來黑銀子的名單上加了一個人名，便是大理寺卿鍾大人。

福陵王看到這個名字便是笑，「早就該動手了，仁慈害人啊！」

魏青岩對他的嘲諷沒回半句，而福陵王則是道：「日期也要提前？索性……現在本王就發帖子去？」

「後日就進行暗拍。」魏青岩道：「兩天，我也足夠準備彈劾他全家喪命的證據和奏摺了。」

福陵王抽搐嘴角，「林豎賢可還在床上躺著呢，少了這一張名嘴，你怎麼辦？」

「還有一個人更合適。」魏青岩道：「林忠德。」

「你要將事情鬧大？」福陵王心驚。

魏青岩如今因這事被潑上了汙水，謠言傳出，以訛傳訛，假的也已經成真的了。林豎賢就罷了，雖說受過林家人的恩賜，但終歸沒有太深的血緣關係，而林忠德就不同了，這位都察院左都御史的一句話，十個林豎賢也比不了。

林家人要牽扯進來，那這件事就會被捅破了窗紙，那可不是大理寺卿一人的命為此事畫上句號，而是要一家子的命。

而且此事牽扯出來，一眾官員都要跟著罷職，最重要的是，此事直指太子周青揚。

周青揚剛得皇命來查三人死因，魏青岩便這般挑起事端，就證明他對周青揚無視、不滿，徹徹底底抽了周青揚一巴掌，而且打得格外的疼。

魏青岩點頭，「就是要鬧大。」

「何必？帶著你的五奶奶去西北修行宮，豈不是好？」福陵王滿不在意，「即便你去西北，本王也不會獨占這份功勞，更不會懷疑你。」

魏青岩白了他一眼，「西北風沙大，夕落的身子弱，不適合在此時移居。」

「噗！」福陵王喝的一口茶噴了出來，「你想嗆死本王啊，你倒是尋個靠譜的理由！」

「我是認真的。」魏青岩一本正經，福陵王下巴都快掉下來，「服了你，瘋子！」

「不要一把瘋，豈不是更會變本加厲？想打不要臉的人，那就只有不要命了！」魏青岩說完便離開，福陵王坐在原位上看著那名單上添了的字，不由自嘲：「這年頭能奪權的人都是瘋子，本王瘋得還不夠啊！」

說罷，起身換好衣裝，醞釀一張笑燦的臉，進宮送名單……

第二日，久病請休的林忠德忽然上朝，不但人來，還搬來整整一箱子的帳本，手中捧著一本暨掌厚的奏摺。

「臣有本奏，彈劾大理寺卿鍾大人貪贓枉法、罔顧人命、收賄銀兩、好財好色……」

林忠德仰頭開始數念一條一條的罪狀，念至最後一條，已經一個半時辰過去，打開箱中帳冊，物證齊在。

而周青揚此時正與魏青岩在麒麟樓對坐相談，安撫道：「去西北吧，幾年之後，本宮為你求情，一定能保你回來……」

求情？魏青岩對他口中這兩個字感到可笑。

如若他點頭答應了，罪名也就認了吧？

「不去。」魏青岩態度不變，「夕落身體不適宜長途奔波，殿下好意，微臣心領了。」

「她可留在幽州城……」周青揚臉上笑容更濃，「本宮會照料好。」

魏青岩的目光中冰冷殺意乍現，讓周青揚即刻收回這句話，「不過你向來愛妻如己，本宮也是知道的，可這件事發生得實在不是時候，青岩，你魯莽了！」

「殿下可查出那三人的死因？」魏青岩轉了話題，周青揚則道：「還用說嗎？明擺著的事！」

「屍不毀，證據在，但凡是習武、懂武之人都能看出這幾個人手、腳、腿、背與眾不同。」

周青揚神色一緊，「還有這等說辭？」

「殿下不會是初次聽說吧？」魏青岩說完，周青揚點頭，「本宮只知道是你洩憤殺了三人，而三人的身分也是尋常街頭百姓，或許行為不檢點，可卻不是刺客，更不是圖謀不軌……」

魏青岩道：「那我是如何將這三人殺死？」

周青揚笑了，「就用你的刀。」

魏青岩斟酌之間，門外忽起慌亂，有侍衛來稟告：「大人，停放屍首的房屋著火了！」

周青揚攤手，意為不信你看？

魏青岩更為淡定，「那就即刻滅火，然後看看屍首是否還在。」

林夕落看著坐在對面的林芳懿，不知說何才好。

周青揚出宮見魏青岩，卻是把這個女人也給帶出來了。

林芳懿滿臉是笑，看得林夕落渾身起雞皮疙瘩。

「妹妹，妳見了我怎麼沒話可說？我在宮中可是很惦記著妳呢！」林芳懿看著她的腹部，「這是幾個月了？」

「離出生還早著呢，妳想我作甚？」林夕落看著她，「妳自己的肚子也要爭一口氣。」

「這事兒我也沒轍，如若不是跟林府有關，跟宣陽侯府有關，太子根本不會多瞧我一眼，婕妤，就是個奴才罷了。」林芳懿說這話時，臉上都是冷意，「不過說句心裡話，我嫉妒妳，我長得比妳漂亮，也會討好巴結人，可嫁得不如妳，過得也不如妳。」

「妳是太子殿下身邊的人，憑妳的手腕兒，將來榮升個妃嬪還不容易？」林夕落說完，林芳懿咯咯笑了起來，「妳太小瞧姊姊了。」

林夕落看著她，林芳懿卻不再說，「太子給我下了命令，讓我來勸妳，讓妹夫去西北。」

「做夢！」林夕落不留情面，林芳懿道：「我不過是說說，太子這般下令是他的事，但妳可要勸妹夫堅決不能去。」

林夕落又皺眉，「為何？」

「你們被太子殿下攆去西北，宣陽侯府不成氣候，太子殿下就不放在心上了，我還怎麼藉著你們的勢頭往上攀爬？婕妤之位我不滿足。」林芳懿這話一說，林夕落瞪她，抽搐著嘴角，「妳這份心思尋常人還真難懂。」

「妳自當不懂我。」林芳懿嘆口氣，「我自己懂自己就行了。」

林夕落與她無話可說，兩人冷冷淡淡敘談半晌，誰都沒有提林綺蘭，似乎這個人在她們的腦海裡已經不值一提。

此時，魏青岩與周青揚都在等候侍衛回報起火之事。

一人品茶，一人看書，等了好半晌，才有皇衛前來回稟。

周青揚的眉頭微蹙，待聽完皇衛的話，不由變了臉色。

「你將人帶去何處了？」周青揚咬牙切齒，「你太過分了！」

魏青岩面色沒有變化，可心中亦是驚愕，只口中仍道：「是否過分，便由皇上來評判吧。」

周青揚憤恨起身，轉身欲走，卻又停下腳步，回來指著魏青岩道：「本宮就不明白你如今在鬧什麼？就因為一個麒麟樓，你與本宮多年的情分就蕩然無存？本宮就看看你這顆腦袋有多珍貴，你的脖頸有多硬！」

周青揚撂下話便率皇衛回宮，林夕落也送走了林芳懿。

看著太子率人趕回宮中，林夕落小手搭在魏青岩的肩膀上，「屍首你給抬哪兒去了？」

魏青岩攤了手，「我也不知。」

「不是你做的？」林夕落吃驚，魏青岩搖頭，「我本有打算將屍首移走，可此人早我一步。」

「那怎麼辦？」

魏青岩嘆道：「聽天由命吧。」

朝堂之上，林忠德與大理寺卿辯駁得唾沫飛濺，卻誰都沒有注意角落中有個小太監匆匆趕來與陸公公回了話。

陸公公驚愕一下，立即到肅文帝身邊回稟。

肅文帝一直都如同看戲般的聽著兩人爭吵，待聽完陸公公回稟，便輕咳一聲，眾官立即住嘴。

「先別爭了，朕讓你們看幾樣新奇的東西，抬上來。」

肅文帝說完，皇衛從外抬進來三個白布裹緊的長條板子，眾官皆驚，這一看就是死屍，皇上這是要作何？

「你們挨個看看這些是什麼人？」

林忠德上前，被屍首臭氣熏了個跟頭，宣陽侯在一旁聽得心急火燎半晌，這會兒也沉不住氣，逕自上前探看，隨後道：「習武之人，中毒而死。」

「你們看呢？」肅文帝又指向其他人。

武官們上前看完，多數回稟之詞與仵作驗屍結果相似，甚至更為細緻。文官們則鄙夷搖頭，幾乎鮮少上前，更有頭暈嘔吐被抬下去的。

「這三人就是傷害都察院林暨賢的人，是流氓嗎？是地痞嗎？」肅文帝看著眾人，更看向大理寺卿，「朕初次知道幽州城內的流氓地痞都是習武之人，百姓的日子難過，朕心中也甚是難過！」

大理寺卿嚇了一跳，臉色刷白鐵青，「臣……臣有罪！」

「那就去反省一二，何時反省好了，何時再來見朕，退朝。」肅文帝宣布退朝，誰也不敢再多一句嘴。

林忠德看著大理寺卿，冷哼一聲，轉身離去，他要去找魏青岩問問，怎麼會出現這等狀況？

周青揚匆匆回宮便去見肅文帝，陸公公則道：「皇上等候殿下許久了。」

「等本宮？」周青揚有些心顫，「公公，不知何事？」

「請殿下驗屍。」陸公公這話說完，周青揚瞬間驚愣，呆滯原地，「魏青岩……他……」

「殿下，您不妨將目光放寬一些。」陸公公提點一句，讓周青揚更為驚詫，「是父皇！」

陸公公沒有反應，只側身引他進宮。周青揚深吸幾口氣，收斂了心情，入內面聖。

宣陽侯上朝歸來，將魏青岩叫到他的書房。

他的心情很複雜，父子倆對坐，誰都沒有說話，就這樣靜坐了近一個時辰，宣陽侯才開口將朝堂之事粗略概述，隨後看著他道：「你很厲害。」

「不是我厲害。」魏青岩的心也鬆了下來，「是太子越權。」

宣陽侯怔了一刻，眉頭蹙緊，「你的眼界比本侯寬。」

「各有所用罷了。」魏青岩這般回，宣陽侯又道：「你以後有什麼打算？還這樣獨自操行，連一聲招呼都不與我等打，不提商議二字？你小子現在厲害了，全家上下誰都管不得你，是不是哪一日瞧本侯礙了你的眼，你也一樣要把刀橫在本侯的脖頸上？」

魏青岩站起身，看著宣陽侯臉上複雜的表情，淡言道：「我只希望您能以我之榮耀為榮耀，而非以我之榮耀為恥辱。您是我的父親，我還姓這個魏字，侯府的破散不因為我一人，而是因父親的狹隘之心。」

宣陽侯怔住，魏青岩轉身離去，宣陽侯看著他的背影，心中苦笑，「難啊！」

林夕落正在招待林忠德，他直接趕來侯府是要見魏青岩的，可宣陽侯早歸一步，魏青岩被他叫去之後遲遲不回，林忠德打定主意今日不見魏青岩便不走。

林夕落只得陪著林忠德，可一個是祖父，一個是跋扈的孫女，兩人之間實在無共通話題。

林忠德此時也沒什麼與林夕落說的，他的心思都在皇上今日模稜兩可的態度上。

彈劾的證據俱全，只讓眾人看了三具屍體便讓大理寺卿閉門思過，這就完了嗎？與之前預想的差距太大，林忠德覺得顏面受損。可魏青岩遲遲不歸，讓他憋悶得難受，看著眼前的孫女，也只得先拿此人當發洩管道，便將今日朝堂上的事說了一遍，說完之後鬆一口氣，「夕落，妳是聰明人，祖父便考一考妳，妳覺得孫女婿會是什麼反應？有怎樣的安排？」

林夕落跟聽說書一樣，見他這般相問，甚是淡然，「還能有什麼反應？該幹什麼幹什麼吧！」

「那就這麼算了？」林忠德嘴角抽搐，心中極為失望，女人啊，再聰明的女人也是目光短淺，無大志野心。

林夕落看出他的不滿，又道：「那還能怎樣？陪著我豈不是更好？讓我安安穩穩地生個孩子，也為您生個外孫。」

林忠德長嘆，只後悔開口問她。

過了半晌，終於將魏青岩等了來，林忠德開口便道：「事兒你知道了？往後怎麼辦？」

「清閒度日，陪夕落養身子。」魏青岩這話一說，讓林忠德好似嗓子裡噎了個黏豆包，徹底說不出話來，還真讓這丫頭說中了……

入了寒冬，連續下了十幾天的大雪，積累多日，院子角落已堆起了一堵高高的雪牆。

這日是難得的晴天，林夕落心情極好，摸著微微隆起的肚子，時常會心地笑。

這模樣讓魏青岩放下心來，起碼她不再因為妊娠嘔吐不止，夜夜睡不安穩了。

前一陣子朝堂上林忠德彈劾大理寺卿鍾大人沒能成功，只被皇上下令閉門思過，而第二日，福陵王便送了帖子，邀請鍾大人參加麒麟樓的暗拍。

這次鍾大人不敢再以公務纏身拒絕，只得硬著頭皮前去。

可福陵王沒有再拿出擺件當幌子，而是厚厚一箱的摺子，一份摺子一罪證，想讓皇上消氣嗎？您拿銀子買吧！

不想花銀子也沒問題，外面馬車就在，搬上馬車送進宮……

鍾大人滿頭冒汗，福陵王會在這個時候頂風要銀子，顯然是皇上默許過的。

於是，福陵王這把大砍刀磨得光亮，狠狠地敲了鍾大人一筆。

林夕落好奇地追問他到底宰了多少銀子，福陵王初次在林夕落面前直了腰板，只回一句：「足夠讓他倒退回寒窗苦讀的日子。」

林夕落心驚了，不過驚後是喜笑，他能這麼狠的下刀，一是為魏青岩的事打擊報復，二來恐是再抽周青揚一巴掌。

朝堂之中但凡是長了腦袋的人，誰不知道鍾大人是太子麾下的人？

而周青揚得知此事絲毫反應都沒有，日子如尋常般平靜，轉眼就至臘月，快過年了。

林夕落挺著肚子，不停往嘴裡塞吃的。

自從妊娠反應消去，她胃口大開，無論是什麼菜，哪怕是碗清淡魚湯都能喝得津津有味兒。

魏青岩很高興，每當看到林夕落鼓著腮幫子往肚子裡嚥，他就露笑。魏海在一旁看得齜牙咧嘴，心中只納罕這世上沒有不可能發生的事，連閻王都能笑成彌勒佛了……

用過午飯，林夕落撫著鼓起的肚子，「有點兒太飽了，想出去走一走。」

魏青岩朝外看了一眼，她許久沒出院子，喬高升也說過不要每日都圈起來，反倒不利生產。

「我陪妳。」魏青岩走在她的身旁，摟著她的肩膀，如此她稍有不適便能扶得住。

冬荷取來厚厚的披風，秋翠遞上暖手爐，魏青岩一邊陪她在院中散步，林夕落一邊說著過年的事：「……想父親和母親了，也不知道天詡怎麼樣了，仲恆這幾天也該接回來了，雖不在侯府中居住，但過年總不能讓他一個人。」

「妳倒是夠操心的。」魏青岩這話遭了林夕落白眼，「每日也不讓想別的事情，自當要想身邊的人了。」

魏青岩輕笑，這一會兒，姜氏與魏青羽從院外進來，見到魏青岩與林夕落在外面站著，姜氏有些急了，「這麼冷的天，怎麼還在外站著？」

「出來透一口氣，下了十幾天的雪，好不容易有個晴天，多不容易！」林夕落的說辭姜氏可不信，「那也不行，快隨我進屋。」

姜氏說著，拽著林夕落就往屋中走。林夕落一臉苦笑，可也知道這位嫂子是真心對她好，只得嘟著小嘴，跟隨姜氏回了房間。

魏青羽沒有跟著，而與魏青岩在院中細談，可瞧他的模樣，好似所談之事沒那般輕鬆。

林夕落回頭見魏青岩蹙緊眉頭，有些擔心，姜氏見到便是勸：「如今妳什麼事都甭操心了，男

人的事讓男人忙去，妳還是安安穩穩地關心妳的肚子。」

林夕落撇嘴，「最近都快養成小豬了，瞧我這胳膊，胖了好幾圈。」

「胖才好，胖有福氣。」姜氏不管說什麼都是討吉利話，林夕落聽著只是笑，「這要過年了，又將三嫂找去幫忙了？」

侯府過年向來是大操辦的，今年是方太姨娘掌事，自然也不例外，可換個人，這事兒恐怕就不同尋常了……

姜氏卻是搖了搖頭，「還是針對銀子的事想讓我插手，但這個爛攤子如若接手的話，我豈不是成了背黑鍋的？便說妳三哥如今忙，孩子照看不過來，實在力不從心。」

提及銀子，林夕落想起薛一當初所說的，這還打算在外置產？

可薛一說要將此事告訴魏青山，想必如今魏青山也知道了，可怎麼一點兒音訊都沒有？

「四哥呢？最近在忙什麼？」林夕落問起他，姜氏則道：「幫著侯爺整軍，十天半月才歸來一次，更是累人的活兒，還不如妳三哥當個跟班跑腿兒的。」

原來是不在府中……不過依照魏青山的性格，想必也只能說上幾句不許動手腳，可這兩個女人背後的動作他也管不過來。

「如今看來是都不容易，倒是五爺最清閒了。」

林夕落想起魏青岩，這已經幾個月過去，他還真是很少離開她身邊，即便偶爾有事，也是晚間她休歇之後才出去，她醒的時候，他幾乎不離開她的視線範圍。

「過年了，侯爺有意讓侯夫人出院子，侯夫人與侯爺談條件，要他撤掉二爺與二嫂的禁令。」

姜氏說起此事，也滿是不悅，「如今侯爺還沒有定下，但妳三哥說侯爺已經動心，只是還沒找到下臺階的方式，但已經暗示過妳三哥，他在裝糊塗，今兒也是來與五弟商議該怎麼辦。」

要讓魏青煥與宋氏出來？林夕落都快忘了侯府還有這兩個人了……

不過侯夫人這性子也的確是奇葩，被侯爺解了禁令允她出院子還不行，還要講條件？

這女人豈不是傲上天了！

「他們要是出來，這府裡頭恐怕就更亂套了。」林夕落想著魏青煥跟宋氏，當初就往她的身上潑髒水，更是毀了魏仲良的名聲，偷雞不著蝕把米，不知道放出來後是否會安安穩穩地過日子？

林夕落想到此，忽然覺得她把人想得太過善良了。

讓食肉動物吃草，那也不過是嫌肉油膩調劑調劑，腹中有了虧空，豈不是逮誰都想咬兩口？

「整日裡扯著嫡庶的位分沒完沒了地計較，有何意思？」姜氏扯到「嫡庶」，想起了魏仲恆，「仲恆那個孩子快回來了吧？如今怎樣？」

「定期有人來向我回事兒，學得很好，倒是這塊料，不過也是被逼無奈，科舉不允、入仕不允，怎能不尋口飯吃？」林夕落說到魏仲恆，想起了魏仲良，「那位侯爺的嫡長孫怎麼沒了音訊？」

姜氏似也沒有關注魏仲良，只是道：「鮮少聽聞他的事，侯夫人雖然不出筱福居，可依舊在操心給他訂親的事。」

「訂親……不都已經訂了嗎？」林夕落探問，姜氏拍了拍她的小手，「之前不過是剛有個眉目罷了，這卻是要馬上訂了。」

林夕落吐了舌頭，她的確早已將此事忘至腦後，「侯夫人還真是有這股子韌勁兒。」

姜氏與林夕落說著魏仲良，魏仲良此時正在侯夫人這裡聽她訓話。

「你整日裡喝悶酒到底想喝到什麼時候？你父親過世，你不守孝，不盡嫡長子之責，出去花天酒地，你是丁憂期的孝子，出去還不讓人戳碎你的脊樑骨？你就不能爭一口氣，把世子位爭到手？

祖母也就能放心地閉眼了！」

侯夫人越說越惱，看著他一身酒氣就手掌發癢，恨不得給他兩巴掌，可終歸是孫子，她揚了半天的手，卻只得狠聲罵道：「你……你實在是氣死我了！」

「我不守孝？我再努力又有何用？祖父一心聽著五叔父的話，帶著三叔父出門，而他們也排擠我，根本不允我幫祖父辦事！世子位？狗屁吧！他們想爭就去爭，我搶不過！」魏仲良梗著脖子反駁，侯夫人道：「你個不爭氣的，祖母為你操了多少心，爭到現在你說不爭？說不搶？你才是侯爺的嫡長孫，才有承繼世子位的權力，他們一幫姨娘生的你都比不過，你到底是不是我孫子？」

「是不是我怎知道？難不成讓我跟魏青岩去拚？」魏仲良站起身，「不過是來尋您借點兒銀子，卻又被斥罵一頓！我走了，再也不來了！」

「你回來！」侯夫人大喊，魏仲良道：「我不回！」

侯夫人氣得頭腦眩暈，花嬤嬤連忙扶著她，侯夫人眼淚掉下，啞聲道：「我做了什麼孽啊，怎麼有這樣不孝的孫子啊……」

魏仲良走出筱福居，卻迷茫得不知該朝何處走去。

他能去哪裡？摸摸空囊的錢袋子，裡面已經只剩幾個銅錢兒，連一整塊銀元寶都沒有。

以前他是最不稀罕銅錢兒的，可如今呢？

魏仲良仰頭苦笑老天爺不公平，只得再去侯府的小院尋她母親。

魏仲良行進這個寡居的小院，卻遇上來此送銀子的小黑子。

小黑子每一季都來替魏仲恆送月例銀子給他的生母，而冬季臨近過年，魏仲恆不但給了月例銀子，更是添了一支他自己雕的桃木釵。雖然是最普通的木料，可這份心意卻是魏仲恆所獻。

小黑子笑著說魏仲恆過得多麼好，讓姨娘放心，可這幾句逢迎之詞卻點著了魏仲良的火。

「滾！」一句斥罵外加一個巴掌，小黑子驚嚇之餘，只覺得臉上一陣火辣的疼，便倒在地上。

魏仲良像瘋了一樣對他拳打腳踢，姨娘驚了，急忙阻攔：「少爺，少爺別打死了他……」

「妳也滾！關妳屁事，這兒是我母親的院子，妳個奴才憑什麼出來與本少爺說話？滾！」

姨娘被推搡一把，跌傷了腳，孫氏急忙從屋中出來，見到魏仲良這模樣，立即道：「住手！你給我住手！」

丫鬟婆子們攔不住魏仲良，孫氏只得親自上前去拽開他，魏仲良洩了一通憤，將小黑子打得倒地不起，「畜生，滾！」

小黑子已是頭腦發昏，被這一通突如其來的毒打，他哪裡承受得住？倒在地上，連想爬起逃跑的力氣都沒有。

姨娘立即吩咐人去請大夫來，而孫氏拽著魏仲良，聞了他身上的酒味兒道：「你又去喝酒了？你對得起你父親嗎？」

孫氏說著也開始委屈掉淚，小黑子來給姨娘送月銀，而自己這兒子呢？屢屢來找她要銀子，她是正室，縱使心有不悅，也不能與姨娘計較此事，可如今呢？魏仲良滿身酒氣，實在讓人心酸，想起過世的魏青石，她只恨不得跟著死了算了。

「您也罵我？我是您的兒子，您為了幾個奴才和畜生罵您兒子？」魏仲良忍受不住，他才是宣陽侯的嫡孫，魏仲恆那個小崽子就是奴才生的奴才，怎麼能比他過得還輕鬆？比他過得還愉快？

「你滾！你給我滾！」孫氏氣得渾身哆嗦，她怎會有這樣的兒子？

魏仲良冷哼一聲，「滾就滾！」

說罷，轉身就走，而此時大夫也已趕到，將小黑子抬走……

孫氏坐在地上仰頭長嚎：「這是什麼日子，什麼日子啊！」

方太姨娘聽著婆子們的回話，笑得甚是開心。

「這種事兒早晚都會發生，對大少爺倒是不必用心思了，侯夫人恐怕此時也無心與我們計較府事，孫子不爭氣，她爭得再多又有何用？」

方太姨娘將婆子們打發下去，看著齊氏道：「妳的那幾個孩子都要盯緊著培養，雖說如今銀錢不缺空，但不能嬌生慣養成像大少爺這樣的秧子出來，必須各個都拿得出手，有本事又有能力！」

齊氏點頭，「兒媳知道，一刻都不敢鬆懈。」自己的男人不爭氣，她的兒子必須有出息，這是齊氏的心思，但不能對方太姨娘說出。

撂下這件事，齊氏又道：「太姨娘，咱們如今的銀子可越來越供不上了，如此大的動作，會不會被侯爺知道？四爺在您這兒沒說什麼，可將我好一通臭罵，更是讓我將銀錢都還回去。」

「侯爺怎會知道？他連一兩與八錢銀子的重量都分不清。」方太姨娘話語中帶了點兒諷刺，齊氏道：「但老五肯定知道，林夕落那個女人可不好對付，如今她是有孕在身，就怕她生子之後會找麻煩。」

「他們到現在都沒有什麼反應，應該不會管，老五那個人雖然冷漠，但對老三和老四的情分還是足的，只要不對林夕落那女人打什麼算盤，他只會睜一眼閉一眼。」方太姨娘說完，齊氏立即道：「那如若與三爺有衝突呢？」

「那就說不準了，不過現在想不到老三的身上，還是想一想二房吧。」方太姨娘說到魏青煥與宋氏，齊氏心中一緊，這才是他們最大最強的對手了……

小黑子挨打的事，林夕落很快就知道了。

剛說起魏仲良，這會兒就出現他惹事的消息，林夕落吩咐秋翠：「跟著去看看他的傷是否嚴重？拿點兒好藥過去，別怕花銀子，也叮囑仲恆幾句，告訴他過幾天讓他回侯府，要過年了。」

秋翠點頭應下，立即去辦事。

姜氏連連感嘆，「仲良這個孩子真是過分，把大爺的顏面都給丟盡了！」

「都是侯夫人慣出來的，否則怎會這樣？瞧著吧，仲恆回來之後，她們還得跟我針對此事計較沒完。」林夕落說完，姜氏也是點頭，畢竟這次過年，侯夫人也會來。

魏青羽與魏青岩兄弟兩人相談完畢，得知魏仲良惹事的消息，魏青羽匆匆趕去派侍衛護衛他，也要去向侯爺稟告一聲。

雖然這事兒告訴侯爺好似挑撥離間，給大房身上潑汙水，但魏青羽問心無愧，他更怕的是魏仲良出事。

姜氏也跟著離開，魏青岩才回了屋中，見林夕落沒了剛剛的笑意，便安慰道：「無事，讓他們鬧去，妳不要跟著操心了。」

「我怎能不操心？這事兒還牽扯著仲恆呢！雖然他是大房的孩子，可這般相處許久，我與他也是有感情的。」林夕落這般說，魏青岩沒有反駁，「那就只想著教好他便罷，但前提也得看這孩子是否爭氣。」

林夕落道：「手藝已經練得不錯了。」

「不單是手藝，還要看骨子裡是否真能撐起一份家業。」魏青岩說完，轉了話題說起還未出世的寶寶。

林夕落笑意盈盈地摸著肚子，陡然想起喬高升來，「今兒沒見到喬太醫，他哪兒去了？」

魏青岩看著她的肚子，臉上笑容甚濃，「今兒妳十三叔與他的女兒交換庚帖，讓他先回去張羅

事了。」

「這倒好，喜上添喜，如今我最愛聽喜事。」說起林政辛，林夕落也想起了李泊言，「那哥哥的婚事怎麼辦？唐永烈那方還在留職查看？」

魏青岩點頭，「婚事也在籌備著，他如今一心撲在麒麟樓，也著實忙不過來了。」

「快些生寶寶，我休養休養也能去跟著沾喜，否則院門都出不了。」林夕落性子野，在這院子裡待了幾個月，已經有些厭煩了。

「等這幾天路上的雪清了，我帶妳出去走一走。」魏青岩說完，林夕落眼睛冒光，「真的？」

「麒麟樓的帳也該去看一看了。」魏青岩話中頗有深意，林夕落不懂，也不去想，如今她只盼孩子能安穩出生了……

兩人下晌歇息，林夕落午睡許久，剛醒來就聽到外間有人說話，怎麼聽這聲音好像林豎賢？叫了冬荷，林夕落問道：「五爺在招待誰？」

「是豎賢先生。」冬荷習慣性地跟著林夕落稱他為先生，而非林大人，這也並不是冬荷等人不懂規矩，而是林豎賢更願如此。

他覺得朝官的官品再高都不如教書先生的稱呼更受尊敬，故而林夕落身旁的人仍這般稱呼。

林夕落點了點頭，讓冬荷取了水來淨一把臉，換好衣裳便走了出去。

林豎賢正在與魏青岩說他身體休養好，準備上朝入職：「休養這麼久，也該活動活動筋骨了，那些個貪官汙吏見我許久不上朝，還不都趁機搜刮民脂民膏，絕對不能放過！」

林豎賢極是慎重，「既然給我留著這個官職，我就要盡職盡責，不能辜負了皇上的信任。」

魏青岩的臉色沒有變化，只言道：「身體更重。」

「我已無礙。」林豎賢甚是堅定，「我今日來只是想請大人幫忙參詳一下，我重新入職是否要

先請見皇上？我本無此意，可剛剛去林府與老太爺相商時，他如此建議。」
林豎賢臉上現出不忿，「我已經連明日上朝要上奏的摺子都準備好了，可老太爺卻讓我莫輕舉妄動，不知大人怎麼看？」能讓林豎賢虛心請教的，也就只有魏青岩了。
「岳父大人那裡你去過了嗎？」魏青岩沒有直接回答，林豎賢道：「去過了，表叔父讓我慎重考慮，畢竟前一次老太爺與大理寺卿之間的較量，林府不占風頭，他要我將目光放遠。」
魏青岩點了點頭，卻沒再開口，心中斟酌思忖著。
林豎賢也沒有催促，而是靜心等待，可等待歸等待，被圈了屋中養傷那麼久，憋悶極了。此時見屋中存放的書籍和擺件，起了興趣，便捂著腰肢，慢慢地起身，往書架之處行去，抽出一本書細細地看。本以為魏青岩的藏書都是兵書，孰料何類都有，文人典籍、兵家戰法、衣食住行，連醫科藥書、花草植卉都有，而這些書並非是擺設，瞧著那書頁的折損程度，明顯是被看過不止一遍。
文武全才，魏青岩當得起這個稱號！
林豎賢心中正琢磨著，而此時林夕落聽夠了他喋喋不休的話語，便出來道：「先生可都休養好了？」
林豎賢正捧著書本，陡然聽到問話，下意識看去，卻見一個圓臉大肚子的女人在盯著他看。
林豎賢嚇了一跳，驚駭之餘，手中的書掉了地上。
雖不是太大的動作，可林豎賢這模樣卻把林夕落氣著了，她摸著自己的臉，皺緊眉頭斥道：「我有這麼難看嗎？」
林豎賢連忙擺手，「不難看！不難看！」
林夕落更是氣得不得了，林豎賢看到她一臉怒意，當即傻了，翕了半天嘴，都沒能蹦出一句道

歉的話。他雖然嘴皮子利索，可那是對朝政之事，而非女人。

對於女人，林豎賢向來沒轍，雖說他遇上的女人不多，但自己這位學生他就搞不定了。

「我沒有別的意思，只是忽然見到……嚇一跳而已。」

林豎賢臉色難堪，林夕落扶著腰，而林豎賢因傷扶著腰，師生兩人扶腰對看片刻，林夕落才道：「看在先生殘疾的分上，便不尋您麻煩了，不過這孩子出生，無論是男丁還是女嬰，這先生還得您來當。」

「這……」林豎賢有意拒絕，林夕落叫他先生，那她的孩子如何稱呼？

可還沒等張口，就看到林夕落杏眼兒瞪圓，他只得搗蒜般點頭，「行！行！我答應！」

魏青岩看他呆若木雞的模樣，忍不住搖頭，林夕落露出笑意道：「先生可要多注意身子，如今這架著腰上朝去彈劾罪官，是不是有些不雅？」

「上朝自會將板子摘去。」林豎賢說完，林夕落搖頭道：「皇上讓眾臣在朝堂上站上兩三個時辰也不是沒有的事，先生可堅持得住？堅持不住再休半年，這可不合適了。」

林夕落說完，林豎賢沉默了……

林忠德所言是針對朝爭，而林政孝提醒是為他的仕途前程，林夕落說得更直白，他現在的身體狀況的確不適合上朝。

魏青岩靜思片刻，也已理清思路，便是道：「不鳴則已，一鳴驚人。不如趁休養的時間多參詳一些朝堂的動態，站在周邊看個清楚，才能揪住根源所在，而不是逮一個抓一個，也把你自己給繞了進去。」

魏青岩的話林豎賢入了心，點頭道：「謝大人提點。」

此事商議妥當，魏青岩與林豎賢針對朝堂中的文武官員及重點幾人細細詳說，林夕落則吩咐陳

嬤嬤準備飯菜，晚間林豎賢自當要留此用了飯才走。

正說著話，門外有侍衛前來回稟：「大人，齊獻王府送了帖子，是給您的。」

齊獻王？林夕落驚詫，魏青岩起身接過帖子打開來看，卻是齊獻王三日之後要過壽，而且上面還指名要魏青岩與林夕落參加。

林夕落覺得奇怪，「要我參加作甚？我這身子如今可不方便。」她的確想出去走一走，卻不想見齊獻王，每次見到他都沒什麼好事。

魏青岩掂量著帖子，問林豎賢道：「你怎麼看待此事？」他這般問也是有意考校。

林豎賢斟酌片刻道：「事出反常，齊獻王平日從不用帖子等物，邀眾人參席也不過派個侍衛來說句話罷了。」

魏青岩點了頭，「這人恐怕是另有打算了，我去。」

「我呢？」林夕落指著自己的小鼻子，魏青岩琢磨半晌，「帶妳同去，家中不見得就安生。」

林夕落沒有反駁，對於齊獻王這個人，她心中有陰影，幾次自己出事都少不了他在背後插手，誰知他是不是故意激魏青岩，讓他獨自前去，將自己置於家中？

雖說有薛一護衛，可她還是覺得在魏青岩的身邊更安全一些。

林豎賢是絕對不會去的，當初齊獻王追著他不放，幾次遇難都是魏青岩出手才攔截下。他如今雖是朝堂言官，更是皇上賞識之人，可誰知道這位王爺會不會再腦袋一熱，幹出點兒驚天地泣鬼神的事來。

事情談完，林豎賢用過晚飯便告退。

兩人洗漱過後在床上歇下，林夕落現在肚子滾圓，躺在床上就覺得自己像個大肚蟈蟈。魏青岩每日都同躺在一張床上，安撫她睡熟以後再離開。

「青岩，我怎麼總覺得會出什麼事呢？」林夕落心中不安，「倒不是因為齊獻王送了請帖，只是心中忽然不穩。」

魏青岩摸著她的小肚子，輕聲安撫道：「別擔心，明日我就派人去找喬高升，讓他三日後跟隨去齊獻王府赴宴，那日我也不離開妳的身邊。」

林夕落點頭，這種時候也就不必顧忌什麼規矩不規矩的了，安全才是最重要的……

「福陵王可是也得了消息？」林夕落問，魏青岩搖頭，「暫且不知，明日再議不遲，好生歇息吧，一切有我在。」

林夕落點了頭，「知道了。」說完攥著他的手，閉眼睡去。

魏青岩守著她，待聽到微微的鼾聲才輕輕起身。

行至門外，薛一應聲出現。

「齊獻王慶壽都請了何人？可有福陵王？」

薛一道：「福陵王沒有接到請柬，宮中的王爺、勛貴一人都沒有，而公侯伯府的夫人、世子也都沒有，唯獨大人一人，其餘都是朝堂官員。」

魏青岩皺了眉，「之前發生了何事？」

「十九回報說齊獻王被皇上召進宮中私談許久，出來後便發帖慶壽，具體原因未能知曉。」薛一回稟過後，魏青岩心中略微有數，「文官有幾位？」

「十位。」

「武官呢？」

「眾多，連參將都請了。」

魏青岩微微頷首，「我知道了，近期城內勿動，西北那方已經安排好人了嗎？」

薛一答道：「已經籌備完畢，只等大人下令。」

「很好，那就繼續等吧。」魏青岩說完，沉嘆一聲，薛一見此則心中初次湧起猜測的念頭：等？是要等五奶奶腹中孩兒降生嗎？

而宣陽侯得知齊獻王送請柬給魏青岩，便與他私談了一次，這次魏青岩沒有如以往那般針鋒相對，倒是和平結束，不過他依然沒有答應宣陽侯帶著魏仲良前去赴宴。

原因很簡單，他護著林夕落已經不易，別再帶去個麻煩。

對於魏青岩的這個說辭，宣陽侯也無力反駁，只得點頭答應。

二日過後，林夕落一早起身便洗漱更衣。

身子越來越寬，衣裳也是逐件地改，可今日要去齊獻王府赴宴，冬荷選了最好的料子，請錦繡莊的繡娘連夜趕製，林夕落穿上覺得甚是好看，可看了半晌臉又垮了下來……

冬荷連忙道：「奶奶怎麼了？衣裳不合身？」

林夕落搖頭，「合身，非常的合身。」

「不好看嗎？」冬荷上下看著，「可是嫌花色多？還是圖案不美？」

林夕落搖頭，「都不是。」

「那是怎麼了？」冬荷有些不知所措，林夕落鼓著腮幫子道：「這衣裳太好看了，可我如今這身材，肚子再大衣裳穿不了，生了孩子衣裳太肥，還是穿不了了……」

冬荷怔住，隨即忍不住笑，魏青岩在一旁守看片刻，聽她這般念叨，笑著道：「無妨，留著下次再懷孩子的時候穿。」

林夕落瞪眼，這個還沒生就想下次？她豈不成了母豬了？

秋翠帶好林夕落所需的一切物件，整整兩個大箱子，這倒不是林夕落挑剔，而是秋翠覺得什麼都有可能用得上……

一輛馬車乘不下，魏青岩吩咐再加一輛，喬高升也早早在此地等候，待林夕落上了馬車，他也跟隨而去。

一路行至齊獻王府，侍衛上前遞交了請柬，王府的下人立即來請，「魏大人與魏五奶奶不必下車，王妃特意下令，五奶奶的馬車可以直接進院子。」

秦素雲倒是細心……

魏青岩點頭，吩咐侍衛駕車進院。

林夕落下了馬車，就見到秦素雲在院中等她，這一相見，喜意甚濃，秦素雲快步上前拽著林夕落道：「還怕妳不能來呢，沒想到真的來了。早就讓人為妳準備妥當，魏大人不用擔心本妃怠慢了她。」

「不會，我就此陪同，哪兒也不去。」魏青岩這一說，秦素雲怔愣，隨即緩笑道：「這事兒本妃不介意，不過王爺挑不挑你的理，本妃可不敢擔保了。」

「王爺不會挑理的，頂多將我攆走。」魏青岩說得平淡：「今日情況特殊，多有得罪！」

秦素雲沒了辦法，只得笑著道：「那就請吧。」

眾人正準備要進屋，喬高升在後有些慌了，魏青岩不管不顧無妨，可他不行啊，他只是一位太醫，哪裡能如此逾矩？

喬高升正準備要追上前問話，秦素雲身邊的人卻道：「前方戲園子正在唱戲，喬太醫不妨前去聽戲，如若魏大人與魏五奶奶有事，自會再去相請。」

喬高升鬆了口氣，拱手道謝，跟隨前去。

魏青岩與林夕落剛進了秦素雲的屋中不久，就聽見外方傳來大嗓門的吵嚷聲：「魏青岩，你個兔崽子，本王的壽宴你不先來拜壽，只陪著你的女人不肯挪動半步，你還怕本王吃了她不成？」聲音先到，肚子再到，隨即才是齊獻王的那一張臉。

雖然罵街叫喊，可齊獻王卻心氣爽朗，一臉笑容。

秦素雲起身行禮，林夕落也扶著肚子起身上前拜見，「給王爺請安了。」

齊獻王看著魏青岩扶著她請安，再扶著她起身，這呵護備至的模樣，臉上肥肉不由抽搐，魏青岩這樣冷面冷血之人，居然還能做出這樣的事來？

魏青岩對林夕落寸步不離，不僅是讓齊獻王大吃一驚，秦素雲也豔羨不已。都說魏青岩是個刑剋冷血之人，可如今呢？他與林夕落伉儷情深，或許是對之前的夫人生子過世存有陰影，可即便如此，換作其他男人也是做不出這等事來。

反常之人總有反常的舉動，如今不就是？

魏青岩看著齊獻王，一本正經地道：「恭賀王爺高壽，願福如東海，壽比南山。」

「放屁！」齊獻王笑罵：「本王壯年得很，哪裡稱得上是高壽？還福如東海，壽比南山，你小子是咒本王早死吧？」

秦素雲無奈搖頭，生辰之日嘴邊掛著個「死」字，也不嫌忌諱？

而此時門外賀壽之人陸續前來，秦素雲出去應酬，林夕落想起了林綺蘭，怎麼沒瞧見她？這種場合林綺蘭不出現實在奇怪，不過此時人多，她不方便探問，也不好探問。

齊獻王沒有離去，而是有意與魏青岩私談。

魏青岩就是不動地方，在林夕落身旁一會兒遞果子，一會兒送暖飲，殷勤的模樣讓齊獻王雞皮疙瘩掉滿地。

「少在這裡裝，跟本王走！」齊獻王叫嚷，魏青岩卻道：「就在此地說。」

「你小子少胡鬧！」齊獻王翻臉，「這是娘們兒待的地方！」

「怕什麼？夕落身子不適，四處走動不妥，王爺莫怪。」魏青岩甚是認真，齊獻王驚了，「本王與你談事，你還要帶個娘們兒在身邊？魏青岩，你別太過分！」

「我的事夕落都知道，不必避諱，而且我對你這裡不放心。王爺願意談就談，不願談，那我就回了。」魏青岩說完，齊獻王更是吃驚地看著林夕落，她都知道？

林夕落在一旁悶聲不語，目光只在齊獻王與魏青岩之間來回。

有要事相商，齊獻王難得地妥協退讓，將這屋中所有人都打發出去，便拽過一把椅子，坐在魏青岩的對面。

「你真的打算這一年什麼事都不管？連宣陽侯手中的調軍之事你都不插手，你在玩什麼把戲？」齊獻王滿臉懷疑。

魏青岩似是早已知道他要問什麼，「調軍訓兵已經交由四哥，三哥則在幫著侯爺管文事，這豈不是都很好？」

「少在這兒糊弄本王，你當本王是個大傻子？你跟福陵王兩人的麒麟樓裡的貓膩兒可別當本王不知道！」齊獻王撇嘴，「父皇前幾日與本王相談，告誡本王不許在你這裡再動任何手腳，本王就納悶了，你小子是長了什麼腦袋，能讓父皇如此厚待你？」

「皇上宅心仁厚，厚待群臣已是慣例，王爺何必總盯著我一人？」魏青岩倒是初次沒有敷衍之詞，「朝中一品朝官大有人在，手握重權大有人在，你只盯著軍權，可如今我除卻侍衛，麾下一個兵將都沒有，你何必如此好奇？」

「就是好奇！」齊獻王拍著大腿，「本王也不瞞你，如今本王手中之權已經惹人不悅了！」

「王爺這話說得可沒人信，您向來是這城內無人敢惹、無人能敵的王爺，誰還能為您的事不悅？即便有不悅也都嚥了肚子裡不敢說。」林夕落聽了許久，忽然插嘴，齊獻王冷哼，「那是以前！」

「如今又有什麼區別呢？」林夕落微笑，「除非是您心裡頭蠢蠢欲動，想要的更多了。」

齊獻王瞪她一眼，「不許插嘴！魏青岩，你告訴本王，本王拽你這螞蚱上船，你肯不肯應！」

「不應。」魏青岩說完，齊獻王瞪眼，「本王比福陵王那臭小子差在哪兒？」

林夕落一口暖飲差點兒噴了，不是她多心，而是齊獻王本就是個好男風的，他再來這麼一句……林夕落撫著胸口，壓抑內心的邪惡思緒，而齊獻王自不知道她想歪，掃一眼林夕落又道：「這娘們兒，怎麼就能讓你瞧得上？」

林夕落回瞪一眼，「王爺，莫嫌說話難聽，您現在孤身一人，連後人都未有，爭來又有何用？都說人家開始不拿您這位豪橫王爺放入眼中，您也好，福陵王也好，兩位都得皇寵的王爺卻均無後人可承繼爵位王位，您不想一想這是為何？」

齊獻王本是厭煩女人插嘴，可聽她此言卻是皺了眉，低頭尋思片刻才道：「有孩子的都不得寵，唯獨本王與福陵王兩個無後的能耀武揚威……」

魏青岩神色緩和，接話道：「就算能活一百年，死了可能都沒人埋，還是想一想實際的吧！」

「少放屁，即便如此，本王也不信你是個省油的燈，背後指不定藏著什麼心眼兒不肯說！」齊獻王斥道，林夕落倒覺得齊獻王很精明，魏青岩與她如此說辭，他卻半點兒不信。

這個人的神經也太敏感了！

此事撂下，齊獻王提起了林豎賢：「那小子何時上朝？」

「怎麼？怕他將鍾大人弄死，王爺要求情嗎？」魏青岩提及大理寺卿，齊獻王樂了，「笑話，

本王早就與他分道揚鑣，踹出陣營，何況他如今窮得叮噹響，連宅院都賣了，本王要他作甚？」

林夕落驚愕地張大了嘴，宅院都賣了？這是福陵王下的手吧？

怪不得上次問他，福陵王說是一刀砍到寒窗苦讀，可見他還真沒有誇張……

「他暫時還需要休養，王爺不用打別的主意了。」魏青岩說到此，林夕落看向齊獻王，他惦念著林豎賢，不會還有別的心思吧？

齊獻王也不看她，只與魏青岩掰開了揉碎了細談：「你與本王都是林府的姑爺，即便提了刀出去橫砍殺敵，回來也不如言官一本摺子。魏青岩，本王今日與你所說，你要往心裡去。」

「我會考慮，不過等我生出個兒子再給答覆。」魏青岩這話直戳齊獻王的心坎兒，齊獻王瞪他兩眼便起了身，「別在這屋中悶著了，不如去聽一聽戲，今日本王請了碧波娘子。」

碧波娘子？林夕落想起上次林綺蘭相邀聽戲時的那一位纖纖動人的……娘子，只覺得今兒這番話都白說了。

魏青岩早已習慣，起身恭送齊獻王離去，而此時秦素雲從外進來，引見了幾位夫人與林夕落相識，可眾夫人見到魏青岩在此，也不過寒暄一二便告退離去。

誰敢在這位活閻王面前說三道四？那不是活膩歪了？

秦素雲也苦了臉，只得道：「還是去戲園子吧，否則本妃這屋中無人敢來了！」

話有調侃之味，林夕落賠罪道：「給王妃添麻煩了！」

「這話不用說，本妃更願清靜，再與妳好生敘談，但今日不同往日，不能讓人說本妃偏頗。」

秦素雲說罷，立即吩咐道：「去準備軟輦。」

王府的皇衛抬轎，林夕落坐上去，魏青岩隨行一旁。

雖說不是侯府侍衛，但魏青岩並不擔憂，如若皇衛抬個轎子都能摔傷滑倒，齊獻王的面子可就

毀了。他雖人品不佳，但還不至於在這等小事上下手。

行至王府的戲樓，林夕落沒有去樓上就座，而是在下方的席台前與魏青岩坐了一起。

秦素雲在一旁相陪，林夕落此時才看到林綺蘭，她正在招待女眷看戲喝茶，見到林夕落，特別是看到她寬腹肥裳的模樣，那咬牙切齒的聲音格外的響。

她與身邊的人笑著寒暄幾句，便起身到了此地，「給王妃請安了。」

林綺蘭先向秦素雲行了禮，才看著林夕落道：「妹妹今兒也來了？如今妳倒是成了幸人，眾人都圍著妳轉，連妹夫也不例外。」後一句直指魏青岩，魏青岩不理，林夕落則道：「倒是讓姊姊見笑了，五爺對我甚是體貼，含了口中怕化了，捧在手心兒怕掉了，姊姊，妳要不要也爭一口氣？」

林綺蘭的神色冰冷，低斥道：「這話妳也說得出口？」

「這話有何不能出口的？」林夕落翻個白眼兒，她極是厭煩林綺蘭，她每次見面都會嘮叨兩句噁心人的話。

林綺蘭還欲再說，秦素雲已道：「少說一句，今兒是王爺的壽宴，別惹王爺不高興。」

秦素雲開了口，林綺蘭只得將話收住，再看向遠處的齊獻王，王爺此時正在與人喝著悶酒，顯然情緒不高……

林綺蘭道了歉，又藉口去應酬夫人便先走了。

秦素雲無奈搖頭，安撫林夕落道：「她就是個酸脾氣，妳可不要動氣。」

「讓王妃笑話了，之前未出閣時，我與姊姊也時常鬥嘴，已經習慣了。」林夕落順口接話，秦素雲也不再多說。

戲臺上下一場是碧波娘子的「大登殿」，可鑼鼓開敲片刻，人卻還不出來。

林夕落納罕之餘，目光四處掃視，喬高升呢？喬高升怎麼沒了？

而此時，喬高升正在後臺拽著碧波娘子，眼中放光，念叨道：「娘子，碧波娘子，我是太醫院的醫正喬高升……」

齊獻王惱了，碧波娘子是他的人，居然被喬高升纏住不肯放手。

齊獻王的拳頭捏得極狠，喬高升嚇得呆若木雞，不知所措。

他的確是被碧波娘子吸引了，那一雙含情的眼眸，那小巧的瓊鼻和細膩的紅唇，好似九天仙子飄落凡間般勾人心魄。

那婀娜多姿的身材，換上戲裝的模樣格外動人，喬高升早已耳聞碧波娘子的名號，今日一見，他便被勾走了魂兒，鬼使神差地就去了戲臺後方，揪著碧波娘子的手不放。

耽擱了開戲的時間，王府的人前來探問，卻發現有人勾搭王爺的人，當即將喬高升給捆上帶了出去。

看到喬高升這模樣時，林夕落驚了，派人去問發生何事，待得知詳情，她差點兒噎死。

這什麼人啊？怎麼這時代的男人都有如此癖好？

魏青岩也一臉晦暗，上前與齊獻王說情，才把喬高升拽了回來，但卻欠了齊獻王一個人情。

這個人情可大了！

林夕落的眼睛快把喬高升給瞪死，喬高升不敢吭聲，只覺得那女人漂亮得不得了，誰想到會是齊獻王的女人？

不對，女人？

喬高升對齊獻王的嗜好也十分清楚，難道說……王爺的性子轉了？

「想什麼呢？喬太醫，您這嗜好也越發獨特了！」林夕落咬牙在他身旁輕聲訓斥，喬高升仍一副花癡模樣，「牡丹花下死，做鬼也風流……」

「那是牡丹花嗎？那是刺蝟！」林夕落看著他的眼神格外厭惡，「噁心！」

這句話可讓喬高升炸了毛，喜歡個人怎能說噁心？

魏青岩在一旁道：「喜歡什麼不好，學兔爺。」

「啊？兔子？」喬高升驚愕大嚷，那麼溫潤如玉、婀娜美豔的人居然……居然是個男人？

「給魏大人、魏五奶奶請安了。」

忽然有一人聲出現，魏青岩似早已見到此人，並未往那方看去。

林夕落轉頭，這不正是那位碧波娘子？

喬高升不知所措，目光一直在他的背後來回打量，心中不停地念道：這怎會是個男人？

「剛剛之事讓魏大人與五奶奶掛心了，碧波前來給兩位賠罪。」碧波娘子端了茶，「請魏大人饒過一次。」

魏青岩的眉蹙得很緊，沒有轉頭接茶，只看向側方的齊獻王，瞧他那副表情，顯然碧波娘子前來敬茶是齊獻王吩咐的。

魏青岩將茶杯接過，敷衍了事，碧波娘子轉而又敬茶給林夕落，林夕落接過道：「這事兒怨不得你，只是某些人心思不正，倒讓碧波娘子受了委屈。」

碧波娘子似沒想到林夕落會如此說辭，「五奶奶體恤碧波，碧波感激不盡。」

「我是個喜歡戲的，不如坐下陪我說一說戲？」林夕落故意將碧波娘子留在身邊，碧波娘子不知她此舉何意，可前來賠罪，若不順其意，豈不是惹了這位五奶奶不悅？

尋常人都說這位五奶奶的脾性最烈，何況如今還有著身子……

細細思忖，碧波娘子沒有離去，而是坐在了林夕落的身邊，陪著看戲、講戲。

齊獻王氣得七竅生煙，本尋思讓碧波娘子過去跟魏青岩道個歉，讓魏青岩不得不欠他一人情，

心裡頭還得憋屈著，卻沒想到碧波娘子過去，反倒是不回來了，那這戲誰來唱？

齊獻王惱了，戲班的班主也急上了房，可為了壽宴的戲不落場，只得急忙尋人頂上，鑼鼓開場，才算將此事暫時揭過。

林夕落在一旁與碧波娘子笑著說話，雖說這是一位倌兒，但林夕落對他並沒有歧視，從戲談至藝，再從藝談至林夕落最精通的雕刻，這位碧波娘子倒是都能回上一兩句。

林夕落對此人的評價提高，可她笑容中的意味越濃，越讓某些人不悅。

這其中並不單單是齊獻王一人，還包括魏青岩。

這可是他的女人……雖說林夕落拽著碧波娘子將齊獻王給氣冒了煙，可他也跟著咬牙，那張臉幾乎能凍死人。

好不容易臺上那齣戲快唱至結尾，後臺的班主硬著頭皮前來，點頭哈腰地先向魏青岩鞠躬，隨即到林夕落的身邊，「魏五奶奶，碧波下一齣戲該上場了，您看……」

林夕落側頭看班主一眼，「這是讓我閉嘴了？」

班主連忙道歉，可他能說什麼？背後都覺出一陣火辣的目光在他的脖子處晃悠，只覺得回頭的話會被魏大人的眼神嚇死。

碧波娘子起了身，向林夕落行了禮，「魏五奶奶抬愛，碧波感激不盡，如若魏五奶奶日後想起碧波，碧波定當如期赴約，只求博五奶奶一笑。」

「說得如此可憐，先去吧，你再不去，我就要被瞪死了。」林夕落掩著嘴笑，目光看的卻是魏青岩。她其實心中犯壞，故意想看魏青岩有什麼反應。

碧波娘子退下去扮妝，魏青岩輕咳一聲，頗有些坐不住椅子。

背後的喬高升哀嘆一句：「怎麼是男人？比女人還女人……我嚴重受傷了！」

臺上碧波娘子的戲開場，魏青岩便起了身，帶著林夕落欲告辭。

齊獻王此時也沒心情再與魏青岩糾纏不清，只說道：「你的話本王會想一想，本王的話你也要往心裡去，不過今兒這人情你欠下了，本王早晚找你還！」齊獻王目光如刀般盯著林夕落。

林夕落側身往魏青岩的身後躲，故作嚇的。

魏青岩自當知道林夕落是在裝委屈，攥著她的手甚是緊，今兒她不僅是氣到了齊獻王，連他也氣到了。

與其他人寒暄幾句，兩人便上了馬車。

喬高升渾渾噩噩地上了馬車，跟隨著回宣陽侯府。而另一輛馬車之上，魏青岩深沉的臉色終於有了氣，林夕落怎麼與他說話，他都不肯回答。

「還真生氣了？」林夕落撒嬌著道：「人家不過是為了氣齊獻王而已，小氣！」

魏青岩冷著臉，「哼！」

「他是一位戲子，你至於嗎？」林夕落嘀咕著，魏青岩立即回道：「戲子也是個男人，妳如若惜才也罷，改日我尋宮內的人將他淨了身，妳隨意與他交流。」

林夕落扶額，「那哥哥與先生你怎麼不介意？」

「我看著他們順眼，這個我看不順眼。」魏青岩又一聲冷哼，林夕落忍不住笑，噘著小嘴親他一口，「別生氣了！」

魏青岩琢磨片刻，「不夠。」

再親一口……

「不夠。」

再親一口。

「不夠。」

林夕落急了，起身坐了他的對面，捧著他的臉狠狠地吻下去……

馬車一顛，林夕落頓了一下，魏青岩急忙將她抱穩，林夕落的嘴卻不肯離開他的唇，魏青岩也不敢強行將她推開。

旖旎深情，兩人自林夕落有孕之後還從未這樣親密過，這個吻就像一把火，將魏青岩壓抑心底許久的激情燃燒起來，無法再壓抑下去……

胸前的柔軟貼上他火熱的胸膛，林夕落癱在他的懷裡，他的一雙大手撫著她的腰背。魏青岩終究怕傷了她，只悶哼一聲，抱著她輕輕放於一旁，逕自跳下馬車找冰雪降溫。

魏海正駕馬車，身旁忽然出現一個影子，嚇了一跳。

待看清是魏青岩時才鬆了口氣，「若非看清是大人，還以為是刺客出現，嚇了卑職一跳！大人，您怎麼出來了？」

魏青岩本就滿心抑鬱得不到發洩，不由斥道：「駕車這麼快作甚？」

「快？」魏海瞪眼，這已經快比走著慢了，還快？

魏青岩白他一眼不再開口，魏海有些憋屈，再聰明的男人遇上女人也容易變成白癡，大人也不例外……

回到宣陽侯府，還未等兩人下馬車，有侍衛追上兩人，上前回稟道：「五爺、五奶奶，大少爺前去麒麟樓鬧事，福陵王已經制止住，請五爺前去處理。」

魏仲良去鬧事？這不是給人添堵嗎？

林夕落有些急，「二少爺呢？與他可發生了爭執？」

「大少爺要動手，二少爺抵擋之餘將大少爺推搡摔倒，」侍衛停頓一下，「大少爺喝醉了。」

林夕落沉了口氣，又坐回馬車裡，「去麒麟樓。」

魏青岩有意讓她先回，可瞧林夕落的堅定之色，又將話語收回，「此事侯爺可知道？」

侍衛搖頭，「卑職剛趕去齊獻王府尋五爺，得知您與五奶奶歸府，便追趕回來，暫時無暇去通稟侯爺。」

「去吧，去將此事告訴他，」魏青岩站在門口，沒有跟著上馬車，「我就在這裡等。」

侍衛領命而去，未過多久，就見宣陽侯從府內氣沖沖地趕了出來，瞧見魏青岩在此等候，便氣嚷道：「不去攔著，在此等本侯作甚？笑話看夠了？」

「醉酒大鬧麒麟樓，您當這事兒只是看個笑話就完了？他是您的嫡長孫，丁憂之期還未過，您當這是兒戲？」魏青岩冷言一出，宣陽侯斥道：「畜生！這個畜生！」

魏仲良被李泊言盯住，魏仲恆淡然地坐在他的對面，沒有絲毫的怯懦和恐懼，與魏仲良印象中的他判若兩人。

「你、你打了我，我要你償命！」

魏仲良未完全醒酒，可他的心裡已經湧起不祥之感。

如若以往，這不過是趴在地上向他作揖道歉、跪地磕頭的小奴才，如今呢？

他要教訓他一頓，魏仲恆卻一把就將他推了個跟頭。

雖說酒醉腳步踉蹌，可那力氣卻是真實的。

魏仲良氣惱之餘，將周圍所有的物件都砸了個細碎，如今頭破流血就在此地不肯走。

魏仲恆也沒有逃，而是坐在此地陪著，兩人誰都不說一句話。

魏仲良終究沒能忍住，直接道：「你有什麼牛氣的資格？一個姨娘生的畜生而已！」

「我的確無資格，而且已被祖父告誡不允許參加科考、不允許出仕為官，不過是與五嬸娘學一點兒手藝罷了。」魏仲恆一個十歲的孩子平淡地說出這樣的話，那未褪去的稚嫩童聲讓魏仲良嚇了一跳。

不允參加科考？不允出仕為官？這些都是祖父下的令？他怎麼不知道？

魏仲良略有幾分清醒，那……那這樣一來，他跟魏仲恆較什麼勁？祖父還是疼他的，還是支持他當世子的！

不對！魏仲恆被魏青岩給帶了此地來，他就是要利用魏仲恆與自己爭奪世子位，只不過是這傻子不知道罷了！

「少在這裡放屁！你懂什麼？」魏仲良又斥罵：「你打了我，這件事沒這麼容易完！」

魏仲恆不再開口，只等著五叔父來，等著五嬸娘來，這些事不是他能做得了主的……

在麒麟樓這裡待了許久，魏仲恆覺得自己長大了。

他已經十歲了，開始喜歡靜靜地坐在屋子中盤養石料木料，也喜歡用雕刀刻出不同的圖案，好似在描繪人生，對於以前心中的苦悶，他不再有半絲痛感，只覺得那像是別人的事一般。

他吃得比以前好，住得比以前好，穿得更比以前好，這日子不是挺美的嗎？

何況這裡的所有人對待他都沒有疾言厲色、刻薄刁難，這並非是他的本事能夠得到別人的尊重，只因他就是一人畜無害的小子，沒有利益之爭，他喜歡這樣的生活……

魏仲恆想到此，嘴角露出笑意，可這笑好似一把刀，狠狠地扎在魏仲良的心裡。

「我跟你拚了！」魏仲良起身又要動手，此時門外響起一聲咆哮：「畜生，住手！」

魏仲良下意識停手，轉頭看去，正是宣陽侯的身影在門口出現。

「給祖父請安。」

魏仲恆率先恭敬地行禮，宣陽侯掃他一眼，又看向魏仲良，「你這小子瘋了？給我滾回去！」

「我怎麼瘋了？是他打了我！」魏仲良剛覺得宣陽侯是心向著他的，可張口便罵，這種反差讓他心中難以承受。

宣陽侯雙拳攥得緊緊的，魏青岩與林夕落也已趕到，看到此地碎了一地的玉石渣滓，林夕落心裡的火頓時起了。

「想滾？沒門！」

這女聲在後嚎起，宣陽侯也嚇了一跳，再看林夕落扶著肚子氣得滿臉通紅，宣陽侯捶手，心中只道：完了！

看到魏青岩與林夕落到場，魏仲恆的心裡踏實下來，「叔父！嬸娘！」

「仲恆，你說，這些物件是誰砸的？怎麼回事，你說清楚。」林夕落問道，魏仲恆答道：「侄兒今天跟隨大師傅出門去採料，路遇大哥，大哥罵了侄兒幾句，侄兒覺得不妥，便先回了此地，孰知大哥追趕而來，要打侄兒，侄兒擋了一下，大哥腳下一滑，摔倒在地，氣惱之餘，便將此地物件全都砸碎。」

魏仲恆說完，補了一句道：「侄兒所言句句屬實，如有虛假，天打雷劈。」

宣陽侯看魏仲恆的模樣，心中湧起一股厭煩，他這模樣怎麼與魏青岩幼時一樣？還真是跟什麼人，學什麼人！

魏仲良聽魏仲恆這話火了，叫嚷道：「我打你又怎樣？打你你還敢還手？砸了此地的東西又怎樣？老子樂意砸！」

宣陽侯揪著魏仲良的衣領，「你給本侯閉嘴！」

魏仲良嚇得眼睛差點兒瞪出來，宣陽侯將他推至身後，交給齊呈，與魏青岩道：「人本侯帶回

去，免得節外生枝。」

「砸了這裡就算了？這裡的物件是我的，這張臉也是我的，沒這麼容易！」

林夕落不依不饒，讓宣陽侯甚是詫異。

剛剛在侯府門口她不是沒聽見如若魏仲良這事被外人知道，對宣陽侯府會造成多大的影響，怎麼這時候開始犯毛病？

「你的女人，你管好！」宣陽侯指向魏青岩，魏青岩道：「事兒可以暫時押下，但這砸碎的東西要賠，您要知道，這不是我一個人的。」

宣陽侯緊盯著魏青岩，對他這句話並無氣惱，而是在探尋其中深意。

「好，本侯給！」宣陽侯破天荒地讓步，林夕落冷笑，「銀子就算了？那明日我砸了宣陽侯府，是不是也給點兒銀子就罷了？父親，這兩個孩子可都是您的孫子，您別讓孩子寒了心。」

「妳個臭女人，妳想害死我？」魏仲良忍不住在後叫罵，意欲上前狠推林夕落一把，可手沒等碰到林夕落，魏青岩已經上前一把揪住他，當即抽了好一通嘴巴。

「放手，你想打死他！」宣陽侯的話根本阻攔不住魏青岩。

他以前的逆鱗乃是刑剋，如今的逆鱗便是林夕落，誰敢碰觸林夕落，他就要置誰於死地。

「丁憂之期吃酒，該打！醉酒大鬧麒麟樓，該打！口辱長輩，該打！我看不順眼，該打！」

魏青岩打一巴掌念一句，當最後一巴掌抽完，魏仲良已經癱軟在地，昏倒不醒。

林夕落被魏仲良剛那一下嚇到，此時見魏青岩擋在身前，她不由拍著胸口舒氣。

如今的身子笨重，她想躲開那一下都覺得腳步沉重……

宣陽侯看得心驚，齊呈立即上前查看，「侯爺，傷不重，是醉酒暈過去了。」

魏青岩擦乾淨手，「他，沒有資格承繼世子位。」

「你說什麼？」宣陽侯吃驚，魏青岩初次怒吼：「聽不清？那我就再說一遍，他沒有資格！」

「你要在此事上做手腳？」宣陽侯氣悶於胸，卻不知該如何是好。

魏青岩可曾說過對世子位無心，如今這句話說出，豈不是明擺著告訴他，他要插手？

「他不配！」魏青岩說罷，護著林夕落道：「去休歇片刻，我將此地收拾妥當後再去尋妳。」

林夕落點了點頭，「仲恆，隨嬸娘來。」

魏仲恆應下，跟著林夕落離開正堂。

宣陽侯讓齊呈先將魏仲良帶走，他則要在此地與魏青岩好生地談一談了。

林夕落帶著魏仲恆去一旁的房間，魏仲恆為她端來暖飲，鋪好毯子，而後坐在一旁，恭恭敬敬地等候林夕落的教誨。

這番動作讓林夕落心酸，十歲孩童長了一顆二十歲的心，這其中的苦誰知道？

「仲恆，你對今日之事有何看法？」林夕落問著：「不必擔憂，與嬸娘沒什麼不能說的。」

魏仲恆未沉多久，便道：「沒什麼想法，只覺得他無理取鬧。」

林夕落笑了，「你長大了。」之前的他只會想自身之錯，哪裡能想到是魏仲良無理取鬧？

時間能夠改變人，她有一陣子沒見到魏仲恆，真覺得他較前些時日不一樣了。

「都是嬸娘教誨，這些時日，幾位師傅也都帶侄兒上街參加一些廟會、集會，原本侄兒不懂此舉何意，而後大師傅說，一切的靈感不是在腦海中臆想，而是搜尋於民間，我們是在雕刻人生百態，而非是神佛石像。」魏仲恆說到此，心情愉悅，「侄兒只覺得心境豁然開朗，之前嬸娘也這般說，但那時侄兒懵懂無知，如今在外行走一段時日，才有微微的體會。」

林夕落的笑意更濃，如此看來，將魏仲恆送至麒麟樓讓他與眾位雕匠師傅學習的確無錯。

雖說魏仲恆在侯府之中活得艱難，但侯府的牢籠將人養成不諳世事的呆傻之人，好比魏仲良，

他有如今這番作為，僅僅是怪他自己嗎？

不是，而是侯府中人塑造了他，所以他也是一個可憐的人。

不僅僅是主子們這樣，連侯府的下人行走在街上都與尋常百姓不同，這就是差距，牢籠架起的差距。魏仲恆之前身上也有那份與世隔絕的氣息，如今看來，他已經在改變，變得能尋找到自我，找到他真正想要的生活。

林夕落極是欣慰，但她並沒有因此就覺得魏仲恆已經成熟，他才十歲，往後的路還很長。

「仲恆，嬸娘再問一個問題，你要如實回答，不要有任何的顧慮。」

魏仲恆點頭，「嬸娘請問，侄兒絕不遮掩。」

「你可有心爭世子位？」林夕落這話問出，魏仲恆吃驚，本有心即刻回答「沒有」二字，可不知為何，話至嘴邊又開始猶豫了……

魏仲恆在沉思猶豫，林夕落的心反而放鬆下來。

隨意脫口而出的答案可分兩種，一種是信念堅定，但魏仲恆年僅十歲，這種答案隨著時間的延展或許會發生改變。而另一種是深思熟慮，或許能提出許多猶豫的心結，但起碼他對這個問題認真想過，心中有一定的沉澱，將來再遇此事，便不會頭腦發熱，莽撞行事。

林夕落沒有催促，魏仲恆尋思片刻，答道：「嬸娘，侄兒沒想過這件事情，不過之前也曾經被警告過不允許想，所以我從來沒有想過，如今只覺得學雕藝甚好，過得挺高興的，如果要爭的話，豈不是會像哥哥一樣……瘋癲？」

魏仲恆說到此，搖了搖頭，「我不想過他那樣的日子。」

林夕落嘆了口氣，安慰道：「既然如此，那就踏踏實實用心在這裡學習，過兩日，我會派人接你回侯府。」

「回去作甚？」魏仲恆驚愕，「侄兒不想回去。」

「要過年了。」

魏仲恆嘆了口氣，「侄兒聽從嬸娘安排便是。」

「放心吧，回去也依舊住在郁林閣，不會攆你去別的院子。」林夕落說完，魏仲恆臉上才輕鬆了些，而此時，宣陽侯與魏青岩在談魏仲良的事，還未等談完，門外有人前來回稟：「侯爺，宮裡頭有皇衛前來。」

宣陽侯驚住，看向魏青岩，他的眉頭也擰成結，率先邁步出去，宣陽侯也急促地跟隨出門。

前來此地的人是皇上身邊的陸公公。

宣陽侯立即上前，「陸公公，您怎麼來了？」

陸公公苦笑，先是向他與魏青岩行了禮，隨即才道：「皇上剛得知麒麟樓出事，派咱家前來看一看，不知事情處置得如何？」

宣陽侯心驚膽顫，立即道：「不過是本侯的兩個孫兒因小事爭吵，讓皇上擔心了。」

宣陽侯有意搪塞，可他心裡已如驚濤駭浪。

他與魏青岩出門才多久？這事已經傳到皇上的耳邊，而且還派了陸公公來。

這說明什麼？說明皇上對麒麟樓的看重，還是說明皇上對他很不滿？

宣陽侯知道皇上遲遲不肯答應魏仲良承繼世子位就因為魏青岩，可他能怪魏青岩嗎？他怪罪不得，也只能怪自己的孫兒不爭氣，可今日的禍闖得大，魏仲良的世子位，這輩子也甭想了。

陸公公看出宣陽侯臉上的擔憂，卻是笑道：「侯爺，咱家多一句嘴，此地如今您還是少摻和得好，魏大人的才能旁人攀比不得，孩童玩鬧便罷了，在外還是要懂得規禮，要懂得『孝』字，讓您接二連三地跟著操心，皇上放心不下您的身體。呵呵，既然無事，咱家就先回了，皇上那方還在等

候咱家回稟，皇上可一直都惦記著侯爺，您要多多保重。」

「臣謝皇上恩典！」宣陽侯說出此句時已渾身顫抖。

陸公公見目的達到，拱手上了馬，魏青岩親自前去送走，宣陽侯則在原地哀嘆。

「少摻和」、「懂孝字」、「惦記著」，這三句是何意？宣陽侯心中再明白不過，不但是不滿，還讓他弄明白魏仲良想要承繼世子位是天方夜譚，皇上這是對他已到了不能容忍的底限了。

一個孝字都不懂的人，憑什麼承繼爵位？

沒有這個資格……而他如若執意堅持，皇上不會再手下留情了。

魏青岩送走陸公公轉身歸來便要進屋，宣陽侯便道：「你聽到這個消息豈不是很高興？」

「高興什麼？你當一個破侯爵的世子位那麼招人稀罕？白給我都不要！」

魏青岩扔下一句便進了樓閣之中，宣陽侯怔住，臉色從白至紫，從紫至青，他橫了一輩子，如今老了卻搞不定自己的兒子，他這個侯爺，當得實在窩囊！

林夕落聽魏青岩說起陸公公來了，驚愕不已，連忙問道：「可是說了什麼？」

魏青岩沒有即刻回答，魏仲恆在，他不能將話說得太明，只看向魏仲恆道：「可是受傷了？」

魏仲恆沒想到魏青岩會主動問他，立即道：「沒有，沒有傷到。」

「下次與人爭執要打要害，而不是因躲避逃竄才無意將對手推倒在地，懂嗎？」魏青岩這話讓魏仲恆驚呆，想說那是他哥哥，可不知為何，話到嘴邊卻說不出來。

魏青岩見他惶恐不安，反問道：「你沒有還手，他感激你嗎？」

魏仲恆搖頭，「沒有，反而變本加厲。」

「那就打服他，然後再跟他講你的道理。」魏青岩的氣勢甚冈，魏仲恆不敢拒絕地連忙點頭，

「侄兒知道了！」

「行了，去歇息一下吧。」魏青岩說完，魏仲恆逃竄似的離開。

林夕落有幾分埋怨，「他才十歲，你別嚇到他！」

「嚇到總比嚇死好！」魏青岩閉目長嘆，躺在椅背上沉思。

林夕落看出他心中煩躁，或許因為陸公公到此說了什麼事，但她沒有細問，而是在一旁靜靜地陪著。過了約兩刻鐘的功夫，魏青岩才緩過神來，見林夕落拄著臉看著自己，他舒心一笑，抓著她的小手道：「累了吧？」

「不累。」林夕落反手抓著他，「你歇好了？」

「想一些事而已。」魏青岩看著她道：「皇上借陸公公的嘴傳話，讓侯爺不要插手此地之事，而且已經暗駁了魏仲良承承世子位的事。」

「你覺得如此不妥？」林夕落見他神色凝重，不明白他對此事如何想，這難道不是他期望的？

魏青岩搖頭，「並非不妥，而是不合時機，這是讓我與侯爺劃清界限。」

「怎能看出？」林夕落追問，她更迷糊了……

「告誡侯爺他對麒麟樓的重視，而且還是在魏仲良與魏仲恆鬧事之時前來，這可是把大哥的兩個孩子全給駁了，這些事全憑感覺，不直接用嘴說，侯爺已聽明白，可他會如何看待這件事？只會更加恨我，而且隔閡更深。」魏青岩冷笑，「如此也好……」

「那你想怎麼辦？」林夕落越發糊塗，她怎麼覺得越茫然了？

「什麼事都不辦，等妳安全產子之後再做打算。」

林夕落沒有再繼續追問，而是靠在他的懷裡依偎片刻。

聽著他胸口的心跳聲，能感受他心中的迷惑和焦慮，可是她怎麼覺得這件事沒那麼簡單？難道

有什麼是她不知道的嗎？

歇息過後，待侍衛將此地清理乾淨，魏青岩才帶著林夕落回宣陽侯府。

福陵王今兒沒露面，林夕落倒奇怪他不在此地，魏青岩冷道：「他是怕我翻臉。」

「為何？」

「你覺得皇上為何那麼快知道魏仲良與魏仲恆在此地爭吵打架？」魏青岩問出，林夕落驚愕道：「你說是福陵王告的狀？」

「除了他還能是誰！」魏青岩咬緊牙根兒，「早晚與他算帳！」

林夕落說不出半句話來，福陵王這般做應該是想給宣陽侯增添些許壓力，讓他承認魏青岩的才能和地位，一個世子位能將魏青岩給安撫在侯府，豈不是好事？

可宣陽侯不想，魏青岩也不想，福陵王這是亂點鴛鴦譜，把魏青岩給惹火了。

這個仇魏青岩要記著，林夕落自不會阻攔，兩人上了馬車離開，待馬車行駛出許遠之後，福陵王才從外露了臉出來。

「走了？」福陵王看著一旁的李泊言，李泊言今兒是做了一整天的打雜活兒，連話都沒顧得上與魏青岩與林夕落多說兩句。

李泊言點了頭，「走了，若非是妹妹身體不能太過勞累，想必魏大人會在此地等著王爺。」

福陵王略有心虛，「本王這也是在幫他。」

「大人恐怕不會這般認為。」李泊言攤了手，「對於如今的他來說，可謂是火上澆油。」

福陵王扇捶手心，「你不懂，他現在需要的是助力，顧慮太多，怎能做得成大事？」

李泊言沒有回話，對於他認知的魏青岩來說，他或許會往這個方向走，但前提是他自己有這籌謀，若是誰在背後踹一腳，他不但會反踹回來，還要與之對槓到底。

不過對福陵王，李泊言不敢這般肯定，因為福陵王是王爺，也是魏青岩現在的夥伴。

魏青岩回到宣陽侯府，林夕落先去歇息，這一天折騰得渾身疲勞不已，先是齊獻王過壽，隨即麒麟樓出事，精神上放鬆下來，人也跟著疲憊。

林夕落洗漱過後，倒在床上便熟睡過去……

而此時的宣陽侯府之內，侯夫人得知魏仲良鬧出的荒唐事，險些氣昏過去。

「這個孩子怎會如此不省心，這可怎麼辦是好？不行，我不能再這樣等著，仲良不能得這個位子，我也不能讓魏青岩那個畜生得到，告訴方太姨娘，我要找她好生地談一談！」

這一日已經是臘月初八。

尋常百姓都從這一日開始算作正式的過年，出門在外，街道宅門兩側早已掛上了紅彤彤的燈籠，小販們走街串巷，叫賣年貨，吆喝聲都透著股子喜慶的氣息。

林夕落自那一日跟著魏青岩去了一次麒麟樓之外，再也沒有出門過。

如今已懷胎六個月，妊娠反應雖不再強烈，可肚子卻比常人的大，平時在屋中走一走都嫌累，只得走一會兒歇一會兒，累了就讓魏青岩將她抱到屋中，極是麻煩。

林夕落無奈地拄著臉，坐在挨著窗戶的椅子上，摸著肚子裡的小寶貝兒，心裡念叨著：快出來吧，娘快熬不住了！

魏青岩不在家，從前日開始就被皇上召進宮中，也不說是什麼事，就讓他在身邊守著。

一位是皇上，一位是臣子，魏青岩縱使心中焦慮也不敢開口請休，只得每日早出晚歸，卻又惦記著林夕落，便特意去找了姜氏，請她每日都在此照料一二。

姜氏自然不會拒絕，每天早早就來，連她院子裡回事的管事婆子們也都到這裡來回差事。

這一早，魏青岩走了許久，姜氏還沒來，林夕落略有點兒納悶，「三奶奶還沒到呢？」

「三奶奶忙著幫小主子們弄過年的新衣裳呢！」冬荷在一旁說著，拿了一套新料子，「這料子新鮮得很，您過年也要賞小主子們物件，用這一匹可好？」

林夕落看了看，點頭道：「就選這個吧，可告訴仲恆回來時帶一些把玩的小物件了？春菱還追著我要呢！」

「說了，仲恆少爺要小年兒才回來。」冬荷提及小年，林夕落無奈地嘆氣。

當初告訴魏仲恆他要回家過年，本打算今兒就讓他回，可魏仲恆死擰不願，只說小年再回，要在那裡給幾位兄弟雕出好看的年禮，林夕落何嘗不知他是什麼心思？

一來，因為與魏仲良打了那一架，他仍然有怨；二來，他被送出去這麼久，總要展示一點兒成績才好，否則心裡哪能過得去這個坎兒？

他終究是大房出身的孩子，嫡庶出身，還被告誡不許科考、不許入仕，比之三房、四房的孩子還不如。這個年代，會背兩句《論語》、《中庸》都能被讚為好孩子，但如若是手藝來看，他不雕出個花團錦簇來就是不務正業，可誰看不出哪一個更難？

林夕落懂魏仲恆的心，故而她沒有堅持，而是允他小年再回，更是送了他不少上好的料子，讓他做雕物送給兄弟姊妹。

魏仲恆嘴上不說，可笑得嘴都咧疼了，感激涕零得就差當即掉淚。

林夕落跟著冬荷選了過年送孩子們的年禮，而這時門外有人來稟：「五奶奶，太僕寺少卿大人與夫人到了！」

林夕落高興得差點兒蹦起來，「父親、母親來了？快請！」

林政孝與胡氏也有月餘沒來看她，一來是公事忙，二來是林忠德幾次身體不好，連喬高升都被

拽過去幫忙，林政孝與胡氏也時常回去探望，林家鬧成了一鍋粥。

胡氏一進院子就看到林夕落站在門口，忙小步地跑著上前，「妳可別出來！」

「沒事兒的，娘，我好想妳！」林夕落上前攙著胡氏進屋，林政孝跟在後方進門，見到林夕落也甚是高興。

「天詡呢？」林夕落問著林天詡，胡氏則道：「不能讓他來，沒輕沒重的！」

胡氏極是高興，目光一直盯著林夕落的肚子，林夕落苦笑，「娘，這沒懷孩子之前您盯著我肚子，如今還盯著，您就不能看看我的臉？」

胡氏道：「妳是娘的閨女了，這小鼻子小嘴都在娘心裡頭記掛著呢，娘要看看大外孫！」

「您就知道是外孫？」林夕落翻白眼，這時代的人都重男輕女，胡氏也不例外。

「自當是外孫，瞧妳這肚子尖尖的，喬太醫可說了男胎還是女胎？」胡氏問起喬高升，林夕落搖頭，「他不說，說是五爺吩咐的。」

胡氏撇嘴，「他不說娘也知道是外孫！」

林夕落哭笑不得，看著林政孝道：「爹，祖父的身子怎樣了？」

林忠德可是林家的根，如若他真出意外，林家不但要沒落，而且還要亂了。

提及林忠德，林政孝的臉上也現出無奈，可這等事說給林夕落聽又有何用？

「還是照料好妳自己的身體，其餘的事有父親在。」

「好歹讓我心裡有個譜，也能與青岩商量！」林夕落不依，林政孝仍然猶豫，胡氏忍不了他的悶氣，開口道：「還能怎麼樣？老太爺如今臥床養病，妳大伯父與大伯母已經開始談分家了，他是嫡長子，有意讓老太爺現在就選林家未來的家主，妳三伯父不願意，說老太爺能長命百歲，不同意現在就分家，妳六伯父則斥大房沒資格，因為妳大伯母的那個兒子還在床上半死不活的，這就鬧開

花了！」

「三伯父與六伯父應該是一個唱紅臉，一個唱白臉，不過大伯父這時候就開始鬧分家，也實在是真夠不要這張臉的！」林夕落罵著，看向林政孝，「爹，別跟著他們摻和。」

「妳父親自當是不想攙和，可這一個個的都強拉硬拽，恨不得將妳父親劈成兩半，可不回去看老太爺，心裡頭也惦記著，進了林府的門，這盆水卻又開始潑下，讓人打心眼兒裡發怵！」胡氏一通抱怨，林政孝則道：「夕落，好生養妳的身子，這些事由父親解決，姑爺如今也身不由己，過了年就好。」林政孝提及魏青岩，林夕落道：「放心吧，我無事的。」

林政孝心安地點了點頭，胡氏則開始揪著林夕落說起如何調養，冬荷與秋翠在一旁用心地記，還把喬高升給叫來好一通探問林夕落的身子。

喬高升只是點頭，更是說林夕落身子他心中有數，除此之外，沒幾句正經的話可說。

胡氏有些不悅，林政孝則拽著喬高升出去談老爺子身體的事。

「這喬太醫怎麼有點兒不務正業似的，他靠得住嗎？」

胡氏如今是何人何事都擔心，之前或許還沒有這種感覺，林夕落的肚子越大，她的警覺性就越高，一來是林夕落曾經差點兒離她而去，二來是魏青岩的前夫人就曾經於生產時過世，她這心裡頭犯嘀咕。

林夕落知道胡氏擔憂什麼，「沒事兒，他就是被人給下了迷魂藥了。」

自從上一次見過碧波娘子，喬高升就整天魂不守舍，整日嘴裡都嘀咕著為何他是男人？不過對於探脈診病，他還能專心，故而魏青岩沒管他，林夕落也隨著他整日裡犯癔症。

「迷魂藥？」胡氏不知此事，「那怎麼辦？瞧上什麼人了？讓姑爺找來不就是了，這整日裡顛三倒四的，可別耽擱了妳的身體。」

「找來？」林夕落嘴角抽搐，這人怎麼找？不單是齊獻王爺的人，而且還是一個比女人還妖媚的男子……

「娘，這種事五爺與我心中有數，您就不必擔心了。」林夕落無法開口，只得搪塞過去。胡氏也沒有追究，只讓林夕落多多注意便不再提。

林政孝與喬高升談完林忠德的病症之後，心裡也算有了底，又與林夕落囑咐半晌，夫婦兩人便離去了。

林夕落看著喬高升那模樣也有些牙疼，一個瘦弱的半老中年，整日裡為碧波娘子這樣的人丟了魂兒似的，喬錦娘怎麼辦？喬錦娘的娘怎麼辦？好歹他也將是林政辛的丈人爹啊！

「喬太醫。」林夕落喚了一聲，喬高升驚乍地反應過來，「五奶奶何事？」

「要不然，我們請碧波娘子的戲班子來演一場戲怎麼樣？過年了，圖個樂呵。」林夕落陰陽怪氣，喬高升大喜，「好！好！好！」

「可惜不知道碧波娘子是否有空。」

「五奶奶相邀她一定到！碧波娘子的身段、羞目，連一轉身都那麼含情脈脈……」喬高升越說越動情，只差口水流下來了。

「少在這裡做夢了，就是請來他唱戲也要把你攆走！快把我祖父的病情告訴我，否則我跟你沒完！」林夕落怒嚎，嚇得喬高升頭髮幾欲立起來，這才反應過來林夕落是故意刺他。

「五奶奶，這事兒沒法說啊！」喬高升一臉苦澀，美好的夢被打碎，心裡頭沒了念想，一時間無法轉過神來，連說著林忠德病情時臉上都掛著那思盼的猥瑣表情。

林夕落翻了白眼，兩人還未等再繼續說下去，姜氏從外匆匆趕來，林夕落本要問今日怎麼遲了，可還未等她開口，姜氏已道：「侯夫人露面了，二爺與二嫂也被解了禁令了！」

姜氏這話一說，倒是讓林夕落沉默了。

臨近過年，宣陽侯早有意讓侯夫人出面，可如今連魏青煥與宋氏也被解了禁令，她雖不意外，但也不舒坦。

魏仲良出事被責，大房沒了承繼世子位的機會，二房要出頭？

這恐怕不單是侯夫人之意，宣陽侯也如此想吧？

林夕落讓姜氏坐下說：「這事兒早已吹過風兒了，三嫂何必這樣著急？」

「自當著急，妳知道侯夫人露面第一件事是做什麼？」姜氏也沒耐心等林夕落猜想，便道：「先與侯爺、方太姨娘吃了一桌團圓飯，而後將宋氏禁錮在身邊兒，更與方太姨娘說了，府事依舊交由太姨娘經管，她要好生地調養身子，更囑咐了宋氏也不允插手，完全還交給四房來做。」

林夕落有些驚訝，「這是唱得哪一齣？侯夫人居然有如此寬廣的心胸，還以為她一露面，方太姨娘就要倒楣了！」

「說得是啊，否則我也不會這麼急匆匆地來找妳了。」姜氏頓了下，又道：「我雖然還未與妳三哥商量，可我覺得侯夫人與方太姨娘要合起手來對付三爺和五弟了！」

林夕落撇嘴道：「合起手來？也得看她們手指頭夠不夠數。」

魏青煥可是被魏青岩掰斷了兩根手指頭……

姜氏怔了半晌，一時沒想明白林夕落話中的意思，林夕落便舉起自己的小手，彎掉兩根兒，姜氏見此，忍不住苦笑，「妳這腦子，居然能想到這個！」

林夕落吐了舌頭，姜氏又道：「其實也沒什麼可怕的，我們壓根兒就沒惦記過在侯府中得什麼位子，妳三哥是個實心人，凡事不爭搶，她們縱使聯手又能如何？」

林夕落感慨，「這宅門裡頭，您想井水不犯河水，可人家瞧您過得舒坦了就不樂意，哪裡還管

您不爭不搶？」

姜氏無言嘆氣，「五弟這些時日開始忙了，妳自個兒要當心點兒。」

「他回來我會與他說這件事，咱們只當尋常日子過就是了。」林夕落摸著隆起的肚子，暗自腹誹：誰要這時候對她動心思，她就跟誰玩命！

姜氏陪著林夕落用過晚飯才離開後側院，林夕落洗漱過後躺在床上，冬荷在外間守夜，薛一坐在對面守衛。

林夕落如今也習慣了薛一的存在，就好似這屋中的一張桌椅、一個杯子，如同物品般的存在，你不追著問話，他連喘氣的聲響都不會發出分毫動靜兒。

「薛一，你知道五爺最近在忙什麼？皇上讓他進宮是為何事？」林夕落躺著睡不著，索性找薛一解悶兒。

半晌，薛一才回答：「忙召集人馬，皇上為何事找五爺，我不知道。」

「那侯爺有什麼打算，你知道嗎？侯夫人與方太姨娘最近都在籌備什麼？」林夕落一堆問題提出，薛一則答：「我不知道。」

「最近沒去聽牆根兒？」

薛一翻了白眼，「五爺吩咐，白天黑夜不允離開此地半步。」

「那你睡覺怎麼辦？」林夕落問完，卻沒聽到薛一的答案。

林夕落也不再追問，迷迷糊糊睡去，卻能感覺到魏青岩回來時的聲響。睜開眼看著他坐在對面的床上看著自己，林夕落道：「回來了？」

魏青岩點頭，「把妳吵醒了？」

「沒有，你回來我睡得更踏實。」林夕落將床前的燈調亮，魏青岩在暖爐的地方暖手，隨後才

到她的身邊哄著她繼續睡。

林夕落這會兒來了精神，便將侯夫人與二房的事說出：「……今兒三嫂來告訴我的，而且侯夫人還明確表態，侯府的事依舊由方太姨娘管，她不插手。」

魏青岩沒有絲毫的意外，「她倒是學聰明了。」

「你已經知道了？」

「不知道，不過並不意外。」魏青岩看著林夕落，「別擔心，年前皇上吩咐的事情忙完，我就回來陪著妳。」他的臉上浮現些許焦慮之色，林夕落沒有追問，顯然事情棘手，否則他也不會離開自己身邊。

「我無事，你放心。」林夕落拽著他的大手放在臉旁，睏倦之意襲來，未過多久便閉目睡去。

魏青岩將她安頓好，便出門去見薛一，直接問：「侯爺有什麼打算？」

薛一即刻回答：「扶持二爺。」

「那三爺這方怎麼處置？」魏青岩問起魏青羽，他與魏青羽之間的兄弟情分最深，他不容魏青羽在這件事上吃虧。

「侯爺未定。」薛一答完，魏青岩臉上浮出冷漠之意……

嫡出就是比庶出的孩子多幾分優勢，魏青羽在宣陽侯身後當馬弁一樣地使喚著，魏青山也離家訓兵累成爛泥一樣地拚著，卻不如少了手指頭的魏青煥，老頭子這心思到底怎麼想的？

薛一見魏青岩的臉色甚是難看，便說起林夕落的提問：「今日五奶奶問起侯夫人與太姨娘的打算，我只說不知道。」

「兩個老婆娘，不值一提！」魏青岩咬牙切齒，薛一沒有再說話。

「再堅持四個月，待夕落順利產子滿月過後，你便可以離開侯府了。」魏青岩看向薛一，「如

若你想去西北，那就去西北，或者你有什麼其他的打算，都可以趁這四個月好生地想一想，到時候我們再議。」

「此地挺好，熱鬧。」薛一的回答倒讓魏青岩多看他幾眼，兩人沒有再多說什麼，薛一也自動消失在他面前。

魏青岩看著他的背影，有些奇怪，難道說性子古怪的人有更古怪的癖好？

柒之章 ◆ 姨娘貪財作嫌隙

薄雲在月亮前來回飄蕩，月光忽明忽暗，讓蒼穹夜幕更多了幾分誘人的魅力……

魏青岩在天還未亮時就出了門，林夕落醒來時已是日頭高升，臨近巳時中刻了。

洗漱過後，用了早飯，喬高升前來為她例行探脈。

今日喬高升沒有如以往那般迷離丟魂兒，倒是衣冠規整，甚是有精神。

「這是有什麼好事兒？不會是要去聽碧波娘子的戲吧？」林夕落上下打量著，喬高升怔後苦笑，「五奶奶又用此話損老夫，今日要到林府拜見林老太爺，順便訂下結親的日子，還要在五奶奶這裡先請個假。」

「你要去林府？」林夕落吃驚，按說換了庚帖後，還有一系列的流程要走，怎麼今兒就要訂結親的日子了？

喬高升有些難言，可看林夕落擔心的模樣，只得道：「林老太爺的身子還需要休養，十三爺有意為老太爺沖喜……」

這話極是含蓄，林夕落長吸了口氣，「這就要不行了？」

「還不至於，都待天命，但林老太爺福星高照……」喬高升不肯把話說死，萬一今兒剛說完，明兒就閉眼，五奶奶還不跟他玩命？

林夕落白了他一眼，斟酌片刻便吩咐冬荷道：「去取些滋補的藥品讓喬太醫帶去，好歹是我一點兒心意吧。如今我身子不妥，你們遇上事也都不告訴我了。」

林夕落嘴上嘮叨埋怨，也知道眾人是為她好，喬高升也不說什麼，冬荷取來物件他就接過，隨即就要即刻往林府趕去，可還未等走出門，就又被林夕落叫住，「五奶奶還有何吩咐？」

「再幫我送一封信。」林夕落由冬荷扶著到書桌旁，親自提筆草書一封，封好交給喬高升。

喬高升揣在懷中，便欲出門，可還沒等舉步，又被林夕落叫住。

「五奶奶，您還有什麼吩咐？」

喬高升一臉苦澀，看著一旁計時的沙漏都快過了時辰了……

林夕落又道：「記得再給老太爺探一探脈，回來要將病情告訴我，不許隱瞞。」

「知道了……」

「還有！」

「還有什麼？」

「沒了，你走吧！」林夕落嘆口氣，說再多又有何用？都不如她親自去看一眼。

喬高升這條腿邁了多次退了多次，終於能踏踏實實跨出去，連忙跑得無影無蹤。

林夕落撇著嘴，心中憂慮老太爺的身子。

一個老人就這樣病倒，怎麼像在做夢呢？

不過林政辛都已經想出要沖喜的土辦法了，看來這件事不會有假。

林夕落摸了摸自己圓滾滾的臉，苦笑……

林夕落坐在窗邊感慨，聽見門外有了聲響。

秋翠出門前去問是何人，若是尋常下人，都是不允許湊近這屋門前的，可這次卻是例外，丫鬟隨著秋翠匆匆進門，跪了地上回稟道：「給五奶奶請安了，侯夫人讓奴婢來看一看五奶奶，問您何時有時間，何時午睡休歇，她老人家要來看您。」

侯夫人要來？林夕落眉頭蹙緊，這老婆子又想什麼損主意了？剛在侯府中露臉就不好生待著，她這心思動得可夠早的了……

林夕落半晌都沒有點頭或搖頭拒絕侯夫人的探訪。

她不想見，可人已經到了門口；她要是見了，看到侯夫人，她怕更煩躁動氣。

她摸著隆起的腹部，沉思許久，小丫鬟跪在地上不敢起身。

冬荷上前扶她，「先起來吧，冬日裡地寒……」

「奴婢不敢起身，奴婢等五奶奶的回話。」

小丫鬟滿臉怯意，瞧著她那期盼林夕落點頭的神情，彷彿她的命運握在林夕落手中一般。

林夕落的眉頭擰結更深，看她道：「我如若不回話，妳是要在這裡跪一輩子了？」

「奴婢不敢，奴婢只是個傳話的，侯夫人讓奴婢做什麼奴婢就只能做什麼，不敢有逾越。」小丫鬟這話說得雖含蓄，可明擺著林夕落不點頭她就跪地不起。

這像是侯夫人的吩咐，拿個丫鬟來噁心她？軟刀子逼她點頭見面？

侯夫人知曉她向來厚待下人……

「起來吧，去請侯夫人進來。冬荷，上茶。」林夕落平淡地吩咐，冬荷應下，秋翠則跟著小丫鬟出門去迎侯夫人。

林夕落坐在原位上沒動彈，看著侯夫人從外進門，那蒼顏上的皺紋好像用刀刻上去的疤痕般的猙獰，笑容起來甚是讓人發怵。

林夕落坐在那裡看著她，侯夫人進門後微笑言道：「許久未見，今日前來探望。」

「給母親請安了。」林夕落坐著用手比劃了一下，「媳婦兒如今身子重，不能起身行禮，您不要怪罪。」

侯夫人點了點頭，「此事不會怪罪妳，我只是來看妳，不是來吵架的。」

冬荷送上茶，花嬤嬤看著林夕落的模樣，笑意更真切幾分，「五奶奶這才六個月的身孕，肚子好似快生了般，定是個吉祥如意的主子！」

「也不知為何這麼重，如今不敢多吃了，怕生產困難。」林夕落倒不是敷衍，她現在是真的不

敢再吃，肚子大得撐得有些疼了。

花嬤嬤安撫道：「五奶奶吉人自有天相，老天爺會庇佑您的。」

林夕落笑著答謝，侯夫人則抿了一口茶，輕言道：「妳也是個幸運兒，懷了身孕連皇上都大肆獎賞，如若誕下一子，妳的功勞無人可比，老五也算熬出頭了。」侯夫人頓了下，苦笑道：「老五文武全才，這小子如若出世，應該也能承繼其父親的作為……」

侯夫人話中含義甚深，林夕落雖一時想不明白她目的為何，可下意識搪塞還是能瞬間出口。

「是否能誕下兒子還不知道，我倒是更喜歡女兒。」

林夕落摸著肚子，不願繼續侯夫人剛剛的話題。

花嬤嬤看了侯夫人一眼，她深邃的目光已經快將林夕落的腹部刺透……

「五奶奶定能如願，兒女雙全。」花嬤嬤陡然插嘴，侯夫人才反應過來，將剛剛那副面容收斂起來，「妳還年輕，定能如願。」

林夕落點頭道：「母親雖然休養得當，可也要注意冬日天寒，不要著涼。」

「也就是來探望妳一次罷了，其餘之地是不會再去的了，若非千舜侯夫人病重，今兒我也不會出來。先探完了妳，再去探她。」侯夫人說到此，又道：「她也是個苦命的，一生只有一兒一女，女兒嫁給了向州知府，兒子承繼世子之位，可他的兒子是位才略過人的雄才之人，雖世子位得以繼任，但卻不能再任軍部要職，否則千舜侯的其他幾位兒子的官職都要有所變動。」

「一家之中不能兄弟都是朝堂重臣，否則權勢過重，早晚有一日會遭殺身之禍，之前被全家抄斬的梁靖伯不就是個例子？所以她只得讓兒子退讓一分，誰讓他是世子？」

「得爵位之人不能再握強權，咱們侯爺雖然是例外，可他的後一輩不能再這樣下去了，否則這一個家早晚都要拆散，千舜侯夫人要強了一輩子，她的兒子得了爵位卻要混吃等死一輩子，她才抑

鬱重病，始終不能釋懷。」

侯夫人喋喋不休地說了這一通，隨即嘆了口氣道：「妳是個要強的女人，我這番話妳自當能明白。如同我一樣，傲氣了一輩子，爭了一輩子，如今呢？」

侯夫人苦笑，「說多了，實在是說多了……」

林夕落心中翻了個白眼，可嘴上卻笑道：「母親還是應該多注意身體，旁人府中這等窩火的事能少摻和就少摻和，否則您心裡也添累贅，多尋快樂少尋煩惱為好。」

「說得也是，如今我已想明白了，連家事都交給了方太姨娘全權管著，只求子孫多福了。」侯夫人說到此，又端起茶杯抿了一口，「妳好生歇著，我過幾日再來看妳。」

「母親慢走。」林夕落由冬荷、秋翠扶著起身向前走兩步，花嬤嬤則攙扶著侯夫人出門。

她的這個攙扶並非是以往顯示的高貴，而是侯夫人的確有步履蹣跚之態……

看著侯夫人上轎離去，林夕落的臉色沉了下來，秋翠在一旁道：「奶奶，這番話奴婢怎麼聽不懂？跑到這裡來說那千舜侯夫人多慘作甚？這也是入了年的，說這喪氣事豈不是給您添堵嗎？」

冬荷在一旁沒說話，林夕落看著她道：「不是來添堵的，是來示弱的。」

「示弱？」秋翠不明，林夕落道：「雄才大略之人得了世子位便不能再握重權，這指的是誰？是咱們五爺！她是讓咱們五爺別去爭搶那世子位，不然便是屈才憋悶，即便像侯爺一樣得了爵位，我肚子裡如果是個男丁，將來也要為承繼爵位犯愁，她就是這個意思。」

「喪氣，這話是糊弄奶奶的！」秋翠說完，冬荷卻搖頭，「侯夫人這話並沒有錯。」

「啊？」秋翠瞪眼吃驚，林夕落也點頭，「的確如此，她不過是想讓五爺不要去爭搶世子位罷了，讓給個混吃等死的……」

秋翠撇了嘴，「奶奶，您打算讓出來嗎？」

「這是五爺的事，與我無關。」林夕落拿起一旁的蘋果，狠狠咬了一口，「如今我只顧著肚子裡的，這孩子與我才是一條命！」

林夕落有話沒有明白地說出來。

魏青岩無心爭世子位她是知道的，而侯夫人話語之中也有一句，那便是千舜侯世子要為兄弟們讓位，宣陽侯府呢？魏青煥如若得了世子位會為誰讓位？

為魏青羽還是魏青山？他與魏青岩刻骨仇恨，能讓著他便是見鬼了！

矇騙傻子不成？林夕落將這話藏於心底沒有說出口，因為她的孩子不出世，這一切都是空談，何必現在糾結個沒完沒了？

花嬤嬤隨著侯夫人出侯府去探望千舜侯夫人歸來，侯夫人躺在床上喘著粗氣，見花嬤嬤獨自在那裡收攏衣箱，便是道：「妳覺得今兒那個丫頭會否信了我的話？」

花嬤嬤一怔，答道：「老奴也不知道，不過五奶奶如今不太管事，三奶奶每日都陪著她，照料著她。」

「這番話可是給老三媳婦兒傳過去了？」侯夫人再問，花嬤嬤點頭，「已經傳過去了。」

「那就聽天由命了，仲良那個孩子……真是讓我失望啊！」侯夫人想起魏仲良，滿心失落，如若不是為了他，她何必與侯爺針鋒相對如此之久？甚至被他禁令在這個院子裡不能出去。

如今要為二兒子爭世子位，她的心裡也著實不願，她想老大魏青石，孰料老天爺就是不能順著她，她這是什麼命？

花嬤嬤不再插嘴，侯夫人又罵起了方太姨娘，面露不屑，「跟隨我這麼多年，她隱忍得夠深了，只可惜眼界不夠，只尋思弄點兒銀子弄幾塊地養老……」

花嬤嬤連忙道：「她懂得進退，如今不去沾五奶奶的事，連前陣子差的糧款都一併結算了。」

「她就慢慢地攢吧，攢得越多家底越厚……這麼大的年紀了還要為女人的事操心費神，我真是累了……」侯夫人這般嘀咕，花嬤嬤則心中陰冷，她是最了解侯夫人的人，侯夫人是絕對不會縱著方太姨娘快活太久。

而此時的方太姨娘正與齊氏兩人相談今日侯夫人探訪林夕落之事。

「一點兒動靜兒都沒有，突然就去了，而且府中如今都傳著千舜侯夫人家的事……」

「這是侯夫人布的局，將侯府的管事權放於我手中，也不是信任我……」方太姨娘說到此，心中晦澀，她從小就伺候侯夫人，而後陪嫁、通房，懷了魏青山之後才得個姨娘的名分。

可如今呢？侯夫人在拿她當成靶子罷了……

「對外傳個話，就說侯夫人已經確定五奶奶腹中是個男嬰……」

謠言的傳播速度宛如冬日夜晚的寒風，迅速而猛烈。

第二日上午，整個侯府中大大小小的主子、奴僕幾乎沒有不知道侯夫人去探望過五奶奶，而且五奶奶這一胎是男嬰，沒有人懷疑這個消息的真假。

太醫院的前任醫正喬高升在陪護五奶奶，而消息又是侯夫人去過那裡之後傳出，顯然是五奶奶早已知曉孩子的性別，只是對外一直沒有透露而已。

林夕落早上只用了一頓飯的功夫，這個消息就飄散到後側院中，傳入了她的耳朵裡。

「侯夫人這是要做什麼？夕落，妳可告訴她懷的是男嬰？」姜氏一早就跑來此地，林夕落端著一碗粥呆滯原地，「什麼男嬰？」

「侯府裡頭可傳開了，侯夫人說妳這一胎是男嬰。」姜氏看著她，「怎麼？難道不是？」

林夕落眨了半天的眼睛，撂下碗道：「什麼是不是的？她來那麼會兒功夫我跟她說這些作甚？再說了，這肚子裡是男嬰女嬰我也不知道啊！」

姜氏也愣了，「那是怎麼回事？五弟呢？」

「一早就進宮了。」林夕落看著一旁的帳冊，是早上管事們送來的，「我這兒正準備查帳呢，過年了，糧倉和鹽行、錢莊、賭場都要開始分紅利銀子。」

姜氏一臉的驚詫，「如若不是妳說起的，難道是侯夫人自己說的？不應該啊，她不是這般惹事生非的人，何況說妳腹中的是兒子，對她可一點兒好處都沒有！」

魏青煥要爭世子位，他們都巴不得林夕落這一胎生個女孩兒，怎麼會放出這樣的話來？

林夕落聽了胡氏的話則道：「這又不知道是誰多心想搞鬼，把目光都齊聚了我這兒來。」

「方太姨娘？」姜氏陡然想到她，這倒不是對侯夫人有多麼信任，而是侯夫人向來不做這種猥瑣暗動之事……

林夕落冷笑，「除了她還能有誰？」

「不管是誰，這些時日妳要多注意些，就怕有人信了對妳不利。我這幾日要隨妳三哥四處走訪各家各戶拜年送禮，實在推脫不開，待這幾日過了，嫂子再來陪著妳。」

林夕落點頭道：「放心，您跟著三哥去忙，我心中有數。」

姜氏有事在身，沒說幾句便先離開，林夕落這會兒也無心再往嘴裡塞東西，摸著肚子嘀咕道：「……瞧著你快生出來了，這幫人開始瞧咱娘倆兒不順眼了……」

一上午的時間過去，林夕落查完帳，將分配的紅利讓冬荷與秋翠備好，便等著眾人來領，可午飯還未等入口，胡氏便匆匆趕來，林夕落見她嚇了一跳，胡氏開口便問道：「妳確定了腹中是男嬰？這等話怎能隨意往外說？這傻孩子，妳瘋啦？」

「您也知道了？」林夕落心裡更沉一分，如若只是侯府中傳謠言她還不怕，可如今傳出府外可是招了大麻煩了。

胡氏聽了更是滿心焦慮，「自當知道，如今風言風語的四處都在傳了！」

林夕落沉嘆口氣，胡氏怕她動怒，連忙扶著她，「妳可不要生氣，小心著身子……」

「生什麼氣？一早三嫂就來說過此事，本以為只是侯府中謠傳，不料連府外也都在傳，這個嘴欠的人不得好死！」林夕落咬牙切齒地詛咒，胡氏扶著她坐下，「這事兒不是妳說的？」

「不是女兒說的。」林夕落將昨兒侯夫人來探望她和謠言的事說給胡氏聽，胡氏只覺得這顆心都快蹦了出來，嘴唇哆嗦道：「這……這明擺著是跟妳過不去了！」

林夕落這會兒也有些思緒紊亂，只讓胡氏坐在此地歇息陪著，她繼續看著那些帳目算銀子。

胡氏看到她沉默，不敢出聲，可她一個有孕的人又要忙理帳的事，這要多耗費腦子？

胡氏心裡擔憂卻不敢說，只得湊上前，幫著她算一些小數的銀子，為她減輕點兒負擔。

林夕落看著胡氏在一旁幫忙，本有些煩躁的心情慢慢平穩下來。有這樣的母親，這樣的親情情分，她還有什麼好奢求的？

將帳目攏好，林夕落拽著胡氏進了內間陪她，又問起老太爺的身子。

胡氏說起林忠德，更是連連嘆氣，林家在鬧，林夕落這方也懸著一顆心。

胡氏強擠著笑，話語出口思三分了。

「夕落，林家的事有妳父親，可母親惦記著妳，如今這等謠言傳出，縱使妳想抹清也不是一件容易的事。生男丁自當皆大歡喜，可如若不是，那侯府外看笑話的人唾沫星子也能氣妳個好歹。母親不求別的，只求妳如今別太窩火，對妳、對孩子都不好，另外便是真的與妳想的不一樣，那也別生氣，生個外孫女，母親一樣疼她，啊？」

胡氏寬慰著林夕落，目光中的乞求讓林夕落無法拒絕，「放心吧，娘，我無事的。」

這事兒中間的關係實在雜亂，胡氏想出主意也無從下手，可既然林夕落已經心中有數，她安慰半晌，也在日落之時離開了宣陽侯府。

送走了胡氏，林夕落一直隱忍的怒意才微微顯露，這是哪一個賊心的人傳出這等謠言來噁心她，不但是噁心她，還要在魏青岩的身上潑髒水，甚至捲進了侯夫人。

她在此地悶聲不語地養身子就全都當她脾氣好了？能忍受這等非議不成了？

如若她腹中的孩子不是男丁，不僅是她要被脊樑骨戳死，魏青岩也要遭受嘲笑，連帶著喬高升都要受牽連，而侯夫人呢？話語是從她口中傳出，她想解釋也解釋不清。

她倆關係不和是眾人皆知的事，縱使她否認也沒有人會相信，就算她與侯夫人一同站出來，更不會有人相信。這個時機掌握得太好了，這個人她一定要揪出來。

林夕落長吸一口氣，這件事她等不及魏青岩歸來再動手，獨自在屋中叫了薛一出來。

「今兒的事你也聽說了，知道是誰傳出來的？」林夕落壓抑著怒氣，可話語中顫著的聲音都在表露她的急迫。

「不知道。」

「去查！」林夕落下了命令，薛一卻道：「此事大人還沒有吩咐，我不能離開此地。」

「不要說你不知道、不能離開，這件事等五爺歸來就晚了。薛一，你不要瞞著我，你明明心裡有答案卻不肯說。」林夕落帶著一股怨氣，薛一卻沒有應聲。

林夕落有些悶氣，「有什麼不能告訴我的？知道都是為我擔心，可如今已經瞄準了我的肚子，為了孩子，我也要把此事處理好！」

「薛一，你聽到沒有？」

「你倒是說句話！」

林夕落等不到回音，便抬手將床邊的螢燭重新燃亮，那一處已經沒有人影，林夕落嘆了一口氣，這是走了？還是去查此事？

她知道自己未能控制好情緒，可這件事說大便大，說小不小，她必須要迅速將此事遏制住，否則就會像一張無形的網，待真的擴散開來，無論是她還是魏青岩，都難以將其壓制住。等待的滋味兒不好受，她不能將這件事的榮辱都放在腹中孩子的身上。

侯夫人也知道了這個消息，是從宋氏的口中得知的。

「母親，這話會是誰傳出去的？林夕落那個女人沒有這般傻吧？」宋氏有些擔憂地看著侯夫人，「……是您嗎？」

「閉嘴！」侯夫人滿臉怒意，「我怎會做這等噁心人的事！」

「如今侯府裡面和外面全都知道了……」宋氏心裡頭甚是煩躁，如今這一說，她想對林夕落下手都不行了。眾多眼睛盯著林夕落，誰這時候還有賊心，豈不是被人戳死？

「會不會是她為求自保？」宋氏猜測，侯夫人瞪她一眼，「若是妳，妳會做這等事嗎？」

「媳婦兒自當不會，又不是傻子。」

「妳都不會，何況那個女人？」侯夫人的說辭讓宋氏不滿，她除卻嫁的魏青煥是個不中用的以外，她哪點兒比不上那個無規矩的潑辣女人？

侯夫人沉思，宋氏不敢多嘴，花嬤嬤聽了許久，不由言道：「夫人，可否要關注下方太姨娘那一方？」

花嬤嬤說出這話，侯夫人細想，「會是她？我已經應允了她在府外置家業，她還有何所求？」

「老奴也不過是隨意一說。」

花嬤嬤沒有再開口，侯夫人則將注意力往方太姨娘那裡轉去……

而此時的方太姨娘正在斥罵齊氏，恨不得將她掐死。

「不過是讓妳悄悄傳出話罷了，如今府內府外都知道了，妳這是想害死老四，害死我嗎？」

「媳婦兒又不知道那女人嘴如此大，不但府內傳，外方也傳出去，如今您罵也無用，咱們怎麼辦？」齊氏有些慌亂，方太姨娘咬牙切齒，「怎麼辦？弄死她，不就無人知道是妳做的了？」

死……齊氏的手一顫，誰下手？

齊氏頭腦發昏地回到了自己的小院。

方太姨娘的話語猶如夢魘般在她的耳邊來迴旋繞，齊氏恨不得捂著頭跑。

殺人？她雖然有些小心思、小算計，可讓她親手弄死人，她從來沒做過，也從來沒想過。

方太姨娘怎會如此狠？這等事情她不做，更不允許自己找別的人做。親手殺人，她想起便連牙齒都在打顫，這事兒至於嗎？不過是傳一個小話而已，她便要親自弄死個人？

齊氏的思緒雜亂，她不知道這事兒該怎麼辦，踉踉蹌蹌地回到屋中，正趕上魏青山從外回來，看到她呆傻恐懼的模樣，大斥一聲：「做什麼呢？鬼鬼祟祟的！」

不過是一句隨意的嘀咕，齊氏嚇得當即嗷了一聲昏過去。

魏青山驚了，丫鬟婆子們傻了，魏青山將齊氏拽進了屋，忙道：「快去找喬太醫過來看看！」

林夕落聽到薛一帶回給她的消息，坐在床上有些發愣。

果真就是方太姨娘做的好事，而齊氏居然也查出了懷孕還昏過去？是被嚇昏過去的吧？

薛一看著她，「五奶奶已知曉事情經過，如今還是好生休養。」

「還有一件事要你去辦。」林夕落看著薛一，薛一道：「妳要下手對付她們？」

「我沒那麼狠的心，還要顧忌著四爺的顏面。你再傳出去個消息，就說我腹中懷的是女嬰。」

林夕落說完，薛一皺眉，「確定要如此做？」

林夕落點頭，「確定，而且要把齊氏有孕的消息也傳出去……」

府中正好兩位夫人有了喜，而齊氏有孕也是喬高升檢查出來的。

「那名傳話的婆子怎麼辦？」薛一初次為他人著想，怕林夕落想事不夠全面。

「婆子……直接帶去給四爺吧。」林夕落看著薛一，「這個事他怎麼辦，就都看他的了。」

薛一眼角露出一絲不屑和奇怪，他是殺手，若是他的話，便要此人無聲無息地消失，讓外界誤聽傳言，將四奶奶、五奶奶弄混淆為良策，可她卻要將此人留給四爺？

若四爺有私心的話，她豈不是吃了大虧？

林夕落態度堅定，薛一自沒有回駁的理由，直接消失在林夕落的眼前……

齊氏有喜的消息在夜晚中傳向各個院子，侯夫人冷笑，宋氏嫉妒得恨不得將她掐死，她是一個都生不出，而齊氏呢？接二連三生了多少個了？明明都是侯府中的夫人，怎麼差距就這麼大？

姜氏沒什麼反應，聽說之後只點了點頭，無喜無惱，就如同聽見明日早飯喝粥般平淡無奇。

侯府之中唯一氣惱的便是方太姨娘。

方太姨娘看著齊氏躺臥在床，看著她手捂著自己的肚子，恨不得將齊氏的肚子捶死。

什麼時候有喜不行，偏偏要在這等時候？那個向外傳了話的婆子怎麼辦？府內管事的差事怎麼辦？她只有一雙眼睛、一雙手，她一人力不從心，豈不容易讓別人鑽了空子？

方太姨娘咬牙，看向齊氏也沒有好臉色。

齊氏躲在魏青山身後，魏青山也發現方太姨娘的神色不對，當即問道：「太姨娘怎麼了？」

「沒什麼，剛聽說四奶奶有喜的消息便匆匆趕來，路上焦急，這氣有些不順罷了，四爺不必掛念擔憂。」方太姨娘擠出笑來，魏青山也不再多問，這一會兒外面忽然有人來找魏青山，魏青山便出去問話。他一走，方太姨娘的臉色立即沉了下來，「不中用的東西！」

齊氏更往後縮，鼓了勁兒道：「太姨娘這般說可就不對了，難不成有喜還是惡事了？為四爺綿延子嗣還成了我的不對？」

「少在這裡與我講大道理，那個人妳弄死沒有？」方太姨娘問出口，齊氏則道：「怎麼可能？我剛回來，四爺就跟著回來了，我這忽然暈倒，哪裡有時間動手？」

「廢物！」方太姨娘起了身，「這個婆子在何處？妳不去，我去！」

「就在後罩房北數第三……」

齊氏話還沒等說完，就見魏青山出現在門口，而他的手裡正拽著一個婆子，正是她要求對外傳話的人。

方太姨娘嚇得心中慌亂，心中更恨齊氏做事不利索。

魏青山氣得渾身顫抖，「妳們要弄死的可是她？」

方太姨娘捶了心口，與魏青山對峙道：「她必須死，否則便是我死，四爺，您看著辦吧！」

魏青岩歸來時，天色已漸亮。

本打算進屋看一看林夕落，薛一卻突然出現。

聽了薛一的回報，魏青岩的臉色甚是陰沉，今日的事他也聽說了，可當時在皇上身邊，他根本無法回來探問。其他大人追著他問此事，他只能說是誤傳，他當爹的都不知道，何況他人？

他生怕林夕落著急上火，這才匆匆回來，此時聽了薛一所言，他才放下心來。

夕落果真是堅強的女人！

「既然她這般吩咐，你照做就是，也不要告訴她我知道此事。」魏青岩說完，薛一追問：「大人也覺得如此做是正確的？」

魏青岩知道他問的是將傳話之人送給魏青山……

「在她的心裡，情分比利益重要。這是她設下的賭局，如若這一場她賭輸了，往後她再不會顧忌情分二字，我也不會。」

魏青岩說完便進了屋，薛一在角落中沉默片刻，情分是什麼？

林夕落睡得甚是踏實，也是今日疲累過度，魏青岩回來她都沒有醒。

他很惦記她，有意讓她醒來安撫幾句，可暖了身子湊上床，大手撫上她的背，她直接拱進他的懷裡，嚶嚀幾聲便又睡去。

魏青岩看她雙手連睡覺的時候都在護著自己的肚子，心中暖意甚濃，淡去了他滿心疲憊煩憂，於是，沒有將她叫醒，而是這樣陪伴她睡去……

翌日，林夕落醒來，抻著胳膊往身旁一甩，嗯？有人？

捂著肚子轉頭看，就見魏青岩正看著她。

「啊，你今兒沒走？」林夕落瞇笑著眼，輕輕地扳過身子與他對視，魏青岩扶住，「別亂動，我今天不去宮中，陪妳。」

林夕落仔細地看他，摸著他眼底漆黑的大眼圈，嘟嘴道：「寶貝兒，看你爹，都老了……」

魏青岩本以為她欲纏綿親暱，孰料卻蹦出這樣一句。

「我老嗎？」

林夕落點頭，「老了好，免得有其他女人惦記你。」

魏青岩知道她在逗人，便抓住她胖成球的手，又看著她鼓起的肚子，「苦了妳了。」

「不苦。」林夕落摸著自己渾圓的腹部，「青岩，你說這是兒子還是女兒？」

「兒子、女兒我都喜歡。」魏青岩這話讓林夕落瞪眼，「你之前可是說喜歡兒子的！」

魏青岩淡語道：「那是逗妳的。」

「你知道有人四處謠傳我腹中是兒子的事了？」林夕落看到他眼底的內疚和寵溺，腦中忽然蹦出這個念頭。

魏青岩無奈一嘆，摟她入懷，「那是心裡話。」

他沒有否認已經知道，林夕落推開他，「別碰了孩子，你知道也好，免得我再與你多費口舌說這件事了。」

「也好，全幽州城的老少都在為我念叨生兒子，這等好意我怎能不領情？」魏青岩找尋輕鬆的話語安撫，林夕落吐了舌頭，「我也是這般想的。」

「丫頭……」魏青岩看她，「我會給妳個交代。」

「什麼交代？」林夕落不懂他這句話是什麼意思，魏青岩也不再說。

冬荷端來洗漱的熱水和粥，魏青岩扶著她起身，看到她挺著肚子洗漱費力的模樣，有些擔憂，便派人去將喬高升叫來，在門口探問道：「她為何與尋常孕婦不同，腹部這樣大？」

喬高升昨日被魏青山叫去忙了一陣子，這會兒還在被窩裡就又被魏青岩給抓來，心中不悅，閉著眼睛搖頭道：「不知。」

「你不知？」魏青岩陰沉了幾分，喬高升則道：「卑職就是不知。」

魏青岩目光中凶意極甚，喬高升攤手道：「大人，您忘記了？不是您吩咐的，即便您來問，也

不要告訴您嗎？」

「我那是說不許透露男嬰、女嬰！」魏青岩火大，喬高升又道：「可此事就關係到五奶奶腹中孩子性別，您是讓我說，還是不讓我說？」

魏青岩嘴角抽搐，喬高升也是沒轍，這太醫當得就是難，幸好他沒了兒子承繼他這份差事，費力不討好啊！

既然來了院子，喬高升便挺著精神去為林夕落請脈，魏青岩正準備跟進去，卻見魏海跑了過來，稟道：「大人，四爺跑去找侯爺，要離開侯府！」

「離開侯府？」魏青岩皺眉，「這是要幹什麼？」即便魏青山知曉那消息是方太姨娘與四奶奶傳出的，也不至於鬧得如此大張旗鼓吧？

「不但是他要離開侯府，還說方太姨娘年邁，不適宜管侯府差事，要將方太姨娘帶走！」

魏青山這一舉動不僅讓魏青岩吃驚，方太姨娘更是氣得昏了過去。

她昨兒意欲逼迫魏青山動手，可魏青山卻不理，派人將她看守在屋中一宿，翌日一早便去見侯爺。而且臨與宣陽侯談事之前，還直接告訴方太姨娘他的打算：離開侯府！

方太姨娘不肯答應，哭嚎著誓死不走，魏青山則冷笑告誡，如若不肯走，他就主動請侯爺將她封禁起來，隨後便離開此地。

他的這番說辭將方太姨娘嚇傻了，這……這還是她腹中出來的孩子嗎？

雖說魏青山叫她一聲太姨娘，可尋常待她就如母子般親密，難道他不知道，自己的所作所為都是為了他？

方太姨娘昏迷不醒，而魏青山在宣陽侯的書房之中洽談。

宣陽侯沒有答應，這侯府是他的侯府，太姨娘怎能跟著離開？而且此時眾人的眼睛都盯著侯

府，魏青山帶著四房離開算什麼事？他可還沒死呢！

魏青山不依不饒，他說不出方太姨娘的不是，可又不想留在侯府，爭執之間，門口侍衛通傳：魏青岩到了。

宣陽侯讓魏青岩即刻進來，魏青山則覺得難以面對魏青岩，方太姨娘傳出的消息就是挑撥侯夫人與林夕落之間的關係，一盆水潑了兩個人，而最受打擊的是林夕落與魏青岩，他要如何面對五弟？

魏青岩一進門就見到魏青山轉身對著牆，宣陽侯嘆口氣，看他道：「來此何事？」

「我來找四哥的。」魏青岩指著魏青山，魏青山卻嚷道：「找我作甚？」

宣陽侯剛與魏青山爭執半晌也心中有氣，便道：「你跟他說說，本侯先進宮去。」

魏青岩點頭應下，宣陽侯即刻出門，因為魏青山的事，他已經耽擱了許久，侯府中的破事爛事實在擾得他頭疼。

屋中剩下兄弟兩人，魏青山的身子有些抖，魏青岩也不出聲。

魏青山突然轉身閉目仰頭道：「你要是心中有氣就揍哥一頓！」

魏青岩沒搭理他，魏青山睜開眼，魏青岩卻坐了一旁喝茶，拿的是宣陽侯最喜歡的茶壺，用的也是他藏起來的好茶。

看著魏青岩沖了兩杯，並將那茶罐子裡的茶葉分成三份裝起來，魏青山心中愧意更深。

魏青羽、魏青岩與他年幼之時，他從方太姨娘那裡得了吃食，便如同魏青岩現在這樣，分成了三份……

魏青山哽咽，半句話都說不出，許久才狠捶了一下牆，「他媽的，這什麼日子！」

「四哥，你身上背負的擔子不應該是你承擔的。」魏青岩話語平淡，端了一杯茶到他面前，

「你也不能走。」

魏青山見他這樣，忍不住念叨：「我不走，這兩個女人便沒完沒了地折騰，我受夠了！」

「女人都管不住，這是你無能，不是你能逃避得掉的。」魏青岩看著他，「我也無能，所以我只能管外事，家事交由女人，但兄弟是兄弟，家事是老頭子的事，與咱們無關。」

「可……」

「她們想爭的位子連老頭子說的都不算數，有何意義？你離開侯府才是讓旁人更是得意。」魏青岩看著他，「四哥，為自己多考慮幾分，你在外能呼天喝地，女人們又何必爭搶？」

魏青山沉默了……

魏青岩說的沒錯，他要是混出個模樣來，女人們何必在此斤斤計較？

「老五，是哥沒本事……」魏青山訴出此話，心中甚是窩火，喝進口中的茶就像烈酒般讓胃腹火燒火燎。

魏青岩看著他，「我能讓你有，你信嗎？」

魏青山看著他，半晌之後，認認真真地點了頭。

宣陽侯下晌從宮中歸來便得到齊呈的回稟。

「四爺被五爺勸住不走了，方太姨娘那方也告病在身，不能管府中之事，與侯夫人回稟了此事，侯夫人說等您回來拿主意。」

「等本侯？等個屁！這不正是她想的事嗎？她來管吧。」宣陽侯嘴上不遜，可心中卻踏實了些，魏青山的脾性不似魏青羽文雅，更不如魏青岩心思縝密，說不準就做出些讓人不好收場的事來。

好比今日一早要離開侯府，還是帶著整個四房離開，他還沒死呢，分什麼家？

想起魏青岩能把他勸住，宣陽侯心中多幾分安慰，「他們人呢？」

齊呈臉色略有點兒難堪，「四爺跟著五爺去福鼎樓喝酒了。」

宣陽侯冷哼一聲，回了他的書房，可一進門卻傻眼。

「這……這是怎麼弄的？」

滿地狼藉，他私密的櫃子全都被撬開，裡面空空如也。

「這怎麼弄的！」宣陽侯眼睛快瞪了出來。

雖說他藏的物件不過是刀、書、茶、酒，可這是他私密之物，居然就這麼被翻了個空？

齊呈縮了脖子不敢回答，宣陽侯狠狠地砸了桌案，「他媽的，這兔崽子，幫本侯安頓點兒事要這麼大的利息，本侯的酒可已存十年了啊！」

林夕落此時正在與姜氏敘話。

姜氏說起府外的事來：「……跟著三爺四處跑，這一堆夫人的眼睛都像賊一樣盯著，見面也沒什麼規禮，直接就問妳肚子裡的是男是女。我說了，侯府兩位弟妹都有孕，妳問的是哪個？生男生女都是侯府的福氣。妳沒瞧見那些人聽說老四媳婦兒有了身孕時的驚傻模樣，又都開始刨根問底兒的，我故作臉色不悅，她們才閉了嘴。」

姜氏說到此，不屑一笑，「如今外面的風言風語傳得更厲害了，還有為這事兒吵嘴的，樂子可是大了！」

「要過年了，自當要有點兒樂事，否則豈不是悶得慌？」林夕落躺在軟椅上摸著自己肚子裡這個，「不過四爺這次做得俐落，硬是逼著方太姨娘退步，他還是顧忌著兄弟情分的。」

姜氏也點了點頭，「如今方太姨娘被幽禁，齊氏也不敢造次，侯夫人又開始耀武揚威了。」

「她不敢。」林夕落笑了，「她如今也只有盯著我的肚子，等著看我生男生女了。生了男嬰，她估計要氣吐了血；生了女嬰，她恐怕會將這次的謠傳挑起。方太姨娘自覺是噁心侯夫人，卻不料給侯夫人挖了現成的坑。」

姜氏也撇嘴，可又怕林夕落心思雜亂，養不好身子，「這事可不是妳該想的，都交給五弟。」

「我不想，我想也沒有用處，我還能挺著這麼沉的身子跟她吵架不成？」林夕落看著自己溜圓的肚子道：「哎喲，他踹我一腳！」

姜氏笑著道：「說不準是個脾氣像妳這般厲害的，倒是不吃虧！」

林夕落被調侃也不生氣，「不吃虧才好，惹了別人，有我這個娘撐腰！」

兩人敘談得越發熱烈，而這時侯夫人聽了齊呈前來通傳的話，眉頭皺緊。

她之前讓齊呈去問侯府的事怎麼辦，齊呈回稟道侯爺讓侯夫人接手，可侯夫人當初可是被侯爺給下令罷權的，這股氣她怎能不找回來？便讓齊呈前去回話，她身子不適，還是不能管侯府的雜事，養身子要緊……

這話誰聽不出來是客套話，可齊呈前去回稟，未過多久便又回來，侯夫人本以為侯爺會再讓她出面，孰料這次回來卻說侯爺讓三奶奶管侯府的事。

這話讓侯夫人目瞪口呆，險些氣吐了血。

給她一個臺階下就這麼難嗎？不過是再讓齊呈前來說一句，或撒潑地罵上兩句她也就從了，就這麼難嗎？

看著侯夫人咬牙切齒的模樣，齊呈便道：「侯夫人，侯爺說過幾日便是府中年事，您也要幫襯著三奶奶管好，別出差錯。」

侯夫人瞪著齊呈，「本夫人害怕勞累，讓二奶奶幫忙吧。」

宋氏在一旁動了心，她可算有機會出頭了……

「侯爺稱如若您依舊不肯，那就讓三奶奶自己忙了。」齊呈滿臉為難，話語傳到便即刻要走，「夫人，卑職還有事，就此告退……」

「走走，全都走！」侯夫人終於忍不住火，齊呈腳步加快，宋氏也在一旁抱怨著：「侯爺就可著庶出的人調用嗎？」

「閉嘴！」侯夫人冷斥：「你們如若爭氣，我還用如此苦口婆心地算計嗎？各個都頂不上個奴才生的，氣死我算了！」

宋氏閉上嘴，心中嘀咕著：什麼人出什麼種，魏青煥那德性還不是侯夫人嬌慣出來的？可這話她只敢在心裡說，不敢出口半句。

侯夫人在這裡氣得不行，齊呈則至侯府的後側院來通稟侯爺的傳話。

「什麼？讓我管侯府的事？」姜氏瞪大了眼睛，「你確定是我？」

齊呈道：「三奶奶，侯爺確實是這麼說的。」

姜氏臉上完全是驚，沒有半點兒喜意，林夕落見她這模樣，便道：「齊大管事，侯爺怎麼沒找母親？」

齊呈一怔，沒想到林夕落會這般問，可他哪裡敢將之前侯爺與侯夫人對峙一事說出，否則三奶奶再推脫的話，他怎麼辦？

齊呈猶猶豫豫地不開口，林夕落的神色更淡然。

姜氏緩過神來，沒有如以往那般直接應下，而是在一旁沉默不語。

林夕落率先開口問，擺明了要替姜氏出面作惡人，將事情刨根問底兒搞清楚，她就沒必要再開口了。

齊呈沒轍，見五奶奶與三奶奶都不開口，只得道：「五奶奶，此事是侯爺的吩咐，卑職……」

「齊大管事，這事兒說不清楚我就不放三嫂走，我如今的身子有三嫂在一旁提點照應，五爺省心，我心裡也踏實，你這無緣無故的就要讓三嫂走，可是跟我過不去？」

林夕落冷下來臉，齊呈只覺頭皮發麻，這位五奶奶如今可是寶貝得很，他可不敢惹。

「五奶奶，侯爺是找過侯夫人，侯夫人稱身體有恙，不能掌管府事，侯爺這才讓卑職來請三奶奶。」齊呈話語中的敷衍沒逃過林夕落的追問：「母親就沒推舉二奶奶管嗎？」林夕落看著齊呈，「齊大管事，說清楚就這麼難嗎？」

齊呈冷汗直流，苦笑道：「五奶奶，有些事您心裡明白，但從卑職口中說出，這事兒就不合規矩了。」

林夕落沒再追問，齊呈的話雖說不夠直白，但也都暗示到了。姜氏顯然也聽明白了，便看著齊呈道：「齊大管事先去忙，我在五奶奶這方叮囑些事就回去，咱們再細細詳談。」

齊呈知曉兩人這是要抽時間商議，便拱手退下，臨走時又道：「三奶奶也不要太久了，侯爺還在等候卑職的回覆。」

姜氏點了頭，齊呈便先行退下，林夕落嘆了口氣，「三嫂，這事兒您怎麼看？」

「侯爺已經下令，不去也得去，只是這事兒怎麼做還需要細細斟酌了。如今妳三哥接了一手爛攤子，我再把侯府中的亂事接過，早晚都得不到好。妳三哥是個性情溫和的人，做事只求不出錯，我也是如此，侯爺點了我來管事，就是希望侯府中別再鬧出簍子，睜一眼閉一眼罷了。」

姜氏說到此，不由苦笑，「可哪隻眼睛睜，哪隻眼睛閉，都是說道。我想平和靜氣，就怕有些人不願如此。」

林夕落點了點頭，姜氏所想與她一樣，不過這終究是三房的事，她頂多是插兩句嘴，不能管得

太寬。

「三嫂能想明白就好，只怕後續受氣的事要多了。」

「從邁入這侯府的門開始，就沒有一天不受氣的時候，早已習慣了。」姜氏嘆道：「我也要與三爺商量商量此事怎麼辦才好。」

「三嫂稍後與齊大管事商談時不妨硬氣一些，如今侯爺除卻您之外，選不出其他人來。」林夕落朝侯夫人筱福居的方向指了指，「那一方不見得是真不想管，而是跟侯爺沒談妥，她是要身價、要顏面之人，且如今還有二房的人，既是嫡出又年長，壓您與三哥一頭，只怕會處處找毛病挑錯兒，所以不如先把醜話說明，也表明個態度，這事兒是侯爺吩咐的才不得不接手，而不是您爭搶著要管的。」

「妳這主意好！」姜氏的心裡痛快了些，「這也能讓我少點兒負擔，三爺也少了些壓力。」

林夕落笑道：「三嫂能如此想，我也就放心了。」

兩人又敘談片刻，姜氏才離開去與齊呈詳談。

姜氏離去後，林夕落坐在床上沉思，冬荷略有擔心，不時過來看一看，見她面色疲憊，不得不開口道：「奶奶，您先歇一歇吧，歇完再想。」

林夕落見是冬荷說話，便道：「不是我要想，而是不得不想，三房與咱們關係好，如今卻成了出頭鳥，只怕有人背後動手腳害了我，嫁禍給三房，那就容易出大事了。」

「啊？」冬荷有些害怕，「那……那奴婢多注意著，您吃的、用的都照看好！」

林夕落沒有如以往鬆了心，而是道：「多盯著就是了，也告訴陳嬤嬤，但凡是用著不妥當的人，立即趕出去，不用留。」

冬荷應下，便先出去與陳嬤嬤傳話。林夕落撫摸著自己的肚子，思緒飄得更遠。

雖說齊氏有孕，姜氏又特意將男嬰女嬰之事傳出去，可這就像是一道傷口，即便癒合也留了疤痕，眾人不提，但眼睛都在盯著她的肚子，看看到底是生男生女。

如若那樣的話，她倒不擔心，起碼寶貝兒能安安穩穩地生下，就怕有人忍不住等不得，想要提前下手，那她就危險了……

林夕落邊想邊自言自語地道：「咱娘倆兒成了眼中釘了，你得熬過這一關啊！」

姜氏順利接手了侯府的差事，卻也不忘每日來探林夕落一眼。

魏青羽依舊每天跟著宣陽侯辦事，齊氏雖然有孕，但魏青山仍離開侯府去軍營練兵。

臨近過年，侯府內消除了往日的陰霾之氣，張燈結綵，喜氣洋洋，不開心的只有魏仲良與魏青煥而已。

魏仲良每日都見不到人影，魏青煥雖然被侯爺解除禁令，可宣陽侯做事不帶他，即便軍營練兵也不允他插手，整日裡無所事事，就是遛鳥、下棋、喝酒、聽曲兒，擺明了讓他混吃等死等爵位。

魏青煥想要世子位，可他不想混吃等死，摸著自己手上斷缺兩根手指的傷疤，心裡始終難以平復對魏青岩的仇恨，可無論怎麼動手，魏青岩總能安穩度過，自己卻接二連三被侯爺駁斥。

魏青煥如今也看明白了，世子位並非侯爺能說的算，而他要真想踩過大房的兩個孩子拚世子位，那就要隱忍不發，將所有的委屈踩在腳下，而最重要的一點便是有個兒子。

魏青煥想到此，對宋氏怨念極深。

這娘們兒是個不中用的，還是嫉妒心重的人，根本不容妾生。之前兩個美妾有了身孕，都被她給弄掉了，雖然她不肯承認，可他不用想都知道是誰動的手腳。

如今侯夫人也在忍著，侯爺更不允過年之前侯府再出事，他總不能把宋氏給休了。不能休，還

不能在外再養一房姨奶奶嗎？

魏青煥心中有底，一早便出了門，這等事也要尋機緣，而不是從街上拽一個就行的。

正在街上走著，魏青煥忽然看到一個人影在眼前閃過，進了對面的酒樓……

那不是魏仲良？

魏青煥快步跟了上去，卻見魏仲良獨自一人窩在角落灌酒。

上次他去鬧麒麟樓，被侯爺痛打一頓，如今除了整日喝酒玩樂，根本不管任何事。

魏青煥正打算走，不料魏仲良起身進了酒樓的雅間，隨後還有一唱曲的少女跟了進去……

「這小子才多大就開葷了？」魏青煥不屑斥罵，可猛然停住腳步。

魏仲良得不到世子位這事兒，侯爺是暗示過的，可這事兒也不保准。既然不能對魏青岩與林夕落下手，他不如先處置了這小子，讓二房承繼之位更加名正言順……

心裡有了這番想法，魏青煥則即刻在一旁的位子上坐下，盯著酒樓雅間，過了片刻，那小女子紅著臉出了門，魏仲良許久都沒出來……

魏青煥冷笑不恥，離開酒樓，在路上找了兩三個小叫花子，給了銀子，在其耳邊低聲吩咐，隨後便回侯府，老老實實地等著看戲了。

魏青岩這兩日都陪著林夕落，沒有再進宮去。

林夕落知道他是因為姜氏沒時間相陪，心中不安穩，才這樣強撐著。

這些時日的奔波勞累，魏青岩的臉瘦了一圈，本就狹長的眼睛、冷峻的面容，如今看著更添幾分厲氣。

見林夕落看著他在笑，魏青岩走到她身旁道：「笑什麼？」

「看你這張臉，以前冷得嚇人，不熟悉的人根本不敢接近，如今再看，熟悉的人恐怕也要靠邊站了。」林夕落說完，魏青岩一怔，隨後釋然道：「旁人無謂，妳不怕就行。」

「我也怕。」林夕落調侃，魏青岩摟過她，「怕什麼？再怕也是我的女人了，妳還怕何？」

「討厭！」林夕落按住他上下亂摸的大手，「都這模樣了，你還有心思？」

「怎會沒有，妳是我的女人。」魏青岩輕捧著她，捏了一把她肉呼呼的小臉，「這樣摸著更有手感。」

林夕落瞪他一眼，夫妻倆在此調情甜膩，冬荷與秋翠則在外守著，雖說豔羨五奶奶這般受五爺疼愛，可這種事看多了心酸眼饞，秋翠的小心思早已飛出侯府外了……

兩人正在門口看著丫鬟們清掃院子，遠處有人匆匆趕來，秋翠看到便是臉上一紅，怎麼是想誰誰就出現？老天爺也太靈驗了！

朝屋中通稟一聲，林政辛進了屋中便道：「宣陽侯與戶部侍郎在福鼎樓吵起來了，不敢聲張此事，我才親自來找妳過去看看。」

戶部侍郎？林夕落想半晌才記起此人，那不是魏仲良訂了親的親家？

林政辛提及這件事，讓魏青岩與林夕落都納罕。

宣陽侯不是希望過年之前別再鬧出事端，為此寧可不讓侯夫人插手府事而推舉了三奶奶，而且幽州城內的事除了三爺之外，也不允魏青煥插手，如今他怎麼自己先破例了？

福鼎樓是幽州城內最好的一家酒樓，來此聚會之人幾乎都是達官貴人、富紳豪商，無論是被哪一雙耳朵聽見了，不出一晚便會傳遍全城……

何況戶部侍郎是早就訂下親事的，怎麼這時候鬧出事來？

魏青岩並沒有急著出去，而是讓林政辛坐下慢慢說。

林政辛接過秋翠遞上的一杯暖飲入口，只喝了一口便擱下，這暖飲怎麼甜得膩人了？皺了皺眉，林政辛便開始講起今日之事，秋翠在一旁嚴重內傷，連特意沖的甜茶都不合十三爺心意，更不用提其他的了……

林夕落此時無心搭理這丫頭，只聽林政辛講起此事：「……快過年了，福鼎樓的生意極好，今兒我也是與方一柱、嚴師傅、金四兒四個人年前聚會喝酒，可沒過多久就聽夥計說侯爺的那一間吵起來了，我連忙過去聽了幾句，原來是戶部侍郎要跟侯府的嫡長孫解除婚約，侯爺不願，可府上的少爺好像在外拈花惹草，不太乾淨，被戶部侍郎知道了，人家不樂意了！」

林政辛只差興高采烈，可有魏青岩在，只得強忍著，「爭吵幾句，侯爺惱了，福陵王還被夥計請去勸架，我這就匆匆趕來，若是侯府的侍衛回來請，你們更會引人注意。那方若是勸服，自可說是兩人酒喝多了。」

林夕落聽了這話，臉色複雜，魏仲良才多大？過了年不過十五歲的小子就拈花惹草，他有這本事嗎？

魏青岩也拿捏不準，「戶部侍郎怎麼得知他拈花惹草的？這消息何處傳來的？」

「他好像是總去一家酒樓，與那酒樓中唱曲的戲子關係不錯，連那附近的小叫花子都知道此事。」林政辛說完，咬牙忍住笑，林夕落瞪他一眼道：「十三叔這耳朵還真長，連這等消息都打探到了！」

「這可不是我打探的，而是戶部侍郎大人說的。」林政辛躲開林夕落的目光，看向魏青岩道：「姑爺，您管不管這件事？福陵王還等著我去傳話呢！」

林政辛始終不敢叫魏青岩為侄女婿，一來魏青岩比他年歲大不少，二來他可是幫忙管著魏青岩的錢莊，只得跟隨胡氏等人的叫法，直呼姑爺。

魏青岩搖頭，「這事兒我不管。」

「啊？」林政辛納悶了，「那怎麼辦？我如何與福陵王回話？」

「有侯爺在，哪裡用得上我？我好不容易歇幾日，是為了陪媳婦兒的，可不是管這爛事的。」魏青岩淡然飲茶之態，讓林政辛眼角抽搐，一個比閻王還冰冷暴戾的人品茶，怎麼就瞧著這麼彆扭呢？

林政辛也沒多說，「既然姑爺覺得此事沒必要管，那我也就回了。」說罷，起了身，魏青岩送他至門口，秋翠立即主動上前，「奴婢送十三爺……」

魏青岩擺了手，林政辛也沒反駁，兩人隨意談了幾句無關痛癢的閒話便散了。

林政辛離開院子後便哈哈大笑，笑得他自己都有些想哭了。

這一笑卻是把秋翠嚇一跳，「十三爺，您沒事吧？」

「哎喲，這可真是現世報，爺本來是想跟妳們五奶奶說說樂子的，孰料姑爺在家，這笑憋得我快透不過氣了！」林政辛笑燦如花，那張俊俏的面容讓秋翠的心臟跳得更快。

「原來十三爺不是來給五爺傳信兒的。」秋翠沒了以往的潑辣，說話聲比冬荷還柔……

林政辛絲毫不遮掩道：「這自是當然，爺憑什麼那麼好心來傳信？」

閒聊間行到門口，林政辛多看了秋翠幾眼，秋翠面紅低頭，可抬起頭來，林政辛已經上了馬離開侯府。

秋翠的小心思飛散跟去，林夕落與魏青岩則在談論此事。

「這事兒不插手會不會被侯爺怪罪？」林夕落略有擔憂，「而且這事兒怎麼聽著如此不對勁兒呢？仲良尋常在外飲酒的事可多了，也不至於這時候才傳入戶部侍郎的耳中，還說他拈花惹草……他雖然混帳了些，可不至於這般自甘墮落吧？」

林夕落這話說得有些心虛，如若換作魏仲恆，她興許能夠判斷這事兒真假，可換成了魏仲良，她還真沒把握。

魏青岩皺了眉，「管也一身不是，不管也是一身腥，索性就不管了。」

「關咱們何事？又不是你兒子訂親！」林夕落翻了白眼，可這話說完她不由得細想，這事兒雖說與他們無關，可依著侯夫人的性子，怎麼都能賴上魏青岩，誰讓他是世子位最大的威脅，更是侯府的頂樑柱呢？

無事都能潑上三分汙水，何況這有事發生了……

「你與戶部侍郎的關係如何？」林夕落看他仍在思忖，魏青岩道：「一般關係，不過他與羅大人關係更近。」

「那你逃脫不了干係了。」林夕落摸著自己胖圓的臉，「怎麼都能賴上你。」

魏青岩倒是輕笑，「賴上我的事還少了？」

「我終於知道你為何整日裡板著一張冷臉讓人難以接近了。」林夕落抿嘴笑著，「被誣賴得太多，索性死豬不怕開水燙，誰有本事想找麻煩就來，一張冷臉將人嚇回去，即便是真在你這兒吃了虧的，也都得吃個啞巴虧！」林夕落自說自笑：「我真聰明！」

魏青岩哭笑不得，除了這丫頭，還有誰敢如此調侃他？不過這法子倒也不錯，難不成真有人是這般才怕他？

宣陽侯與戶部侍郎吵翻了天，婚事也正式告吹。

福鼎樓的雅間之內，桌椅板凳、青瓷杯碗被砸了個稀碎，福陵王在一旁陰著臉，指著地上道：「算，算算這都得多少銀子，本王得讓他們加倍地賠！」

夥計們連忙收拾屋子，掌櫃的算出了損失銀兩，可不敢遞到福陵王面前，這數目不小，定會讓福陵王暴跳如雷啊！

可不遞？那一雙陰狠的眼睛正瞪著他……

掌櫃顫抖著手送上，福陵王咬牙聲響起：「是誰把他們領進了這最好的雅間？」

「回……回王爺，是、是我。」掌櫃快要哭出來，福陵王冷哼一聲，「那你就去收債！找魏青岩，他小子不來攔著，讓本王吃虧，做夢！」

「王爺，您這時候讓小的去侯府要債，這不是要命嗎？」掌櫃渾身哆嗦，宣陽侯剛雷霆大怒地離去，轉而去找人家要債？這可不是膽子大小的事，是脖子多硬的事了！

福陵王冷笑，「必須去，一定去，你這不是在添麻煩，是在幫五爺，他感謝你還來不及呢，怎麼會要你的命？」

掌櫃的瞠目結舌，去要債還能得感謝？雖說這位是王爺，可這話也實在太唬人了！

可還能怎麼辦？誰讓他攤上這事呢！

掌櫃沒了轍，硬著頭皮往宣陽侯府去，而此時的宣陽侯府正鬧得不可開交。

宣陽侯衝到大房，把魏仲良揪出來就是一頓毒打，如若不是孫氏和侯夫人攔著，他恨不得連刀子都用上。

「畜生，你個畜生！做什麼不好，居然去喝花酒？找唱曲的？如今人家跟本侯退親，本侯這張老臉往哪裡放？」宣陽侯一鞭子抽下，魏仲良嚇得屁滾尿流，「我沒有，我什麼都沒做！」

「多少雙眼睛看著呢，你說沒做就沒做？」宣陽侯氣得又是一鞭子，鞭響血濺，魏仲良的右側從腿至臉挨了狠狠的一鞭子，嫩白的臉上劃出一道血淋淋的鞭痕。

侯夫人嚇得險些昏過去，孫氏撲在魏仲良身上，「侯爺，饒了他吧，他不會幹這種事的！」

「父親！」魏青煥與宋氏趕到，宋氏看見魏仲良挨打的模樣，嚇得厲聲尖叫。魏青煥則眉頭輕動，即刻上前，「父親，他是個孩子……」

「滾！」宣陽侯大惱，「畜生，不中用的畜生！」

「我是畜生，你兒子生的畜生！」魏仲良捂著渾身的疼痛，哭嚎抱怨：「畜生自然沒資格承繼世子位，沒資格！」

這句話刺痛了宣陽侯的心，他的手一抖，鞭子扔在地，臉上抽搐幾分，離開了這個院子。

孫氏抱著魏仲良哭成淚人兒，魏青煥則讓宋氏陪侯夫人回去，好生看護。

尋來瞧病的大夫為魏仲良包紮傷痕，可看他臉上血淋淋的鞭痕，不由嚇了一跳。

魏青煥在一旁添油加醋，「怕什麼？宣陽侯府是武將門第，不是文弱書生！」

「是！是！」大夫不敢多說，即刻為魏仲良包紮傷口。魏仲良聽著魏青煥到門口召來侍衛，問魏青岩在何處，侍衛的回稟魏仲良沒有聽清，可他的心裡已經湧起了一股滔天的恨意。

「魏青岩，你是奪我一切的罪魁禍首，我也要你後悔一輩子！」

宣陽侯打完魏仲良離開那院子，沒走出幾步便叫過身後的齊呈。

「去仔細地查一查，這件事到底是怎麼傳出去的！」

齊呈一驚，「侯爺，這事兒要查？」

「你覺得會那麼簡單？」宣陽侯拳頭攥得緊緊，「本侯倒要看看是誰在背後下黑手！」

齊呈未動聲色，這種時候不是他能插嘴的，而恰巧這時，魏青煥從屋內走出，四處掃量片刻，走至宣陽侯身邊回稟道：「父親，事情已經派人通傳三弟，他稍後會去為仲良辦退婚一事。對了，老五呢？怎麼沒見他出現？」

魏青煥提及魏青岩，不過是想讓侯爺往魏青岩的身上想。

他在此地幫忙，魏青羽得了侯爺分派公事還沒忙完，緊接著要去收拾爛攤子。魏青山在軍營，就只剩魏青岩一人沒了音訊，不是他是誰？

宣陽侯聽了此話，不由皺眉，看魏青煥一眼後，問齊呈道：「老五呢？」

齊呈也不知，便立即派侍衛去找，過了半晌，侍衛回報道：「回侯爺、二爺，五爺在門口被攔住了。」

「何人？」宣陽侯一怔，他還能被攔住？

「是福鼎樓的掌櫃前來要銀子……」

宣陽侯滿臉氣惱，卻回不上半句，與戶部侍郎吵嘴砸了場子是他做的事，賠銀子是理所應當，可……可那個地界是福陵王的，居然這時候就來要銀子了？

宣陽侯心中不忿，闊步朝門外走去，魏青煥緊緊跟隨，心裡則在不停地打鼓，想方設法要將這事兒賴到魏青岩頭上。

魏青岩正在聽福鼎樓掌櫃的拿著帳單訴苦：「……五爺，這事兒我實在沒了轍啊，侯爺砸的可是福鼎樓最好的雅間，那裡面的別說是桌椅木器，哪怕就是根牙籤兒都是上等的選材！您是沒見著啊，那雅間裡毫毛不剩，碎爛一團，我……我沒法與王爺交代了啊！」

掌櫃說得快哭出來，他沒說假話，越是想著那些貴重物件碎成渣，心裡越是疼。

魏青岩嘴角抽搐，看著帳單上的銀兩數道：「至於這麼多銀子？」

「保本價，一個銅子兒都沒多算！」掌櫃如此說辭，魏青岩也著實沒轍，「那就去找五奶奶，讓她核對好後給你拿銀子。」

掌櫃的長喘口氣，沒尋思在五爺這裡這麼快就說通了，連忙作揖道謝，由侍衛引著便往後側院

趕去。

魏青岩皺了眉，轉身正欲出府，宣陽侯與魏青煥走了過來，宣陽侯道：「他要多少銀子？」

「兩千兩。」

魏青岩這數額一說完，宣陽侯的臉當即抽搐，「這麼多？什麼破物件，這不是胡鬧嗎？」

「賠的物件銀錢倒不多，封口費一千兩。」魏青岩看著宣陽侯，「這銀子也可以不給，都依著您一句話。」

宣陽侯說不出口，魏青煥在一旁道：「五弟，你與福陵王關係交好，這點兒事他還能不幫襯？一千兩銀子，這情分可沒了！」

「他是皇子，我是臣子，何來情義？」魏青岩看著他，「二哥若覺得一千兩銀子當封口費有點兒貴，那你去與福陵王談此事？」

魏青煥連忙推脫：「我沒這本事，我見了王爺是要磕頭的……」

宣陽侯這般說倒讓魏青煥愣了，老頭子居然不想歪，反倒是覺得正常，這什麼思維啊？話外音甚重，宣陽侯自當能聽得出來，「少在這裡胡亂猜測，福陵王是認錢不認人的，他肯要銀子倒是無錯，這銀子本侯還你，不用你出錢！」

魏青岩看魏青煥一眼，與宣陽侯道：「這銀子想讓我出也沒門，物件不是我砸的，算在糧銀當中，自會找您清算。」

魏青岩說完便要往外走，宣陽侯喊住他道：「你去何處？」

「我總要去福鼎樓看一看到底是否壞了那麼多物件，別讓人當傻子一般敲詐，你樂意，我還不樂意！」魏青岩邊說邊往外走，宣陽侯的臉色更是難堪，可他又能說些什麼呢？

魏青煥試探地道：「父親，他這不是做戲吧？」

宣陽侯掃他一眼，「你做戲我倒是信。」

魏青煥將話語嚥回腹中，宣陽侯逕自往書房處而去……

就這麼信他？魏青煥心中猜度，如今他只能期望著魏仲良那小崽子再出點兒事，他是絕對不能再多言多語了。

林夕落聽掌櫃回稟完事，看著那單子上寫的銀錢數額，忍不住道：「還要封口費……」

掌櫃面色為難，「這都是王爺吩咐的。」

「銀子我可以給，封口費抵消，你回去跟福陵王說，這封口費就抵消了他當初在賭場裡出千的銀子，我可還沒跟他算利息。」林夕落把單子放於一旁，掌櫃瞪眼，「魏大人剛剛可是說讓我來此地領銀子。」

「他說的？那你找他要去，我沒有。」林夕落耍起賴皮，「他要是不肯答應，往後麒麟樓我就不去了，您讓王爺瞧著辦吧。」

掌櫃縮了脖子，也知道這位五奶奶脾氣潑辣且懷有身孕，他哪裡敢說什麼？只得點頭應下。

林夕落讓冬荷去大庫中取銀票，又問起事情的經過：「戶部侍郎如何知道我們少爺在外拈花惹草的消息？可是拿了什麼證據？」

掌櫃聽她問起，便小聲道：「開始侯爺也這般問，戶部侍郎則去了那酒樓門口找了幾個小叫花子來，無論問哪個都能說出這件事來，侯爺便沒了脾氣。」

「叫花子？」林夕落皺眉，「他們又怎樣知道的？問了嗎？」

掌櫃撓頭，「這倒是沒問，可當時侯爺與戶部侍郎已經吵得不可開交，這時候連叫花子都叫出來做證，侯爺顏面無光，哪裡還能問出根底？」

「那唱曲的小女呢？」林夕落又問，掌櫃搖頭：「不知道，再也沒出現酒樓當中。」

林夕落皺了眉，「這事怎麼聽著如此奇怪呢？」

掌櫃不敢再多嘴，一心只等著拿了銀子好走人。

林夕落也知道問他問不出什麼來，他又不是那間酒樓的老闆。

冬荷取來銀票，掌櫃揣好便從後門離開侯府。

林夕落仔細琢磨這事哪不對，可雖有疑慮，卻不是自己親身經歷，她還是難以篤定何處有問題，難道說是在這地界待久了，人都跟著開始神經質了？

林夕落摸一摸挺著的肚子，還是別想這些噁心事，胎教啊胎教！

魏青岩在福鼎樓與福陵王對坐喝茶，福陵王笑著道：「怎麼樣？還是本王反應夠快吧？直接派人跟你要帳，將你身上的嫌疑洗清，否則這事兒就要賴在你的頭上了！」

「關我何事？」魏青岩掃他一眼，「居然要一千兩封口費，嘴夠黑的！」

「那是，總不能做事徒勞無功啊，本王這張嘴總不能要價太低。」福陵王說著，又提起事情根源：「你可還想知道事情到底是誰幹的？再來一千兩，本王告訴你。」

「不用，我早已知道是誰。」魏青岩說出，福陵王驚詫，「你真知道？」

魏青岩點了點頭，「不過是為了爭那個位子罷了，我何必多管？」

「你不爭？」

「不爭。」魏青岩的話甚是篤定，「權勢要自己去爭，何必拿孩子當賭注？這事我做不得。」

這話可刺傷了福陵王，他們生於帝王之家的皇子，最懂得這句話的殺傷力有多大……

「如此也好，你既然知道，本王也不用再說了。」福陵王換了話題，與魏青岩嘮叨著麒麟樓的

事，掌櫃帶著銀票歸來，福陵王看著那一千兩銀子，皺眉道：「怎麼才一千兩？」

「五奶奶不給……」掌櫃的目光瞟向魏青岩，魏青岩好奇，他沒想到林夕落會在這上較勁。

福陵王看了魏青岩一眼，見他也吃驚，顯然不是早就吩咐的，「這怎麼回事？」

「五奶奶說，這事兒抵了您最早在魏大人賭場賭錢出千的事，而且您要不依，她就再也不來麒麟樓了。」

掌櫃說完，魏青岩哈哈大笑，福陵王哭笑不得，拿著那一千兩，無奈地拍手道：「行啊，五弟妹，本王惹不起，就這麼著吧！」

本以為福陵王會大發雷霆，孰料笑上幾聲便拉倒了。

掌櫃按捺住自己的好奇心，連忙退下。

魏青岩笑夠之後，問道：「就這麼算了？不像你的風格。」

「本王這一千兩不虧，其一，本王知道你暗處還有一張網，不單是擺在明面上的這些，其二，五弟妹不肯給本王封口費，讓你這冰臉閻王能哈哈大笑，如此奇景，本王覺得值了！」

福陵王直白說出，魏青岩的笑容淡去，「你要爭那個位子？」

「本王未能成家立業，何來爭位一說？」福陵王不肯承認，魏青岩撇了嘴：「立業後成家也無妨，位子在手裡，女人在身邊，王爺還有何愁的？」

「聽天由命，本王良善，老天爺自會賞賜。」福陵王看著魏青岩，認真道：「你說對嗎？」

魏青岩笑而不語，兩人各自揭了對方的底牌，但這層窗戶紙若捅破還太早……

與戶部侍郎這門親事退掉，侯府再也沒有提及魏仲良的婚事。

不但對外不提，在侯府內也幾乎人人閉口不言，生怕犯了侯爺的忌諱被打出去。

這事宣陽侯悶頭認了，就像狂風暴雨，雨過天晴，除卻絲絲水跡，沒有留下太大的傷害。

一連多日過去，已是臘月二十三的小年，這些時日有人喜，有人憂，林夕落心裡倒是越發暢快，因為魏青岩這些日子沒有再進宮去，一直陪著她在侯府中養胎。

今日是民俗所稱的小年，林夕落吩咐今兒郁林閣就開席慶年，雖說她在後側院居住，但自個兒的宅子不能冷落，故而下人們在兩頭跑，後側院也被掛滿了紅燈籠和年慶的物件。

林夕落行字一篇，卻怎麼看都不順暢，不由嘟嘴皺眉道：「怎麼連字都寫得這麼難看了？」

魏青岩拿來看了看，再看看她的小手，「手指胖成了小蘿蔔的模樣，哪裡還握得好筆？如此已經不錯了。」

林夕落嘟著嘴，「我怎能胖成這個模樣？」

「胖了好，胖了富態喜慶，我喜歡。」魏青岩摟著她，林夕落嗔怪地道：「甜言蜜語！」

魏青岩挑眉，「不喜歡？」

「旁人自當不喜，你說的自然喜歡。」林夕落面色羞紅，魏青岩握著她的小手一同行字，林夕落忽然問道：「孩子的名字你想了嗎？」

「暫時沒有。」魏青岩有些迷茫，「不知是兒子還是女兒，更不知該起何名為好，這卻是個難題了。」

「應該是侯爺給起名字，可……」林夕落停頓住，「我怕侯爺起得不好聽。」他這幾個兒子的名字沒一個好聽的，魏青石、魏青煥、魏青羽、魏青山，到魏青岩這裡想不出，老大、老四的名字各取一個字就成了「岩」，而後一輩呢？

魏仲良與魏仲恆的名字倒可以，可這兩孩子一個都沒出落，魏青羽與魏青山的後一輩孩童中，林夕落到現在都沒記清楚……

魏青岩也撓頭，「我會再想辦法。」

林夕落點了點頭，門外魏海進來道：「大人、五奶奶，仲恆少爺回來了。」

「仲恆回來了？快叫他進來。」林夕落撂下筆，扶著腰往廳堂中走，今兒是魏仲恆自個兒定的回府之日，沒想到一早便到了。

魏仲恆走進門，看到林夕落緩慢地邁步，立即上前扶著，「給嬸娘請安了。」

扶著林夕落坐下，魏仲恆又恭恭敬敬地到魏青岩面前，「給叔父請安了。」

魏青岩只點了點頭，「帶回什麼了？先擺出來看看。」

林夕落白了他一眼，孩子進屋還沒等喝上一口水就刁難，這也太沒人情味兒了……

魏仲恆沒推辭，讓小黑子把所有物件拿出，一一擺上了桌案。

雖然手藝還差一些，可看這物件的盤養程度，顯然是魏仲恆用了心的。

手藝無論多麼精湛，對物件本身沒有喜愛之心，是無法成為大師的……

魏青岩看向林夕落，「看看這怎麼樣？」

魏仲恆滿臉的期待，此時也露出以往的那份赤子之心，目不轉睛地盯著林夕落。

「出息了，手藝不錯。」林夕落隨口道，又看向魏仲恆，這孩子長高了，說話的聲音也足了，顯然這陣子在外的生活讓他有了極大的改變。

人，不怕改變，怕的是不變……

「去見過你祖母與母親了嗎？」林夕落不想提起侯夫人，可這事兒推脫不掉，魏仲恆是大房的孩子，他就要擔當這一份責任。

魏仲恆的喜意沉下，「還沒去，先來見叔父與嬸娘了。」

林夕落看向魏青岩，問此事該如何辦，魏青岩對此並不在意，「去不去也無妨，先去郁林閣歇

息片刻再說。」

魏青岩發了話，魏仲恆鬆了口氣，笑意又變濃，「嬸娘，我想去見一見天詡小叔，不知道他此時在哪裡？」

「你別折騰了，我也許久沒見，稍後讓魏海去將他找來。今兒小年開席，都在此地聚一聚為好。」林夕落摸著自己的肚子，「如若不是行動不便，今兒就去景蘇苑了。」

魏青岩這次沒有妥協，「還是請岳父與岳母大人來此一趟，再過幾月妳就輕鬆了。」

林夕落點頭笑應，魏仲恆又咧嘴，「嬸娘，我可給他雕了個新蘿蔔章！」

「啊？」林夕落笑不停，「拿來給嬸娘看一看！」

魏仲恆立即翻著包裹，取出一白玉之物，正是蘿蔔形狀，下方是林天詡的名字。

林夕落笑道：「糟蹋好物件！這等白玉雕成大蘿蔔模樣，你這孩子也開始學壞了！」

「給小叔的，我不心疼。」魏仲恆撓頭嬉笑，又將此物小心地放入盒中。

魏青岩教導幾句便讓他先去安歇，魏仲恆也的確疲累，故而先行退下……

「他如今的手藝可能開始習學雕字了？」魏青岩問出這話，倒讓林夕落嘆了氣，「這麼早就要給他套上夾板？」魏仲恆終究才十歲的孩子，哪裡有童年？

魏青岩雖說幼年也過得艱難，卻沒有因此而有憐憫，「誰讓他沒投個好胎？」

「狠心！」林夕落抱怨，但也無法多說，魏仲恆的身分很矛盾，他是大房的孩子，這是無論如何都無法抹去的，雖然他對魏青岩恭敬，對自己親密。

即便他們不去利用魏仲恆，也難保他人會利用魏仲恆的身分做出加深隔閡的事。

而魏青岩要魏仲恆接手雕字一事，便是要將他捆得牢牢的，不容侯府的人對他再過多干涉，連宣陽侯也不行。

林夕落心裡感慨，憐憫也無用，說不定魏青岩這法子才是真正的對他好。

兩人的心思各自都明白，只等過些時日見到李泊言，讓他先帶著魏仲恆，試試他的手藝。

說起李泊言，林夕落又問起他的婚事：「他的婚事怎麼樣了？唐家不會也鬧出什麼退婚的把戲來吧？」

「沒有，已經訂了明年五月。」魏青岩看著林夕落，「本是欲訂明年四月，可四月是妳生子之時，他堅持要拖一個月。」

「合著我的肚子還耽擱了他成親？」林夕落無奈搖頭。

李泊言對她的好，她全都知道，即便現在是義兄妹的關係，她也能感覺到他的關心呵護，可兩人脾氣、興趣、愛好根本就不相同，或許唐永烈之幼女那般仰望他、崇敬他的女子才是良配。

魏青岩見林夕落有些悵然，便調侃道：「就快有小嫂子了，妳打算送什麼賀禮？」

「這可要與父親、母親商議，他們是公公、婆婆。」林夕落說到此，忽然想起李泊言當初提的要在景蘇苑邊上置辦宅院，難不成他五月過後就要走了？

這話林夕落放置心中沒有即刻問出，對於「雕字傳信」一事，她既然教了李泊言，便不想再多插手，這不是女人能操控的事，男人的事，就交給男人去做吧。

魏海到景蘇苑傳了魏青岩的話，未過多久便接來了林政孝、胡氏與林天詡。

林天詡許久都沒見到林夕落，若非今日是小年，還是林夕落親自要求的，他恐怕還被胡氏扔在家中不允他到侯府中來。

小傢伙兒看到林夕落，依舊是叫嚷著「大姊」便飛奔過去，嚇得胡氏連忙揪住他的衣領，「你給我安生點兒，不許亂走！」

林天詡被勒得臉通紅，「娘，勒死了……」

林夕落看著小傢伙兒就是笑，原本是瘦弱的小書生，如今會打拳騎射，反而成了個小牛犢子般的小夥子，卻是更招人喜歡。

「就不應該帶你來！」胡氏一邊埋怨，一邊走到林夕落身邊，看著她胖嘟嘟的臉、水桶的腰、肥碩的臀部，笑得更歡，「好，這樣才好生！」

林夕落翻了白眼，「娘，您來看女兒就不能說句正常的……」

「這怎不正常？娘是來看外孫的！」胡氏笑著為她捏著小手，魏青岩則與林政孝至一旁談論朝政之事。林天詡與林夕落膩了半晌，也不似之前那般纏人，直接去郁林閣找魏仲恆。

胡氏一邊捏著林夕落的手，一邊說起林天詡：「他讓姑爺給教得整日裡與先生頂嘴，除卻見到豎賢和泊言等人，其餘的先生都不肯聽，這可怎麼辦才好？」

林夕落笑道：「那也是先生無能。」

「有妳這個當姊的，他還能不出息了！」胡氏苦笑，又說到了林豎賢：「前些天被老太爺找了回去，談了一晚上才走，昨兒又叫了妳父親去，也是談了一晚上才讓他回來，妳父親與我商議要暫時搬回林府去。」

胡氏說到此嘆了口氣，林夕落甚是震驚：「這……難道是開始交代後事了？」

捌之章◆年夜釀禍落死棋

魏青岩與林政孝也在談論林忠德之事。

「……沒想到老爺子的身體會惡化得如此快，林家已經亂成一團，爭搶族長之位更不用說，今兒來一是看一看夕落，二來也想讓姑爺幫著思量一番，這族長之位我有沒有必要去爭。」林政孝說到此，不由苦笑：「我本無心爭搶這種虛名，可如今來看，無論哪一方得了好處，對你的影響都不小，何況還掛著個林豎賢。他雖非林家之人，可自幼承老太爺資助讀書考取功名，即便私下對豎賢做出些喪良心的事，外人也不知，所以他著實難辦。」

魏青岩靜思片刻，問道：「還有多少時間？」

「這卻要問喬太醫了。」林政孝看著魏青岩，「如今他的嘴極是嚴實，即便我開口問，也不吐半個字。」

魏青岩滿意地點了點頭，「此事我自有打算，十三叔的婚事訂於何時？」

「就在大年初一。」

「這日子我會帶夕落去林府。」魏青岩如此說辭，林政孝心中擔憂，「夕落的身子能行？」

「抬著去無妨，即便您不允，她也不會同意的。」魏青岩這話讓林政孝哭笑不得，「姑爺多多擔待，她還是個孩子……」

「岳父大人放心，我定會照料好她。」魏青岩這般說，林政孝欣慰地點了點頭，自家女兒他最清楚，沒有寬大的包容心，實在難以降服她……

魏青岩與林政孝這方敘話，胡氏也把林家現在的情形說給林夕落聽：「……十三弟於大年初一迎娶喬錦娘為老太爺沖喜，就是苦了他了，才十五就成家了。」

「這也沒轍，林家如若散了，事兒可不小。」林夕落想著林綺蘭與林芳懿，她們姊妹三人各為一派，針鋒相對，千古奇聞了。

胡氏沒有多說，這時林天詡與魏仲恆兩人從外進來，一個十歲，一個七歲，可這近一年的日子看來，都頗有點兒小大人的氣質。

林天詡拿著魏仲恆送他的大蘿蔔章吵嚷道：「大姊，您給評評，這物件在麒麟樓裡能值多少銀子啊？」

胡氏埋怨地瞪他一眼，林夕落卻見魏仲恆的神色也有期待，顯然兩人是商議好的，魏仲恆也想要林夕落給評一個等級。

「從手藝來看，此物等級不高；從心意來看，此物情意無價。」林夕落說完看向了魏仲恆，「仲恆，你覺得嬸娘說的可對？」

魏仲恆連連點頭，「是侄兒狹隘了。」

「讓你跟隨眾位雕匠師傅學的是雕藝，你的等級終歸是要高他們一層，因為你是我的侄兒，是五爺的侄兒，藝比眾人高，心比天地寬，你才能高人一等、眼界更廣，嬸娘盼著你有成就。」

林夕落這話說得略深了些，也是因為魏青岩打算讓魏仲恆現在就接手學雕字傳信，她便是做個鋪墊。

魏仲恆雖不明白林夕落話中的深意，但明面的意思卻是聽得懂，臉上也沒了以往那番糾結壓抑，咧嘴笑了開來，笑得多了幾分童趣。

林夕落嘆了口氣，這才是孩子……

林天詡沒把林夕落與魏仲恆的話往心裡去，琢磨道：「那我收了這麼好的禮，我怎麼還禮？」

「怎麼還你自己想去！」林夕落掃他一眼，「書可背熟了？字練得怎麼樣？功夫有沒有退步？稍後讓你姊夫考校你一番！」

「大姊！」林天詡驚呼瞪眼，「我可是妳親弟弟啊！」

「我也是你親姊姊！」林夕落揪著他的小耳朵訓道：「若不是你這小腦袋裡的本事都精通了，你有何資格嘲諷先生？如今為你請個先生可難為了爹娘，你這也是不孝，稍後就讓你姊夫考校，若有半點兒不對，就讓娘把你禁足院子裡，請豎賢先生打你板子！」

林天詡苦著臉，捂耳朵叫嚷：「娘，您告狀！」

胡氏翻白眼，「若不是你大姊身子不適，我都想把你扔在這裡不要了……」

林天詡臉色更苦，魏仲恆在一旁摸著自己的耳朵，吐著舌頭看林夕落，這位嬸娘還真是嚴厲，對林天詡都下得去手，他要是做錯事，這耳朵不也是懸了？

他倒盼著被揪兩次……

林政孝與魏青岩從外進門，看到林夕落在揪林天詡耳朵訓斥他，林政孝苦笑地無奈搖頭，魏青岩則快步過去，一敲林天詡的小腦袋，「惹你大姊了？」

「姊夫，我沒有！」林天詡像個蔫茄子一樣苦澀，林夕落指著道：「把先生都氣跑了，你教出的好徒弟！」

魏青岩輕咳，這事兒也能賴在他的身上？

目光盯著林天詡，林天詡的神色更苦，沒等開口狡辯，就被魏青岩揪著衣領拎著往外走，「好徒弟，那就走吧。」

林天詡哭喊救命，魏仲恆也不再如以前那樣猶豫，直接朝著林夕落拱了拱手，跟著就跑了出去，那可是他兄弟，即便不能說情，挨揍了也得有個上藥的吧！

林政孝聽著外面叫喊的聲音，不免搖頭，「這孩子，管不了！」

「讓青岩帶著無妨。」林夕落將此事攬過來，林天詡的性子跳脫活潑，魏青岩年長他太多歲，也能壓制得住，她可不希望林天詡變成個小書呆子。

有了林天詡和魏仲恆兩個小子，這後側院熱絡起來，連婆子僕婦們都跟著嬉笑。

臨近晚間，院子裡準備開席，林天詡早被折騰得飢腸轆轆，若非要守著規矩，他早就爬上桌子啃肘子了。

魏青岩與林政孝自當要飲幾杯酒，林天詡與魏仲恆也不例外，一人面前一缸子酒，不允喝茶喝水。胡氏在一旁頗有怨言，可姑爺作了主，她不敢說什麼……

一頓飯吃得舒暢順心，小年也添姿添彩，可後側院喜慶，侯府的其他院落可沒這麼歡騰。

侯夫人聽著下人的回話，臉色更冷了一分，「仲恆被接回來，也不來拜見我，更不去大房的院子拜見他的母親，這到底是誰的孩子？侯府的規矩全都被他們給壞了！」

「母親，您應該知道五弟的脾氣，今兒沒他們那一房，反倒是好事。」魏青煥給侯夫人倒了茶，可這話聽著是安撫，其實也含著刺，五弟的脾氣？她堂堂的侯夫人還要忍受他的脾氣不成？

侯夫人心裡怨念極重，可見宣陽侯沒反應，她也無話再接下去。

魏青煥倒完茶便回坐，宣陽侯敲了敲桌，只道：「開飯。」

眾人齊齊端杯舉筷，一頓飯如同嚼蠟，死氣沉沉。

侯夫人無心往口中添物，只舀了幾勺粥便用不下去。

她撂了筷子，誰還能悶頭吃？

宋氏抿著嘴，姜氏則坐在一旁只往腹中灌水充飢。齊氏因為有孕，在四房小院中沒來，侯爺身邊只有魏青煥和魏青羽。

這哪裡是小年？比魏青石過世時的氣氛還冷淡，宛如活死人墓一般。

姜氏一邊忍著餓，心裡一邊腹誹，腹誹完不免暢快幾分，與林夕落相處久了，她這嘴也開始越發的毒了。

一頓飯不香不臭就這麼散了，宣陽侯起了身，侯夫人自當也要離席。

「別走了，讓他們先走，本侯與妳有事要談。」宣陽侯這話讓侯夫人有些驚詫，微微一怔，即刻就點頭應下。

魏青煥與宋氏等人也驚奇，這可是多年不見的事，侯爺主動留侯夫人？名義上雖是談事情，可老夫老妻了，多少還有點兒情分吧？

魏青羽與姜氏對視一眼，帶著孩子們最先告退，而魏青煥與宋氏又寒暄巴結半晌才離席。

侯夫人也沒有想到宣陽侯會留下她，目光一直跟隨著那魁梧的背影，卻發現曾經的虎虎生威，如今也年邁老朽了。

「侯爺？」侯夫人主動開口，侯爺畢竟當著眾人的面留她，也是給了她一個臺階。

宣陽侯點了點頭，「坐下說吧。」

侯夫人坐於一旁，兩人靜了半晌，宣陽侯才開口道：「這日子，本侯過得累了。」

侯夫人一怔，「侯爺這是怪我了？」

「與妳無關。」宣陽侯看她道：「是我們要的太多了，都是在與自己較勁，可如今看來，這卻是自作孽。」

侯夫人不懂他話中之意，只看著他不說話。

「都別爭了，也別搶了，如今本侯聽著他們的話就覺得刺耳，看著他們的表情就覺得可悲，都是子女，何必呢？」宣陽侯看著侯夫人道：「本侯知道妳的心思，可事實擺在眼前，妳無法否認他們的不足。本侯明日便再向聖上遞一份摺子，為仲良求世子位，如若皇上認定此子不行，他未來的前途盡毀，本侯只能讓他衣食無憂過一生……」

「侯爺……」侯夫人有些動容，卻不知該說些什麼，宣陽侯能再上摺子，這已經是最後的希

望，如若不成，她也沒有什麼可怨的。

宣陽侯抬手讓她不必多說，「但妳要想好，如若皇上駁了此子承位，後續的人選是仲恆還是青煥？若是後者，妳能保證安心地閉上眼嗎？」

宣陽侯這話讓侯夫人徹底呆住，她……她敢點這個頭嗎？

宣陽侯於臘月二十四上了摺子，可一連多日，皇上都沒有回覆。

等待就是煎熬，儘管才六日過去，宣陽侯已經覺得力不從心，有心再上摺子換人了。

大年三十，天空湛藍，林夕落今日是多日以來第一次出門。

站在門口呼氣玩，魏青岩甚是有耐心，就這麼陪著。

秋翠與冬荷在旁邊守著，心裡感嘆，五爺也就在奶奶面前才有這等好性子，如若與旁人說出，誰信呢？

冬荷為林夕落高興，沒有秋翠思緒飄散的惆悵，林政辛明日便要大婚，秋翠這幾日晚間都在偷偷抹淚，可抹淚又有何用？誰讓她們是丫鬟呢？

待玩夠了，魏青岩才上前扶著林夕落道：「許久不出門，別著了涼，先上轎吧。」

林夕落也知道自己玩心太重，便由著他抱著上了馬車，放在早已擺好的軟床上。

肚子太大，她現在有些坐不住了……

魏青岩護著，侍衛們抬轎緩緩前行，今兒是大年三十守歲之夜，全家不能有任何人缺席，原本魏青岩不理會，直到宣陽侯親自來談才點了頭。

筱福居是今兒團聚之地，魏青岩與林夕落來到時，眾人已在此聚集半晌，連齊氏也不例外。

魏仲恆是跟隨林夕落一同前來的，小年歸府之後，他第二日才去向侯夫人與孫氏和姨娘請安，也不過是上前磕個頭便罷，話語都未多說幾句。

侯夫人一心都在侯爺上的摺子上，對他沒什麼心思，便就此罷了。今日再相見，見到魏仲恆上前攙扶林夕落，侯夫人的心裡極不是滋味兒……

那可是她的孫子，這孩子可還認得清他是誰肚子裡出來的？

孫氏今兒也得以露面，寡居多日，她的臉上抹不去憔悴的痕跡，即便嘴角上揚，也看得出是逢場作戲，而不是發自內心的笑。

宋氏在侯夫人身邊，瞧著林夕落的肚子甚是刺眼，恨不得看穿那裡面到底是個什麼東西。

林夕落規規矩矩地上前，由魏青岩扶著，微微屈膝行了禮，「給母親請安，願您身體安康。」

侯夫人點了頭，從一旁拿了紅包放入其手，「早生貴子。」

「謝母親。」林夕落擺了帕子，算作再行禮，侯夫人連忙道：「快去一旁坐著，這麼大的肚子，看著快要生了似的。」

林夕落此時也不覺得這話刺耳，她也在納悶自己的肚子怎麼這般大？雙胞胎？她曾經私下裡問過喬高升，喬高升卻挑眉翻白眼，不吐半個字。

看他這副表情，顯然不是。

魏青岩扶著她坐於一旁，卻沒去侯爺那間屋中與眾位兄長敘談，就坐在林夕落一旁陪著。

侯夫人倒吸口氣，略微皺眉，宋氏看了也覺不妥，他個大男人往這裡一坐，也不覺臊得慌？

姜氏忙得腳不沾地，齊氏心中妒怨，連魏青岩這等冷漠的人都如此呵護妻兒，魏青山呢？從得知她有孕之後，壓根兒就沒再露過面兒，人與人真是不能比，否則孩子生不出來，她先氣死了。

魏仲恆在一旁也沒走，這屋中兄弟姊妹不少，可都規規矩矩地在一旁不動聲色，他不知該站到

誰的身後合適，便一直站在林夕落身旁。

孫氏極是尷尬，魏仲恆好歹也是她大房的孩子，如今就跟著林夕落，讓她的顏面何存？

林夕落才不管眾人臉上的表情如何，坐在那裡便開始吃，水果點心細嚼慢嚥，魏青岩在一旁幫她剝著橘子，掰成一半一半，甚是細心。

侯夫人看得刺眼，輕咳一聲道：「老五，侯爺在側間與你二哥、三哥、四哥談事，你是有本事的，不如也過去提一提意見。」

這話明擺著是在攆人，魏青岩也不抬頭，直接道：「兩耳不聞窗外事，皇上都允我在家陪媳婦兒養胎，我能提什麼意見？」

侯夫人噎了半晌，坐在那裡閉嘴不說話，林夕落在一旁道：「不提此事還忘記了，你這當叔父的還沒給孩子們壓歲紅包銀子！別摳門，快點兒給！」

林夕落這一嚷嚷，魏青岩倒是笑了，朝後方將孩子們全都叫來，挨個的給了紅包，孩子們也磕頭謝賞。

宋氏沒孩子，姜氏與齊氏的孩子得的最多，瞧著林夕落送的物件，不由嘲諷道：「五弟妹手氣太闊了。」

「都是侄子侄女，哪能有偏頗？」林夕落說完，又看向魏仲恆，「仲恆，你不是也有禮物要送與兄弟姊妹？都拿出來吧，別藏著了！」

林夕落這話說出，魏仲恆立即應下，跑到門口讓小黑子把物件抬進來，都是一個又一個的小盒子，其上還標了名字。

魏仲恆在孩童之中年歲不是最大的，可拿出的禮卻是最重的。

以往過年他都是盼著收禮，能得上一支毛筆都興奮得不得了，如今看到他送給兄弟姊妹的禮讓

他們豔羨不已，連稱仲恆有本事，魏仲恆的心裡得到了巨大的滿足。

儘管收斂，可笑意掩藏不住，未過多久就被孩子們拽到側間去，聽他講起在外的自由生活。

魏仲恆初次成為眾人的焦點，口若懸河，說至最後，興高采烈起來，可每聽到一聲眾人好奇的叫好，侯夫人的臉色就更冷一分。

孫氏終究沒忍住，出言道：「五弟與五弟妹辛苦了，將仲恆教得如此出息，大爺如若還在，定會好好感激兩位。」

傻子都聽得出這話中酸味兒十足，林夕落接口道：「大嫂不必這般客氣，仲恆跟著我一點兒都不費心，倒是能幫我做不少事，不過他小小年紀就能咬牙吃苦，這倒是出乎我的意料之外，也得說是大嫂前幾年調教得好。」

林夕落痛快說完，便往嘴裡塞了水果。孫氏好像心裡塞了個蒸籠，怎麼都不是滋味兒。

侯夫人瞪她一眼也沒多說，林夕落如今寶貝著，孫氏這般上趕著挑釁，豈不是自討沒趣？何況今兒是大年三十，她提起魏青石，這不是給人添堵嗎？

孫氏有些待不住，欲起身離去，侯夫人輕咳一聲，朝後吩咐宋氏道：「妳大嫂茹素，可吩咐廚房單準備桌席了？」

宋氏一怔，隨即反應過來，這是侯夫人擺明了不允孫氏離開……

「已經吩咐了，還有大少爺的席位……」

提及魏仲良，侯夫人嘆氣，「他怎麼還不來？今兒大過年的，都讓眾人等他不成？」

孫氏自當明白侯夫人話中之意，連忙回道：「他昨兒睡得晚，稍後就到。」

侯夫人心裡沉重，不願多說，對魏仲良，她已經不抱任何希望了。

前些時日，宣陽侯與她推心置腹地談，她從侯爺那裡也明白，這事兒不是侯爺能作得了主的，

她雖然對魏青岩有怨，可侯爺說得也無錯，自家這幾個有哪個是出息的？恨鐵不成鋼，她如此剛傲的性子，怎麼就生出這樣幾個兒子來？

唯獨魏青石有沉穩之心，卻還過世得那般早……

侯夫人越想越憋悶，只得端了茶碗，以清目的名義來抹去眼圈中的酸澀。

眾人坐在此地也是無聊，反倒一旁的孩子們喧嚷得熱鬧。

未過半晌，魏青羽親自來這屋中叫魏青岩，道是侯爺有急事相商，讓他過去。

魏青岩即便不願，也只得起了身，行至魏青羽處道：「何事？」

「宮中來人了。」魏青羽聲音雖小，可眾人也都聽到了。

侯夫人的心裡咯噔一下，好像繃緊的弦兒就快斷了一般。

魏青岩叫來魏仲恆：「在此地陪著你五嬸娘，保護好她。」

魏仲恆極是認真地承諾：「叔父放心，侄兒一定護好嬸娘。」

說罷，他便站在林夕落一旁，不再去玩鬧。

孫氏只覺得要氣昏過去，林夕落則扒著水果與魏仲恆分享……

宣陽侯帶著眾人一同到門口去迎宮中來客，原來是皇上年前分賞文武百官，送年禮。

來人仍是皇上身邊的陸公公，宣陽侯即刻上前道：「陸公公大年來此，勞煩您了！」

「皇上的吩咐，咱家自然要遵，也是來給侯爺拜年請安的！」陸公公燦笑，可這笑容卻讓宣陽侯心中沒底。

「可是有消息了？」宣陽侯至一旁細問，陸公公搖頭，「侯爺，咱家說一句不中聽的，皇上這些時日都沒給您確切的音訊，這件事恐怕是不成了。戶部侍郎與您嫡長孫退婚一事，皇上也已經知

道了。」

宣陽侯心中一沉，只得苦笑，「那再遞摺子的話……」

「那就是侯爺您的事了！」陸公公不肯多說，宣陽侯也知陸公公如此點明已是不易了……

宣陽侯拱手道謝，陸公公又與魏青岩寒暄片刻，談論話題無非是林夕落腹中胎兒之事。

看到宣陽侯神色的淡漠和失落，魏青煥心裡興起，連幫著搬禮的內宦都多打賞了一把銀子。

送走陸公公，宣陽侯與眾人往回走，魏青煥忽然看到樹叢後方有一個人影竄動，待看清楚此人，靈機一動，追上宣陽侯道：「父親，陸公公隻字不提世子位的事，可是在等著五弟妹誕下孩子再議？」

魏仲良只聽到魏青煥問出這句，便悄悄離開了侯府門口。

步履匆匆，目光四處瞧探，若有侍衛將目光投向他，他便毫不猶豫地瞪回去。但凡是有人看到他，都能感受到他的怒意和癲狂。

魏仲良的確是癲狂了！

他剛剛去筱福居見侯夫人與孫氏，可行至一旁，就看到宣陽侯與眾位叔父前往侯府門口，問了守護的侍衛才知是皇上頒年賞。

前些時日他從孫氏口中得知侯爺又上了摺子為他請世子位，誰知會不會今日便下旨？

魏仲良沒有光明正大地出現，而是一直在角落中匆匆跟隨而去。

聽到陸公公宣賞，又在一旁看到侯爺與他私語時臉上的失落和無奈，如今再聽魏青煥的言辭，他徹底瘋狂了。

魏青岩、林夕落，說的都是這個女人的肚子！

如若不是他，皇上怎麼會不下旨頒世子位？都是這個可惡的女人，都是她！

魏仲良懷著怒意往筱福居匆匆而去……

而宣陽侯看著魏青煥，對他突然問出的話略感奇怪，「你懂個屁，大過年的不念點兒好！」

魏青煥一縮脖子，餘光看向那角落中已無人，便心中有數地笑著道：「父親，這事兒掖著藏著又有何意義？爭搶一通，連手指頭都爭沒了，兒子如今就沒這心了。」

魏青煥在一旁自嘲自嘆，宣陽侯看他一眼，冷哼地繼續往前走去。

魏青岩與魏青羽、魏青山一同往外走，三人對皇賞無心，魏青羽見魏青煥與侯爺落在後方，不由停住腳步欲等一等，「大過年的，還是莫讓父親挑理。」

魏青岩點了頭，魏青山看不慣魏青煥拽著侯爺沒完沒了地敘話，「天都要黑了！」

宣陽侯擺手讓眾人先走，魏青岩與魏青煥目光交錯之間，察覺他嘴角有一絲冷笑。

魏青岩一聲沒吭，大步離去。

魏青羽安撫道：「他有心結。」

魏青山一轉身，就見魏青岩已經走出許遠，笑罵道：「這還真離不開媳婦兒！」

魏青山點了頭，與魏青羽也快步跟隨而去，而此時，魏仲良跌跌撞撞地先進了門，侯夫人見到是他，帶了一絲埋怨：「怎麼這時才來？」

魏仲良只輕聲地「嗯」了下，隨後便拱手道歉：「給祖母請安了。」

侯夫人點頭，遞上紅包。魏仲良又從孫氏、宋氏這方開始，挨個的說賀年詞，隨即拿賞。待行禮到林夕落的面前，他咬牙的聲音極響，「給五嬸娘請安。」

林夕落也從冬荷那裡接過紅包遞上，魏仲良接過起身，正對上魏仲恆的目光。

魏仲恆站在林夕落的身旁，目光也看向他……

憤怒、仇恨，加上偏激的心，魏仲良只覺得氣血上湧，猛然變臉，看著魏仲恆，可他的拳頭卻

朝著林夕落的肚子捶去，「妳去死吧！」

魏仲良的突變，嚇壞了所有人。

侯夫人連忙大喊，孫氏、宋氏和姜氏都沒反應過來，待上前時已經晚了。

林夕落驚愕之餘，雙手捧著肚子要躲，卻身沉得難以動彈。

魏仲良閉著眼，一頓亂拳捶去……

拳頭捶上幾下，就被人一腳橫踹出去。

他倒在地上，朝著林夕落這方看來，卻見魏仲恆捂著肚子倒在林夕落面前，魏青岩正站在一旁瞪視著他……

沒打中？魏仲良笑容僵在臉上，看著魏仲恆吐出了血，林夕落除卻驚嚇到之外，毫髮無傷，魏仲良瘋狂了。

「你個雜種，你居然替這個女人擋著，你個狗雜種，你知道不知道，她們是毀了我世子位的人，我跟你拚了……」魏仲良還欲上前，卻被魏青岩捏著喉嚨拎起身，他的手指如若扣下，魏仲良的喉嚨定當粉碎。

侯夫人嚇得呆若木雞，孫氏最先反應過來，即刻撲在魏青岩的腳下哀求道：「五弟，他是個孩子，他鬼迷心竅，他不是東西，你饒了他這條命，你別殺他……」

「放開，你還不放開！」侯夫人衝上前攔著魏青岩的手，「他是你的侄子，你放開他！」

兩個女人的撕扯絲毫沒有減輕魏青岩的怒意，林夕落剛剛的確被嚇到，而此時緩過神來，看到魏仲恆跪在地上吐血不止，連忙喊：「快去請太醫，快去！哎喲，我的肚子……」

這一聲驚呼，讓魏青岩一把將魏仲良甩了出去，轉身就去看林夕落。

林夕落的肚子忽然絞痛，可她卻指著魏仲恆道：「快去找喬高升，他這小體格，哪裡受得了這

毒打！」

魏青岩當即到門口吩咐侍衛去喬家，看著林夕落時又手足無措，臉色刷白，不知如何是好。

此時魏青山與魏青羽也趕回，瞧見院中亂成一片，連忙跑進來。看到魏仲恆小臉青紫，口吐鮮血，而林夕落捂著肚子喊疼，魏仲良早已昏死過去，被孫氏抱在懷裡嚎啕大哭。

不過是一轉眼的事，怎麼鬧出這麼大的亂子？

魏青羽連忙看向姜氏，姜氏與兄弟二人粗略說了此事。魏青山的手顫抖不停，齊氏剛剛也被嚇到了，這會兒心跳得快出了嗓子眼兒。

誰不害怕？喜慶的日子鬧出這等禍事，這不是跟老天爺過不去嗎？

宣陽侯聽到侍衛回稟也匆匆趕回，看到魏青岩殺人般的目光，立即道：「還愣著幹什麼？吩咐人直接抬去喬府，等他來要何時了！」

魏青岩回斥：「她不能動！」

林夕落拍著胸口示意他不要慌，「無事，我無事！先看仲恆，別讓他出事！」

魏仲恆在一剎那便擋在了她的面前，若非有他這小小的身板當盾牌，莫說她腹中的孩子，即便是她這條命能不能保得住都說不準了。

魏青岩見她能嚷出聲音才鬆了口氣，而此時附近的大夫早已被找來，先是看了魏仲恆的傷。

魏仲良雖然還未至弱冠之齡，但長年跟隨出征，也練過幾天拳腳，這一通狠捶，自要傷及五臟，大夫們商議著開方子的功夫，孫氏則驚呼著道：「仲良，你醒醒，醒醒啊！」

侯夫人踉蹌地走過去，看著魏仲良癱倒在地，氣兒都快沒了，當即大聲嚷道：「來個大夫啊，快來！」

「誰都不許去看他！」

宣陽侯這話讓侯夫人傻了，顧不得身分，跪在宣陽侯面前道：「他縱使再鬼迷心竅，也是您的孫子，是您的孫子啊！」

「讓他聽天由命，誰都不准救！誰敢救，本侯就剁了他的手！」宣陽侯氣急攻心，心裡前所未有的失望。

他為魏仲良豁出去顏面爭位子，可他呢？居然在大年三十朝林夕落下手，瞧著魏仲恆的傷情，如若他真打在了林夕落的肚子上，後果不堪設想。

宣陽侯的心裡很清楚，如若他不下令，魏青岩絕對不會放過他，甚至會更狠，莫不如他……他自己做個了斷，誰想恨，那就恨他吧！

侯夫人痛嚎，宣陽侯即刻讓侍衛將她帶走，而孫氏抱著魏仲良不停地叫喚，可他就是不醒。

看著他胸口的那一個腳印和脖子上的血痕，孫氏的心裡再明白不過，魏仲良這條小命恐怕是難以救回來了……

林夕落在魏青岩的懷中躺了許久，心悸和腹痛的感覺才漸漸消去。喬高升此時被找來，先是探了林夕落的脈，寫了壓驚的方子，隨後便去看魏仲恆，可診完卻皺了眉。

「這孩子的體質一直很弱，即便不似以前那般弱不禁風，可受了這一番毒打也……」喬高升抱怨著，宣陽侯則即刻道：「可還能救活？」

「活是能活，就怕成了殘廢。」喬高升直言相告，宣陽侯氣惱，「治，無論多好的藥、多貴的藥都要治！」

喬高升翻了白眼，他的醫術怎能單以藥價來衡量？除卻銀子就沒有別的了？

姜氏吩咐婆子們為林夕落鋪了一個軟榻，魏青岩將林夕落放在上面，冬荷則端來熬好的藥。

這一碗藥好似救命湯，冬荷端在手中咬牙讓自己別哆嗦，剛剛那一幕她可是嚇壞了。

因為在侯夫人這裡，她與秋翠是不允許站在側方，只得站在林夕落的後面。

魏仲良跪在地上起身就打，她縱使有再快的腿也趕不過去，幸好魏仲恆站在林夕落的身旁，直接一步過去，沒等推開魏仲良就挨了那一頓揍，可冬荷看到了魏仲恆的堅韌，即便他口吐鮮血，都沒有朝後倒下，生怕壓到五奶奶身上。

喬高升一個方子接一個方子地開，林夕落不肯走，她要看著魏仲恆醒來。

這個孩子讓她太心酸了，他若有個三長兩短，她心裡怎能放得下？

魏青岩拗不過林夕落，便在一旁陪著她。眾人悶不吭聲，誰都不敢對此事多嘴半句，連魏仲良躺在地上至今不醒都沒人去問，目光只投在魏仲恆身上。

喬高升接連三碗藥餵下，擺明了就看魏仲恆的造化了……

魏仲恆的小眼微睒，勉強睜開些許，見林夕落安然無恙，便看向魏青岩，虛弱地道：「叔父，侄兒沒失言，護好嬸娘了……」

夜空星繁月明，天空偶爾綻放幾朵煙花，讓侯府中人還能感覺到這是大年三十。

從沒有過如此憋悶的大年三十的夜晚，無論是侯府的主子，還是侯府的下人，連守門的婆子吃著年夜餃子都覺得入口不是滋味兒。

林夕落已經被送回後側院，也要求帶回魏仲恆。

大房的態度已沒人去問，侯爺直接點頭，答應讓魏仲恆跟隨林夕落。

魏青岩安撫好林夕落便出了門，這件事他不會就這麼算了，即便侯爺由著魏仲良自生自滅也不甘休。

林夕落沒有阻攔他，而是看著魏仲恆，他雖已醒來，可傷勢過重，依著喬高升的吩咐，每隔一

個時辰就要灌一碗藥下去，三天後再看狀況。

雖然喬高升沒說，可林夕落能明白，他這話的意思無非就是三日後若情形還不好轉，這孩子的身體就完了。

冬荷與秋翠輪番盯著沙漏，時間一到立即熬藥、餵藥。

林夕落挺著肚子，覺得胸悶、心悸，閉眼就會想起魏仲良陡然變臉的模樣。

若非他與自己還有兩步的距離，那如今躺在這裡的豈不就是她？

可即便是魏仲恆這個孩子，她的心裡也不舒坦，想著想著，不自覺就掉下淚來。

冬荷嚇了一跳，「奶奶，您還是先回去歇一會兒，這裡有奴婢和秋翠守著，絕對不會出錯。」

「就是，年夜也過了，您得歇了。」秋翠憋了半天不敢說，也是冬荷開口她才附和。

林夕落點了點頭，冬荷立即扶她進了寢間躺在床上，在一旁守了片刻才出去照顧魏仲恆。

「薛一。」林夕落沒有睡著，她心思雜亂，不自覺就想起了薛一。

黑影半晌才出現，林夕落覺得奇怪，「你剛剛不在？」

「五奶奶有何吩咐？」薛一似有些急切。

「五爺怎麼處置這件事了？」林夕落略有擔心，已經過了大年夜，他還沒有回來。

「不知道。」薛一回答得很乾脆，「奶奶如若沒有吩咐，我還要去做事，稍後再回。」說著，人也立即消失。林夕落更是驚愕，這是怎麼回事？難道魏青岩吩咐他去辦什麼事了？

林夕落雖然不解，可今日受到驚嚇，腦子昏沉，只想了片刻，就睡了過去。

翌日醒來已天亮，看到魏青岩在她身邊守著，眼球血絲極盛，顯然怒火攻心又一宿沒睡。

「青岩。」林夕落輕喚一聲，魏青岩立即握住她的手，「妳好些了？」

「我無事。」林夕落由他扶著起身，「仲恆怎樣了？」

「他還在昏睡。」魏青岩提及魏仲恆，繃緊的神經放鬆些許，又見林夕落一雙眼睛盯著她，雖未開口問，但也明白她是要問事情如何處置。

「放心，都在我的掌控之中。」魏青岩的回答林夕落不滿意，「說細節。」

「妳休息。」

「我不！」林夕落不肯罷休，魏青岩只得道：「魏仲良失蹤，魏青煥一身殘之人怎能承繼侯爵之位？」

林夕落倒吸了口涼氣，「缺兩根手指頭也不行？」

「他往後不能人道，生不如死。」魏青岩說出這話時的輕描淡寫，讓林夕落渾身一顫，隨即想起昨兒薛一匆忙離去，不會是他下的手吧？

林夕落一點也不同情魏青煥，如若這兩人不受懲罰，那魏青岩與她豈不是活得太憋屈了？

魏仲恆險些為她搭上小命，這個仇定當要報。

「侯爺怎麼說？」林夕落問起宣陽侯，這兩人都沒有資格承繼爵位，他恐怕也心中難受吧。

魏青岩有些猶豫，仍是言道：「我與他直接談了，世子位我不惦記，要麼給三哥，要麼給仲恆，他說待仲恆的傷勢有個結果再論，我也同意了。」

林夕落沒有反駁，如若沒有魏仲恆這件事，魏青岩或許永遠都不會表態，心中的理想人選本是魏青羽，可如今有魏仲恆這件事，他推舉魏仲恆想必是愧疚之故。

林夕落靠在他的肩膀上，就這樣沉默許久。

今日是大年初一，冬荷端來了餃子，林夕落只用了兩口。

魏青岩見她果真無事，才允她下床。

林夕落讓秋翠為她挑選衣裳和飾品，秋翠驚了，「奶奶，您要幹什麼？」

「今兒是十三叔大婚的日子，我怎能缺席？」

林夕落見魏青岩也是一怔，顯然他以為自己忘了，就這麼想糊弄過去……

林夕落見他欲開口阻攔，便硬氣道：「我一定要去！」

魏青岩一肚子的話被憋了回去，林夕落是個越遇逆境性子越強的女人，而這次差點受害的事，顯然是將安心靜養的她給刺激到了。

「我去備車。」魏青岩說出這四個字，秋翠立即嘆氣，連五爺都允了，她們這些當奴婢的還能說什麼？可今兒是她的傷心日，她想與冬荷商議，讓她在家中守著照料魏仲恆，由冬荷跟去。

秋翠看著窗上貼著的紅窗花，就好像看到了林政辛娶親的大喜字……

冬荷知道她的心思，也再調侃便答應了，侍奉林夕落洗漱穿衣完，主動與林夕落道：「奶奶，仲恆少爺這裡要留一個貼心的人，不如讓秋翠留下，奴婢喊青葉和秋紅陪咱們出府，您覺得呢？」

林夕落倒沒往秋翠身上想，點頭應了。秋翠在一旁悶聲不語，冬荷不放心，臨走時又鄭重叮囑了陳嬤嬤。

馬車駛出侯府，就好像是兩個世界。

一個是苦悶哀痛的地獄，一個是歡慶的樂土，林夕落只覺得眼前是從黑暗到光明，離開那府邸，連心都跟著活躍起來。

魏青岩看到她嘴角揚起，心裡也跟著舒暢些許。

一路行至林府，此地已是車水馬龍，熱鬧非凡。見到侯府儀仗，各府的馬車自動讓開。

林家大門卸了門檻兒，讓馬車直接駛進內宅，林夕落下車就見到胡氏與林天詡及幾位伯母。

其他人見到林夕落，本想上前客套幾句，待看到魏青岩那深沉如墨的神情，轉而都打個招呼便走了，不敢多留。

胡氏見到魏青岩這模樣，有些驚愣，林夕落坐安穩後便問道：「姑爺這是怎麼了？昨兒出什麼事了？」

「沒有啊，怎麼？」林夕落故作不知，「您太敏感了，哪有什麼事？」

胡氏瞪她一眼，「少糊弄娘，妳是娘肚子裡出來的，還能聽不懂妳的敷衍？妳今兒這小臉也不好看，快說實話！」

林夕落無奈一笑，「是出了點兒事，但都解決了，只是心情差了點兒。」

「沒事就好，今兒沾沾喜氣，痛快痛快。」胡氏寬慰著她，林夕落點頭。未過多久，林政孝從外進來，「可要去見一見老太爺？」

林夕落應下，她今日來就是為了探視林忠德，都病成這個模樣，說不準哪天就見不到了……

魏青岩讓侍衛抬了軟轎，陪著林夕落過去。見魏青岩今兒對林夕落呵護得更嚴密，林政孝有些吃驚，可沒有問出口，也快步地跟隨而去。

老太爺如今就在書閒庭中養病，一個叱吒風雲的老頭如今瘦弱如柴，那模樣讓人心酸。

林夕落險些哭出來，「祖父……」

林忠德看著她與魏青岩，露出笑容，「好，好，還能看你們一眼，知足了，來了就好！」

「怎麼會忽然這麼嚴重？」林夕落只覺得像在做夢，她有孕之前見林忠德雖有疲勞之態，可也還精氣神俱在，沒似如今這般病入膏肓。

林忠德咧嘴笑了笑，可笑得很蒼白，「老了，一天一個模樣，哪裡能如你們年輕人一般生龍活虎？就不知能不能熬到見這重外孫的時候了。」

林夕落嘆了氣，「定能看到，不許您胡亂說。」

魏青岩的態度依舊平淡，「您還有什麼放心不下的儘管說，能助林家的事，我不會推辭。」

這話好似良藥，讓林忠德憔悴的目光登時亮了幾分，「有你這句話，老夫就知足了！」

魏青岩沒有客套的心情，直接道：「林家家主之位的傳承由您作主，可依著我的意思，不如放給一個不作官、不占權的人身上。林家不似您年輕之時，眾多才子之中只出您一位高官，其餘之人雖得提攜，但也不過是庸碌小官，不值一提。如今狀況不同以往，您心裡自當知道，無論傳給誰，都將鬧出一場風波。」

魏青岩頓了下，又道：「林家禁不起再鬧了，百年大族的名號眼下不過一層紙，那就讓這層紙繼續糊下去，別徹底碎裂了。」

林忠德點了點頭，「你所想與老夫所想相同，也只有這一件事，你與老夫達成了共識，唯一的一次。」

魏青岩看著林夕落，「若非娶了夕落，這一次也不會存在。」

林忠德倒是笑了，笑完，直問道：「侯爵你都不想要，孫女婿，你不妨告訴老夫這將死之人，你想要的是什麼？」

「還沒想好，這是一個需要認真思考的問題，我還沒來得及想。」

魏青岩這答案讓林夕落忍不住笑出聲，林忠德無奈擺手：「罷了罷了，臨至此時還放不下心，老夫哀哉！」

「瞧您說得，十三叔匆忙成親，您還不得好好養著等抱小孫子。」林夕落說這話，心裡不由得湧了酸，看著林忠德泛青的臉色，她心裡也知道，活一日算一日了。

林忠德好似還有事與魏青岩談，可顧忌規矩，不願有女眷在，林夕落只得尋個藉口先離去，在門口等著魏青岩。

過了許久，魏青岩才從書閒庭出來。

「等久了？」魏青岩看著她胖腫的腿，伸手捏了捏，林夕落推開，「祖父又與你談什麼了？」

「都是林家的事，妳不必操心。」魏青岩的敷衍之詞，林夕落不肯依，「什麼事都悶在心裡不說，討厭！」

魏青岩安慰她，「妳可是不信任我了？」

「沒有。」林夕落對他故意曲解表示不悅，「你不要用這種方式來堵我的嘴，你不說，我反倒不放心，告訴我，我的心裡也踏實些。青岩，你娶我，為的便是為你分擔，而不是扛更重的壓力。你、我，還有他，」林夕落摸著自己渾圓的肚子，「我們是一家人。」

林夕落的小臉陡然沉下，「除非你心中不是這樣想，那你可以閉嘴不說。」

魏青岩拿她沒轍，昨兒的事顯然讓她心裡有了隔閡，都說有孕的女人敏感，不正是如此？

林夕落的確被昨兒的事刺激到了。

她知道魏青岩希望她安心養胎，所有的事情都一力承擔，怕她壓力過大。她也是這樣由著他做，可事情會按照他們的想法進行嗎？不會。

如今不過是一個魏仲良有了動作，暗地裡不知道還有什麼人，即便她安安穩穩地生了，這些人就會放棄了嗎？根本不可能！

她才不要當一個只能任人保護的人，起碼她能分辨誰是朋友、誰是敵人，不會再如這一次輕視了魏仲良，以致於險些出了大事。

魏青岩見她的沉默中透著不忿和委屈，心裡有些疼，便將她抱入懷裡，輕聲道：「夕落，我並不是刻意隱瞞，可我也走錯了一步，讓我有些識不清自己的位置了。」說至此，有些悵然，「本以為是自己拚搏才有今日之位，可現實或許不是這樣。」

「青岩？」林夕落看著他，魏青岩握住她的小胖手，「林老太爺怕他過世林家大亂，更是告訴

我，林家不能被太子把持住，否則沒有出頭之日。」

「祖父這樣說？」林夕落有些驚，他一向都擁立太子，難道如今變了？

魏青岩摸摸她的小臉道：「丫頭，妳性子直，當所有人都這樣嗎？」

「難道不是？」林夕落只覺得思緒混亂，她不是性子直，而是懶得想，「你解釋給我聽。」

「一個是輔佐，一個是驅使，這麼說妳懂了嗎？」魏青岩這四個字的評價，讓林夕落陡然清醒。老太爺在世，周青揚還未登基，用到林家時，他也要逢迎客套，遇事與林忠德商議著來，可如若老太爺過世，林家被林政齊把持住，林芳懿是太子身邊的女人，林政齊雖油滑，可他一沒有林忠德的位分重量，二沒有林忠德的本事，豈不成了被驅使的奴才？

當成奴才用的人，周青揚自不會重視，林家就徹底臭名遠揚了……

見林夕落嘴角下撇，魏青岩知道她想明白了，「明白了就不要多想，踏踏實實等兒子出世。」

「偏不生兒子！」林夕落對他執意喊兒子略有抱怨，這會兒胡氏趕來，老遠就聽見林夕落這句話，「呸呸呸，少在這裡胡說，小心老天爺罰妳！」

林夕落吐了吐舌頭，魏青岩忍不住樂，胡氏走過來便問道：「老太爺見了？」

林夕落點了點頭，胡氏也嘆口氣，「那就回去吧，稍後就是迎新人，喝喜酒，喜酒妳是別入口了，但也得沾沾喜氣才好。」

魏青岩扶著她跟著胡氏往後宅行去，路上卻遇見了林政齊與田氏。

田氏與胡氏甚是客套，見到林夕落也很熱忱，可這股子親熱勁兒早已變質，起碼與林芳懿未提成婕妤之前有大大的不同。

林夕落心思紛亂，懶得與她寒暄客套，只沉著不搭話，讓田氏覺得尷尬。

林政齊有意探問魏青岩老太爺說些何事，便笑道：「老爺子看到你們來，定當高興得痊癒。這

些人之中，他是最重視姑爺了。看到老太爺如今的模樣，我心裡也傷感得很，人再有權勢又如何？脆弱的就是人。」

「你說的是，老太爺的確重視我，剛與其私下相談時他也說了，他若走了，林家的事要我多幫襯，也可以作主。」魏青岩看著林政齊，「只望那時若有得罪，你不要介意。」

林政齊一愣，「老太爺是這般說的？」

「你可以去問一問。」魏青岩又道：「還有事，稍後再聊，你先忙。」

魏青岩說完便走，林政齊有些傻眼，看著田氏送走胡氏與林夕落，便探問道：「老太爺與魏青岩談了多久？」

「好似挺久，不足一個時辰，卻也不短了。」田氏這般說，卻見林政齊的臉色更加難看，「怎麼？出了什麼事？」

「前有狼後有虎，這又出來一個閻王，林家家主之位不好搶了。」林政齊這般說辭，田氏則嘆口氣，「聽天由命吧，如今想什麼都是白搭，你還盼著老爺子閉眼不成？」

這最後一句把林政齊給問住，他盼著老爺子閉眼嗎？這卻是他不能對任何人說的話題……

林政辛今兒可謂是喜氣洋洋，一身新郎喜服，又在魏青岩那裡牽走一匹軍中駿馬前去迎親。說起這匹駿馬，可是讓林政辛吃了不少苦頭，他當初跟魏青岩要，光想著耍帥，卻忘了軍馬都是有脾氣的，瞧你不順眼，壓根兒不允你上馬鞍子，後蹄子一拱踹飛你。

林政辛被踢出去多次，來了脾氣，一連跟此馬同吃同住較勁了大半個月，才將此馬的脾氣摸順，否則他這臉面往哪兒放？

今日前來參加林政辛大婚之禮的不只是老太爺的同僚，也有幽州城內各大錢莊商行的人。

林政辛如今也是錢莊的大掌櫃，雖說掌櫃之名不好聽，可誰不知道這錢莊是魏青岩的？而林政辛又掛著林家，還掛著魏青岩這位侄女婿，他的身分無人敢小瞧。故而，今日高朋滿座，什麼人都有。

林政辛開門收禮，絲毫沒有半點兒含糊。

看到魏青岩與林夕落，林政辛立即上前，先是拱手道謝，隨後看著林夕落道：「今兒九侄女能來此，我甚是高興，有妳這福氣人到，我這媳婦兒定是娶得順順利利！」

「瞧您這話說得，聽著怪彆扭的。」林夕落扶著身子，仔仔細細地打量林政辛。林政辛倒不含蓄，仰頭挺胸，任她瞧個夠，「怎麼樣？小叔這一身夠精神吧？」

「精神十足，模樣也好，可怎麼瞧著都像個小新郎訂娃娃親。」林夕落這般調笑，林政辛吃癟，「這也是沒轍的事，否則我哪能不再快活幾年？」

林夕落也看出他的無奈。

林忠德在這些兒子之中，最疼林政辛，何事都由著他。

如今老太爺臥病在床，其餘的叔父無一不在對老太爺過世之後的家主之位動心思，唯獨林政辛，寧可作這等提前成親沖喜的孝子，也不對林家的權勢錢銀動半點兒邪心。

魏青岩自也有同感，看著林政辛道：「我不能陪同前去迎親，要照料夕落，不能單獨留她在此地。我已吩咐魏海和侯府的二十名侍衛隨同，福陵王選出十名他的人也跟著去，你覺得如何？」

林政辛臉上喜意甚濃，「多謝姑爺！」

魏青岩淡笑，召來魏海去忙林政辛迎親之事，待時辰一到，眾人便從林家大門之處往喬高升的府邸行去。

喬高升今兒極是高興，他這輩子做的最正確的事便是攀上了魏青岩這棵大樹。

如今他雖然醫正之位沒了，可吃的、穿的、用的比過往不知好了多少，連尋常在街路上遇見的同僚，都對他高看一眼。

女兒許給了林府的十三爺，這才讓喬高升徹底踏實，林政辛是錢莊的大掌櫃，銀子自不用說了，林家百年豪門大族也極有地位。

太醫是什麼？太醫是醫病的，可官員是能直接要命的。

什麼藥能比得過當官的刀？所以還是跟當官的攀親最踏實。

喬高升正在迎接賓客，遠處的小廝朝此邊跑邊喊：「老爺，迎親的隊伍到了！」

喬高升大喜，孰料一轉身，宅院內忽然火光竄天，宅子著火了。

怎麼著火了？喬高升見狀，嚇得魂兒快沒了。

院子內鬼哭狼嚎般的叫嚷傳出，隨即便有大批賓客女眷匆匆跑了出來。

喬高升渾身發顫，待緩過神來，便想往院中跑去找他的夫人和喬錦娘。

可一群人往外推搡，他個細瘦的身子想往裡擠怎麼可能擠得進去？反倒是被人給擠得越來越遠，喬高升想哭了。

他這輩子除卻救人收了點兒黑心銀子，除了吝嗇摳門、好色偷嘴，除了矇騙朋友點兒銀錢不給以外，他也沒幹過什麼缺德事，怎麼偏偏要在這時候懲罰他？難道老天爺就看不得他高興嗎？

喬高升正慌亂之時，就看到遠處一行人跑來，其中一駕馬疾馳的人不顧蜂擁的人群，快速馳騁，人們下意識朝兩方躲去。那人衝進著火的院子，只聽裡面一陣驚呼尖叫，侯府的侍衛也及時趕來，開始滅火。

衝進院中之人正是林政辛。

未過多久，林政辛從院中抱出一個新人兒來，直接送上了轎，吩咐抬轎便走。

魏海本還以為要花點兒口舌與林政辛說清此事，卻未想到他有這份氣魄，於是他留下一半侍衛，其餘跟著花轎護衛離開。喬高升與他的夫人則在此地查探是何處引起了火源。

魏海看著喬高升一臉的晦澀，有些想笑，老天爺還真是長眼啊！

客人送走，喬府清靜下來，魏海帶侍衛進去查探蛛絲馬跡，最後終於在院子後方的一處角落中看到了油柴灰燼，明擺著是有人故意點火。

喬高升嚇得一蹦三尺高，「這府裡沒法住人了！」

魏海點了點頭，吩咐侍衛帶他兩人也去林府，由五爺做決定。

喬高升二話沒有，立即就走，而喬夫人一捨不下，二放不掉，躊躇猶豫，卻被喬高升一巴掌抽下，「鬧什麼鬧，命都險些沒了，還顧忌著破銅爛鐵！」

喬夫人不敢吭聲，只得跟著離去。

魏海此時沉下心來，召集喬府的所有家丁雜役，挨個的盤查。

林政辛率眾遵循娶親的規矩，一路鑼鼓喧天地回林府。一路上喜氣洋洋的模樣，根本瞧不出剛才遇上了天大的麻煩。

他惦記著喜轎中的喬錦娘，衝進喬宅見到她時，她離火勢只有幾步的距離，可因蒙著蓋頭，她什麼都不知道，幾乎被這股煙熏暈過去……

傻女人！林政辛心裡罵著，臉上還得做出歡天喜地的模樣，而此時侍衛已經去向魏青岩回報。聽到林府著火的消息，魏青岩的嘴角微抖一分，林夕落嚇得即刻問：「可出了什麼事？」

「十三爺帶著新娘正往回趕，沒有引人注意，魏統領率人在查起火的原因。」

林夕落拍了拍胸口，「十三叔還真是初次有這麼勇猛的時候。」

魏青岩起了身，吩咐道：「此事不要對外聲張，全按著正常的儀式來，從喬宅趕來此地的賓客另置一個院子開席。」

「是！」侍衛應下，便去尋林府的管事，林夕落則道：「誰有這麼壞的心，存心不讓林府辦一次喜事？」

「暫時不知是衝著誰，也說不準是喬高升缺德事做太多，仇家找上門。」魏青岩讓侍衛去請胡氏在此陪林夕落片刻，「我出去一下再來，喬家住不得了。」

林夕落點了頭，待胡氏趕來，魏青岩便匆匆離去。

胡氏納悶道：「姑爺這是怎麼了？」

「侯府有點兒急事尋他，一會兒就回來。」

胡氏略有不悅，「這時候還追上來尋姑爺，侯府除了他還沒了有能耐之人了？依著我看，姑爺也與妳父親都是同一路人，賣力不討好的性子！」

胡氏抱怨也是為魏青岩鳴不平，林夕落笑道：「娘，我還沒抱怨呢，您先為他說道上了。」

「妳這孩子心思不穩，時而心寬如海，時而心細如絲，這等事妳怎能不為自家男人爭……」胡氏喋喋不休地開始數落，林夕落聽著笑，說至最後，連胡氏自個兒都樂了，「我這是何苦來哉，說了一堆話，妳都當成笑話了！」

林夕落安撫地拽過胡氏的手，「您這是疼我，我心裡知道，可男人的事就讓他們操心去，咱們嘮叨了又有何用？何況如今我這肚子裡不知道是男是女，難不成現在就要聽我嘮叨他爹不成？」

胡氏捂嘴臊她，「不害羞！這時候能聽見啥？」

林夕落只笑不語，與胡氏解釋不清楚「胎教」二字。

未過多久，院子外響起了「劈里啪啦」的鞭炮聲響，連帶著喜婆子的高聲賀喜也傳來。

胡氏扶著林夕落上前去看熱鬧，林夕落看到林政辛時差點兒沒笑岔了氣。

雖說已從侍衛口中得知他英勇衝進喬宅抱出了喬錦娘的事，可這喜帽上一層灰，連後方插著的尾羽都禿成了桿兒，這是告訴人家林府窮，還是在說這位十三爺不著調？

林夕落沒等吩咐，林政辛這副模樣一進門就被林大總管瞧見了，趕緊從上到下重新換了一遍，才讓他牽著喜繩拽著喬錦娘走進來。

拜天地、拜高堂，隨後夫妻對拜，送入洞房。

尋常新郎入洞房還要出來與賓客敬酒，可林政辛進去便沒了影兒，應酬賓客的人便換成了林政武與林政齊、林政肅、林政孝這幾位兄長。

林政辛進了洞房就趴在床上呼天喊地：「他媽的，這匹馬蹭死老子的腰了，腰要折了……」英雄救美這事兒不是一般人做得了啊！咬牙撐了這麼久，他此時實在是撐不住了！

「十三爺，該喝交杯酒了。」喜婆子在一旁瞠目結舌地動著嘴。

林政辛將其攆了出去，「不用妳，爺懂！」

喜婆子滿臉抽搐，撂下物件離去。喬錦娘則撩著喜帕摸到他身邊，玉手輕輕撫上他的腰背，輕輕地揉捏。林政辛整個人一僵，這就是療效最正的止痛藥啊……

魏青岩歸來時，林府的喜酒已經喝至一半兒。

與林府熟識的人都明白，這喜事是為了林忠德而辦的，便都捧場地在此久留敬酒祝賀。

林夕落挺不了太長的時間，待魏青岩回來，胡氏就讓他們先回侯府，「妳父親被拽出去喝酒，今兒恐怕是離不開這裡了，你們別在此地待著了，先回吧。」

林夕落也覺得有些累，便點頭應下。

魏青岩叫來馬車，抱著林夕落上車。一路上，眾位夫人紛紛上前寒暄，從林夕落上了馬車至離

開林府大門，已過了小半個時辰。

林夕落嘆了口氣，「不服不行，這身子還真是應酬不了這些夫人了。」這還是魏青岩在，若他這活閻王不在，指不定要耽擱多久才離得開林府院子。

「無妨，待兒子生了，讓妳說個夠。」魏青岩笑著調侃，林夕落則問起喬宅著火的事：「……可是查清楚原因了？」

魏青岩點頭，「說是喬高升曾經得罪過的一家人做的，可那家人都死了，線索也斷了！」

「啊？」林夕落驚呼：「都死了？那豈不是死無對證？」

魏青岩臉色冰冷，「這事兒恐怕是衝著林府來的，也是衝著咱們。」其實就是衝著他們……

林夕落也點頭，畢竟喬錦娘與林政辛的婚事是她與魏青岩保的媒……

「那還要繼續查嗎？」林夕落問道，魏青岩只道：「早晚會露出馬腳，咱們不急。」

齊獻王在王府中來回踱步，氣極叫罵：「他媽的，這種事居然賴在本王頭上，本王就是要鬧，也不會燒那女人的宅院，直接燒了林府不就得了！這是哪個王八犢子給魏崽子放的消息，本王一盆汙水解釋不清了！」

秦素雲在一旁嘆氣，「可要去解釋下？」

「解釋有個屁用，他還能信了本王的話？」齊獻王看著林綺蘭，煩躁地將她攆走，「滾滾滾，少在這裡礙眼，看到林家人就煩！」

林綺蘭委屈得眼淚兒差點兒掉下來，秦素雲安撫地拍了拍她，小聲說是王爺今兒酒醉得厲害，隨後讓人將她送走。

齊獻王看著林綺蘭的背影，嘆道：「魏崽子都有兒子了，本王也得有！」

秦素雲一怔，「那何必將林側妃攆走？」

「本王要跟妳生！」齊獻王往秦素雲的身上抓，秦素雲掙脫不開，只得道：「王爺稍等，總要沐浴淨身。」

齊獻王點了頭，秦素雲抽身離去，行至門口將林綺蘭叫回……

她不是不願行夫妻之事，只因她的肚子不能生育，而他不就是想要個孩子？

秦素雲心中的哀苦無人能懂，她讓出了自己的寢房，退去一旁，由著身旁的嬤嬤安排……

朦朧紗帳，春情旖旎。

林綺蘭咬牙切齒，因為齊獻王口中不停喊著素雲的名字。

秦素雲，我哪裡比不得妳？哪裡比不得？

喬高升一家被安排好住處，喬錦娘與林政辛的婚事也完美落幕。

但此事並沒有完，因為婚事過後，喬家宅院起火的消息被放出了風，瞬間散播至各地。

林忠德最後仍是聽到了這個消息，連連感嘆三聲便閉目不語。

林家人沒了轍，只得咒罵是誰這麼缺德，這時候給林家人添堵，而齊獻王這幾日找了魏青岩幾次，魏青岩卻不出侯府的門，氣得齊獻王連連跳腳怒罵，只得就此作罷。

林夕落回侯府這兩三日，全副心神都放在魏仲恆身上。

喬高升如今被安置在侯府後街的一套宅院中，而他在緩了一日之後，也將注意力放在林夕落的肚子以及魏仲恆的傷上，沒有再給他多餘的時間傷感喬宅化為灰燼。

三日後他再次為魏仲恆診脈時，林夕落在一旁盯著道：「怎麼樣？可能恢復？」

喬高升沉了半天，屋中的氣氛甚是沉重。

「傷重的程度與我之前預想的不差半成，仲恆少爺也的確是身體虛弱，根骨不實。」喬高升感嘆著，林夕落的心當即像被澆了一盆冰水。而魏仲恆迷迷糊糊之際，也聽見了喬高升的話，他雖然傷心，卻沒表現出來，只有一絲苦笑在訴著他心中的遺憾。

他剛品到些人生的樂趣，難道就要這樣毀去……

喬高升又道：「不過，五奶奶放心，我有信心能讓仲恆少爺恢復如初，若他配合得好，會比之前身體更佳。」

喬高升這話說完，林夕落瞪著眼睛看他，心裡怒罵：喬高升啊喬高升，你這氣要喘多久啊！

秋翠與冬荷最先反應過來，喜上眉梢，「恭喜奶奶，恭喜仲恆少爺。」

「你為什麼不先說這句？」林夕落怒目相視，咬牙切齒，恨不得將喬高升給撕碎。

喬高升一臉苦澀，「這自當要先說疑難病症，然後再說後話……」

「故意顯擺你醫術高明也別在我這兒顯擺，我可告訴你，治不好仲恆的傷，我跟你沒完！」林夕落這股火竄上，讓喬高升啞口無言，合著想討好沒討成，拍到了馬蹄子上？

這五奶奶的脾氣也太難預測了……

魏仲恆在一旁嘿嘿的笑，笑得極是開心。聽到喬高升的話他樂，看到嬸娘如此斥責喬高升他也樂。他就是想笑，沒有確切的理由，就是忍不住笑，可這一笑卻出了大事，他笑不停了。

自己想合上嘴都難以閉上，滿臉通紅，透不過氣，笑到最後已經是想哭了。

喬高升嚇得連忙弄了藥給他灌下去，讓他快些睡去。

這可好，說了一句傷能癒合，這孩子再笑出毛病，他怎麼跟這位五奶奶交代？

林夕落懸了許久的一顆心終於能放下，魏青岩一進門，她便將此消息告訴他。魏青岩似早有這

打算，並沒有如她一般驚喜，反倒有些心不在焉。

「怎麼了？遇上什麼事？」林夕落臥在床上，看著他微皺的眉頭中間已有一道很深的紋路，這不是說他已經老了，而是他心事太重。

魏青岩嘆口氣，「侯爺又要上摺子請世子位，這一次是要提仲恆之名。」

「仲恆……」林夕落想著這孩子，「如若提了他，皇上允了，他這條路就要轉個方向了。」

魏青岩點頭，「他剛剛叫我去便是商議此事，我讓他親自與仲恆談。」

「侯爺答應了？」林夕落問道，魏青岩點頭，「他自會答應，也要藉此收買人心。」

聽魏青岩這樣說，林夕落的心多少有點兒失落，魏仲恆跟隨她許久，如今已像自己的親人，如若他得了世子位，將來會否與他們兩人針鋒相對，成為侯爺手中的傀儡？

「侯爺的心思可真毒！」林夕落忍不住抱怨：「他現在想要將仲恆搶去，是否覺得我已經將雕字傳信之事教給了他，否則他受傷我也不會如此焦慮？」

魏青岩輕笑，「知道就好，何必還要揭他的短？」

「就要揭，不說我心裡難受！」林夕落摸著肚子，念叨著：「孩子，你祖父不是好人……」

魏青岩被她逗得哭笑不得，林夕落也不願再多說，「那就讓侯爺來談，仲恆自己答應不答應可就不好說了。」

「他會不答應？」魏青岩忍不住問，林夕落沒有說她曾試探過魏仲恆的口風，而是道：「仲恆可不是以前能呼來喝去的孩子了，他也有他的主意。」

魏青岩沒有再多說，而是貼在她的肚子上聽著孩子的聲音。

如今已有七個來月，孩子常會踢林夕落的肚子，魏青岩有時貼得太緊，臉上還會被踹幾腳，逗

得林夕落忍不住笑。

兩人都盼著這個孩子到來，儘管他們不知道這個孩子的出生會為兩人的生活帶來多大的變化，可這是他們情感的結晶，代表希望……

魏仲恆又休養了十日，終於能從病榻上坐起身來，而這一日，也是宣陽侯前來見他的時候。

第一次單獨與這位祖父相對，魏仲恆有些緊張，但在見到魏青岩與林夕落也進到屋中時，這種緊張感逐漸被壓制下去。

宣陽侯輕咳兩聲，問道：「傷很重，要好好靜養。」他實在不會說什麼安撫之言。

魏仲恆怔了一下，點了點頭，「祖父也要保重身體。」

宣陽侯有些尷尬，隨後道：「你是本侯之孫，你父親雖然過世，可你仍是他的兒子，本侯有意提舉你承繼世子位，不知你還有什麼想法，儘管提出來。」說完便等著魏仲恆驚喜地道謝。

可宣陽侯失望了，因為魏仲恆的臉上只有驚，沒有喜，就這麼呆傻地坐在床上，一張病弱小臉癡呆地看著宣陽侯。接著又轉頭看向後方的魏青岩與林夕落，明擺著是在問：這是怎麼回事？

宣陽侯的心有些氣，「怎麼？不會說話了？世子可不是個傻子！」

「世子……」魏仲恆的手撓著腦袋，「那我還能不能學雕藝了？」

宣陽侯的拳頭攥得緊緊的，「不能！要隨本侯學文習武，還要讀兵法，學百家文萃！」

「那……我能不能跟著五嬸娘學文，跟著五叔父習武啊？」魏仲恆問的這話有點兒傻，魏青岩轉過身去，不知為何，見宣陽侯吃癟，讓他想笑。

林夕落可沒顧忌著侯爺的顏面好看還是不好看，只看著魏仲恆道：「仲恆，你如若承繼世子

位，便不能再與嬸娘和叔父同住，要回去與你母親相伴，你要承擔起大房和侯府的責任。」

「我不去！」魏仲恆斬釘截鐵，「我不當世子，也不回去！」

宣陽侯氣得哆嗦，「你還懂不懂是誰把你生出來的了？懂不懂養育之恩？這才不足一年的功夫就……就……」宣陽侯說不出「叛親」二字，可他的心裡的確很難受。

魏仲恆迷迷糊糊地道：「孫兒懂養育之恩啊，五叔父與五嬸娘對孫兒有養恩，讓孫兒脫胎換骨，懂得什麼是快樂。養育，養高於育，重於育，精於育，不然為何叫養育？」

他慢慢悠悠地把這話說出來，讓魏青岩第一次覺得這孩子終於破土而出了。

林夕落在侯爺背後悄悄地伸出大拇指，魏仲恆會心一笑，繼續道：「何況祖父不是讓孫兒不科考、不入仕嗎？孫兒也覺得祖父這般安排甚好。您慧眼識人，早就看出孫兒愚鈍，故而讓孫兒跟隨五嬸娘學雕藝，這倒是讓孫兒不再那般苦熬讀書，孫兒高興。如若要像兄長那樣活著，孫兒……不願意。」

魏仲恆這番話好像是一塊餿了的麵團兒，讓宣陽侯怎麼嚼都不是滋味兒。

可他能說什麼？

說之前不讓你科考，不讓你入仕，是因為有魏仲良在，如今他不行了，所以本侯要提拔你，你還不識抬舉？而這孩子對「養育」二字的理解更讓他啞口無言。

他縱使再不管內宅之事，也知道孫氏把魏仲恆這姨娘生的庶子養得像個傻子一樣，讓他有什麼資格和顏面駁斥他這番「養育」的言論？

宣陽侯無話可說，林夕落在一旁道：「父親不如先歇一歇吧，仲恆的傷還未完全好，腦子也有點兒不清醒，話語中得罪父親之處，望您多多見諒，不要與隔輩人一般見識了……」

宣陽侯苦笑地擺手，闊步地走出了門，再也沒有回頭看一眼。

魏仲恆傻傻地看著宣陽侯離去，納悶道：「嬸娘，我說錯什麼了，惹祖父生氣了嗎？」

「沒有！」林夕落甚是堅定，捏了他的小臉好一會兒，可這頓揉捏讓魏仲恆極是開心，笑得比之前更開心，這可是他期盼已久的，與天詡小叔一樣的待遇。

又隔十日，宣陽侯上摺提請魏青羽承繼世子之位，肅文帝當即御筆一揮：准！

（未完待續）

漾小說 98

喜嫁 伍

國家圖書館出版品預行編目資料

喜嫁 / 琴律著. -- 初版. -- 臺北市：
麥田, 城邦文化出版：家庭傳媒城邦分公司發行,
2013.08
冊； 公分. --（漾小說；98）
ISBN 978-986-173-956-4（第5冊：平裝）

857.7 102009921

作者　琴律
封面繪圖　若若秋
責任編輯　施雅棠
副總編輯　林秀梅
編輯總監　劉麗真
總經理　陳逸瑛
發行人　涂玉雲
出版　麥田出版
城邦文化事業股份有限公司
104台北市中山區民生東路二段141號5樓
電話：（886）2-25007696　傳真：（886）2-25001966
發行　英屬蓋曼群島商家庭傳媒股份有限公司城邦分公司
104台北市中山區民生東路二段141號2樓
客服服務專線：（886）2-25007718；25007719
24小時傳真專線：（886）2-25001990；25001991
服務時間：週一至週五上午09:00~12:00；下午13:00~17:00
劃撥帳號：19863813；戶名：書虫股份有限公司
讀者服務信箱：service@readingclub.com.tw
麥田部落格　http://blog.pixnet.net/ryefield
香港發行所　城邦（香港）出版集團有限公司
香港灣仔駱克道193號東超商業中心1樓
電話：852-25086231　傳真：852-25789337
E-mail：hkcite@biznetvigator.com
馬新發行所　城邦（馬新）出版集團【Cite (M) Sdn Bhd】
41, Jalan Radin Anum, Bandar Baru Sri Petaling,
57000 Kuala Lumpur, Malaysia.
電話：(603) 90578822　傳真：(603) 90576622
Email：cite@cite.com.my
美術設計　洸譜創意設計股份有限公司
印刷　鴻霖印刷傳媒股份有限公司
初版一刷　2013年8月8日
定價　250元
ISBN　978-986-173-956-4